古代散文佳偶

借鉴比较文学的方法
选取具有可比性的古代散文一百篇加以配对组合
让广大读者通过活泼新颖的形式
对古典作品产生新的发现

傅德生◎著

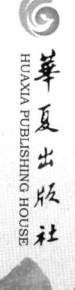
华夏出版社
HUAXIA PUBLISHING HOUSE

目　录

1　序言

第一单元

1　正午牡丹 …………………………………… 沈括［宋］
2　戴嵩牧牛图 ………………………………… 周去非［宋］

3　观　潮 ……………………………………… 周密［宋］
5　伍子胥 ……………………………………《太平广记》［宋］

7　卖蒜叟 ……………………………………… 袁枚［清］
9　唐翁猎虎 …………………………………… 纪昀［清］

11　书《洛阳名园记》后 ……………………… 李格非［宋］
12　游万柳堂记 ………………………………… 刘大櫆［清］

15　书孝丰知县李梦登事 ……………………… 章学诚［清］
19　书鲁亮侪 …………………………………… 袁枚［清］

第二单元

26　王蓝田性急 ………………………………… 刘义庆［南北朝］
27　王蓝田自制 ………………………………… 刘义庆［南北朝］

28　菜　人 ……………………………………… 纪昀［清］
29　野　人 ……………………………………… 纪昀［清］

31　拙效传 ……………………………………… 袁宏道［明］

| 34 | 阿留 | 陆容［明］ |

| 38 | 《梅圣俞诗集》序 | 欧阳修［宋］ |
| 41 | 《师伯浑文集》序 | 陆游［宋］ |

| 44 | 鹅笼夫人传 | 周容［清］ |
| 48 | 芋老人记 | 周容［清］ |

第三单元

| 53 | 两瞽 | 刘元卿［明］ |
| 54 | 延师教子 | 俞樾［清］ |

| 55 | 与朱元思书 | 吴均［南北朝］ |
| 56 | 山中与裴秀才迪书 | 王维［唐］ |

| 59 | 却要 | 皇甫枚［唐］ |
| 61 | 青衣捕盗 | 沈起凤［清］ |

| 64 | 岳阳楼记 | 范仲淹［宋］ |
| 66 | 黄州快哉亭记 | 苏辙［宋］ |

| 70 | 秦淮健儿传 | 李渔［清］ |
| 77 | 甘疯子传 | 何曰愈［清］ |

第四单元

| 84 | 小港渡者 | 周容［清］ |
| 85 | 苗氏妇言 | 昭梿［清］ |

| 86 | 鸟说 | 戴名世［清］ |
| 88 | 杂说 | 周实［清］ |

| 90 | 棺　床 | 袁枚[清] |
| 93 | 恶鬼遇"鬼" | 纪昀[清] |

| 95 | 相州昼锦堂记 | 欧阳修[宋] |
| 98 | 与赵韫退大参书 | 王弘撰[清] |

| 102 | 杨继盛传 | 《明史》 |
| 107 | 上高宗封事 | 胡铨[宋] |

第五单元

| 115 | 秦　青 | 张华[晋] |
| 116 | 王积薪闻棋 | 李肇[唐] |

| 117 | 唾面自干 | 刘肃[唐] |
| 119 | 高　帽 | 俞樾[清] |

| 120 | 左忠毅公逸事 | 方苞[清] |
| 123 | 梅花岭记 | 全祖望[清] |

| 129 | 狱中上母书 | 夏完淳[明] |
| 132 | 与妻书 | 林觉民[清] |

| 138 | 柳敬亭传 | 黄宗羲[明] |
| 141 | 汤琵琶传 | 王猷定[明] |

第六单元

| 147 | 苏子由在政府 | 张邦基[宋] |
| 148 | 众狗不悦 | 苏轼[宋] |

| 150 | 山静日长 | 罗大经[宋] |

152　丰　庄 ……………………………………………… 祁彪佳［明］

154　送东阳马生序 …………………………………… 宋　濂［明］
156　黄生借书说 ……………………………………… 袁　枚［清］

159　李姬传 …………………………………………… 侯方域［清］
163　癸未去金陵日与阮光禄书 ……………………… 侯方域［清］

169　杜环小传 ………………………………………… 宋　濂［明］
173　李疑传 …………………………………………… 宋　濂［明］

第七单元

178　靳秋田索画 ……………………………………… 郑　燮［清］
179　书民二哥索画 …………………………………… 郑　燮［清］

180　说　钓 …………………………………………… 吴敏树［清］
183　虿　说 …………………………………………… 林景熙［宋］

185　赵聋子小传 ……………………………………… 林　纾［清］
187　奇　骗 …………………………………………… 袁　枚［清］

191　廉　耻 …………………………………………… 顾炎武［清］
193　慕　贤 …………………………………… 颜之推［南北朝］

196　黄　中 …………………………………………… 钮　琇［清］
199　髯樵传 …………………………………………… 顾　彩［清］

第八单元

204　韩魏公玉盏 ……………………………………… 彭　乘［宋］
205　任迪简呷醋 ……………………………………… 李　肇［唐］

206	年羹尧轶事·其一	佚名 [清]
207	年羹尧轶事·其二	佚名 [清]
209	醉翁亭记	欧阳修 [宋]
211	醒心亭记	曾巩 [宋]
214	董宣传	范晔 [南北朝]
218	段太尉逸事状	柳宗元 [唐]
225	祭十二郎文	韩愈 [唐]
229	祭妹文	袁枚 [清]

第九单元

237	小时了了	刘义庆 [南北朝]
238	元方答客	刘义庆 [南北朝]
239	爱莲说	周敦颐 [宋]
240	经旧苑吊马守贞文序	汪中 [清]
244	新城游北山记	晁补之 [宋]
246	夜渡两关记	程敏政 [明]
250	洛阳伽蓝记·寿丘里	杨衒之 [南北朝]
254	训俭示康	司马光 [宋]
260	柳子厚墓志铭	韩愈 [唐]
265	徐文长传	袁宏道 [明]

第十单元

273	蹇材望	周密 [宋]

274	记孙觌事	朱熹［宋］
276	魏征直谏	司马光［宋］
277	岳飞其人	毕沅［清］
279	子陵垂钓	范晔［南北朝］
282	严先生祠堂记	范仲淹［宋］
285	与韩荆州书	李白［唐］
288	上枢密韩太尉书	苏辙［宋］
292	泷冈阡表	欧阳修［宋］
297	鸣机夜课图记	蒋士铨［清］

附　　录

305　古代散文名家名言集锦

序　　言

从有文字记事之日起，中国古代散文便从商代甲骨刻辞、钟鼎铭文中诞生，上起殷商，下讫清末，在前后三千年的历史长河中顺势而变，源远流长，历代散文作家如同河汉之星，珠辉玉丽、茫无边际；精品名篇，千姿百态、争芳斗艳。有秦汉史传之鸿篇巨制，有明清小品之短小精粹；有诸子百家之文辞华赡、情深理足；有六朝骈文之对仗工整、浮华艳丽；唐宋盛世之文人以笔墨呼风唤雨，创造了古代散文的灿烂辉煌，而明清之流派众多、佳作频出，为古代散文放射出最后的光彩与锋芒。

古今中外，优秀文学尤其是那些经过大浪淘沙流传千古的经典之作，滋养着一个民族的思想观念、精神气质。品读脍炙人口的华章美文，从孩提时代伴随我们一生，每一篇都是历史的折光，承载着历史的沧桑。其中之人物遭遇，恩怨好恶，喜怒哀乐，积淀着中华民族的文化心理，凝聚着先哲们的人生感悟与生存智慧，闪烁着真理与道义的光辉，历久弥新。今天，重新认识国学的现代价值，研究、振兴国学已蔚然成风，每个文化工作者都有责任为之推波助澜，让愈益广大的民众，通过阅读更广泛更深入地接触古人，与古人进行心灵的交流；让中华民族的聪明睿哲与道义精神在一代代中国人心中生根，成为抵御随西方科技而跟进的贪财逐利、拜金狂潮的坚强堤防；让在中华传统文化基础上建立起来的与人为善、谋求互利共赢的商业文明走向世界，成为抵御带有强烈独霸欲与掠夺性商业价值观的强大力量；让在中华传统文化基础上建立起来的和平共处、共谋发展繁荣的政治外交理念，在世界范围内深入人心，成为抵御谋求霸权主义、强权政治的精神武器。

古代散文作为中华民族传统文化的瑰宝，它的传播与普及，最富有挑战性的工作，是将古典文本引入现代语境，让古代散文在现代语境重放光彩；特别是在对名家名篇的阅读中，让读者与作者发生心与心的热烈碰撞；那么，扫除障碍、架设桥梁最直接的方式，就是对古代散文作出现代文翻译。这种翻译不是通常可见的那种逐词对应照译的所谓"直译",或许"直译"在训练与考评学生阅读能力方面不无实际作用,但它绝对不可能达到我们上述的要求。试想:假如我们所看到的对狄更斯、雨果、果戈里等作家作品各种版本的译著,尽是那种毫无生气的"直译"、硬译,我们将不可能感知那些伟大作家作品的伟大,因为形似毕竟远逊于神似。这种翻译应该是译作者在现代情境中,解读作家作品产生独特的体验,在保持作品原汁原味的原则下,所进行的再创作;换言之,这种翻译应该是译作者被作家作品洗涤心源之后的重新表达,它甚至不可避免地带有译作者的个性色彩。因此,除开"直译"之外,我们应当以不同的译作,为莘莘学子和更为广大的读者,提供对古代散文多元解读的可能。笔者竭尽所能为此作出努力,对每篇选文作出与"直译"迥异其趣的翻译,名之为"文意",无非抛砖引玉而已。

诗文同源,古文作为古典文学的绚丽奇葩,与古诗有同样勾魂摄魄的魅力,使我们走入其中而留连忘返。笔者在《唐宋诗词佳偶》、《宋元明清诗词曲佳偶》问世后,又不揣其鄙陋,推出这本《古代散文佳偶》,以接辕继轨、踵事增华,构成"佳偶"诗文鉴赏系列,以飨读者。其体例特点是根据文章内容成对选文,以唐宋、明清文为主,共计一百篇;借鉴比较文学的方法,根据其叙事、抒情、议论及篇幅长短、文体类别之不同,而内容上有一定可比性的文章,错综搭配成对,分成十个单元,每单元五对文章;其写作宗旨、格局以及笔调、风格与前两书基本一致。选文一般采用通行版本,个别也参照其他版本;对某些文字有歧义者,择善而从。附录《古代散文名家名言集锦》如陈年之佳酿,浓缩精华,可品可藏。

傅德生

二〇一二年十二月一日

第一单元

正午牡丹

［宋］沈括

【文意】

书画收藏者中许多人贪图虚名,偶尔传言是锺繇、王羲之、顾恺之、陆探微等人的书画作品,则不辨真伪争先购买,这种凭耳朵鉴赏的被称之为"耳鉴"。还有人赏画时用手去摸,认为用手指可以感知色彩,相信"色不隐指"的奇谈怪论。这种鉴赏者比"耳鉴"者则又等而下之,称为"揣骨听声"的所谓鉴赏,统统是外行。

欧阳公曾得到一幅古画,画为一丛牡丹,花丛之下有一猫,欧阳公不知此画是否为精品佳作。丞相吴公与欧阳公互为姻亲,吴公一见此画,便说:"此画当称为'正午牡丹'。从何得知呢?其花瓣披散,色彩枯燥,这是中午时分花的形态。画中猫的眼瞳细如一线,这正是正午时的猫眼。花枝带露珠、花冠收敛而色彩润泽的花,则为非中午时的形态;猫眼在早晚时黑瞳圆睁,日近中午则逐渐变得狭长,正午时则仅如一线而已。"这种眼力和分析,才可称之为善于体察古代画家笔意的真正鉴赏。

【原文】

藏书画者多取空名,偶传为锺、王、顾、陆之笔,见者争售①。此所谓"耳鉴"。又有观画而以手摸之,相传以谓色不隐指者为佳画。此又在耳鉴之下,谓之"揣(chuāi)骨听声"。

欧阳公尝得一古画牡丹丛,其下有一猫,未知其精粗②。丞相正肃吴公与欧公姻家,一见,曰:"此正午牡丹也。何以明之③?其花披哆(duō)而色燥,此日中时花也。

猫眼黑睛如线，此正午猫眼也。有带露花，则房敛而色泽。猫眼早暮则睛圆，日渐中狭长，正午则如一线耳。"此亦善求古人笔意也。

【注释】

①锺繇（yáo）：三国时魏大臣，书法家，字元常，颍川长社（今河南长葛）人。王羲（xī）之：东晋书法家，字逸少，琅琊临沂（今山东临沂）人。顾恺（kǎi）之：东晋画家，字长康，晋陵无锡（今江苏无锡）人。陆探微：南朝宋代画家，吴（今江苏苏州）人。②欧阳公：北宋文学家欧阳修。③正肃吴公：吴育，字春卿，曾任参知政事，谥号正肃。

戴嵩牧牛图

[宋] 周去非

【文意】

米芾酷爱收藏书画，他在涟水时，有位来客向他兜售戴嵩所画的一幅牧牛图。米芾爱不释手，借留观看数日，然后背地里临摹一幅，惟妙惟肖，完全达到以假乱真的程度。米芾以赝品归还客人，后来客人将赝品送回，索要戴嵩画的真本。米芾非常奇怪，问："你怎能识辨出两幅画的真假？"客人回答："真本中牛的瞳子里有牧童的影子，摹本中却没有。"

【原文】

米老酷嗜书画①。在涟水时，客鬻戴嵩牧牛图②。元章借留数日，以摹本易之而不能辨。后客持图乞还真本，元章怪而问之，曰："尔何以别之？"客曰："牛目中有童子影，此则无也。"

【注释】

①米老：此指米芾，宋代书画家，字元章，号襄阳漫士，世居太原（山西），定居润州（今江苏镇江）；徽宗召为书画学博士，官居礼部员外郎，能诗文，擅书画，精鉴别。②涟水：县名，今江苏涟城镇。戴嵩（sōng）：唐代著名画家，善画牛，与韩干画马齐名，世称"韩马戴牛"。鬻（yù）：卖。

【述评】

书画的欣赏与鉴别，需要相当的学识和精细的观赏能力。前篇：吴丞相对"正午牡丹"的分析颇为精到，这里不单表明他具有丰富的绘画知识和鉴赏经验，还表明他对于生活亦有细致入微的观察。后篇：且不论书画大师用假画蒙人是多么不可思议，只说戴嵩所画这幅牧牛图的真实与细腻，多么令人惊叹！连米芾这样的大书画家下工夫细致临摹，尚且有如此疏漏，可见戴嵩之笔真正是出神入化；戴嵩将牧牛图画面上省略的牧童，在牛眼瞳中以影像的手法简洁地表现出来，不仅出人意料，作为绘画艺术确是神来之笔，令人为之绝倒！

观　　潮

[宋] 周密

【文意】

钱塘江海潮可谓天下最为奇伟壮观之景。每年从农历八月十六日至八月十八日期间之海潮，最为盛大。当海潮从远方海口显现时，仅似一条银线，其后愈渐逼近，来至眼前则已如玉城雪岭一般铺地盖天；水漫苍穹，激昂四射，喷玉溅珠；声若雷霆之怒，霹雳咆哮，撼天动地，气势威猛而豪壮。诚如杨万里诗句所言："海涌银为郭，江横玉系腰。"

每年京都临安府长官要到浙江亭操演水军，数百艘巨大战舰分列于两岸江边，然后演练水军的五种阵法，忽而疾驶，忽而分散，忽而聚合，极尽其种种变化。甲板之上有骑马、挥旗、投枪、舞刀者，仿佛行走于水面，而且如履平地。突然之间，黄色烟雾四处腾起，弥漫开来，水上人物渐次模糊不清；同时水中的爆破声轰然震响，有如海啸山崩。待烟雾消散之后，水波平静，所有战船一概绝迹，仅演习中充作敌船者被炮火焚烧，随波逐流，渐行渐远。

几百名吴地健儿皆游泳高手，个个披发文身，手持超大彩旗十幅。大家奋勇争先，逆流而上，搏击洪波巨浪；在冲天狂涛之中，身影忽隐忽现，腾跃变化，姿态万千，而旗尾却丝毫未被水沾湿，他们以此相互争胜逞强。而富豪贵官，则争抢赏赐银钱与绸缎。

江岸南北上下十余里之间，华冠丽服、珠围翠绕的贵妇，满目皆是；人们比肩接踵，车马塞途。街头摊贩的饮食等物品，价格比平时高出一倍。而游客租赁的观赏帐篷彼此相连，虽一席之地，也难以寻觅。

皇室宗亲每年例行观潮，宫禁之看堂称为"天开图画"，设置于凌空高台之上，居高临下，一览无余。京都百姓遥望云霄之上帝王的黄伞雉扇，仿佛如见仙岛神山。

【原文】

浙江之潮，天下之伟观也①。自既望以至十八日为最盛②。方其远出海门，仅如银线；既而渐近，则玉城雪岭，际天而来，大声如雷霆，震撼激射，吞天沃日，势极雄豪。杨诚斋诗云"海涌银为郭，江横玉系腰"者是也③。

每岁，京尹出浙江亭教阅水军④。艨艟数百，分列两岸；既而尽奔腾分合五阵之势，并有乘骑、弄旗、标枪、舞刀于水面者，如履平地⑤。倏而黄烟四起，人物略不相睹，水爆轰震，声如崩山；烟消波静，则一舸无迹，仅有"敌船"为火所焚，随波而逝⑥。

吴儿善泅者数百，皆披发纹身，手持十幅大彩旗，争先鼓勇，溯迎而上，出没于鲸波万仞中，腾身百变，而旗尾略不沾湿，以此夸能。而豪民贵宦，争赏银彩。

江干上下十余里间，珠翠罗绮溢目，车马塞途；饮食百物,皆倍穹常时,而僦赁看幕,虽席地而不容闲也⑦。

禁中例观潮于"天开图画⑧"。高台下瞰,如在指掌。都民遥瞻黄伞雉扇于九霄之上,真若萧台蓬岛也⑨。

【注释】

①浙江:这里指钱塘江。钱塘大潮自古以来被称为天下奇观,农历八月十八是一年一度的观潮日,最好的地点是海宁市的盐官镇。江口呈喇叭状,海潮倒灌,此一河段受江面束窄、河床隆起的影响,潮波破裂汹涌,所谓"壮观天下无",成为著名胜景"钱塘潮"。此文是描写钱塘潮的名篇。②既望:指农历十六日(十五日称为望日)。③杨诚斋:南宋诗人,名万里,号诚斋。"海涌银为郭,江横玉系腰"的大意是:雪浪汹涌,好似白银打造的城郭;钱塘江潮初来,如同水面横系一条白玉腰带。④京尹(yǐn):南宋京都临安府(现在浙江杭州)的长官。浙江亭:馆驿名,在城南钱塘江岸。⑤艨艟(méng chōng):战船。五阵:指两、伍、专、参、偏等五种阵法。⑥倏(shū):瞬间。舸(gě):船。⑦江干:江岸。穹(qióng):高。僦赁(jiù lìn):租赁。⑧"天开图画":厅堂名。⑨黄伞雉(zhì)扇:伞盖、羽扇,帝王专用的仪仗。萧台蓬岛:意思是神仙所居之地。萧台:即凤台。春秋秦穆公为其女弄玉筑凤台,弄玉与其婿箫史吹箫作凤鸣,后双双仙去。蓬岛:即海上蓬莱仙岛。

伍子胥①

《太平广记》

【文意】

伍子胥劝诫吴王,指出越国实为吴国心腹之大患,吴王夫差刚愎自用、冥顽不化,伍子胥殚诚毕虑,苦谏不止,反招杀身之祸。吴王赐他属镂剑,命他自杀。临终前,伍子胥责令其子,道:"我死之后,将我的头颅悬挂于城之南门,让我亲眼看见敌国越兵的到来。再者,以鲢鱼皮裹我尸身,投入江中,我要每日早晚乘潮水而来,亲眼目睹吴国之败亡。"从此之后,自海门山一线海水倒灌,潮头汹涌,狂澜万丈,直到越过钱塘江渔场才逐渐减弱。钱塘江海潮每日早晚两次,其声咆哮如雷,惊天骇地,风驰电掣百余里。不时有人看见伍子胥乘白车白马立于潮头之上。于是,人们修建庙宇为他祭祀。

庐州城的淝河岸上,也有一座子胥庙。每天早晚涨潮时,淝河之水也怒涛澎湃,直涌至庙前。浪头高一二尺,宽十余丈,需一顿饭工夫方能够平息。百姓们传说,它是与钱塘潮在互相呼应!

【原文】

伍子胥累谏吴王,赐属镂剑而死②。临终,戒其子曰:"悬吾首于南门,以观越兵来。以鲢鱼皮裹吾尸,投于江中,吾当朝暮乘潮,以观吴之败③。"自是自海门山,潮头汹高数百尺,越钱塘渔浦,方渐低小。朝暮再来,其声震怒,雷奔电走百余里。时有见子胥乘素车白马在潮头之中,因立庙以祠焉。

庐州城内淝河岸上,亦有子胥庙④。每朝暮潮时,淝河之水,亦鼓怒而起,至其庙前。高一二尺,广十余丈,食顷乃定。俗云:与钱塘潮水相应焉!

【注释】

①伍子胥(xū):名员,字子胥;春秋时人,为楚国大夫伍奢次子,为报楚平王杀父兄之仇,千辛万苦逃到吴国,帮助阖闾刺杀吴王僚夺取王位,整军经武,令吴国国势强盛,后攻破楚国复仇雪耻,攻伐越国,战而胜之,辅佐吴王阖闾、夫差父子两代,使吴国成为雄踞江南的霸国。《太平广记》:由北宋年间李昉等十二位大臣奉宋太宗之命编纂而成,是一部上起先秦下至北宋的故事总集,收录七千余野史、笔记、传奇等作品。②属镂(zhǔ lòu):宝剑名。③鲢(tí)鱼:鲇鱼。④庐州城:指合肥市,合肥市三河镇(古称鹊岸)为吴楚相争之地。鹊岸之战,伍子胥曾率吴国军队大败楚军。

【述评】

钱塘潮天下奇景,令人叹为观止。前篇:作者饱含激赏之情,临池挥翰,将"观潮"过程,目之所即,耳之所及,层次分明,尽纳篇中;分别写出潮来之状、演兵之形、弄潮之势、观潮之盛。描写大潮,作者文墨横泼纵洒,恣肆淋漓,倾万丈狂澜于卷面,声、色、形、势俱佳,读来令人豪情满怀、昂奋不已。水军实战演习,状其龙腾虎骧之状,出神入化;吴儿弄潮履险如夷,形象鲜活壮美,悦人眼目。观潮之盛况写出南宋社会风俗,从皇室贵胄到庶民百姓,江潮人潮,江心江岸,连成一片;车水马龙,饮食百物,幕席高台,好一幅生活实感浓郁的风俗画图!

后篇:以伍子胥的故事传说为钱塘潮涂上一层神话油彩,为钱塘之怒找到根由,使其雪涛之威猛、声势之豪壮,更具骇目惊心、夺魂褫魄之效果。

卖蒜叟

[清]袁枚

【文意】

南阳县有位人称杨二相公的人,精通拳术。他曾将运粮船一端用肩膀扛起,力大无比。数百兵丁用竹竿刺他,凡竹竿触及其身者,竿头无不开裂,寸寸折断,由此杨二相公声名远播,威震一方。杨二率其弟子到常州地区舞枪弄棒,每当他到演武场传授武艺时,围观者众多,当地被挤得水泄不通。

有一天,一位卖蒜的老人,驼背弯腰,老态龙钟,且咳嗽不停。他旁观杨二的武艺,却很瞧不起,而且公然嘲弄,众人听了十分惊骇,有人跑去告诉杨二。杨二大怒,把老人叫到面前,用拳头击打砖墙,拳陷入墙壁约一尺深,然后他对老人傲慢地说道:"老头你能行吗?"老人说:"先生的拳头能打墙壁,却不能打人。"杨二愈加愤怒,骂道:"老家伙,你能受得起我的打吗?打死勿怨!"老人笑道:"我老汉不过将死之人,若能以死成全先生大名,自是死而无怨!"于是,两人当场召集许多证人,订立生死字据,让杨二休息三天。

三天后,老人将自己先行捆绑在树上,敞怀露腹,杨二于十步外拉开架势,然后借奔跑冲力,挥拳向老人打去。老人毫无声息,只见杨二突然双膝跪倒在地,向老人磕头求饶,说:"晚辈知错了。"杨二想拔出拳头,但是拳头已被夹在老人的肚子里,动弹不得。杨二向老人哀求很久,老人才把肚子一挺放开他,刹那之间杨二的身子早被抛出一座石桥之外。

老人背着他的蒜慢慢地走了,始终未肯向人透露其姓名。

【原文】

南阳县有杨二相公者,精于拳勇。能以两肩负粮船而起,旗丁数百以篙刺之,篙所触处,寸寸折裂,以此名重一时①。率其徒行教常州,每至演武场传授枪棒,观者如堵②。

忽一日,有卖蒜叟龙钟伛偻,咳嗽不绝声,旁睨而揶揄之,众大骇,走告杨③。杨大怒,招叟至前,以拳打砖墙,陷入尺许,傲之曰:"叟能如是乎?"叟曰:"君能打墙,不能打人。"杨愈怒,骂曰:"老奴能受我打乎?打死无怨!"叟笑曰:"老人垂死之年,能以一死成君之名,死亦何怨?"乃广约众人,写立誓券,令杨养息三日。

老人自缚于树,解衣露腹,杨故取势于十步外,奋拳击之。老人寂然无声,但见杨双膝跪地,叩头曰:"晚生知罪了!"拔其拳,已夹入老人腹中,坚不可出。哀求良久,老人鼓腹纵之,已跌出一石桥外矣。

老人徐徐负蒜而归,卒不肯告人姓氏。

【注释】

①南阳县:在今河南省。粮船:这里指通过大运河由江南运往京师的漕运粮船。旗丁:这里指押解粮船的士兵。篙(gāo):撑船的竹竿。②常州:今江苏省常州市。③伛偻(yǔ lǚ):驼背。睨(nì):斜视,瞧不起人的样子。揶揄(yé yú):嘲弄。

唐翁猎虎

[清] 纪昀

【文意】

　　我的族兄纪中涵做旌德知县时,县城附近有猛虎为害,已经伤及数名猎手,以致无人敢捕。县里百姓向知县请求,道:"除非将著名的徽州'唐打猎'请来,不然不能除此大害。"知县同意后,便派遣县吏携带钱财前往徽州,县吏回来禀报说,唐家已然选派两名技艺高超的猎手,很快就能赶到。

　　猎手来到,却是一个老翁带着个男孩儿:那老翁须发雪白,且时常咳嗽不断,那男孩儿年仅十六七。知县见了大失所望,无奈只得命人备饭招待。老翁察觉县官大人心中不悦,于是单膝跪下,禀道:"听说此虎离城不过五里,先去捕虎,回来赏饭也不迟。"闻此大话知县心中狐疑,随即命差役为之引路前往。

　　差役领至山口,不敢向前再走,老翁笑道:"有我在,你怕什么?"走进山谷约一半路时,老翁对男孩儿说:"这畜生好像在睡觉,你去把它唤醒。"男孩儿上前做虎啸之声,一头猛虎果然从林中冲出,直接向老翁扑上去,老翁手持一板斧,斧柄长八九寸,锋刃宽四五寸,挥臂过顶,持斧屹立不动。虎扑至头顶,老翁将头一偏,虎从其头顶刚刚跃过,则已经鲜血淋漓倒地而亡。仔细一看,虎从下颚直到尾骨,被锋利的斧刃直线划过而至剖开。回城后,县衙厚礼重谢二人,并送之还乡。

　　老翁自称自己练臂十年,练眼十年,眼睛练得用毛刷扫也不会眨眼,胳膊练得能吊起一大汉而纹丝不动。《庄子》有言:"习伏众神,巧者不过习者之门。"此话确有道理!

【原文】

　　族兄中涵知旌德县时,近城有虎暴,伤猎户数人,不能捕①。邑人请曰:"非聘徽州'唐打猎',不能除此患也②。"

乃遣吏持币往。归报唐氏选艺至精者二人，行且至。

至则一老翁，须发皓然，时咯咯作嗽；一童子十六七耳。大失望，姑命具食。老翁察中涵意不满，半跪启曰："闻此虎距城不五里，先往捕之，赐食未晚也。"遂命役导往。

役至谷口，不敢行。老翁哂（shěn）曰："我在，尔尚畏耶？"入谷将半，老翁顾童子曰："此畜似尚睡，汝呼之醒。"童子作虎啸声。果自林中出，径搏老翁。老翁手一短柄斧，纵八九寸，横半之，奋臂屹立③。虎扑至，侧首让之。虎自顶上跃过，已血流仆地。视之，自颔下至尾闾，皆触斧裂矣④。乃厚赠遣之。

老翁自言炼臂十年，炼目十年。其目以毛帚扫之不瞬，其臂使壮夫攀之，悬身下缒不能动。《庄子》曰："习伏众神，巧者不过习者之门⑤。"信夫！

【注释】

①旌德：今安徽省旌德县。②徽州：州名，治所在今安徽省歙县。"唐打猎"：唐家世代为猎户，以猎虎闻名。安徽休宁县人戴东原说："明代有唐某，甫新婚而戕于虎。其妇后生一子，祝之曰：'尔不能杀虎，非我子也；后世子孙如不能杀虎，亦皆非我子孙也。'故唐氏世世能捕虎。"③横半之：指斧头宽度是长度的一半。④颔（hàn）：下巴。尾闾（lǘ）：尾巴根部。⑤"习伏众神，巧者不过习者之门。"此句意思：反复不断地练习，可练出降服众神的绝技。凭借灵巧行事者不敢与久经锻炼有功力者相较量，甚至不敢在其门前通过。

【述评】

中国功夫之神奇、之深不可测，令人匪夷所思。年迈力衰，乃是不可抗拒的自然规律，而两位皓发苍颜的老翁，本不引人注意，不被人信任，而一旦各发功力，各显神威，则令人刮目。

前者：俗语道"山外青山楼外楼，强中更有强中手"，杨二相公自恃武艺高强，以为无敌天下，结果败在一老翁之手，自取其辱，应引为教训。后者：唐氏老小刚进县城，见知县略有迟疑，则不顾长途跋涉的疲劳饥饿，道："闻此虎距城不五里，先往捕之，赐食未晚也。"显然，这种强烈的自尊，来自对平生技艺的高度自信。"唐打猎"果然名不虚传，仅持一柄短斧，出手便将凶猛的老虎轻而易举地猎杀。文末，唐翁自言"炼臂十年，炼目十年"，也许这种"习伏众神"千锤百炼的精神，大概就是中国功夫的秘诀。

两篇文章对身怀绝技的人物，在描写上极有特点：先抑而后扬。作者特意渲染人物的外表形态与内在特质之间的巨大反差，因而当人物的真实面目一旦显露，则立即产生震撼效果；文中的两位老翁，似乎须眉皆动，神态如生。

书《洛阳名园记》后

[宋] 李格非

【文意】

洛阳地处天下中心，拥有崤山、渑池之险阻，正当秦川、陇地之咽喉，且为赵、魏必经之要道，因而在军事地理上，成为兵家必争之地。国家长久平安无事则已，一旦发生变乱，则洛阳必首先遭受兵灾战祸。所以我曾说："洛阳之盛衰，乃是天下治乱的征兆。"

唐代贞观、开元年间，王公贵族在东都洛阳营造公馆府第者，号称千余家。到唐末至五代，洛阳饱受战争之浩劫，原先的池塘竹林，经兵车践踏，变为一片废墟；楼阁台榭，被战火焚烧，化成灰烬焦土，城市园林之一切，皆随李唐王朝的覆灭而同归于尽。所以我曾说："园林之兴废，乃是洛阳盛衰的征兆。"

既然天下治乱，由洛阳之兴衰而可知；洛阳兴衰，由园林之兴废而可知，则我的《洛阳名园记》之写作，绝非毫无意义！

呜呼！公卿大夫刚刚入朝任职，便放纵一己之私欲，为所欲为，忘记国家安危存亡之大业，却希冀于退位归老之时，而能坐享园林赏玩游观之乐，又岂能如愿？唐朝最终走向穷途末路，便是前车之鉴！

【原文】

洛阳处天下之中，挟崤、渑之阻，当秦、陇之襟喉，而赵、魏之走集，盖四方必争之地也①。天下常无事则已，有事则洛阳必先受兵。予故尝曰：洛阳之盛衰，天下治乱之候也。

方唐贞观、开元之间，公卿贵戚开馆列第于东都者，号千有余邸②。及其乱离，继以五季之酷，其池塘竹树，兵车蹂践，废而为丘墟；高亭大榭，烟火焚燎，化而为灰烬，与唐共灭而俱亡，无余处矣③。予故尝曰：园圃（pǔ）之废兴，洛阳盛衰之候也。

且天下之治乱，候于洛阳之盛衰而知；洛阳之盛衰，候于园圃之废兴而得；则《名园记》之作，予岂徒然哉？

呜呼！公卿大夫方进于朝，放乎一己之私意以自为，而忘天下之治忽，欲退享此乐，得乎？唐之末路是矣！

【注释】

①崤（yáo）山：河南洛宁县西北。渑（miǎn）：渑池，古城名，在今河南渑池县西。崤山、渑池都在洛阳西边。秦：指秦地，今陕西一带。陇（lǒng）：今陕西西部及甘肃一带。襟喉：衣襟和喉咙，指要害之处。赵、魏：战国时赵、魏两国即今河南、山西一带。②贞观：唐太宗年号。开元：唐玄宗年号，这两个时期是唐帝国最强盛的时期。第：住宅。邸（dǐ）：古时朝觐京师者在京的住所，官邸、府邸。③五季：五代（指五代十国时期）。

游万柳堂记①

［清］刘大櫆

【文意】

往昔，富贵已极之人，常常建造别墅供自己享乐，竭尽土木建筑之华丽精巧，乃至不惜一切代价。待建成之后，却不能久居于别墅中，不过偶尔去一次而已，甚至有终生不得去者。而那种得之而能够长久居住之人，却又无力建造别墅。其实，王公大臣其品德贤良者忙于国家事务，自然无暇顾及于此；只有卑劣鄙俗之流，不过意欲借此炫耀、震慑其乡里无知愚民而已。

康熙朝宰相冯溥，山东临朐人，他当朝在任期间，似并无作为，既无功亦无过。京都东南角，有他一处别墅园林。园之面积三十亩，其中无杂树，随地势高低，尽栽柳树，因而园之正堂匾额题名为"万柳之堂"。园林矮墙之外，骑马路过者可以望见园中景物：林间小道曲径通幽，洼地为池，累土成山，芦荻掩映池畔，云霞落彩清波，闲静雅致，委实可爱。

雍正初年，我刚到北京，喜游之友都对我介绍万柳堂之胜景。第一次我到万柳堂，尚有亭阁台榭；第二次去，先前凌空飞架于水上之桥梁，已倾倒斜卧于水中央；第三次，则园中之柳尽被采伐，满园空旷，竟无一株留存。

人世间之富贵荣华，随时间之推移而变化，其景况大约同于此园。士大夫若能从其中有所领悟，就应不再艳慕身外之富贵。而已置身富贵中人，其千忧万虑尚且应付不及，又何必再搜刮民脂民膏，以营造别墅园林呢？

【原文】

昔之人贵极富溢，则往往为别馆以自娱，穷极土木之工，而无所爱惜。既成，则不得久居其中，偶一至焉而已；有终身不得至者焉。而人之得久居其中者，力又不足以为之。夫贤公卿勤劳王事，固将不暇于此，而卑庸者类欲以此震耀其乡里之愚。

临朐相国冯公，其在廷时无可訾亦无可称，而有园在都城之东南隅②。其广三十亩，无杂树，随地势之高下，尽植以柳，而榜其堂曰"万柳之堂"③。短墙之外，骑行者可望而见。其中径曲而深，因其洼以为池，而累其土以成山；池旁皆蒹葭，云水萧疏可爱④。

雍正之初，予始至京师，则好游者咸为予言此地之胜。一至，犹稍有亭榭。再至，则向之飞梁架于水上者，今欹卧于水中矣⑤。三至，则凡其所植柳，斩焉无一株之存。

人世富贵之光荣，其与时升降，盖略与此园等。然则士苟有以自得，宜其不外慕乎富贵。彼身在富贵之中者，方殷忧之不暇，又何必朘民之膏以为苑囿也哉⑥！

【注释】

①作者刘大櫆（kuí），字才甫，清代桐城派散文家。②冯公：即冯溥，山东临朐（qú）县人，顺治年间进士，康熙年间任丞相。訾（zǐ）：毁谤、非议。③榜：题名。④短墙：矮墙。蒹葭（jiān jiā）：芦荻，水边生植物。⑤飞梁：悬空修建的桥梁。欹（qī）卧：倾倒。⑥朘（juān）：剥削。

【述评】

在人们所必需的物质生存条件"衣、食、住、行"中，住宅占据重要地位，从最简陋的住所到最豪华的别墅园林之间，存在极大差距，由于人的能力与需求的不同，也存在着千差万别的选择。对于物质享乐的追求，人的欲望是无休无止的，而如若沉迷其中不能自拔，最后必尝苦果。

两篇文章都写别墅园林的兴废，前者由洛阳城公卿贵戚开馆列第，建造池塘竹树、高亭大榭之风，自古至今从宏观角度论述了园圃兴废与洛阳盛衰及国家治乱之间，本质上存在着必然的因果关系。以强有力的逻辑推理，揭示当朝士大夫追逐享乐之疯狂必将导致国破家亡的惨剧。在号称"太平盛世"的徽宗朝，作者的一句"唐之末路是矣"，将北宋王朝之覆灭，不幸言中。后者具体而微地叙述了相国冯公"万柳之堂"的兴衰，描写了三次游园每况愈下的情景，指出人生富贵荣华之衰败与所目睹的万柳堂境遇大体相似，作者触目兴叹，感慨系之。

书孝丰知县李梦登事

[清] 章学诚

【文意】

　　往年我曾经在京城翻阅朝廷发布的官方新闻时，见报载某县令所写判案公文不合规定款式，被巡抚弹劾罢官事。其判词迂拙至极，类似应试八股，为人传为笑谈。乾隆三十八年仲春，我客居宁绍道道员冯君馆舍时，闲暇无事与众人聊天，相互讲笑话，取乐开心，我便将那篇狱讼判词拿出诵读，引得众人拍手大笑。当地人陈君然听了，沉痛地说："此人便是前孝丰县知县李梦登，其实是位颇具循吏古风的好官，只因不熟官场的文书格式被免官，县里的百姓至今对他怀念不已，实在可悲可叹！"话出意料，大家不由得对陈君详细询问，方才得知事情的全过程。

　　李梦登是福建省某县人，乾隆年间乡试中举，庚寅年被委任为孝丰县知县。孝丰是湖州一个民风淳朴、容易治理的下等小县。梦登接到委任，不带妻小，只与志同道合的几个人，冷冷清清地来到孝丰县城，他们着棉袍，携带布被、书籍，却都神情愉悦。

　　起初，在省城拜见巡抚时，守门人勒索钱财被梦登拒绝，他手持名片，竟不得入门。于是，梦登拿一马扎，在巡抚衙门前终日坐等。扬言："我以公事见巡抚，并非因私事谒见。只等巡抚外出，我就在轿前汇报公事，何必门房通报？"门吏无奈，勉强为他通报了巡抚。巡抚将他打量一番，告诫他道："你朴实老诚，固然不错。但你官场上的事务不熟悉，应当赶紧寻求精通法令、善写公文的人，召入县衙为助，以弥补你处理公务之缺陷。"梦登走上前，说道："孝丰知县的俸禄，每年不过三十两银子，无法供养幕客，况且与我同来的几位都是孝廉，知书识礼，恪守古训，整日研讨学问，应该是可以信赖的。"所谓"孝廉"，不过是对落第秀才流行的称呼。巡抚听了，微微冷笑。没多久，果然以公文格式缘由将其参劾免职，李梦登总共才做了三个月的县官。

梦登做官,外出没有仪仗、侍卫,县衙不设守门仆役,百姓可直入公堂诉讼。梦登便为其剖析是非,加以劝解开导,原告、被告双方皆都欢欢喜喜和解了事,直到走出县衙,也见不到一个衙役。衙役有请求做事的,梦登就说:"哪有子女向父母讲话说事,反由奴仆在中间转达之理?你们想欲谋生,何不辞掉衙役去务农,否则只能等我走了之后。"

县衙里没有公事,他就独自到乡下,在田间地头向农民询问农事,如遇邻里的疑难琐事,便与父老们商量解决。有时碰到读书上进的年轻人,他就亲切地与他们手拉手讲文章,谈论起来便是一整天。县里百姓起初不知道他是县官,后来知道了也就习以为常了。他偶尔因公事路过邻县,遇到吵架斗殴事,便停轿规劝:"你们不可为一时之愤,轻易打官司,对簿公堂,白白让衙役们中饱私囊,太不值得,终归要后悔的。"斗殴者虽非他管辖的百姓,却往往感激地投拜于轿前,立时散去,而其知县却还一无所知。

梦登通晓堪舆学说,遍历孝丰县境,寻求有利地形。他登高慨叹,说:"在县衙右边空地打井,当有科举考中之人。"其后果然应验,当时孝丰县已有百年没出现过科举中第者了,此井后来被县民称为"李公井"。

依照惯例,新知县抵达,交接手续的时限定为两月,因为文书档案等繁杂琐细,一时不易交代清楚。而李梦登被免官时,接替者刚进门,他交出官印,行个礼便告辞了。询问官库公物等,只见库房门还贴着李梦登前任知县贴下的封条,稽查档案簿册,他回答:"此类事自有专人负责。"查问官司、案件情况,他说:"全都经劝导将官司平息了。"李梦登被免职后,新知县去拜访他,只见他穿粗布长袍,手拿古书,言语迟钝,无话可说。李梦登对新任县官也不予回访。然而,李梦登无论如何不明白其获罪免官的原因,以书信遍寄与他一起做官的朋友,说:"梦登做知县仅三个月,不曾得罪百姓,做事情也无不尽心,而居然获罪免职,究竟是何原因?"他请求同官们为他打探原因。但最终他也未能知道是因断案公文不合格式而丢官,知内情者对他无不怜悯。

梦登罢官后生活窘困,无路费还乡,寄居当地。百姓们争先给他供给食物。肩挑小贩起早便将自己盈余的菜蔬粮食等纷纷地堆放在梦登门口。梦登开门见了,只得拿来作为他的一日三餐,也弄不清东西从何而来。若没有吃的,他就关起门饿肚子睡觉。他这样住了一整年,倒也不曾有过十分匮乏的情况。

最后,县里百姓集资为他打理回乡事宜,并赠送他一把青色的万民伞,以壮行色。先前梦登在位时,曾独自经过一村落,有位老妇人哭得十分伤心,经询问得知:丈夫已死,儿子穷困得无力赡养她。梦登非常同情,叫来她儿子,送他两吊钱,让他做小生意。后来老妇人的儿子渐渐富裕了,这时他便召集曾经受过梦登恩惠的一些人,大家步行挑担,送梦登回到家乡。

【原文】

往在都门阅邸报,有知县以断狱具词,不如令式,为巡抚劾(hé)罢者,其词痴绝,类科举帖括中语,人以为笑①。乾隆三十八年中春,客宁绍道冯君馆舍,晏闲无事,相与举旧话资谐谑,为诵狱词,座客皆拊掌②。乡人陈君然闻之,愀然曰:"是前孝丰知县李梦登也,是古循吏,坐不谙官文书,罢去③。县人至今思之,可慨也!"因询陈君,具得其始末。

梦登,福建某县人,乾隆某年举于乡,庚寅除孝丰知县。孝丰为湖州下县,风俗淳朴,称易治。梦登既除吏,不携家室,与同志三数人,惘惘(wǎng)到县,皆絮袍布被,挟册自得。始,谒(yè)巡抚,门者索金,不应,因持刺不得入。梦登则绳床坐军门,竟日不去,曰:"予以吏事见,非有私谒,俟公他出,即舆前白事,奚以门者为④?"门者闻之,勉为通谒。巡抚察其状,戒之曰:"君悃愊无华饰,甚善⑤。然未娴吏事,宜亟求通律令能治文书者致幕下,庶几佐君不逮。"梦登前白:"孝丰俸入,岁不过五百金,不能供幕客食。且梦登与偕来者三数孝廉,皆读书服古,朝夕讲求,宜可恃。"孝廉者,流俗用文语称乡举贡士也。巡抚哂之。无何,卒用公式劾免,历官才三阅月云。

梦登居官,出无仪卫,门不设监奴。有质讼者,直诣厅事,梦登便为剖析,因而劝谕之,两造皆欢然以解,比出县门,终不见一胥(xū)吏。胥吏或请事,则曰:"安有子女白事父母,转用奴隶勾检者?若辈必欲谋食,盍罢为农?否则,请俟梦登去耳。"

县庭无事,辄独行阡陌间,询农桑;若比闾细事,遂与父老商榷利病;或遇俊秀子弟,执手论文,娓娓竟日。县人初不知为长吏,后乃习而安之。间或以公事道出邻县,遇哄斗者,辄为停舆,言:"讼庭毋轻诣(yì),一朝之忿,他日终悔之,徒饱胥吏橐(tuó),甚无谓。"斗者非部民,往往投拜舆下,即时散去,其长吏不知也。梦登通形家言,环历县境,谋所以利之⑥。登高而视,喟然曰:"县衙右隙穿井,当有举科第者。"后人用其说,果验。时孝丰百余年不登大比矣,县人因呼为"李公井"。

故事,知县抵代,程限需两阅月。簿籍繁委,不易穷竟。梦登之罢官也,代者至门,禅印讫,长揖而去。问库廪官物,犹前官封识也。稽文案簿籍,曰:"自有主者。"察狱讼,曰:"悉劝平之。"后官或访焉,则绨(tí)袍把故书,见人讷(nè)讷无他语,终竟亦不报访也。然不自省得谴所由,以书遍抵同官曰:"梦登为县仅三月,未尝得罪百姓,有事未尝不尽心,然竟坐免,何故?"因乞为侦状。盖终已不晓狱词非格也,闻者悯焉!

梦登罢官,窭甚,不能归,百姓争食之⑦。负贩小民,各以所羡果蔬粟米,侵晓杂沓投门外。比门启,取给饔飧,亦不辨所从来⑧。无则闭关槁卧,然闲居周一岁,未尝有大匮乏。最后,县人醵(jù)金为治归计,并制青盖为赠,题名至万人,荣其行。

初，梦登在官，独行村落间，闻老妇哭而哀，询之，云："夫死子贫，不能养。"梦登恻然，召其子，赐钱二缗，俾市易逐什一，其子后稍裕⑨。至是纠尝受惠于梦登者，凡数辈，徒步负担，送梦登抵其家。

【注释】
①邸报：旧时官方发布的官员任免等动态的报纸。帖括：泛指科举应试的文章。②宁绍道：道，为清朝的行政区域，宁绍道辖今浙江宁波与绍兴。冯君：指宁绍道道员冯其。晏（yàn）：安逸。谐谑（xié xuè）：逗乐。拊（fǔ）掌：拍手。③愀（qiǎo）然：愁苦的样子。孝丰：清代浙江湖州府属县，今安吉县西丰镇。循吏：遵理守法的官吏。《史记》作《循吏列传》。谙（ān）：熟悉。④军门：清代巡抚例兼兵部侍郎衔，故称"抚军"，其衙门亦称军门。绳床：即绳编的马扎。俟（sì）：等待。⑤悃愊（kǔn bì）无华饰：真诚，无虚饰。⑥形家：堪舆家，俗称风水先生。⑦窭（jù）：贫困。⑧饔飧（yōng sūn）：早餐及晚餐，这里泛指饭食。⑨缗（mín）：本指穿铜钱的绳子，这里指一吊钱（一千文）。俾市易逐什一：可使他做买卖，赚点小钱。什一：指十分本一分利。俾（bǐ）：使。

书鲁亮侪

[清] 袁枚

【文意】
　　己未年冬天，我到保定总督衙门拜见孙文定公。刚坐下，守门人报告："清河道员鲁之裕禀报公事。"我到东厢房回避，见一位魁梧男子，年约七十许，眼眶高耸，额头宽广，白须飘然而神采奕奕；分析水利工程状况，滔滔万言。我深感惊异，心中留下深刻印象。二十年后，鲁公亡故已久，我因某人丧事逗留于南京沈氏家，与友人随意交谈，提到鲁公，座中客人葛闻桥先生详细介绍如下：

鲁公字亮侪，是一位奇男子。当年田文镜任河南总督，为政严苛，提、镇、司、道及其下属各级文武官员奉命守职，都极为谨慎。进见时，皆心无旁骛，目不斜视。鲁亮侪即在田总督手下效力。

一日，田总督命鲁亮侪去中牟县罢免李县令，摘取其官印并就地代理县令。鲁亮侪便装出行，身着粗布衣，戴草帽，骑驴进入中牟县境。只见当地父老数百人，相互搀扶于路边，愁苦哀叹，鲁亮侪上前施礼讯问，答道："闻听鲁公来接替我们县令，客官在开封是否知道此事？"鲁亮侪含糊应对，反问道："你们为何探听此事？"答道："我们县令为人贤德，大家不忍让他离去。"再行数里，又见许多儒生打扮的人，聚集在一起商议："好官离去可惜，等鲁公来，何不向他申诉？"有人摇手说："咄！田总督早已有令，即便十个鲁公，又能做什么？何况鲁公正为取代李县令的职位而来，岂肯舍己而让人？"鲁亮侪此时心中已十分敬重李县令，却只默然无语。

来到县衙，见李县令的相貌温文尔雅，他作揖请鲁亮侪进门，说："官印早已备好，专等先生到来！"鲁亮侪拱手回礼道："我见您相貌服饰，并非奢侈放纵之人，而且在乡民士绅中颇有贤良之名，为何刚上任便使国库亏空？"李县令回答："我是远在万里之外的云南南部人，与母亲分别后，宦游京师十年，才得到中牟县令之职，于是移公帑银借俸，迎母赡养。谁知母亲刚到来，却被弹劾去官，无奈如此命薄！"话未毕而潸然泪下。鲁亮侪道："我受暑热极，请备热水让我洗浴！"他便直接进入另一房间，边洗浴边思索，思绪波动。良久，他以手击水发誓："若依照常规行事，岂是大丈夫所为！"于是他穿戴整齐，向李县令告辞。李大惊，问："您去哪里？"答："到省城。"李交付官印，他不收。李坚持要交，说："不可连累先生！"鲁亮侪将官印铿然掷地，厉声道："您太不了解我鲁亮侪了！"竟拍马飞驰而去，全县百姓都焚香祝送。

到省后，鲁亮侪先晋见布政、按察两司长官，禀告事情原委。两司都说："你疯了？这种事，别的督抚尚且不可，何况田公！"次日晨，鲁亮侪到总督衙门时，两司长官已先到。名帖尚未投进，衙门内外叠声传呼鲁亮侪晋见。只见总督田公面色铁青，南向盛怒而坐。司、道以下十余文武官员排列两旁。田公斜视鲁亮侪，问："你不处置县衙事务,来此何干?"答:"有事回禀。"问:"官印何在?"答:"在中牟。"又问:"交付何人?"答:"李县令。"田公一声冷笑,环顾左右而言:"天下竟有如此摘印的吗?"众人答:"没有。"两司官员皆起立谢罪:"我等平素管束无方,以致有如此胆大妄为之属员,请将鲁亮侪一并弹劾,把他交于我们来严审并纠察其结党营私之罪,以惩戒其余。"鲁亮侪免冠叩首,高声道:"按理本该如此。但请容之裕一言:之裕本一寒士,为求官来河南。得中牟县令一职,喜甚,恨不连夜升堂理事。不料一入县境,耳闻目睹李县令在百姓、士绅中,深得人心。见其本人,方知他挪用公款的缘故。若大人您已知道他的情况而命我取而代之,我沽名钓誉,故意空手而归,则罪在我;若大人不了解其实际情况而命我去,我回来向您讲明情由,请示大人旨意,希望不辜负大人爱才之心及皇帝以孝治天下之意。假如大人认为李县令无可怜悯,那我再去取印也不迟。再不然,辕门外求职而不得者尚有数十名,之裕乃何等人,胆敢违抗大人旨意!"田公于是默然无语。两司长官使眼色令鲁退下,鲁亮侪则不告退而径直走出。刚到屋檐外,田公改换了脸色,走下台阶,招呼道:"回来!"鲁回来跪下。田公又招呼道:"向前!"他取下自己所佩戴的珊瑚顶戴给鲁亮侪戴在头上,叹道:"奇男子!这顶戴应该给你。没有你,我几乎误撤了好官。可是弹劾奏章已送出,怎么办?"鲁问:"几天了?"答:"五天,快马也追不上了。"鲁说:"大人有恩旨,我能追还。我年少时能日行三百里,大人果真要追回奏章,请赐令箭一枝为凭证!"田公应允,于是鲁亮侪即刻出发。五天后,奏章追还。中牟县令最终无事。从此鲁公名闻天下。

原来先前,鲁亮侪的父亲曾任广东提督,因受三藩胁迫,与之结盟。当时亮侪只七岁,作为人质抵押在吴三桂处。吴王上朝时,亮侪穿黄夹衫,头戴装饰貂蝉的武官帽,在旁侍立。他年少性情豪放,读书毕,每天与吴王帐下健儿学习古代秦国、越国的作战方略以及投掷、跳跃等技艺,因此他的武艺尤为超绝。

【原文】

已未冬,余谒孙文定公于保定制府①。坐甫定,阍启:

"清河道鲁之裕白事②。"余避东厢,窥伟丈夫年七十许,高眶大颡,白须彪彪然,口析水利数万言。心异之,不能忘。后二十年,鲁公卒已久,余奠于白下沈氏③。纵论至于鲁,坐客葛闻桥先生曰:

鲁字亮侪(chái),奇男子也。田文镜督河南严,提、镇、司、道以下,受署惟谨,无游目视者④。鲁效力麾(huī)下。

一日,命摘中牟李令印,即摄中牟⑤。鲁为微行,大布之衣,草冠,骑驴入境。父老数百扶而道苦之,再拜问讯,曰:"闻有鲁公来代吾令,客在开封知否?"鲁谩(màn)曰:"若问云何?"曰:"吾令贤,不忍其去故也。"又数里,见儒衣冠者簇簇(cù)然,谋曰:"好官去可惜,伺鲁公来,盍诉之?"或摇手曰:"咄!田督有令,虽十鲁公奚能为?且鲁方取其官而代之,宁肯舍己从人耶?"鲁心敬之而无言。

至县,见李貌温温奇雅,揖鲁入,曰:"印待公久矣。"鲁拱手曰:"观公状貌、被服,非豪纵者,且贤称噪于士民,甫下车而库亏,何耶?"李曰:"某,滇南万里外人也。别母,游京师十年,得中牟,借俸迎母。母至,被劾,命也!"言未毕,泣。鲁曰:"吾喝甚,具汤浴我⑥。"径诣别室,且浴且思,意不能无动。良久,击盆水誓曰:"依凡而行者,非夫也。"具衣冠辞李。李大惊,曰:"公何之?"曰:"之省。"与之印,不受。强之曰:"毋累公!"鲁掷印铿(kēng)然,厉声曰:"君非知鲁亮侪者!"竟怒马驰去。合邑士民焚香送之。

至省,先谒两司告之故。皆曰:"汝病丧心耶?以若所为,他督抚犹不可,况田公耶?"明早诣辕,则两司先在⑦。名纸未投,合辕传呼鲁令入。田公南向坐,面铁色,盛气迎之,旁列司、道下文武十余人。睨(nì)鲁曰:"汝不理县事而来,何也?"曰:"有所启。"曰:"印何在?"曰:"在中牟。"曰:"交何人?"曰:"李令。"田公干笑,左右顾曰:"天下摘印者,宁有是耶?"皆曰:"无之。"两司起立谢曰:"某等教饬(chì)亡素,致有狂悖(bèi)之员。请公并劾鲁,付某等严讯朋党情弊,以惩余官。"鲁免冠前叩首,大言曰:"固也。待裕言之:裕一寒士,以求官故来河南。得官中牟,喜甚,恨不连夜排衙视事。不意入境时,李令之民心如是,士心如是;见其人,知亏帑(tǎng)故又如是。若明公已知其然而令裕往,裕沽名誉,空手归,裕之罪也;若明公未知其然而令裕往,裕归陈明,请公意旨,庶不负大君子爱才之心与圣上以孝治天下之意。公若以为无可哀怜,则裕再往取印未迟。不然,公辕外官数十,皆求印不得者也;裕何人,敢逆公意耶?"田公默然。两司目之退,鲁不谢,走出,至屋溜外。田公变色下阶,呼曰:"来!"鲁入跪。又招曰:"前!"取所戴珊瑚冠覆鲁头,叹曰:"奇男子!此冠宜汝戴也。微汝,吾几误劾贤员。但疏去矣,奈何?"鲁曰:"几日?"曰:"五日,快马不能追也。"鲁曰:"公有恩,裕能追之。裕少时能日行三百里,公果欲追疏,请赐契箭一枝以为信。"公许之,遂行。五日而疏还,中牟令竟无恙。以此鲁名闻天下。

先是,亮侪父某为广东提督,与三藩要盟⑧。亮侪年七岁,为质子于吴。吴王坐朝,亮侪黄夹衫,戴貂蝉侍侧⑨。年少豪甚,读书毕,日与吴王帐下健儿学赢越勾卒、掷涂赌跳之法,故武艺尤绝人云⑩。

【注释】

①己未:即清乾隆四年。制府:即直隶总督衙门。孙文定:康熙

间进士，官至吏部尚书，时为总督。②清河道：即清河道道员。甫（fǔ）：刚刚。阍（hūn）：门卫。③白下：南京的别称。奠：祭。④田文镜：雍正皇帝的心腹重臣，治下极严，做事雷厉风行。提：提督，省级军事长官；司：布政司、按察司，分管省级民政、司法的长官。提、司：分别指省辖的高级文武官员。镇：镇台，镇守一地的总兵。道：道员为知府、知县之上的文职官员。镇、道：分别为省属地方的中级文武官员。⑤中牟（móu）：今河南中牟县。令：县官。摄：代理。⑥暍（yē）：中暑，这里指暴热。汤：热水。⑦诣辕：至衙门。古代高官巡狩田猎时，以车为门，称辕门，这里指总督衙门。两司：即布政司与按察司。⑧与三藩要盟：明末降清将领吴三桂、尚可喜、耿继茂分别被封为镇守云南、广东、福建的藩王，称三藩，后叛乱被平。要盟：指被胁迫而结盟。⑨黄夹衫：黄马褂。貂蝉：武官帽上的装饰物。⑩赢越勾卒：指战国时秦国与越国作战时的阵形。赢：指秦国。勾卒：军阵名。掷涂赌跳：指投掷泥块、比赛跳高等武艺训练。

【述评】

清官、好官之难为，自古皆然。两篇文章所写三位好官李梦登、中牟县李县令、鲁亮侪，其经历、命运皆令人同情。

作为县官李梦登爱民如子，在任期间，其所作所为无一不是为百姓着想。他与百姓之间结下的情谊，甚是感人，尤其是他穷困潦倒之时，"百姓争食之"，醵金、赠伞，为之送行。可怜的李梦登，始终不明白丢官的原因；其实，李梦登之赴任，去巡抚衙门报到，不肯行贿门吏，不肯听从巡抚指教，就已经埋下被罢官的祸根，至于所谓"断狱具词，不如令式"，不过是欲加之罪的口实而已。

中牟县李县令是深得百姓士绅拥戴、有口皆碑的好官，而总督大人居然一无所知，而他借俸迎母，致官帑亏空之过，进入田文镜的耳朵时，必定已是变味变质的情报，于是田文镜不问情由要立刻拿下。若不是遇到"奇男子"鲁亮侪，其命运当与李梦登相同。

鲁亮侪之"奇"，不过是敢于违背上峰旨意，敢于说出事实真相而已。在官僚社会，重要的不是事实，而是长官意志，长官意志便是一切，全省上下唯田文镜马首是瞻，所以"两司"皆认为鲁亮侪是"病丧心"，荒唐至极。若不是田文镜改变主意，鲁亮侪与中牟县李县令之命运恐怕比李梦登还要惨。田文镜肯于知错改错委实难得，他能成为朝廷重臣，确非等闲之辈。

鲁亮侪的形象在文章中极为生动，他文武双全，品德高尚，才学、胆识过人，且以中牟县事"名闻天下"。然终其一生沉沦下僚，年逾七旬"白须彪彪然"，不过是个管水利的道员。按理官场应该是衡量人的品行、学识和能力的公正天平，但其实它不是！官场上之荣辱升沉，实则正如中牟县李县令所言："命也！"

第二单元

王蓝田性急

[南北朝] 刘义庆

【文意】

王蓝田性情急躁,有一次吃煮鸡蛋,用筷子去戳,鸡蛋光滑,没有刺中,他便大怒,抓起来丢掷在地;地板光滑,鸡蛋在地板上团团旋转不止,他又急忙下地冲过去,想用脚上木屐的屐齿在地板上踩碎它,却又没有踏中。此时,王蓝田怒不可遏,从地上把鸡蛋拾起,塞入口中,将它咬破,而后立即狠狠吐出。

王羲之闻听此事放声大笑,说:"即便是毛安期有如此之性情,尚且不值一提,更何况王蓝田!"

【原文】

王蓝田性急①。尝食鸡子,以箸刺之不得,便大怒,举以掷地。鸡子于地圆转未止,仍下地以屐齿蹍之,又不得②。瞋(chēn)甚,复于地取纳口中,啮(niè)破,即吐之。

王右军闻而大笑,曰:"使安期有此性,犹当无一毫可论,况蓝田耶③?"

【注释】

①王蓝田:王述,东晋时人,袭爵位蓝田侯,故称。②屐(jī):这里指有齿木鞋。家常穿木屐是南朝当时人之风习。③王右军:东晋著名书法家王羲之,曾官为右军将军,他一向与王蓝田不睦,瞧不起他。安期:即王述之父,王承,字安期。

王蓝田自制

[南北朝] 刘义庆

【文意】

谢无奕性格粗鲁倔强，因某事与王蓝田不相投合，便一个人来王蓝田处当面指责，以致恶语相加，肆意诟骂。王蓝田表情严肃，面壁而坐，一动不敢动。过了半天，谢无奕已离开很久了，他才转头问身边的差役，说："走了没？"回答说："早已走了。"然后，王蓝田才重又复位坐正。王蓝田这种性急如火之人，却能如此忍耐和宽容，令当时的人们十分赞叹。

【原文】

谢无奕性粗强①。以事不相得，自往数王蓝田，肆言极骂。王正色面壁，不敢动。半日，谢去良久，转头问左右小吏，曰："去未？"答云："已去。"然后复坐。时人叹其性急而能有所容。

【注释】

①谢无奕（yì）：谢奕，字无奕；谢安之兄，谢玄之父。

【述评】

王蓝田"食鸡子"的过程固然可笑，其躁急与任性像个孩子，显得十分滑稽。然而，他在面对与人的矛盾冲突时却能严格地自我克制，说明他不仅有理智而且有意志力。应该说克己，是待人处事和成就事业的必要条件。一个品德优秀的人，必须培养自律的能力与习惯。

菜 人

[清] 纪昀

【文意】

景城西边,有几座荒坟,已被夷为平地了。小时候,我曾去过那里,老仆施祥指点着对我说:"这片坟地埋的是周某人的子孙,周家就是因为他做了一件善事,而延续了三代香火。"原来,在明代崇祯朝末年,河南、山东一带发生了大旱灾和蝗灾,粮荒空前,饥民遍野,树皮草根全被吃光挖净之后,竟至于人吃人,连官府衙门也无法禁止。妇女儿童被反绑到市场上出卖,唤作"菜人"。屠户买去,如同宰杀猪羊,割肉卖肉。

那时,周某人即周氏曾祖父,从东昌府做生意回来,走进一家饭店吃午饭。屠夫对他说:"肉已用尽,请稍等。"然后见他拖曳两个女子进厨房,高声招呼道:"顾客已等候多时了,先割一前蹄拿来。"周某人看见急忙出来阻止,只听见一声长号,一女子的右臂已被活劈下来,人正在地上翻滚;另一女子浑身战栗,面无人色。看见周某人进来,一齐哀呼:一求速死,一求救命。周某人顿生恻隐之情,便出钱赎救二人。一个已经活不成,急命刀刺其心免受痛苦,另一个则带回家去。因为自己无子,将她收纳为妾。想不到该女子竟生一男婴,右臂上有一条红丝般印迹,从腋下绕到肩胛,宛然如同那断臂女子的刀痕。

后来,周某人之后周氏传了三代而绝后,大家都传:周某人本来命中无子,由此一件善事为他延续了三代子孙。

【原文】

景城西偏,有数荒冢,将平矣①。小时过之,老仆施祥指曰:"是即周某子孙,以一善延三世者也。"盖前明崇祯末,河南、山东大旱蝗,草根木皮皆尽,乃以人为粮,官吏弗能禁②。妇女幼孩，反接鬻（yù）于市，谓之菜人。屠者买去，如刲羊豕③。

周氏之祖，自东昌商贩归，至肆午餐④。屠者曰："肉尽，请少待。"俄见曳二女子入厨下，呼曰："客待久，可先取一蹄来。"急出止之，闻长号一声，则一女已生断右臂，宛转地上；一女战栗无人色。见周，并哀呼：一求速死，一求救。周恻然心动，并出资赎之。一无生理，急刺其心死，一携归，因无子，纳为妾。竟生一男，右臂有红丝，自腋下绕肩胛，宛然断臂女也。

后传三世乃绝。皆言周本无子，此三世乃一善所延云。

【注释】

①景城：在今河北省景县，作者纪昀的家乡。冢（zhǒng）：坟。②崇祯：明朝末代皇帝朱由检的年号。③刲（kuī）：宰割。豕（shǐ）：猪。④东昌：府名。清代东昌府治所在今山东聊城。

野　人

［清］纪昀

【文意】

据流放到乌鲁木齐的犯人刚朝荣说，有两位从新疆到西藏去做生意的商人，各骑一头骡子，在深山里迷路，东西方向也已分辨不清。

忽然有十几人从悬崖上飞跃而下，两商人先是以为遇上了"夹坝"，待到渐渐逼近时，发现他们身长约七八尺，通身遍体皆是厚厚的黄绿色长毛，面孔似人非人，其对语的声音细碎尖利，仿佛鸟叫。二人方才明白碰上了妖怪，心知必死无疑，吓得浑身颤抖，伏地不起。这些野人们见状相视而笑，似乎并无要吃人的意思，只将二人挟在腋下，驱赶骡子向前走。走进山坳里，野人把二人放在地上，两匹骡子一头被推倒跌入坑中，另一头抽刀宰杀，点篝火将骡肉烤熟，野人们围坐火前狼吞虎咽。两商人也被拎到火堆旁就座,野人把烤肉放到他们面前。两人感觉野人似无恶意,并且早已饥困交加,于是也就一起吃起来。吃饱之后,野人们全都手拍腹部仰面长啸,啸声颇似马嘶。之后,其中两个野人将商人各挟一个,奔跑如飞,翻越三四座崇山峻岭,身手敏捷得如同猿猴飞鸟,直把他们送到官道路旁,并送他们每人一块石头,然后转身而去,瞬间消失。所送皆为绿松石,硕大如瓜,带回出售,所得超过其损失的一倍。

此事发生在乾隆三十、三十一年间,刚朝荣曾亲自见到这两个商人中的一个,听他讲过事情的详细经过。这些怪物不知是不是什么山精、木魅之类的妖怪,但从他们的行为上看,似乎不像是妖精,大概在深山幽谷之中,本来就有这样一种野人存在,他们自古以来与人类隔绝,不通往来。

【原文】

乌鲁木齐遣犯刚朝荣言:有二人诣西藏贸易,各乘一骡,山行失路,不辨东西。忽十余人自悬崖跃下,疑为夹坝①。渐近,则长皆七八尺,身毵毵有毛,或黄或绿,面目似人非人,语啁哳不可辨②。知为妖魅,度必死,皆战栗伏地。十余人乃相向而笑,无搏噬(shì)之状,惟挟人于胁下,而驱其骡行。至一山坳,置人于地,二骡一推堕坎中,一抽刃屠割,吹火燔熟,环坐吞啖③。亦提二人就坐,各置肉于前。察其似无恶意,方饥困,亦姑食之。既饱之后,十余人皆扪腹仰啸,声类马嘶。中二人仍各挟一人,飞越峻岭三四重,捷如猿鸟。送至官路旁,各予以一石,瞥然竟去。石巨如瓜,皆绿松也④。携归货之,得价倍于所丧。

事在乙酉、丙戌间,朝荣曾见其一人,言之甚悉⑤。此未知为山精,为木魅,观其行事,似非妖物⑥。殆幽岩穹谷之中,自有此一种野人,从古未与世通耳。

【注释】

①夹坝：清代藏语对强盗的称呼。②毵毵（sān）：毛稠密而细长的样子。啁哳（zhāo zhā）：声音杂乱、细碎。③山坳（ào）：山间平地。燔（fán）：烤。啖（dàn）：吃。④绿松：绿松石是一种绿宝石，呈绿色或天蓝色，可雕琢成艺术品。⑤乙酉、丙戌：即清乾隆三十年、三十一年。⑥山精：传说中的山里的精灵。木魅（mèi）：传说中古树化成的鬼怪。

【述评】

纪晓岚两篇短文所写"菜人"、"野人"，读之都令人感到惊魂动魄。前篇：文中宣扬因果报应的观念，虽陈腐不足道，但文中所披露崇祯末年，社会公行人吃人的买卖，却是事实，令我们为之毛骨悚然、不寒而栗。"以人为粮，官吏弗能禁"，国家权力机构仅剩下一个躯壳；可见，在一定条件下，人变成衣冠禽兽，其实并不难。动物世界中的弱肉强食，相比之下，也远没有如此残忍、可怕。后篇：西藏的山中野人，形同妖怪，却颇具人性，不仅善解人意而且通达事理，懂得以物易物。两名被捉商人毫发未伤，绿松石还让每人发笔小财。

看来，关于西藏山中"雪人"的传说，古已有之。

拙 效 传

[明] 袁宏道

【文意】

石公有言："天下之狡猾而善于逃避的动物，莫过于兔子，而它终究难逃猎人之手；乌贼鱼会吐墨汁以掩护自己，但这也正是它自取杀身之祸的诱因，由此观之，投机取巧的伎俩又有何用？论藏身之计，麻雀不如燕子；论谋生之术，鹳鸟不如斑鸠，古书皆有记载。基于上述缘由，作《拙效传》。"

我家有四个愚钝的仆人，他们的名字依次叫做：冬、东、戚、奎。冬是我的仆人,他的相貌奇特:面孔扁平如削而耸鼻朝天,蓝眼睛,卷曲胡子而色如铁锈。冬曾随我到武昌,我偶然有事派他去邻居某书生家,他回来迷路,居然往返几十趟而找不到家门,遇到相熟的仆人,也不上前问询。幸而可巧被我出门碰上,那时他已四十余岁,见他站在那里,仿佛走丢的孩子,凄凉四顾,一副欲哭的模样,我高声呼唤,他望见我时,竟喜出望外。冬生性好酒,有一天,家酿酒正出锅,冬要得一杯酒,当时正有差遣,他将酒杯忘在案桌上,被一个小丫环偷偷喝尽。煮酒师傅见冬馋酒可怜,便又给了他一杯。冬曲背弓腰欲蹲到灶前去喝,谁知酒被柴草点燃,脸前火起,胡须眉毛几乎烧焦。家里人失声大笑,又送给他一瓶酒。冬喜不自胜,想把酒瓶放在滚开的汤锅中,待酒热之后再喝,不小心他被热汤所烫,酒瓶失手跌落,折腾半日,他竟然没能喝到一口酒,自己气极瞠目而去。有一次,让他去开门,门枢稍紧,结果他推门用力过猛,门大开将他闪出跌倒,头触地而脚朝天,举家大笑。今年他随我住到北京的官邸中,他与守门各衙役每日厮混一起,达半年之久,我问起这些人的姓名,他居然一无所知。

东的面貌长得老相,性情略带诙谐。他从小跟着哥哥伯修为仆。伯修聘娶继室之时,命他进城买面饼。家离城约百里,吉期业已临近,与他约好三日之内买到家。第三天近黄昏时尚不见其踪影,家父与伯修都长久站在门外守望。直到晚上,才见一人挑担从柳堤上走来,来人果然正是东。家父大喜,急忙领进屋,放下担子一看,竟是一坛蜂蜜。问饼子在哪?东说:"昨天进城,偶尔遇到贱价蜂蜜,就赶紧买了,饼子价钱正贵,不可以买!"当时已约定明日交纳聘礼,竟因此被延误。

戚、奎皆为三弟的仆人。戚曾割柴草,跪在地上捆扎,用力太大,勒断绳索时拳头击中自己胸口,居然昏死过去,半天才得苏醒。奎,长得头削骨露,貌似野獐。三十岁尚未束发,长发披在脑后胡乱拧结成辫,像条大绳盘在头顶。三弟给他钱买帽子,他试帽子时忘记了头上蓬乱的大发辫,回家后,梳理束发,再戴帽子,眼睛鼻子全部被帽子扣在其中,他弄不懂帽子为何如此之大,诧异惊叹了一整天。有一天,他到邻舍去,有狗追他,他便握拳与狗相斗,仿佛与人角斗比武似的，结果被狗咬伤手指。奎的痴钝可笑大抵是诸如此类之蠢事而已。

然而，我家聪明狡猾的仆人，却往往犯错误，只有这四个拙笨的仆人能循规蹈矩而守法。狡猾者相继被赶走，无法谋生，多不过一二年，都不免挨饿受冻；这四个笨人因没有过错，却能衣食无忧。主人考虑到他们别无生路，所以一直计其所需供给口粮、提供住所等必需的生活条件。噫！以此足以证实笨拙者自有其益处。

【原文】

石公曰："天下之狡于趋避者，兔也，而猎者得之；乌贼鱼吐墨以自蔽，乃为杀身之梯，巧何用哉①？夫藏身之计，雀不如燕；谋生之术，鹳不如鸠，古记之矣②。作《拙效传》。"

家有四钝仆：一名冬，一名东，一名戚，一名奎。冬即余仆也。掀鼻削面，蓝眼虬（qiú）须，色若锈铁。尝从余武昌，偶令过邻生处，归失道，往返数十回，见他仆过者，亦不问。时年已四十余，余偶出，见其凄凉四顾，如欲哭者，呼之，大喜过望。性嗜（shì）酒，一日家方煮醪（láo），冬乞得一盏，适有他役，即忘之案上，为一婢子窃饮尽。煮酒者怜之，与酒如前。冬伛偻突间，为薪焰所着，一烘而过，须眉几火③。家人大笑，仍与他酒一瓶。冬甚喜，挈瓶沸汤中，俟暖即饮，偶为汤所溅，失手堕瓶，竟不得一口，瞠目而出。尝令开门，门枢稍紧，极力一推，身随门辟，头颅触地，足过顶上，举家大笑。今年随至燕邸，与诸门隶嬉游半载，问其姓名，一无所知。

东貌亦古，然稍有诙气，少役于伯修④。伯修聘继室时，令至城市饼。家去城百里，吉期已迫，约以三日归。日晡（bū）不至，家严同伯修门外望。至夕，见一荷担从柳堤来者，东也。家严大喜，急引至舍，释担视之，仅得蜜一瓮。问饼何在，东曰："昨至城，偶见蜜价贱，遂市之；饼价贵，未可市也。"时约以明纳礼，竟不得行⑤。

戚、奎皆三弟仆。戚尝刈（yì）薪，跪而缚之，力过绳断，拳及其胸，闷绝仆地，半日始苏。奎貌若野獐，年三十，尚未冠，发后攒作一纽，如大绳状⑥。弟与钱市帽，奎忘其纽，及归，束发加帽，眼鼻俱入帽中，骇叹竟日。一日至比舍，犬逐之，即张空拳相角，如与人交艺者，竟啮其指。其痴绝皆此类。

然余家狡狯之仆，往往得过，独四拙颇能守法。其狡狯者，相继逐去，资身无策，多不过一二年，不免冻馁。而四拙以无过，坐而衣食，主者谅其无他，计口而受之粟，唯恐其失所也。噫，亦足以见拙者之效矣。

【注释】

①石公：作者自号石公。乌贼鱼：也称墨斗鱼，善吐墨汁以逃生。②此句意谓：麻雀藏身在屋檐下，不如燕子直接筑巢在室内，燕子信赖人类，看似朴拙，但其实比不免于受风雨侵袭和外界残害的麻雀更安全。鹳（guàn）鸟本领极大，善营巢高树之上，而斑鸠笨拙，自己不会筑巢，但却可得鹳的空巢而居之。古记之矣：《禽经》称："鸠拙而安。"③突：烟囱，这里指炉灶。④伯修：作者袁宏道的哥哥袁宗道，字伯修。⑤此句意思：按当时的当地风俗，面饼为聘礼之一项。⑥冠：古代男子二十要行成人礼，束发戴冠，这里指奎三十尚未束发。攒（cuán）：聚集。纽（niǔ）：纽带，指挽成辫子。

阿　留

[明] 陆容

【文意】

阿留是太仓人周元素家的僮仆，天生愚笨呆傻，不堪言状，任何事也做不了，但周元素却一直收养着他。

主人曾吩咐他扫地除尘，他整日挥舞扫帚，却没能扫净一间屋。主人冲他发火，他便将扫帚摔在地上，竟说："既然你做得好，何必来烦我？"

周元素有时外出，让他在家照看门户。来的宾客即使是熟悉的，他也说不上名字来。周元素回来问他哪些人来过，他总是这样回答："有个又矮又胖的，有个瘦长留胡子的，有个相貌长得好看的，有个老态龙钟拄拐杖的。"后来，他怕记不完全，就干脆关起大门，来客人一概不予开门。

周家收藏了一些古董，有樽、彝、鼎、敦等几件青铜器，来客时，就拿出来陈列观赏一番。阿留等客人走后，偷偷敲一敲，说："这不是铜的吗？怎么弄成这种黑漆漆的？"于是，他跑出去拿来沙石，蘸水大洗大擦。

家里的矮榻缺一只脚，主人让阿留去砍一根树杈，把它修做床脚；阿留拿了斧头锯子，在园子里走了一整天，等到回来，他向人伸出两根手指，比划着说："树枝都向上长的，没有朝向下生的啊！"一家人听了哄堂大笑。房门前新栽了几株柳树，周元素担心邻家孩子摇动它，难以存活，便让阿留守护之。开饭时，阿留要进屋吃饭，就将柳树拔起，收藏在屋里。阿留所做的大都是诸如此类可笑的事情。

周元素工于楷书，尤其擅长绘画。一天，他准备作画，正在调颜料，随口对阿留开玩笑说："你可会做这事？"阿留回答："这有什么难的？"于是，周元素就让他来调色，想不到他调出来的颜色的色彩浓淡适宜，交错均匀，似乎他天生就会。以后多次让他调色，没有一次不尽如人意的。周元素从此让他专门做绘画助手，将他终生留用。

作者有言：樗木栎木皆不能成材，但樵采伐木者对之却从不放弃；沙石璞玉形态丑陋，但石匠玉工却赖以生存，大概天地之间应该没有完全无用的可弃之物。况且，人是世间万物中最具灵性者，怎能毫无可取之处呢？阿留固然痴呆无比，本可废弃不用，最终却以一技之长得到赏识，实则应归功于周元素能宽厚容人。如今天下那些正直的隐退之士，通常都不为当权执政者所了解。至于才思不敏而又迂阔之人，自然不能得到他们的喜欢；即便能够了解并且喜欢的人，使用时又不能量材而用，随之就又遗弃了他们。呜呼！当今人才为何如此之不幸，而只有阿留才是一个幸运儿？

【原文】

阿留者，太仓周元素家僮也，性痴呆无状，而元素终畜之①。

尝使执洒扫，终朝运帚，不能洁一庐。主怒之，则掷帚于地，曰："汝善是，曷（hé）烦我为？"

元素或他出，使之应门，宾客虽稔熟者，不能举其名②。问之，必曰："短而肥者，瘦而髯者，美容姿者，龙钟而曳杖者。"后度（duó）不悉记，则阖门拒之。

家畜古樽、彝、鼎、敦数物，客至，出陈之③。留伺客退，窃叩之，曰："是非铜乎？何黯黑若是也！"走取沙石，就水磨涤之④。

矮榻缺一足，使留断木之歧生者为之。持斧锯，历园中竟日。及其归，出二指状曰："木枝皆上生，无下向焉！"家人为之哄然。舍前植新柳数株，元素恐为邻儿所撼，使留守焉。留将入饭，则收而藏之，其可笑事率类此。

元素工楷书，尤善绘事。一日，和粉墨，戏语曰："汝能为是乎？"曰："何难乎是？"遂使为之。浓淡参亭，一若素能⑤。屡试之，亦无不如意者。元素由是专任之，终其身不弃焉。

传者曰："樗栎不材，薪者弗弃；砂石至恶，玉人赖焉。盖天地间无弃物也，矧灵于物者，独无可取乎⑥？阿留痴呆无状，固弃材耳，而卒以一长见识，实元素之能容也。今天下正直静退之士，每不为造命者所知；迟钝疏阔者，又不为所喜；能知而喜矣，用之不能当其材，则废弃随之。於戏！

今之士胡不幸,而独留之幸哉⑦!"

【注释】

①周元素:名位,字元素,明代太仓(今江苏太仓)人,博学多才,精于绘画。②稔(rěn)熟:熟识。③樽(zūn):古代酒器。彝(yí):古代酒器,宗庙祭祀时所用。鼎(dǐng):古代炊器、食器。敦(duì):古代一种食器。④此句意谓:青铜器因年代久远,颜色变暗并有绿锈,但不可磨涤,因为作为古董的青铜器不宜改变其出土时的原始面貌,同时也容易对文物造成损伤。⑤参(cēn)亭:参和均匀,指调色浓淡适宜。⑥传者:指作者本人。樗(chū):即臭椿;栎(lì):俗称麻栎,两者皆落叶乔木,不能成材。《庄子》中提到这两种树为"不材之木"。后世以"樗栎"比喻无用之才。矧(shěn):况且。⑦於戏:同"呜呼"。

【述评】

两篇文章都通过写家仆的愚笨,借题发挥,说明道理。

前者:所写四位仆人:冬、东、戚、奎,虽然都干过滑稽可笑的蠢事,但四人皆朴拙真诚,做事认真、努力,但往往是用力过猛,搞出笑话。冬吃酒不着,笨拙得可爱;东进城购货,自作主张,误了大事,反倒是出自对主人家的忠心。他们做人的基本品质,得到主人家的肯定,是他们能得到善待的根本原因,而不是由于他们的愚蠢。

后者:阿留个性鲜明,他做的每样事情,都有自己独特的思维方式。他似乎是对生活的平凡事务毫不理会的那种"雨人",实际上有未被发现和开掘的聪明才智。人物憨拙情态描摹如真,琐事细节,涉笔成趣,而文中主人周元素对于阿留的宽容与怜惜的仁爱之心,令人感动。文章结尾作者以阿留事引发议论,对于国家人才的使用这一复杂的社会问题进行简单推理,显得空洞乏力,于这篇生动的人物小传也不甚协调。

《梅圣俞诗集》序

[宋] 欧阳修

【文意】

我听世人说：大凡成名诗人，其时运畅达、志得意满者少；身处逆境、困厄艰危者多。事实难道不是如此吗？传世不衰之诗歌，多出于古代穷困之士的笔下，究其原因则是：那些胸藏丘壑、博学多才之士，其才智既不得充分施展于社会，则大都将兴趣转向大自然，放浪形迹于山水之间，观赏虫鱼草木、风云鸟兽等事物的生存状态，探究它们的奇特怪异之处，而将自己内心郁积已久的忧思苦闷与感慨愤激之情，寄托其中，借此类巧喻，转化为讽怨之诗，道寡妇之苦、逐臣之叹，言人所难言之感受。诗人处境越穷困就越写得工巧，诗歌成就则越高。然而，并非写诗能使人穷困潦倒，相反倒是人在穷困潦倒之后，才能写出好诗。

我的朋友梅圣俞，年少时考进士，屡遭主考部门压制而落第，则以荫袭补为下级官吏，困厄于州县十余年。年已五十，渐近老境，尚须奉聘书，充任幕僚。其智慧才华，积蓄深博，却不能表现发挥于其事业之中。圣俞的家乡在宛陵，他幼年学诗，自孩童时起，其诗句就已令父老前辈惊异。长大后，他学习六经，研究仁义道德之学问，所作文章，简洁古朴、纯正精当，但他却不肯苟且取悦于世人，因此世人只知其诗歌出众而已。于是，时人不论雅俗贤愚，凡谈及作诗，必向圣俞讨教。圣俞也将自己之不得志，一概痛快淋漓倾注于其诗中，因此他平生所作，尤以诗歌为多。梅圣俞虽以诗歌名扬天下，却无人推荐于朝廷。相国王文康公曾见其诗作，慨叹道："二百年无此作矣！"虽对他知之甚深，却最终未加举荐。倘若梅圣俞有幸得到朝廷任用，写出雅、颂类诗篇，用以歌颂大宋之丰功盛德，献于宗庙，追比商、周、鲁颂之作者，岂非成就一番伟业？然而，为什么偏让梅圣俞老而不得其志，只能写困厄者之歌，徒然面对虫鱼之物，发羁愁之叹，作穷途之哭？世人仅爱其诗歌之工巧，并不知困厄已久的他，早已垂老而濒死，岂不令人痛心！

圣俞的诗作很多，自己并不收集整理。其内侄谢景初担心诗多而容易散失，于是选取他从洛阳到吴兴这一时期的作品，编为十卷。我酷爱圣俞诗作，生怕不能得到其全部作品，谢氏能为之编排成集，并请我作序，真是意外之惊喜，于是得以珍藏。

十五年后，圣俞因病在京师去世，我于哭吊之际为他写墓志铭，趁便向他家索求，得圣俞遗作千余篇，连同先前所保存诗篇，选取其中特别优秀者六百七十七篇，分为十五卷。呜呼！对于圣俞诗歌，我所作评论已多，不再重复。

庐陵欧阳修序。

【原文】

予闻世谓诗人少达而多穷，夫岂然哉！盖世所传诗者，多出于古穷人之辞也。凡士之蕴其所有而不得施于世者，多喜自放于山巅水涯之外，见虫鱼草木、风云鸟兽之状类，往往探其奇怪；内有忧思感愤之郁积，其兴于怨刺，以道羁臣寡妇之所叹，而写人情之难言，盖愈穷则愈工①。然则非诗之能穷人，殆穷者而后工也。

予友梅圣俞，少以荫补为吏，累举进士，辄抑于有司，困于州县凡十余年②。年今五十，犹从辟书，为人之佐，郁其所蓄，不得奋见于事业③。其家宛陵，幼习于诗，自为童子，出语已惊其长老④。既长，学乎六经仁义之说，其为文章，简古纯粹，不求苟悦于世，世之人徒知其诗而已。然时无贤愚，语诗者必求之圣俞；圣俞亦自以其不得志者，乐于诗而发之。故其平生所作，于诗尤多。世既知之矣，而未有荐于上者。昔王文康公尝见而叹曰："二百年无此作矣⑤！"虽知之深，亦不果荐也。若使其幸得用于朝廷，作为雅颂，以歌咏大宋之功德，荐之清庙，而追商、周、鲁颂之作者，岂不伟欤⑥！奈何使其老不得志，而为穷者之诗，乃徒发于虫鱼物类、羁愁感叹之言？世徒喜其工，不知其穷之久而将老也，可不惜哉！

圣俞诗既多，不自收拾。其妻之兄子谢景初，惧其多而易失也，取其自洛阳至于吴兴已来所作，次为十卷。予尝嗜圣俞诗，而患不能尽得之，遽喜谢氏之能类次也，辄序而藏之⑦。

其后十五年，圣俞以疾卒于京师，余既哭而铭之，因索于其家，得其遗稿千余篇，并旧所藏，掇其尤者六百七十七篇，为一十五卷。呜呼！吾于圣俞诗，论之详矣，故不复云⑧。

庐陵欧阳修序。

【注释】

①羁（jī）臣：指在异乡求官或做官的人，这里特指不得志者。②荫补为吏：依靠祖先功勋而得官。梅尧臣（字圣俞）少时应进士试不第，不能授官。以其叔父翰林侍读学士梅询之荫，任为河南县主簿（品级极低的佐吏，掌文书）。困于州县凡十余年：梅尧臣后又调任河阳县主簿，建德、襄城县令等职。③辟（bì）书：聘书。④宛陵：今安徽宣城。⑤王文康公：即王曙，宋仁宗时宰相。"文康"是其谥号。《独醒杂志》载：文康公知河南时，县主簿梅尧臣曾以其诗文呈公，"公览毕，次日，对坐客谓圣俞曰：'子之诗，有晋宋遗风，自杜子美没后，二百余年不见此作。'由是礼貌有加，不以寻常待圣俞矣"。⑥《雅》、《颂》：即商、周两朝及春秋鲁国在祭祀祖先时用的乐歌，在中国第一部诗歌总集《诗经》中保留了一部分。荐：这里为奉献之意。清庙：即宗庙。⑦遽（jù）：立刻，这里是意外的意思。⑧此句意为：欧阳修在其《书梅圣俞稿后》等文以及《六一诗话》中都曾评论过梅尧臣的诗歌成就。

《师伯浑文集》序

［宋］陆游

【文意】

乾道癸巳年，我由成都去犍为，在眉山与隐士师伯浑结识，一见之下便知其人乃天下奇才。分别时，伯浑于青衣江上为我饯行。伯浑酒酣放歌，声摇江山，水鸟惊飞。伯浑开怀畅饮，尽斗酒方休；我平素不善饮酒，当时也不觉大醉。夜半开船，行至平羌，方才酒醒，我于舟中寻得一巨轴条幅，则是伯浑的狂草醉书，想必至墨干纸尽，方才搁笔。其字如蛟龙之奋起，如奇鬼之搏人，何等雄奇壮伟，撼动人心！四年之后，伯浑一病不起，其子怀祖集齐伯浑之文章，于八千里外传递信函，请求我为之作序。

呜呼！伯浑年轻之时，便声震秦蜀，名扬吴楚，一时间上流人物皆尊崇而仰慕之，希望与之交往。当时朝廷所派巡视边境、谋划恢复中原之军事长官的宣抚使，及执掌边防军务，并兼管梁、益两州军民事务的制置使，皆为高官显贵，闻伯浑之名声，将推荐于朝廷，但最终被谗言所阻。而当师伯浑决计归隐，声明不再出仕为官后，则诋毁之言顿消，作梗之人匿迹。于是，官府有关部门每年馈赠米粮、衣物、酒肉等按时慰问，伯浑仕途之路至此已断，充其量不过如孔旼、徐复等人，赐予"散人"称号，将生平事迹记入史书而已。经此一番周折，师伯浑其实并无所得，而人对师伯浑之忌恨，已到如此之地步；假定师伯浑真被皇帝所用，身为公卿，委以重任，则忌恨者恐不可胜数，而排斥打击，更将无所不用其极；最终是否会落到流放边地、贬为下吏的可悲下场，亦未可知。而今，伯浑身不离眉山之故土，夫妇相守，男耕女织，恣肆放情于山水之间，过着优哉游哉以终天年的生活，相形之下，比之前者实为幸事。如此看来，师伯浑官场之不遇，并无遗憾。有人说："师伯浑才华横溢，盖世无双，其文章英气勃发，光彩夺目，作为宗庙之颂辞，刻于彝鼎之重器，方能与之相称。而今，其才华不得发挥，能力不得施展，却退居山林抒写个人解忧消愁之文字,岂不可惜?"而我则认为:"天命如此,为之奈何!有识之士,则将不为伯浑,而为国家病入膏肓之时势而悲叹!"

淳熙某月某日山阴人陆游序。

【原文】

乾道癸巳,予自成都适犍为,识隐士师伯浑于眉山,一见知其天下伟人①。予既行,伯浑饯予于青衣江上②。酒酣浩歌,声摇江山,水鸟皆惊起。伯浑饮至斗许,予素不善饮,亦不觉大醉。夜且半,舟始发去。至平羌,酒解,得大轴于舟中,则伯浑醉书,纸穷墨燥,如春龙奋蛰,奇鬼搏人,何其壮也③!后四年,伯浑得疾不起,子怀祖集伯浑文章,移书走八千里乞予为序。

呜呼!伯浑自少时名震秦蜀,东被吴楚,一时高流皆尊慕之,愿与交④。方宣抚使临边,图复中原,制置使并护梁益兵民,皆巨公大人,闻伯浑名,将闻于朝,而卒为忌者所沮⑤。夫伯浑既决不肯仕,即无沮者,不过有司岁时奉粟帛牛酒劳问,极则如孔旻、徐复辈,赐"散人"号,书其事于史而已,于伯浑何失得?而忌已如此⑥!向使伯浑出而事君,为卿为公,则忌者当益众,排击阻挠,当不遗力。徙比景,输左校,殆未可知,安得如在眉山,躬耕妇织,放意山水,优游以终天年耶⑦?则伯浑不遇,未见可憾。或曰:"伯浑之才气,空海内无与比,其文章英发巨丽,歌之清庙,刻之彝器,然后为称;今一不得施,顾退而为山巅水涯娱忧纾悲之言,岂不可憾哉⑧!"予曰:"是则有命。识者为时惜,不为伯浑叹也!"

淳熙某月某日山阴陆某序。

【注释】

①乾道癸巳(guǐ sì):乾道为宋孝宗赵眘的年号,乾道癸巳为

乾道九年。犍（qián）为：四川省县名。眉山：四川省眉山县。②青衣江：四川中部河流。③平羌（qiāng）：四川省乐山县北。墨燥：指墨汁已尽。春龙奋蛰（zhé）：冬眠的龙在春天惊起。④秦蜀、吴楚：皆地名之古称，秦蜀指陕西、四川；吴楚指江苏、安徽、湖南、湖北等地。⑤宣抚使：统率军队、负责征战的高级军事长官。制置使：掌管边务的地方大员。沮（jǔ）：阻碍。⑥孔旻（mín）、徐复：二位皆宋初隐士，孔旻性情孤高，讲究礼法，任朝廷秘书省校书郎，后辞去。徐复精通《易经》，宋仁宗征召，他不去。赐"散人"号：朝廷赐予其封号，等于承认其隐士身份。失得：这里是复合偏义词，即为"得"。⑦徙（xǐ）比景：泛指流放到边远地区。比景：古地名，现在越南境内。输左校：泛指被贬为低级官吏。左校：为管理营建宫室工人的小吏。⑧歌之清庙，刻之彝器：这里意思是指师伯浑才华超绝，可以作宗庙的颂词，可以作镌刻于祭器上的文字。清庙：国家之宗庙。彝：这里指祭祀大典所用的礼器。

【述评】

两篇序言，两篇笔歌墨舞之文章，都浸透了作者对诗文集作者诚挚的倾慕与同情。前文侧重于分析说理，后文侧重于描写叙述。

前者：作者对世人所言"诗人少达而多穷"的社会现象，从生活与创作的关系出发，进行深入探索，发掘出"穷而后工"的原因，诚为卓见，令人如饮醍醐。士之际遇不偶，对下层生活有深切体验，内心之忧思感愤，于自然万物中找到其心灵之故乡，借"虫鱼草木、风云鸟兽"寄兴托意，于是笔动时篇篇锦绣，墨走时字字珠玑，产生大量优秀作品。

著名诗人梅尧臣，是与作者共同参与宋初诗文革新运动的挚友。二人的友谊，正如诸葛亮所言："士之相知，温不增花，寒不改叶，能四时而不衰，历夷险而益固。"正因对朋友相知甚深，文章才有如此深刻之见地。作者追述梅尧臣的身世、经历，充满着不平与感慨，其设想梅尧臣"得用于朝廷"，可为大宋王朝歌功颂德虽不足称道，却也体现了作者对朋友的一片关爱之意。

后者：文章开头写与师伯浑初次见面的印象，作者运用速写笔法勾勒出人物豪纵不羁、耿介潇洒的精神面貌，写得力透纸背。

师伯浑栖身草野，以才气名播海内，"将闻于朝"时却终被谗言毁谤所阻。作者以一腔悲慨之情叙述师伯浑的经历，突显浑浊人世之肮脏龌龊，结尾对社会人生所发彻悟之感的议论，则是陆游这位伟大爱国者的泪出痛肠之语。

鹅笼夫人传

[清] 周容

【文意】

鹅笼夫人是毗陵县某人之女。鹅笼夫人年幼时，其父认定此女将来必为贵人，因此谨慎为之择婿。直至得见鹅笼文章，即将女儿许配与他。其母问："此人家境如何？"其父回答："我以他文章为其家业。"鹅笼家果然贫困，数年内竟无力纳一道聘礼。

鹅笼夫人之妹许婚某人，其家一向豪奢。当即下彩礼订婚，僮仆百人皆服饰华丽，聘礼箱笼排列近一里之遥；花枝招展的媒人进门，不及言语，指挥众人，于庭台屋宇张灯结彩，瞬间将内外装饰得花团锦簇、金碧辉煌。大门外雕鞍骏马，昂首骄嘶。亲戚邻里拥挤围观，有人说："她姐家如何能比？"婢女婆娘围绕其妹，欢声笑语。而鹅笼夫人静静做针线，面无表情。

一日，其母用妹妹的聘礼钱为妹裁制新衣，忽然气恼，说道："你姐别指望穿这种衣裳，看来她就只配穿布衣了。"鹅笼夫人听了，立时脱掉身上的丝绸，从此里外皆穿布衣。又过数年，鹅笼家的家境更为窘迫，其妹已喜结连理，大吹大擂，乘花轿出阁。而鹅笼夫人仍静静做针线，面无表情。

壬子年秋，鹅笼二十四岁，乡试中举。母亲已觉出乎意料，鹅笼也急于求告迎娶。而夫人对母亲说："反正已经迟了，等其京试之后也无妨。"于是鹅笼含愧赴京，参加会试、殿试，两榜皆中，均为第一，名满天下。南京京兆尹闻状元家贫，动用公款代为行聘，大小官吏奔走忙碌，替鹅笼家操办婚事。此时，夫人家亲戚仆从等态度大变,比对其妹的婚嫁则更加仰慕。而鹅笼夫人依然静静做针线,面无表情。

不久,皇帝特旨恩准鹅笼依朝廷命官礼仪归乡娶亲。巡抚、巡按等高级官员下及郡守等,均为宾客参加婚礼,群集驿站等候,鹅笼亲自出迎。从毗陵至鹅笼家,花轿喜船两岸,绛纱红绫沿江绵延数十里,县令具礼服出郊迎接,跪伏道左。女子出嫁荣显至此,堪称前所未闻。

鹅笼出任宰相十年,夫人常以礼法规劝他不可放纵享乐,因此当时鹅笼尚少犯过失。壬申年,夫人在京都官邸逝世,朝廷恩赐祭奠七次,并派遣官员护灵柩还乡,令有关部门办理丧葬事务。出殡之日,公卿大臣齐集,灵棚奠幄鳞次栉比,东郊排列如云;灵车南行,水陆二十余里,供品几筵相连。夫人临终,对鹅笼说:"位高权重恐招不测之祸,夫君啊!何不收心止步,就此罢休!妾不知何故,感觉能够死于今日,实为幸事。"

过了一年,鹅笼告假获准回归故里。时间一久,鹅笼又设法利用人际关系,钻营投机再度为相,终因纵淫乱政,被皇帝赐死。

作者评语:我到燕京,听说鹅笼青衣小帽死于古庙之中,刑部锦衣卫几位官员验尸锁门,便回去复命。吊死的尸体悬挂三日,待圣旨颁下,方才入殓。以牛车载柳木棺拉出城外,无一人送葬。鹅笼未死时,京城流传讽刺他的歌谣"十子谣"。所谓"十子"是指叶子、附子之类,皆鹅笼淫逸奢侈之物。叶子是鹅笼赌博的纸牌,鹅笼乐此不疲,与人豪赌常通宵达旦。鹅笼在内阁值班,居然以女扮男装之法,将女人带入同宿。我的朋友徐心水当时为侍御,曾对我说:"鹅笼喜欢嚼吃附子,对客言事也咀嚼不止,保养得面如红玉。"鹅笼之索贿,银子多得生厌,索取金子;金子多得生厌,索取珍珠。人们俗话讥讽他,金银珠宝之类他都视为儿子,这些"子"也在"十子谣"之内。还有其他的几"子"是什么,我已忘记。鹅笼第二次为相如此荒唐,从夫人临终之言,可见对此已有察觉。呜呼!鹅笼得罪于国家之前,作为丈夫他首先得罪的是其夫人。

【原文】

鹅笼夫人者,毗陵某氏女也[①]。幼时,父知女必贵,慎卜婿；得鹅笼文，即婿之。母曰："家云何？"曰："吾恃其文为家也。"家果贫，数年犹不能展一礼②。

妹许某，家故豪，遽行聘。僮仆高帽束绦（tāo）者将百人，筐筺（fěi）亘（gèn）里许。媒簪花曳彩，嘿部署，次第充庭庑，锦绣、縠、珠钿，金碧光照屋梁③。门外雕鞍骏骑，起骄嘶声。宗戚压肩视，或且曰："乃姊家何似矣？"媪（ǎo）婢共围其妹，欢笑吃吃。夫人静坐治针黹（zhǐ），无少异容。

一日，母出妹所聘币，裁为妹服，忽愠（yùn）曰："尔姊勿复望此也！身属布矣！"夫人闻之，即屏去丝帛，内外惟布。再数年，鹅笼益落魄。夫人妹已结鸳鸯枕，大鼓吹，簇凤舆出阁去。夫人静坐治针黹，无少异容。

壬子秋，鹅笼岁二十四，举于乡④。夫人母谓已出意外，即鹅笼亦急告娶，夫人谓母曰："总迟矣。"于是鹅笼愧而赴京。中两榜，俱第一人，名哄天下⑤。南京兆闻状元贫，移公帑金代行聘，官吏奔走执事，宗戚媪婢间，视妹时加甚⑥。夫人仍静坐治针黹，无少异容。

已而鹅笼奉特恩赐归，以命服娶。抚、按使者已下及郡守，俱集驿庭候，鹅笼亲迎。自毗陵抵鹅笼家，绛纱并两岸数十里，县令角带出郊，伏道左。女子显荣，闻见未有也。

十年为相，夫人常以礼规放佚，故鹅笼当时犹用寡过闻。壬申，夫人卒于京邸，朝廷赐祭者七，遣官护丧归，敕有司营葬⑦。绋引日，公卿勋贵，奠幄鳞次，东郊如云⑧。水陆南经二十余里，几筵相接。卒时，语鹅笼曰："地高坠重，公可休矣！妾不自如何故，以今日死为幸。"

阅岁，鹅笼予告回里。久之，复夤（yín）缘再相，纵淫恣乱政，赐死。

赞曰：予至燕，闻鹅笼小帽青衫死古庙中，刑部锦衣诸官钥门，覆命去。尸挂三日，旨下始殓，牛车载柳棺出郭，无一视者。未死时，京师盛传"十子谣⑨"。十子者，如叶子、附子类⑩。叶子戏初起，鹅笼笃好之，偕客斗，恒通曙。直宿内阁，辄携女子男妆入。予友徐心水时为侍御，尝语予曰："鹅笼善唊附子，对客不去口，故面如红玉。"其贿也，厌银矣，以金；金厌矣，以珠。俗称金珠俱亲之以子，故与在十子，余子予偶忘焉。鹅笼再相如此，知夫人卒时所言，固已窥其微也。呜呼！夫夫之得罪于国也，固先得罪于妇矣。

【注释】

①鹅笼：据《续齐谐记》载，宜兴人许彦挑鹅笼行路，遇一书生脚痛，要求坐进许彦的鹅笼里，许允之，负之不觉重。这里以鹅笼代指崇祯时宰相周延儒。周延儒，字玉绳，江苏宜兴人，崇祯时先后两次任首辅，为《明史》上的著名奸臣，后削职安置正阳门外古庙，赐自尽。这里，以鹅笼喻宜兴书生，借以指代周延儒，全文隐去其真实姓名。毗（pí）陵：古县名，即江苏武进县。②展一礼：古代婚姻成立有繁琐的手续和仪式。从问名、纳采、直至亲迎等六礼，皆需钱财。展：施行。③嘿：同"默"，闭口不语。次第：顷刻。圯（shí）：堂前阶旁所砌的斜石。縠（hú）：縠纱。珠钏（chuān）：指珠帘。④壬子：万历四十年。⑤中两榜：会试、殿试，两考皆中。明万历四十年，周延儒会试、殿试均为第一名。⑥南京兆：南京的京兆尹，南京辖区的最高行政长官，级别相当于郡太守。帑（tǎng）：官府财库。执事：担任工作，操办事务。⑦壬申：崇祯五年。邸（dǐ）：府第。敕（chì）：命令。⑧绋（fú）：牵引灵车的绳索。此指出殡。奠幄（wò）：举行祭奠的帷帐。⑨十子谣：当时流传的讽刺鹅笼的歌谣。⑩附子：中药名，具有回阳祛寒等功效。

芋老人传

[清] 周容

【文意】

所谓芋老人,是慈水县祝家渡的一位老者。儿子外出当佣工,自己与妻子居住于渡口岸边。一日,一书生衣袖单薄、全身湿透,在其屋檐下避雨,其身影也显得格外瘦弱。老人见了,便引他进屋坐下,方知是入城参加童生试归来的书生。老人略懂诗书,与之聊得久了,便吩咐老妻煮芋头请书生吃。书生吃了一碗,又盛一碗,吃得很饱,笑着说:"我将不会忘记您老人家的芋头。"雨停后,书生离去。

十余年后,书生因科举高中而官至相国。偶然一次,他命厨师煮芋头吃,吃罢放下筷子感叹道:"为什么当年祝家渡老人家的芋头,是那么香甜可口呢?"于是,命人寻访那对老夫妇,车马载送至京。当地郡、县官吏得知,以为老人和宰相旧日有深交,纷纷邀见,与之平起平坐。老人之子从此也不必佣工糊口了。

到京城,宰相慰劳有加,说:"我一直未忘老人家的那顿芋头,今欲烦老妇人再为煮一次。"不久,芋头煮好端给宰相,宰相吃罢又放下筷子,说:"为何先前吃的芋头竟是那么香甜呢?"老人上前说道:"芋头是相同的,先前芋头之香甜,并非调制有何特别,而是时势、地位的不同,使人发生了变化啊!想当初,相公出城步行数十里,雨中彷徨,饥寒交加,自然口不择食。今日,您堂上陈设珍馐美味,朝中分享御筵,累茵而坐,列鼎而食,哪里还能品出芋头的甘甜呢?然而,相公之变化仅止于芋头,老夫还得为此而庆幸哩!人老了,见闻自然也多。我家村南有对贫苦夫妻,妻子织布纺纱,汲井舂米,不辞辛劳供养丈夫读书;丈夫终于有幸功成名就,随后则爱姬宠妾应之不暇,将患难之妻置于脑后,致使其妻抑郁而死。此则可谓将妻子视为芋头者。城东某甲、乙同学二人,一砚、一灯、一窗、一榻,二人多年共用共享,甚至衣帽鞋袜都不分彼此。后乙先科举及第,步入仕途,闻甲落魄潦倒,竟笑而不顾,二人于是断交。此则可谓将朋友视为芋头者。还听说谁家子弟，读书时立志：倘若他日得志显达，必欲廉洁干练如某古人，必欲忠孝如某古人；可是一旦做官，却因贪污受贿、操守不良而罢官。此则可谓将其所学视为芋头者。仅止这类事说说倒也罢了，更有甚者：老夫邻居有私塾，私塾先生向学生讲述前代史实，其中有将相、卿大夫、刺史、太守、县令等各级官员，他们腰金佩紫、揽辔褰帷，享尽富贵荣华。然而一旦朝中有变，异族外侵，则一个个屈膝叩首，争先降敌，竟致将宗庙社稷、君恩国耻、尊严名誉，一概等同于芋头。如此说来，世人以今日而忘昔日之行为，形形色色、林林总总，哪里只是筷子一撂那么简单！"

老人话音未落，宰相极为震惊，起身道谢："老人家真乃悟道之高人啊！"厚赏而送之归。于是"芋老人"之名声大振。

作者评赞：芋老人无意中得遇宰相，且能有缘结交，可谓奇事！不知宰相将如何方能不愧对老人之言？不过，就其能不忘老人之芋一事足以表明，他原本比老人以芋为喻所讲的那批人贤明得多。而最为奇怪的是芋老人虽然读过书，却又怎能如此健谈？难道他果真是明理之哲人？还是传闻言过其实呢？嗟夫！天下道理，有达官贵人所不能言者，而下层百姓反能言之，世事往往就是如此。

【原文】

芋老人者，慈水祝渡人也①。子佣出，独与妪（yù）居渡口。一日，有书生避雨檐下，衣湿袖单，影乃益瘦。老人延入座，知从郡城就童子试归②。老人略知书，与语久，命妪煮芋以进。尽一器，再进，生为之饱，笑曰："他日不忘老人芋也。"雨止，别去。

十余年，书生用甲第为相国，偶命厨者进芋，辍箸叹曰："何向者祝渡老人之芋之香而甘也③！"使人访其夫妇，载以来。丞、尉闻之，谓老人与相国有旧，邀见，讲钧礼④。子不佣矣。

至京，相国慰劳曰："不忘老人芋，今乃烦尔妪一煮芋也。"已而，妪煮芋进，相国亦辍箸曰："何向者之香而甘也!"老人前曰:"犹是芋也,而向者之香且甘者,非调和之有异,时、位之移人也。相公昔自郡城走数十里,困于雨,不择食矣;今者堂有炼珍,朝分尚食,张筵列鼎,尚何芋是甘乎⑤?老人犹喜相公之止于芋也。老人老矣,所闻实多:村南有夫妇守贫者,织纺井臼,佐读勤苦;幸获名成,遂宠妾媵,弃其妇,致郁郁而死,是芋视乃妇也⑥。城东有甲、乙同学者,一砚、一灯、一窗、一榻,晨起不辨衣履;乙先得举,登仕路,闻甲落魄,笑不顾,交以绝,是芋视乃友也。更闻谁氏子,读书时,愿他日得志,廉干如古人某,忠孝如古人某,及为吏,以污贿不饬罢,是芋视乃学也⑦。是犹可言也;老人邻有西塾,闻其师为弟子说前代事,有将、相,有卿、尹,有刺史、守、令,或绾黄纡紫,或揽辔褰帷,一旦事变中起,衅孽外乘,辄屈膝叩首迎款,唯恐落后,竟以宗庙、社稷、身名、君宠,无不同于芋焉⑧。然则世之以今日而忘其昔日者,岂独一箸间哉!"

老人语未毕,相国遽(jú)惊谢曰:"老人知道者!"厚资而遣之。于是芋老人之名大著。

赞曰:老人能于倾盖不意,作缘相国,奇已⑨!不知相国何似,能不愧老人之言否?然就其不忘一芋,固已贤夫并老人而芋视之者。特怪老人虽知书,又何长于言至是,岂果知道者欤?或传闻之过实耶?嗟夫!天下有缙绅士大夫所不能言,而野老鄙夫能言之者,往往而然。

【注释】

①慈水:今浙江慈溪县。祝渡:即祝家渡,渡口在慈溪县西南约三十华里。②童子试:明清科举录取秀才的考试。③用甲第为相国:因考取一甲进士而官至宰相。用:因为。向者:从前。④丞、尉:县官的副职及助理官员。讲钧礼:行平等之礼。⑤炼珍:精美食品。朝分尚食:分得皇帝赏赐的食品。尚食:指皇帝的食品。列鼎:古时王

侯公卿列鼎而食。表示地位高贵、馔食丰美。⑥织纺井臼：指女子勤苦持家，井臼（jiù），指汲水、舂米。媵（yìng）：古时随嫁之女仆，这里指女奴美姬。乃：他的。⑦不饬（chì）：不守规矩，行为不轨。⑧西塾：学塾。古时礼仪，主位在东，宾位在西，所以称塾师为西宾，称私人学堂为西塾。尹（yǐn）：即京兆尹，京城最高长官。刺史、守、令：指府、州、县三级地方长官。绾（wǎn）黄纡（yū）紫：形容官员身系官印。绾，系。黄，代指金印。纡，结扎。紫，指代系印的紫色绶带。揽辔（pèi）褰（qiān）帷（wéi）：指高官骑马、乘车的行为动作。事变中起：宫廷中发生政治变故。衅孽（xìn niè）外乘：外来的祸患乘机发生。款：归顺。⑨倾盖不意：意思是：意外地发生了交往。倾盖，原意是双方乘车相遇，途中停车交谈。盖：车上的伞盖。

【述评】

　　人生的考验，不止于身处逆境、艰难困苦之时，而更为严峻的考验是你已然处于功成名就、顺水行舟之时。两篇文章写两位贤达明理之人，一为鹅笼夫人，一为芋老人；一主叙事，一主议论。

　　前篇：文章避开对少言寡语的主人公进行正面描写，主要通过人物时运际遇变化的对比，通过与其妹婚庆场面的对照与渲染，来衬托鹅笼夫人宠辱不惊、从容自若的人生态度。作者三次重复写她"静坐治针黹，无少异容"，笔法简洁而传神。其实，在外表沉静的背后，埋藏着人物自我克制的顽强、坚毅不拔的品格，其母愠怒中的一句话，鹅笼夫人便"屏去丝帛，内外惟布"，这不仅是维护其个人的尊严，而且表明她已做好吃苦受穷的心理准备，大有不可夺志之概。从"十子谣"中，我们得知鹅笼先生是张狂恣肆到极点的人，显然夫妻二人的品性恰好截然相反。而鹅笼夫人生前有能力约制身为宰相的丈夫，临终遗言又能预见祸事之将临，表现出其超乎寻常的智慧。尽管鹅笼为人所不齿，而鹅笼夫人作为卓绝出众的女性，为之立传确有其特别的意义。

　　后篇：这是一篇虚拟的传记，文章以小喻大，从生活中的细枝末节寄寓社会人生之至德要道。芋老人所揭示的那些人的对结发妻子的背情背义，对好友良朋的背恩背德，对所师所学之丧志失节，对国家社稷之不诚不忠，种种小人之行径，多在其顺风顺水、得意忘形之时所为。就人之常情而论，所谓"时位移人"：人的身份、地位和处境的变化，即时过境迁导致人的思想情感发生一定的变化，自然也在情理之中。然而正如芋老人的"芋头论"中的人物，在这一变化中如果丧失的竟是人性中最珍贵、最美好的东西，丧失的竟是人格与良知，岂不可鄙且又可悲！文章借芋老人之口，批判自古以来普遍存在的社会现象之丑恶，说理通透，切中世情，可令我们为之掩卷而深思。

作者周容生活于明清革鼎易代之际，亲眼目睹弃亲背友、丧志失节之事比比皆是，两篇文章乃是作者愤世疾俗之作，感深肺腑；一为实记，一为虚笔。

第三单元

两　瞽

[明] 刘元卿

【文意】

新市有个齐地来的盲人，在大街上乞讨。街巷拥挤，但只要有人没为他让道，他便发火骂人："你眼瞎了？"路人见他是个盲人，大都不与他计较。

继他之后，又有一位梁地来的盲人，脾气更为暴躁。两人恰巧不期而遇，相互碰撞都摔倒在地，齐地盲人张口便骂，梁地盲人不知对方也是盲人，爬起身勃然大怒，回骂道："你眼也瞎了吗？"于是，两个瞎子大吵大闹，无止无休，引得街头闲汉围观，从旁讪笑取乐。

噫！以迷导迷，要以错误去纠正错误，导致争执不休、冲突不止的结果，这类事不都是如此吗？

【原文】

新市有齐瞽者，行乞衢中①。人弗避道，辄忿骂曰："汝眼瞎耶？"市人以其瞽，多不较。

嗣有梁瞽者，性尤戾，亦行乞衢中②。遭之，相触而踬③。梁瞽故不知彼亦瞽也，乃起亦忿骂曰："汝眼亦瞎耶？"两瞽哄然相诟，市子讪笑。

噫！以迷导迷，诘难无已者，何以异于是？

【注释】

①新市：古地名，在今湖北京山县东北。齐瞽（gǔ）：齐地（今山东）的一盲人。衢：（qú）：大街。②嗣（sì）：接续。梁瞽：梁地（今陕西）的一盲人。戾（lì）凶暴。③踬（zhì）：绊倒。

延师教子

[清] 俞樾

【文意】

某人为儿子聘请家庭教师。教师来到后，主人说："家庭经济状况差，恐多有失礼之处，得罪先生。"教师答："何必过谦，鄙人无所谓，没有什么不可以的。"主人说："每日粗茶淡饭，可以吗？"答："可以。"主人说："家中无奴仆，凡洒扫庭院，应门闭户等家务杂事，有劳先生去做，可以吗？"答："可以。"主人说："有时家里妇女孩子要买零星物品，委曲先生为之上街走一趟，可以吗？"答："可以。"主人道："既如此，好极了。"教师说："鄙人有句话要讲明，还望东家不必惊异。"主人问："什么话？"教师说："说来惭愧，我自幼从未读书学习。"主人道："何必过谦！"教师说："实不相瞒，鄙人确实是一字不识。"

【原文】

有延师教其子者。师至，主人曰："家贫，多失礼于先生，奈何？"师曰："何言之谦，仆固无不可者。"主人曰："蔬食，可乎？"曰："可。"主人曰："家无臧获，凡洒扫庭除，启闭门户，劳先生为之，可乎①？"曰："可。"曰："或家人妇子欲买零星什物，屈先生一行，可乎？"曰："可。"主人曰："如此，幸甚！"师曰："仆亦有一言，愿主人勿讶焉。"主人问："何言？"师曰："自惭幼时不学耳。"主人曰："何言之谦！"师曰："不敢欺，仆实不识一字。"

【注释】

①臧（zāng）获：古代对奴婢的贱称。庭除：房前阶下，指屋里屋外。

【述评】

野蛮与欺诈，应该是文明社会所不齿的行为，然而世俗生活中却时常发生，甚至于司空见惯，致使道德神经为之麻木，两则小故事看似笑话，其实皆为警世之钟声！

前篇：人们在生活细节上的相互接触，是表现举止文明的机缘，理应谦和、宽容；而两个盲人粗野行事，以恶报恶，相互比赛野蛮，看谁比谁狠，如若丧失理性，终将酿成祸患。后篇：请教师，讲条件，不仅待遇低下，还要兼任杂工、仆役，等同欺诈。主人是得寸进尺，步步升级；对方则是节节退让，最终亮出底牌，回敬一个公然的绝顶的欺诈！当然，这实际上也是一种高明的拒绝方式。若世无诚信，人们必须时时、处处、事事皆怀欺与防欺之心，那么，整个社会将病入膏肓，无药可医。

与朱元思书[①]

[南北朝] 吴均

【文意】

江面风平浪静，烟消雾散，远山共苍天一色，融为一体。我舟行顺流而下，随意漂浮游荡，观赏沿途风光景致。从富阳至桐庐百余里，其间山水之奇异，堪为天下之冠。江水青碧而千丈见底。水中游鱼、水底碎石细沙，清晰可见，直视无碍。至急流险滩处，湍流似箭，而狂浪则迅如奔马。夹江两岸之高山，满目苍翠皆密树成林。群山似互比高下，个个昂首挺身，直指青空，形成千百束集之山峰。泉水冲击岩石，清越之声泠泠作响，百鸟和鸣，流转成韵。蝉声无休无止，猿啼长吟不绝。若鸢飞高天之追逐名利者，望见此地之青山叠翠，则贪欲之念顿息；经邦纬国、政务缠身者，看到此地之溪谷清流，则会流连而忘返。沿岸横斜的树枝遮天蔽日，其下行舟，白昼如同黄昏；而至枝叶稀疏之处，日影斑驳陆离洒落水面，则令人爽心悦目。

【原文】

　　风烟俱净，天山共色，从流飘荡，任意东西。自富阳至桐庐一百许里，奇山异水，天下独绝②。水皆缥碧，千丈见底；游鱼细石，直视无碍③。急湍甚箭，猛浪若奔④。夹岸高山，皆生寒树。负势竞上，互相轩邈，争高直指，千百成峰⑤。泉水激石，泠泠作响；好鸟相鸣，嘤嘤成韵⑥。蝉则千转不穷，猿则百叫无绝。鸢飞戾天者，望峰息心；经纶世务者，窥谷忘反⑦。横柯上蔽，在昼犹昏；疏条交映，有时见日。

【注释】

　　①本文为作者写给友人讲述行旅所见的信，现存为节文。朱元思，一作宋元思，其人不详。②自富阳至桐庐：此句中的富阳与桐庐都在杭州境内，富阳在富春江下游，桐庐在富阳的西南中游。如按上文"从流飘荡"，则应为"从桐庐至富阳"，原文可能是作者笔下有误。③缥（piǎo）碧：青绿色。④急湍（tuān）：急流。⑤轩邈（xuān miǎo）：意思是这些山峦仿佛都在争着往高处和远处伸展。轩：高。邈：远。⑥泠（líng）泠：拟声词，形容水声的清越。嘤嘤（yīng）：鸟鸣声。⑦鸢（yuān）飞戾（lì）天：鸢，俗称老鹰；戾，到达。

山中与裴秀才迪书①

[唐] 王维

【文意】

　　时值腊月年尾，而气候温和，景色宜人，旧居蓝田山很值得一游。知先生为应试正在温习经书，不敢贸然打扰，便独自去登山游览，在感配寺驻足休息，同山僧一起吃过斋饭方才离去。

归途之中，北渡灞水。此时，朗月清光映照城郭，夜登华子冈，只见辋川之水微风鼓浪，月影上下随波而荡漾。寒山远处之灯火，明灭于树林以外；村落曲巷犬吠之声，低沉如同豹吼。夜晚村里密集的舂米之声，与庙堂传出疏朗的钟声，交错回荡于夜空之中。此刻，我独自坐在华子冈上陷入沉思，随身僮仆亦静默无语。我多么怀念往昔与君小径漫步、清流伫立、携手赋诗的那许多美好时光。

待到来年开春、草木繁茂之时，春天之山景则更为可观：白鲦出水而银鸥展翅，露水浸润着青葱的堤岸，麦田清晨里一片鸟鸣。这美丽景色已经为时不远了，您能与我一起游赏吗？您若非天性清妙脱俗之人，我岂能以此优雅闲适之事相邀？然而，于此中体味到的情趣却不可穷尽。切记勿忘！今委托入城卖药人顺便带信给您，余者不能一一尽言。

山中人王维。

【原文】

近腊月下，景气和畅，故山殊可过②。足下方温经，猥不敢相烦，辄便往山中，憩感配寺，与山僧饭讫而去③。

北涉玄灞，清月映郭④。夜登华子冈，辋水沦涟，与月上下；寒山远火，明灭林外⑤。深巷寒犬，吠声如豹。村墟夜舂，复与疏钟相间。此时独坐，僮仆静默，多思曩昔携手赋诗，步仄径，临清流也⑥。

当待春中，草木蔓发，春山可望，轻鲦出水，白鸥矫翼，露湿青皋，麦陇朝雊，斯之不远，傥能从我游乎⑦？非子天机清妙者，岂能以此不急之务相邀？然是中有深趣矣。无忽。因驮黄檗人往，不一⑧。山中人王维白。

【注释】

①裴秀才：作者好友，二人在一起"弹琴赋诗，啸咏终日"。秀才是唐代对士人的通称。②腊月：农历十二月，古代在农历十二月举

行"腊祭",所以称十二月为腊月。故山:作者旧居之山,指王维的"辋川别业"所在地的蓝田山,在今陕西蓝田县。③猥(wěi):鄙贱,自谦之称。憩(qì):休息。感配寺:寺名,《旧唐书·神秀传》:蓝田有化感寺。感配寺可能是化感寺之误。饭讫(qì):吃完饭。讫:完。④玄灞(bà):玄:黑色,指水色深绿。灞:灞水,渭河支流。⑤华子冈:王维的辋川别业中的一处胜景。辋(wǎng)水:水名。⑥曩(nǎng):从前。仄(zè)径:狭窄的小路。⑦轻鲦(tiáo):即白鲦鱼,身体狭长。青皋(gāo):青草地。皋:水边高地。朝雊(gòu):这里泛指清晨鸟鸣。⑧驮黄檗(bò)人:指药农。黄檗:一种药材。不一:不详说,古时书信的结尾用语。

【述评】

对自然美景如诗如画的描绘,以及艺术展示上的独特魅力,是两篇文章给读者留下的共同印象。

前篇:作者是贪恋山水风情的文人雅士,他在"奇山异水,天下独绝"的百里之游中,陶醉于游目骋怀的自由,欣赏那纷至沓来的旖旎风光。作者将千里碧澄、一清见底的秋江写得明净可爱,令人不禁欲直入画境。当作者写到"急湍甚箭,猛浪若奔"、"争高直指,千百成峰"时,则笔势奇横、气逾霄汉,又开出另一境界。山水之外,作者又落笔于鸟、蝉、猿的天籁之声,令人感受到大自然强烈的生命跃动,作者兴浓意酣,真正进入心驰神往、宠辱皆忘之境界,于是将心中的感受推及于仕途奔波之人。结句景语,墨含远情。

后篇:独自游山的王维,深感寂寞,他为我们描绘了两幅画面:静夜独坐华子岗,所见明月皎皎、江水沦涟,波光月影之荡漾,寒山远火之明灭;犬吠、疏钟、村落舂米,种种声音,错落有致;洗尽铅华的冬月,肃穆空阔、清幽寂寥,引起作者对朋友的思念,对"春中"同游的热烈期待。接着,作者以如花似锦的笔墨,写出如歌似梦的春的世界,其中浸透了作者对春天、对生命的热爱。结尾处笔致虽尽,而余情未了。

却　　要

[唐] 皇甫枚

【文意】

　　湖南观察使李庚有女奴，名却要。她容貌美丽，举止文雅且口齿伶俐，善于应对。通常每月初一、十五，与亲戚家相互通信及拜见行礼等事，都是却要一人主理。李家侍女数十人，没有能与之相比者。她妩媚机巧，善解人意，连李氏亲朋也都喜欢她。

　　李庚有四个儿子：长子叫延禧，次子叫延范，三子叫延祚，惯常依次称呼他们为：大郎以下至五郎。四人皆为浮浪子弟，轻狂而放荡，他们对于身份已经相当于自己母辈的却要，都欲行非礼之事，但谁也办不到。

　　一年清明节之夜，青空弯月一钩，庭院鲜花似锦，正堂之上绣幕低垂，掩映着银白灯盏。却要于樱桃花影下与大郎邂逅相遇，大郎乘势将她抱住求欢，却要随手拿过一张席垫给他，道："你到正厅东南角，站在那里等我，待堂前人们睡熟后，我就来。"大郎走后，她来到廊下又遇到二郎来调戏，却要又拿过一张席垫递给他道："你到正厅东北角等我。"二郎刚走，却要又被三郎缠住，她也拿过席垫塞给他，说："你到正厅西南角等我。"三郎刚走，却要又撞上五郎，他抓住却要的手不放，她还是拿张席垫给他，说："你到正厅西北角等我。"四位少爷就此都被打发走了。

　　延禧在正厅一角静心屏息地等待，厅门微开，只见其三个兄弟接二连三地悄然进来，各站一角，心里虽然惊讶，但却不敢声张。过一会儿，却要突然手持火炬，奔到厅前，将正厅两扇门大开，明晃晃举火高照，对他们兄弟高声斥责："你们这群讨吃鬼！竟敢到这里来找宿处？"他们吓得都扔下手里的席垫，掩面而逃，却要又跟在后面将他们奚落一番。

　　从此李庚的四子愧悔无地，对却要再也不敢放肆。

【原文】

湖南观察使李庾之女奴，曰却要①。美容止，善辞令。朔望通札谒于亲姻家，惟却要主之，李侍婢数十，莫之偕也②。而巧媚才捷，能承顺颜色，姻党亦多怜之。

李四子：长曰延禧，次曰延范，次曰延祚（zuò），所谓大郎而下五郎也。皆年少狂侠，咸欲烝却要，而不能也③。

尝遇清明节，时纤月娟娟，庭花烂发。中堂垂绣幕，背银釭，而却要遇大郎于樱桃花影中，大郎乃持之求偶④。却要取茵席授之，曰："可于厅中东南隅（yú），伫立相待，候堂前眠熟，当至。"大郎既去，至廊下，又逢二郎调之。却要复取茵席授之，曰："可于厅中东北隅相待。"二郎既去，又遇三郎束之。却要复取茵席授之，曰："可于厅中西南隅相待。"三郎既去，又五郎遇着，握手不可解。却要亦取茵席授之，曰："可于厅中西北隅相待。"四郎皆去。

延禧于厅角中屏息以待，厅门斜闭，见其三弟比比而至，各趋一隅。心虽讶之，而不敢发。少顷，却要突燃炬，疾向厅事，豁双扉而照之，谓延禧辈曰："阿堵贫儿，争敢向这里觅宿处？"皆弃所携，掩面而去，却要复从而咍之⑤。

自是诸子怀惭，不敢失敬。

【注释】

①观察使：官名，唐代地方高级官员。李庾（yǔ）：唐王朝宗室。②朔望通札谒于亲姻：农历初一、十五，亲戚相互通信、礼拜，是当时风俗。朔日：初一。望日：十五日。札：指书信。谒（yè）：拜见。莫之偕（xié）也：这里指没人能插得上手。偕：共同。③烝（zhēng）：子与母辈通奸。④釭（gāng）：灯。⑤阿堵：六朝时口语，意思是"这个"。咍（hāi）：嗤笑。

青衣捕盗

[清] 沈起凤

【文意】

　　广东东部某公,在河南任按察使时,有姓聂的人因人命案而蒙冤,按察使为之洗冤昭雪,聂将自己女儿书儿献给按察使为婢女,按察使感其情意诚恳,便收留了此女。按察使府上夫人管家,对下人一向严厉。使女除去要打扫卫生等干家务外,夫人还亲自监督她们做针线活。书儿学不会针线活,天天被鞭打,她只低头甘心受罚,毫无怨言。后来,按察使因事受牵连而被免官,解职还乡。

　　当时,河南一带不太平,交通要道枣树林中有强盗。匪首刘标,号称"赛张青",有打流星弹的高超武艺,一出手连发五弹,无不奇中。人称"铁拐子"的朱健,擅长使用一把铁拐,曾经用铁拐将真武殿前的一尊石鼓击得粉碎。这两强盗横行江湖,不可一世。官府捕役非但不敢将其抓捕,甚至闻风丧胆。对此情况按察使一清二楚,一路行进,小心提防。一日,天近黄昏之时,树木之中发出响箭之声,按察使知道人事不好,不禁双腿发抖,夫人则面色如土,随从的仆人车夫等,无不惊惶失措。

　　这时,书儿却从容不迫上前对大人说:"一群区区鼠辈,如何胆敢冒犯大人尊驾,他们若不想活命,婢子便亲手结果了他们。"她讨要了大人前面的一匹马,赤手空拳而去,面对盗贼她高声斥责道:"贼狗奴!认得河南聂书儿吗?"

　　盗贼笑道:"我们只要钱儿、钞儿,要'书儿'有何用?"

　　书儿发怒,道:"你等死到临头,还敢说笑话!"

　　盗贼也发了怒,突然发射一弹,书儿举右手张开两指接住;"赛张青"又射一弹,书儿左手接住;第三弹又到,书儿笑着张口衔住;盗贼大惊,急忙又发一弹,书儿向后一仰,身贴马背,用三寸金莲戏夹其弹丸;第五弹至,书儿将脚下弹丸发出迎击,铿然一声响亮,两弹相撞,敌弹被击,飞出三十多步远。书儿腾跃而起,吐出口中弹丸，大笑说道："贼奴只这点本事吗？"

另一盗贼挥舞铁拐上前，书儿空手夺下铁拐，将它盘旋扭曲三四圈，仿佛揉搓绵团似的，抛掷在地，笑道："你娘灶下的烧火棍也拿来吓人吗？太可笑了！"两个盗贼吓得面无人色，书儿即用手中弹丸，一左一右射去，二人毙命。其余盗贼一齐跪倒马前，请求饶命。书儿道："你们不值得我弄脏手！"喝令其离开。然后，书儿从容回马来见大人，道："托大人洪福，幸而不辱使命。"

大人及夫人皆大为惊诧，不禁问道："你有如此了得的功夫，为何不能使用一枚细针呢？"

书儿回答："长枪大剑，我只有十一二岁时，便已经耍弄习惯了，现在一枚小针握在手里，竟不知如何是好，所以学不会。"

又问："那么鞭打受罚时，你为何默默忍受？"

书儿回答："父亲命我来报大人之恩德，我若有所抵触，岂不是以怨报德么，婢子怎敢？"

夫人听了亦不胜欢喜。

【原文】

粤东某公，为河南臬宪①。有聂姓者，以人命诬服，公昭雪之，献女书儿为婢；公鉴其诚，纳之。公夫人御下严，箕帚而外，课以针指。书儿不能学，日加鞭挞，俯首顺受而已。后，公以挂误解组归②。

时枣树林有盗，首曰赛张青刘标，善用流星弹，一发五丸，无不奇中③。次曰铁拐子朱健，善用一铁拐，曾击真武殿前石鼓，碎若粉，横行绿林，捕盗者不敢正眼觑④。公稔（rěn）之，戒备而行。时已薄暮，闻林中鸣镝声，公股栗，夫人色如土，侍从仆御，无不变色⑤。

书儿从容进曰："么么鼠辈，何敢犯大人驾⑥？如渠不欲生，婢子手戮（lù）之可也。"乞公前骑，徒手而去，叱盗曰："贼狗奴！识得河南聂书儿否？"

盗笑曰："我辈但要钱儿钞儿，'书儿'何所用哉？"

书儿怒曰："若辈死期至矣！敢戏言！"

盗亦怒，骤发一弹，书儿右手启两指接之。又一弹，接以左手。第三弹至，以口笑逆之，噙以齿。盗惊，又发一弹，书儿仰卧马背，以双莲瓣戏夹其丸⑦。第五弹至，书儿即发脚下丸抵之，铿（kēng）然有声，去三十步远。腾身而起，吐口中丸，大笑曰："贼奴技止此耶？"

一盗舞铁拐而前，书儿手夺之，曲作三、四，盘揉若软绵，掷诸地，笑曰："尔娘灶下棒亦持来吓人，大可笑也！"两盗失色。书儿即出其手中丸，左右弹两盗，尽毙。群盗罗拜马前乞命。书儿曰："汝等何足污我手！"喝令去。从容回骑，禀白于公曰："托大人福庇，幸不辱命！"

公及夫人皆异之，继而问曰："汝具此妙技，何不能拈一针？"

书儿曰："长枪大剑，婢子年十一、二时搏弄惯矣，一针入手，不知作何物，是以不能学耳！"

又问："鞭挞时何便俯首受？"

曰："老父命婢子来报公大德，小有忤犯是报怨也，婢子何敢！"

于是夫人亦喜。

【注释】

①粤（yuè）：广东的别称。臬（niè）宪：指清代的按察使，省司法的最高长官。②挂误：指受牵连。解组：指被罢官。组：官印。③张青：《水浒传》中人物，绰号"没羽箭"，善用石头作武器打人。④真武殿：道教殿堂，供奉真武大帝。觑（qū）：偷看。⑤鸣镝（dí）：一种响箭，射出时箭头上发出响声。⑥么么（yāo）：细小的意思，蔑视口吻。⑦双莲瓣：指旧时女人裹束的一双小脚。

【述评】

两篇故事，皆以情节出奇制胜：两位起初看似平常的女子，一下子令人刮目，肃然起敬；成功塑造了一文一武两位非凡人物。

前篇：故事暴露了唐代高官显贵的家庭丑闻，却要是李瘦宠姬，相当于李氏四位少爷的庶母。然而，却要不过是出身低贱的弱女子，极难应付四个少爷的非礼纠缠，处境尴尬。但她却能急中生智抓住机会，将四个恶少巧妙地集合于中堂大厅，然后将其丑行公然揭露，狠狠地予以羞辱教训。却要先假意应允，再陆续一一安排停当，然后突然反击，出人意料。她过人的机敏与智慧，令人钦佩。

后篇：婢女书儿，学不会针线，每日挨打受罚，似乎是个很笨的姑娘。谁也不会料到，枣树林遇匪时，她居然像是换了个人，武艺之高强，简直教人难以置信。在与盗贼交战、对付武功超群的江洋大盗的整个过程中，她举如鸿毛、取如拾芥，既轻松又惊险，令人为之不禁瞠目结舌；而最后书儿的一番有情有义的话语，又令人心生敬意。

岳阳楼记

[宋] 范仲淹

【文意】

庆历四年春，滕子京贬官为巴陵郡太守。至第二年，巴陵即已治理得政通人和，百废俱兴。于是，太守重修岳阳楼，扩建其规模，将唐宋名人诗赋刻于其上，并嘱托我作文以记之。

依我所见，巴陵之美景，集中于洞庭一湖。湖水含远山，吞江流，浩浩荡荡，无边无涯。朝霞之初升，夕阳之落照，景色变幻，气象万千，此即岳阳楼最为宏大之景观，前人对此已描述得详尽备至。然而，洞庭北通巫峡，南向远极潇湘，骚人墨客、迁谪之士，南来北往，多驻足停留于此，而他们感物兴怀、触目动心之情态，难道能不各有千秋？

当细雨连绵之时节，阴云沉沉而数月不晴；狂风怒号，浊浪滔天，山峦隐形而日月无光，樯帆摧折而倾舟沉船，旅客滞留而商贾不行,黄昏夜暗,虎啸猿啼。当此之时,登临城楼,则令人怀想贬谪出京之行,谗毁俱来之状,故乡千里而归期无望;值此前途渺茫、满目凄凉之景,令人不禁感慨万千,悲伤至极。

至于春风和煦、阳光明媚之时,湖面风平浪静,碧波万顷,水天一色。沙鸥翱翔而锦鱼游动,汀洲及岸边芳草,郁郁葱葱。入夜时分,则云消雾散,月光皎洁,千里一泻;波光跃动似金辉之闪耀,月影入水如玉璧之沉湖;乾坤如画,渔歌互答,其乐融融。当此之时,登楼眺望,则令人心旷神怡,荣辱皆忘,把酒临风,喜不自胜。

嗟夫!我曾探求古代仁人君子之心,则有异于上述两种情绪者,究其原因,则根本区别在于:古之仁人君子,不因物候境遇之美好顺畅而欢心喜悦,不因一己私欲之失意败绩而哀伤悲愁。身居朝廷高位,则忧百姓黎民;退隐偏远江湖,则忧君主社稷。由此观之,无论其处身之进退,仁人君子则无时不忧。那么他何时而乐呢?其回答必定是:"先天下之忧而忧,后天下之乐而乐。"噫!若无此人,我将何所归依?

写于庆历六年九月十五日。

【原文】

庆历四年春,滕子京谪守巴陵郡①。越明年,政通人和,百废俱兴②。乃重修岳阳楼,增其旧制,刻唐贤今人诗赋于其上,属予作文以记之。

予观夫巴陵胜状,在洞庭一湖:衔远山,吞长江,浩浩汤汤,横无际涯;朝晖夕阴,气象万千③。此则岳阳楼之大观也,前人之述备矣。然则,北通巫峡,南极潇湘,迁客骚人,多会于此,览物之情,得无异乎④?

若夫霪雨霏霏,连月不开;阴风怒号,浊浪排空;日星隐曜,山岳潜形;商旅不行,樯倾楫摧;薄暮冥冥,虎啸猿啼⑤。登斯楼也,则有去国怀乡,忧谗畏讥,满目萧然,感极而悲者矣。

至若春和景明,波澜不惊,上下天光,一碧万顷;沙鸥翔集，锦鳞游泳；岸芷汀兰，郁郁青青⑥。而或长烟一空，皓月千里，浮光跃金，静影沉璧；渔歌互答，此乐何极！登斯楼也，则有心旷神怡，宠辱皆忘，把酒临风，其喜洋洋者矣。

嗟夫！予尝求古仁人之心，或异二者之为，何哉？不以物喜，不以己悲；居庙堂之高，则忧其民；处江湖之远，则忧其君：是进亦忧，退亦忧，然则何时而乐耶？其必曰"先天下之忧而忧，后天下之乐而乐"⑦乎！噫！微斯人，吾谁与归？

时六年九月十五日。

【注释】

①庆历四年：庆历，宋仁宗赵祯的年号。滕子京谪（zhé）守巴陵郡：滕子京，名宗谅，字子京，与范仲淹同年进士，且是好友。他因被人诬陷，贬为岳州知州，治所在今湖南省岳阳市。巴陵郡即岳州郡。作者范仲淹提出整顿政事主张，遭保守派反对，被贬官外放邓州时作此文。②政通人和：政事通顺，百姓和乐。③衔（xián）：含。浩浩汤汤（shāng）：水波浩荡的样子。④然则：虽然如此。巫峡：长江三峡之一，在重庆巫山东。南极潇湘：指湖南的潇水、湘水，两水合流而入洞庭湖。⑤霪（yín）雨：久雨。日星隐曜（yào）：太阳和星星隐藏起光辉。曜：光辉；樯（qiáng）倾楫（jí）摧：桅杆倒下，船桨折断。樯：桅杆。楫：船桨。⑥芷（zhǐ）：香草。汀（tīng）：小洲。⑦"先天下之忧而忧，后天下之乐而乐"：忧在天下人之先而乐在天下人之后。

黄州快哉亭记①

[宋]苏辙

【文意】

长江出西陵峡口，进入平川阔野，水势奔腾浩荡。南与沅水、湘水合流,北与汉水、沔水汇聚,滔滔不尽,雪浪如山,更加气势磅礴。流至赤壁之下,烟波浩渺,无边无垠,仿佛苍茫之大海。清河人张梦得君,贬谪齐安,于其房舍西南修建一座亭,用以观赏长江之胜景,我的长兄苏轼将其命名为"快哉亭"。

亭中视野开阔,江面南北百里、东西三十里,其波涛汹涌,风云变幻,尽收眼底。白昼,船舶之穿梭往来;深夜,鱼龙之水底悲鸣,长江之景物变化万端,骇目惊心,然而先前却难得长久观赏。如今在亭中几案枕席之间,便可赏玩,举目而一览无余,何等惬意。西望武昌,山峦起伏蜿蜒,草木萧然而林立成行;每当云消雾散,渔夫、樵夫的房舍,阳光之下皆历历可数,令人心悦而神怡,所以将此亭子称之为"快哉"。至于沙洲岸边之古城废墟,乃是当年曹操、孙权所相互窥伺、争强斗狠之处;是周瑜、陆逊亲率兵马奔驰呼啸之疆场。其陈迹旧事、遗风余烈,亦足令当今世俗之人称快。

古时,楚襄王率文学侍从宋玉、景差游兰台宫。有清风飒然而至,楚王敞开衣襟,迎风而立,凉爽非常,于是说道:"快哉此风!这是寡人与百姓所能共享的快乐吧。"宋玉道:"此为大王独有之雄风,庶民百姓岂能同享?"宋玉由此引出一番道理,对楚王予以讽谏。其实风并无雄雌之分,而人生则有命运不同之别。楚王之快乐而百姓之忧愁,究其原因,正是由于人的境遇不同而已,与风又有何干?

人生在世,倘若自己心中不能安然自若,那将无往而无忧;倘若你胸怀坦荡、气朗神清,不为外界事物而自寻烦恼、伤心动情,那么,你何时何地能不感到快乐呢?如今,张梦得君不为贬官而忧愁,公事之余,游山玩水,放怀徜徉于大自然之中,此即其心胸超越常人之处。即便生活于草舍茅庵、蓬户柴门之中,亦能无所不快;更何况尚可濯足长江之清流,采摘西山之云朵,任情耳目之尽享自然美景,以求身心之愉悦呢!如其不然,眼前之峰峦丘壑、长林古木,清风之摇曳、明月之高悬,这一切反而都将成为失意文人伤痛欲绝的缘由,又怎能从中看得到快乐!

元丰六年十一月初一,赵郡苏辙记。

【原文】

江出西陵，始得平地，其流奔放肆大；南合沅湘，北合汉沔，其势益张；至于赤壁之下，波流浸灌，与海相若②。清河张君梦得谪居齐安，即其庐之西南为亭，以览观江流之胜，而余兄子瞻名之曰"快哉"③。

盖亭之所见，南北百里，东西一舍，涛澜汹涌，风云开阖；昼则舟楫出没于其前，夜则鱼龙悲啸于其下；变化倏忽，动心骇目，不可久视④。今乃得玩之几席之上，举目而足。西望武昌诸山，冈陵起伏，草木行列，烟消日出，渔夫樵父之舍，皆可指数，此其所以为快哉者也。至于长洲之滨，故城之墟（xū），曹孟德、孙仲谋之所睥睨，周瑜、陆逊之所骋骛，其流风遗迹，亦足以称快世俗⑤。

昔楚襄王从宋玉、景差于兰台之宫，有风飒然至者，王披襟当之，曰："快哉此风！寡人所与庶人共者耶？"宋玉曰："此独大王之雄风耳，庶人安得共之！"玉之言盖有讽焉⑥。夫风无雌雄之异，而人有遇不遇之变；楚王之所以为乐，与庶人之所以为忧，此则人之变也，而风何与焉？

士生于世，使其中不自得，将何往而非病？使其中坦然，不以物伤性，将何适而非快？今张君不以谪为患，收会计之余功，而自放山水之间，此其中宜有以过人者⑦。将蓬户瓮牖，无所不快，而况乎濯长江之清流，挹西山之白云，穷耳目之胜以自适也哉⑧！不然，连山绝壑，长林古木，振之以清风，照之以明月，此皆骚人思士之所以悲伤憔悴而不能胜者，乌睹其为快也哉！

元丰六年十一月朔日赵郡苏辙记。

【注释】

①黄州：今湖北黄冈。元丰二年，苏轼因"乌台诗案"被贬黄

州。苏辙上书营救苏轼,因而获罪被贬为监筠州(今江西高安)盐酒税,本文写于元丰六年。②西陵:西陵峡,长江三峡之一,在湖北宜昌西北。沅(yuán)湘:即沅江、湘江,都在今湖南境内,两水都在长江南岸,北流入长江。汉沔(miǎn):汉水从今陕西宁强县流至湖北汇入长江。其上游从源头到今湖北襄樊一段,流经沔县南,古代又称沔水。③清河张君梦得谪居齐安:清河,县名,现在河北清河县。张梦得,字怀民,苏轼友人。齐安,宋代黄冈为黄州,属齐安郡。④一舍(shè):古代三十里为一舍。鱼龙悲啸:古人相信龙这种神奇的动物可飞天、可入水、能发声。⑤曹孟德、孙仲谋:即曹操、孙权。这里指三国时的赤壁之战。周瑜、陆逊:均为三国时东吴的重要将领。睥睨(pì nì):窥探。骋骛(chěng wù):即指驰马飞奔。⑥这里指战国时楚国宋玉所作《风赋》。文章采用作者与楚襄王对话的方式,讽喻楚襄王之骄奢,客观上反映了楚襄王与下层百姓的巨大差别。景差:也是楚国当时的辞赋家。⑦窃会(kuài)计之余功:此句大意即利用公事之余忙里偷闲的意思。会计,指征收钱谷、管理财务行政等事物。余功:空闲。⑧蓬户瓮牖(yǒu):蓬户:用蓬草编门。瓮牖:用破瓮做窗。濯(zhuó):洗涤。挹(yì):舀取。

【述评】

两篇文章的共同之处是:身遭贬谪的作者为同样被贬官的朋友作记文。文章从所修的建筑物落笔,写登临眺望的景致,产生联想,引发对人生苦乐、生命价值的探求与感慨。

前篇:关于古代优秀政治家忧深思远的风范、致君泽民的思想,虽不乏前人的表述,而《岳阳楼记》所以成为旷世名文,则因为作者从中提炼出"先天下之忧而忧,后天下人乐而乐"的政治道德的理念,震撼人心而流芳千古。文章对千古以来的儒家"古仁人"的政治生命价值的阐释与近现代并无二致,甚至可以说孙中山"天下为公"的思想与之一脉相承。美国二战领袖罗斯福先生说得好:"永恒的真理如果不在新的社会形势下赋予新的意义,要么就不是真理,要么不是永恒的。"这种对于自己全然无私的道德要求,已将一位忧国忧民者全部的生命价值提升到不可超越的极限,树立起堪称楷模的

"古仁人"的崇高形象。再者,令人惊异的是范仲淹绝佳的艺术表达:文章开头以记事为由,引出对岳阳楼大观洞庭湖的景物描写;面对"阴风怒号,浊浪排空"的险恶景象与"春和景明,波澜不惊"的优美景致,文章将"迁客骚人"所产生的不同感受,进行对比描写;作者泼墨如注,色彩鲜明,文字华丽而流畅,以此反衬"古仁人"之"异",最终有力地推出了全篇的思想核心。

后篇:文章以"快哉亭"的名字为线索展开全文,先描绘了长江江流之浩大,气势之壮阔,而观赏水色山光"得玩之几席之上,举目而足",则令人快意;凭吊三国赤壁遗迹,古人之流风余韵,亦足使世俗之人快心遂意;继而从"快哉"二字的出处,引出宋玉《风赋》中对楚王的讽谏,表明"风无雌雄之异,而人有遇不遇之变",从而展开对文章主旨的探讨。作者从人生之处世态度的角度,来表达自己超然物外的苦乐观。认为身处逆境之时,应不以物质条件的恶劣为苦,"不以物伤性",旷达自持,即苏轼所谓"此心安处是吾乡",于自然山水风光中自寻其乐,并以此慰勉包括自己在内的所有被贬谪之人。

秦淮健儿传

[清] 李渔

【文意】

明朝嘉靖年间,秦淮河一带民间有一男孩,相貌魁伟,肤色黝黑,出生几月后便不吃奶,与成人一起吃饭。一周岁时,父母双亡,由外祖父家抚养。他渐渐长大,膂力过人,擅长拳击,曾一掌击毙一犬,从此被人们称为"健儿"。

群儿与健儿斗架,无不败北。群儿集结数十人,合力围攻,健儿挥拳四向迎敌,群儿皆哭号,抱头逃散。群儿的父兄辈前来叱责:"谁家畜生,敢来碰碰老子!"健儿回答:"我哪敢碰您,不过您走路吃力,我倒可以代劳。"于是到那人面前,双手将他举起,使其离地二尺多高,且走走停停,举得时高时低,那人害怕跌倒,莫敢如何,只嬉笑不止。此事在当地轰动一时。

健儿生性好动，不爱读书。外祖父送他到老师那里就读，他不听从教导，老师用戒尺责打，他夺下戒尺，圆睁双眼，道："功名要凭拳头夺取，喋喋不休读古书有何用？"老师一出去，他就和书塾的同学打架，打得那些孩子遍体鳞伤，还不时偷窃外祖父家的首饰衣物换酒喝，醉酒便惹是生非。外祖父苦不堪言，将他赶出家门。他只得在外为人牧羊，却又常常偷羊换酒，谎称羊在岔路上跑丢，主人发怒，又将他赶走。

此时，健儿已年届二十，听说倭寇来犯的消息，大为兴奋，说："我称心如意的时候到了！"即去海上边防投军，从小校提升为裨将。一次，他与同僚饮酒，醉酒斗殴杀人，犯死罪。于是弃官逃匿，隐姓埋名到泗州，充作厨子。

百姓家有养牛者，他即半夜前往偷盗，且牵出后必大呼："君家牛我骑去矣！"随后，他倒骑牛背，以斧砍牛臀，牛负痛狂奔，追之莫及。次日，失主到市场找寻，健儿说："昨天去您家牵牛的就是我，先打招呼后取牛，是合乎道义的，怎能算是偷窃呢？"失主讨牛，牛已制成肉干，没有凭证，拿他无法。

于是，市井流氓恶少则推举他为头领，白日聚赌，夜晚嫖娼，健儿由此日益骄横，尝自叹："世上竟无对手，可惜我迟生一个年，不能与那拔山举鼎之英雄一决雌雄！"

地方官后来明令禁止民间宰杀耕牛，健儿于是无所事事，便将以前宰牛留下的牛皮、骨角等，运到瓜洲、扬州一带去卖，卖得三十两银钱准备回家。他在旅店喝酒，将银两解下放在桌上，店家老板提醒道："前面路上强盗多，钱财须得小心藏好。"健儿听了，杯子一摔，拔刀插在桌上，说："我横行天下三十年，至今未遇对手，有人能取我腰间之物，我则叩头认输，甘拜下风。"此时有少年数人，聚于左侧席上饮酒，闻此大话，颇为诧异，于是起身请教他姓名居所，健儿道："某之姓名无须知道，以前曾立功边疆，如今辞官归隐，为泗州英豪之首领。"少年问他一人能对付多少人。健儿道："遇万人则敌万人，遇千人则敌千人，计较对手多少者，便不足挂齿了。"这话令众少年更加诧异了。

健儿饮毕，整装上马，未出二三里，一骑飞快追来，健儿心想：

此即店家所说的强盗吧？等到跟前，是一年轻人，健儿便不介意。年轻人问："去哪里？"答道："回泗州。"年轻人说："我也是泗州人，迷了路，请前辈指点。"于是，健儿走在前，二人说说笑笑十分投机。健儿对年轻人说："你佩带弓箭，技艺如何？"年轻人说："学习过，却不娴熟。"健儿拿来拉弓试试，力用尽而拉不开，丢还他，说道："这东西没用，带它干什么？"年轻人说："东西是有用，只是用它的人没用罢了。"说着拉开弓，举头见高空鸣禽，一箭射中，坠落马前，健儿很是惊异。年轻人问："先生腰带短刀，必善击刺？"健儿道："对了，我的专长不在弓箭，而在用刀。"于是把刀拿给他看，年轻人看了笑道："这种杀鸡屠狗之物，要它何用？"两手一折，刀曲如钩，双手一拉又恢复原样。健儿大惊失色，此刻知道腰间物已非己有，虽仍与年轻人同行，但已是浑身颤抖，渐渐支持不住，年轻人反软语安慰他。又前行数里，四外无人，年轻人大喝一声，健儿翻身滚落马下。年轻人先斩其马，说道："今日之事，有不从吾命者，便如此马！"健儿伏地愿听凭摆布。年轻人道："废物，还不将腰包献上？"健儿慌忙献上，叩头求饶。年轻人道："这一囊钱，勉强可买十日之醉。你这种人如同草芥，不值得铲除。"拨马原路而返。

  健儿神气沮丧，踟蹰不前，寻思："三十两银子事小，但半世英雄，败于乳臭小儿之手，有何面目再见诸位兄弟？"于是不回泗州，到一村落，搭间草屋，卖酒为生。然每思往事，则羞愧欲死。

  一日，春风和煦，有几位年轻人来喝酒，其衣装、马饰皆十分豪华，意气扬扬，气度不凡，似富贵公子，又似都市少年侠客。击案狂歌，旁若无人，又说："洗碗的老头倒还不俗，过来一起喝酒吧。"拉健儿入座。其中九人都在二十岁左右，只一人最小还是个总角少年。他面色白嫩清秀，仿佛处女，不随便说话，但只要一说话，其他九人皆专心倾听；且位置坐在上座，斟酒则必先饮，健儿十分纳闷。一个戴帽子的坐在最末位，健儿似曾相识，偷眼细瞅，发现正是先前那位斩马劫财的年轻人。他对健儿说："店家还记得老朋友吗？"健儿不敢做声。年轻人说："先前在路上，把腰包解下送给我的，不是你吗？其实我们哪里是抢劫财物的人，只是在驿站酒店里，听到你的大话吓人，想与你比试高下，不料你倒略逊一筹，今日来完璧归赵。"于是从左袖中取出三十两银子,放在桌上,说:"这是本钱,如今已满一年,利钱也应这么多。"又从右袖中取出三十两银子,一起还给健儿。健儿不敢接受,旁边一年轻人拔剑怒喝:"钱被人抢,不能夺回;返还给你,又不敢要,这种懦夫留着何用?"健儿害怕,急忙收起。于是杀鸡烧饭,准备好生款待,众人却不肯逗留。还钱的那人说:"老头也怪可怜的,执意拒绝,未免令他太难堪了。"大家这才留下。此时灶下柴草已用尽,健儿要向邻家去借。年轻人指屋旁一株枯树说:"何不用斧头把它砍了?"健儿道:"正愁没有斧头哩。"年轻人犹豫好久,才说:"这事要请十弟才行。我们九人办不到。"只见总角少年两手抱住枯树摇了几摇,树便倒了下来,于是拔剑砍下树枝当柴烧。那班人酒喝了不知有多少,才告辞走了。健儿始终不知他们是何许人。

从此,健儿绝不与人比武,人家打他也不还手。有人问:"你从前的英雄气概哪里去了?"健儿则以年迈力衰作托辞,后来他平安地活到晚年,得以寿终正寝。这不能不说是那些年轻人对他的教训,给他带来的益处。

【原文】

嘉靖中,秦淮民间有一儿,貌魁梧,色黝(yǒu)异。生数月便不乳,与大人同饮啜(chuò)。周岁,怙恃交失,鞠于外氏[1]。长有膂(lǔ)力,善拳击,尝以一掌毙一犬,人遂呼为"健儿"。

健儿与群儿斗,莫不辟易。群儿结数十辈攻之,健儿纵拳四挥,或啼或号,各抱头归,诉其父兄。父兄来叱曰:"谁家豚(tún)犬!敢与老子相触耶?"健儿曰:"焉敢相触,为长者服步武之劳,则可耳!"乃至父兄前,以两手擎(qíng)父兄,两胫(jìng)去地二尺许,且行且止,或昂之使高,或抑之使下。父兄恐颠仆,莫敢如何,但咭咭(jī)笑,乡人哄焉。

健儿性善动,不喜读书。外氏命就外傅,不率教,师夏楚之，则夺扑裂眦曰："功名应赤手致，焉用琐琐章句为②？"师出，即与同塾诸儿斗，诸儿无完肤。又时盗其外氏簪珥衣物，向酒家饮，醉即猖狂生事③。外氏苦之，逐于外，为人牧羊。每窃羊换饮，诈言多歧亡。主人怒，复见摈（bìn）。

时已弱冠矣，闻倭入寇，乃大快曰："是我得意时也④！"即去海上从军，从小校擢功至裨将，与僚友饮，酒酣斗，力毙之，罪当死；遂弃官逃之泗，易姓名，隐于庖丁⑤。

民家有犊，丙夜往盗之。牵出，必遽呼曰："君家牛我骑去矣！"呼竟，倒骑牛背，以斧砍牛臀，牛畏痛，迅奔若风，追之莫及。次日，亡牛者适市物色之。健儿曰："昨过君家取牛者我也！告而后取，盗也，奚其盗？"索之，牛已脯（fǔ）矣，无可凭。

市中恶少，推为盟主。昼纵六博，夜游狭斜。自恃日甚，尝叹曰："世人皆不足敌，但恨生千载后，不得与拔山举鼎之雄一较胜负耳⑥！"

邑使者禁屠牛，健儿无所事事，取向所屠牛皮及骨角，往瓜、扬间售之，得三十金，将归。饮旅馆中，解金置案头。酒家翁见之，谓曰："前途多豪客，此物宜善藏之。"健儿掷杯砍案曰："吾纵横天下三十年，未逢敌手，有能取得腰间物者，当叩首降之！"

时有少年数人，醵于左席，闻之错愕（è），起问姓名居里。健儿曰："某姓名不传，向尝竖功于边陲，今挂冠微服，牛耳于泗上诸英雄⑦。"少年问："能敌几何辈？"健儿曰："遇万万敌，遇千千敌；计人而敌，斯下矣。"诸少年益错愕。

健儿饮毕，束装上马，不二三里，一骑追之，甚迅。健儿自度曰："殆（dài）所云豪客耶？"比至，则一后生，健儿遂不介意。后生问："何之?"健儿曰："归泗。"后生曰："予小子亦泗人，归途迷失，望长者指南之。"于是，健儿前驱，马上谈笑颇相得。健儿谓后生曰："子服弓矢，善决拾乎⑧?"后生曰："习矣，而未娴。"健儿援弓试之，力尽而弓不及彀，弃之，曰："此物无用，佩之奚为⑨?"后生曰："物自有用，用物者无用耳!"乃引自试，时有鹜唳空，后生一发饮羽，鹜坠马前⑩。健儿异之。后生曰："君腰短刀，必善击刺?"健儿曰："然。我所长不在彼，在此。"脱以相示。后生视而剧曰："此割鸡屠狗物，将焉用之?"以两手一折，刀曲如钩，复以两手伸之，刀直如故。健儿失色，筹腰间物非复我有矣。虽与偕行，而股栗之状，渐不自持，后生转以温言慰之。复前数里，四顾无人，后生纵声一喝，健儿坠马。后生先斩其马，曰："今日之事，有不唯吾命者，如此马!"健儿匍伏请所欲。后生曰："无用物! 盍解腰缠来献!"健儿解囊输之，顿首乞命。后生曰："吾得一囊金，差可十日醉; 子犹草芥，何足诛锄!"拨马寻故道去。

健儿神气沮丧，足循循不前。自思："三十金非长物，但半世英雄，败于乳臭儿之手，何颜复见诸兄弟?"遂不归泗，向一村墅，结庐卖酒聊生。每思往事，则恧恧（nǜ）欲死。

一日，春风淡荡，有数少年索饮。裘马甚都，似五陵公子，而意气豪纵，又似长安游侠儿，击案狂歌，旁若无人⑪。且曰："涤器翁似不俗，当偕之。"遂拉健儿入座。健儿视九人皆弱冠，唯一总角者，貌白皙若处子，等闲不发一言，一言则九人倾听，坐则右之，饮则先之⑫。健儿不解其故。而末坐一冠者，似尝谋面，睇视之，则向斩马劫财之人也! 谓健儿曰："东君尚识故人耶?"健儿不敢应。后生曰：

"畴昔途中，解腰缠赠我者，非子而谁？我侪岂攘攫者流[13]！特于邮旁肆中，闻子大言恐世，故来与子雌雄，不意竟输我一筹，今来归赵璧耳[14]。"遂出左袖三十金置案头，曰："此母也。于今一年，子当肖之。"又探右袖，出三十金，共予之。健儿不敢受。旁一后生拔剑怒目，曰："物为人攫，而不能复；还之又不敢取，安用此懦夫！"健儿惧，急纳袖中，乃治鸡黍为欢，诸后生不肯留。归金者曰："翁亦可怜矣，峻拒之，则难堪。"众乃止。

时爨（cuàn）下薪穷，健儿欲乞诸邻。后生指屋旁枯株谓之曰："盍载斧斤？"健儿曰："正苦无斧斤耳。"后生踌躇久之，曰："此事须让十弟，我九人无能为也。"总角者以两手抱株，左右数挠（náo），株已卧矣。遂拔剑砍旁柯爇之。酒至无算，乃辞去。竟不知其何许人。

健儿自是绝不与人较力，人殴之，则袖手不报。或曰："子曩日英雄安在？"健儿则以衰朽谢之。后得以天年终，不可谓非后生力也。

【注释】

①怙恃（hù shì）：指父母。鞠（jū）抚养。外氏：指外祖父家。②外傅：古代称教授学业的老师为外傅，对管教品行的老师为"内傅"。率：遵循、顺服。夏（xià）楚：夏，戒尺。楚：责打。夺扑裂眦（zì）：扑：指戒尺。眦：眼眶。③簪珥（zān ěr）：发簪、耳环之类的首饰。④弱冠：指二十岁左右年纪。倭入寇：指日本海盗明末入侵我东南沿海地区。⑤擢（zhuó）：提拔。裨（pí）将：偏将。泗（sì）：泗州，今属安徽省。庖（páo）丁：厨师。⑥拔山举鼎之雄：指秦末义军首领项羽。⑦向：从前。边陲（chuí）：边疆。牛耳：古代歃血为盟，割牛耳取血，称主盟者为"执牛耳"，意思是：自己是盟主。⑧决拾：古代射箭用具。决：扳指，拾：护臂，这里指射箭技艺。⑨彀（gòu）：张满弓弩。奚（xī）：什么。⑩鹜（wù）：野鸭。

唳（lì）：鸟鸣。⑪裘（qiú）：皮衣。都：漂亮。五陵：汉代帝王陵墓所在之地，为长陵、安陵、阳陵、茂陵、平陵，都在长安，此地为当时贵臣所居之地。长安：这里泛指大都会。⑫总角：头发梳角髻，指孩童。白皙（xī）：面貌白净。⑬我侪（chái）：我们。攘攫（rǎng jué）：抢劫。⑭归赵璧：即成语完璧归赵之意。

甘疯子传

[清] 何日愈

【文意】

甘疯子是江苏上元人，其名字已不为世人所知，神勇无比，力能斗虎，逾高绝远，迅捷如飞。他淡泊世俗嗜好，不从事家常生产劳作，喜遨游名山，足迹历天下之半；行侠仗义，路遇不平，拔刀相助，常为人排难解纷，以此被人称为"甘疯子"。

一次他在报国寺屋檐下露宿，刚好一熟人来此，甘疯子假作睡熟不予理睬，那人也困倦了，也鼾睡廊柱下。甘疯子起身，右手抱柱子抬起，将那人头发压在底下，便出去了。不一会儿，那人醒了，发现自己不能翻身，便说："准是甘疯子干的。"天欲黄昏，甘疯子才回来，那熟人骂道："干吗恶作剧，快放我出来。"甘疯子仍用手抱起柱子，殿堂屋宇为之震动，那人方爬起身来，疯子神色自若，见者无不为之惊心骇目。

甘疯子游黄山，专喜游历幽静深邃之处，虽皆荒无人迹，他却刻意搜寻，必得处处皆到为止。当他来到莲花峰下，见峰高数丈，四面陡峭如壁，而山顶却坦如平地。于是疯子纵身跃登峰顶，只见一处佛家庙宇，似自天而降者。甘疯子十分惊喜，心想这种猿狖也难以登攀的地方，绝非人类的居所，暗暗猜疑自己来到了世外桃源。于是整理衣装，郑重进入庙宇庭院。这里虽不华贵富丽，却也清幽雅致，微风摇曳中的花木，忽上忽下的鸟儿，小径落花，碧草无尘，宛如仙境。进入禅房，见床帐几案，陈设光鲜奢华，甘疯子觉得奇怪，便随意躺在床上休息。看到床帐一角悬有小木鱼，随手敲一下，接着便听见门

"呀"的一声开了,两位佳丽自屋后门内走出,皆修眉皓齿,雾鬟云鬓,看见甘疯子,惊诧惶遽,欲退回躲避。甘疯子赶紧上前施礼,道:"我乃浪游四方之人,冒昧惊扰,请为指示迷津。"二位女子问:"您是何人?怎会来到此地?"甘疯子叙述了来由。二女子说:"我们本是良家妇女,被一恶僧强抢至此,一同落难者尚有十余人,都被关在密室中,已经几年了,无法逃脱。没奈何,我们只得忍辱偷生。君孤身来此,赶快离开,否则便粉身碎骨了。"甘疯子询问究竟,女子说:"那恶贼力大无穷,猛兽都不敢靠近。他早出晚归,上下悬崖如鸟之翔集,他就要回来了,您快走吧!"甘疯子笑道:"虽然我很意外,但你们如果想回家,就让我替你们把这恶僧除掉。"女子说:"您不会是夸口吧?若得相救,那对我们真是起死回生,但若救不成,恐怕连您也给害了。"甘疯子道:"你们不必担心我,告诉我此贼来往的路径,我自有办法。"于是,女子们带甘疯子走出屋,指着峭崖说:"恶贼往来都经此地,您要小心,千万不可轻敌。"说完告退。甘疯子埋伏草丛之中,专心等候。

过了一会儿,太阳落山,恶僧仍杳无踪迹,甘疯子悄悄探头向下,见一人沿小溪而来,待他走近细看,果然是个和尚。那人虎背熊腰,体型魁伟,肩负背囊,步履如飞。来到崖下,他紧带撩衣,耸身而上,甘疯子出其不意,飞起一脚踢中其胸膛,和尚被踢翻崖下。和尚略加喘息,解掉背囊,又奋勇登崖,他立足未稳之际,甘疯子又腾身一腿踢来,和尚以手力格,和尚落崖而甘疯子也跌倒在地。过了一阵,甘疯子起身,和尚又奋力跃上,甘疯子趁其刚登上崖边,竭力踹之,和尚两手握其足,二人遂俱坠崖底。两人纠结在一起,犹如猛兽斗于山角。和尚伤势已重,甘疯子坠落时幸亏将和尚垫在身下,伤得轻,他乘机击中和尚要害,和尚瞪大双眼,叹道:"我称霸数十年,未遇敌手,今日碰到你,乃是命中注定!"跺脚三下而亡。甘疯子又跃上悬崖,进入庙宇,向二位女子道贺:"幸亏不辱使命,已将恶贼击毙。"于是放出密室中的众女子,烧毁庙宇,帮助她们下山,并询问她们各家住址,一一送回。自此,甘疯子名声大振。

甘疯子到岭南时,有一大户人家,富甲一方,一伙大盗数十人,正策划抢劫之,恰被甘疯子得知消息。入夜,甘疯子便进富户家潜伏下来。不到半夜，忽听门外人马沸腾，火光冲天，富户举家惊惶，不知所措。甘疯子心知强盗已至，屏息等待，不久，一盗贼飞身上屋檐，被甘疯子立刻杀死。相继上来十余盗贼，皆被甘疯子打杀，坠落院子当中。群盗见宅内寂然无声，没人敢再上房，天将亮，群盗互商："进去的人吉凶未卜，谁肯去打探情况？"其中一人应声蹿上墙头，见先入者已尽数被杀，尸体枕藉院中，抬头又见一人高踞屋脊之上，方知遇上高人，于是哀求道："某等唐突，自取其祸，此后绝不敢再冒犯。"甘疯子道："你们既知道悔悟，可以放你们走。"众盗贼见此光景，皆抱头鼠窜。这时天已大亮，甘疯子从房上下来，富户主人跪地道谢，说："与君素昧平生，蒙君仗义搭救，愿以一半家产为谢。"甘疯子对之不屑一顾，拂袖欲行，富户慌忙拉住，说："君义士也，既不受谢，可满院的尸首怎么办？"甘疯子道："来吧，咱们同去官府。"到官府将事情说明，甘疯子则飘然而去。甘疯子为人排难解纷之事，大抵如此。

甘疯子曾经骑驴过河，河水深没驴腹，驴不能过，于是甘疯子下来，撩起衣襟，以手臂挟起驴子过河。

甘疯子有一子，为人亦有其父作风。甘疯子担心他闯祸，一天，甘疯子把儿子叫来，用手按抚其头、背，遂致残成佝偻。其子跪地哭泣请教缘由，甘疯子说："与其有勇而招祸，不如无勇而求安。今你虽体残，但却可一生免祸啊。"后来，甘疯子活到八十多岁而死。

有人说：甘疯子本是儒生，曾进士及第，任某县县令，因犯事，御赐吊死东市，而谁知竟然半夜苏醒。于是逃走，更名隐身为道士。

【原文】

甘疯子，江苏上元人①。逸其名，有神勇，力能斗虎，逾高绝远，捷疾如飞②。淡嗜欲，不事家人生产，遨游名山，足迹半天下。性任侠，道遇不平，辄为人排难解纷，故人以"疯子"名之。

尝游报国寺，坦卧檐际，适故人至，疯子佯寐不与语；故人倦，亦鼾睡柱下，疯子乃以右手抱柱起，镇发其中，遂出。少顷，卧者醒，不能转侧，曰："必甘疯子所为也。"日且晡，疯子始至，故人詈曰："何恶作剧，亟出我③！"疯子仍以手挟柱，殿屋皆震，故人乃得起；而疯子色自若，见者皆惊。

游黄山，喜其幽邃，虽人迹所不至，肆意冥搜，必穷历乃已。至莲花峰，峰高数丈，四面陡峭如壁，上平如砥，疯子遂飞身登其颠，见梵宇一区，类落成者。疯子喜，以为斯峰猿狖所不到，必非人居，自诧为武陵之遇④。遂整衣入殿宇，虽不甚华藻，而幽敞精洁，花木萧骚，鸟声上下，落英糁径，草碧无尘，迥异人世⑤。步至禅房，见床帐几案，陈设焕烂，颇怪之。乃偃息榻上，见帐隅悬小木鱼，一戏击之，俄闻门声呀然，二丽人自屋后出，修眉皓齿，雾鬟云鬓，见疯子，惊顾错愕，却行欲避⑥。疯子趋前揖曰："某东西南北之人，不意唐突，幸示迷途？"二女曰："君何人，乌得至此？"具告之。女曰："余本良家子，被恶僧掳至此，同难十余人，皆幽闭窟室中，已数年矣，不能自脱，故强颜偷生。悯君孤旅，宜速行，迟则齑粉矣⑦。"疯子诘其故，女曰："贼膂力绝伦，猛兽不敢近。朝出暮归，上下如集，行且至矣，君宜疾行。"疯子哂曰："某虽惊，若欲归，请为若除之。"女曰："君得毋夸乎？倘能相救，是起死而肉骨也。虽然，事若不济，是祸君也。"曰："若无我虑，贼往来径路，若为我告之，某自能办。"女乃引疯子出，指峭崖曰："贼往来皆道此，君当慎之，勿视为等闲也。"遂退。疯子乃翳（yì）身丛薄间，凝神以俟（sì）。

少焉，红日衔山，杳无踪兆。潜探首下视，遥见一人，缘溪而来，行且近，谛视之，僧也。熊腰虎体，躯干修伟，背负一囊，步履如飞。及崖下，乃紧带撩衣，耸身而上，疯子出其不意，腾足踢其胸，僧颠；略一喘息，乃解其囊，复贾勇而登，立未定，疯子又飞足蹴之，僧以手力格，僧颠而疯子亦仆。有顷，疯子起，僧亦抖擞跃上，疯子俟其甫登，竭力踹之，僧两手握其足，二人遂俱坠崖下。僧伤已重，而互相挽结，犹兽斗山足，疯子坠时，幸僧为之垫，伤稍轻，乃乘间击其要害。僧瞋（chēn）目曰："某称雄数十年，未逢其敌，今遇子，命也！"乃三跃而卒。疯子复跃而上，为女贺曰："幸不辱命，贼已毙矣。"于是尽出窟中女子，燔其舍宇，绲诸女子下，讯诸里居，一一送之归⑧。自兹疯子之名益震。

至岭南，有巨室某，富甲一郡，剧盗数十辈，谋往劫之。疯子适至，微闻其事。漏初下，乃先登巨室屋，隐身潜伏。夜未半，忽闻门外人马沸腾，火光烛天，巨室举家惊惶，不知所措。疯子知盗已至，屏息俟之。少焉，有盗飞立屋檐，疯子歼之，继至者十余辈，皆击坠庭中。群盗见屋内寂然，无敢复登，天将曙，群盗相谓曰："人者吉凶未卜，孰往探之？"一盗应声起，倏登墙际，见先登者尸相枕藉，仰见一人，踞坐楼脊，知为异人。哀之曰："某等唐突，自贻伊戚，自兹以往，不复相犯矣⑨。"疯子曰："若知悔，且舍若。"群盗遂鼠窜。东方既明，疯子乃下，巨室跽（jì）谢曰："与君素昧平生，忽蒙高义，拯某于厄，敢以家赀（zī）之半为谢。"疯子不答，拂衣而行。巨室挽之曰："君义士也，既不受谢，而死者累累奈何？"疯子曰："来！偕诣邑宰。"白其事，遂飘然而去。其排难解纷多类此。

尝乘驴渡河，水深没腹，驴不能涉，乃褰（qiān）裳挟驴而过。

其子某，亦有父风，疯子虑其及于祸。一日，召子至，以手抚其顶、背，遂偻（lóu）。子跪泣请教，疯子曰："与其勇而危，孰若无勇而安。今若体虽残，祸其免矣。"后年八十余而卒。

或曰：疯子本儒生，曾登进士第，任某邑令，缘事赐帛东市，夜半而苏，遂匿其名，隐于黄冠云⑩。

【注释】

①上元：古县名，今在江苏省江宁县。②逸其名：逸：散失，多指未经史书记载。逾高绝远：指跳高跳远，超群出众。③晡（bū）申时：下午三时至五时。詈（lì）：骂。亟（jí）：赶快。④梵（fán）宇：佛寺。猿狖（yòu）：泛指猿猴。武陵之遇：陶渊明的《桃花源记》写武陵渔人的奇遇。武陵：郡名，治所在今湖南常德。⑤萧骚：风吹花木发出的声音。糁（sǎn）：饭粒，引申为散落。⑥修：长。皓（hào）：洁白。雾鬓（bìn）云鬟（huán）：指女子发髻如云雾一般美丽。错愕：仓猝惊诧。却行：倒退。⑦齑（jī）粉：碎屑。⑧燔（fán）：焚烧。缒（zhuì）：指用绳索拴住女子们，帮助她们下悬崖。⑨唐突：乱闯。自贻伊（yí yī）戚：贻：留给。伊：助词，无义。戚：这里指祸殃。⑩赐帛（bó）：指奉皇帝命，以帛（白绫）吊死。东市：古代处死犯人，多在市场令众人围观。黄冠：道士的别称。云：语气词，无义。

【述评】

两篇传记，叙述了两位江湖人物截然不同的生活道路。

前篇：文章朴实无华，平铺直叙地为我们描述了一个江湖狂徒曲折的一生。秦淮健儿依仗自己天生的蛮力，横行霸道，为非作歹。从小顽劣不训，偷盗财物，猖狂生事。成年后更是劣迹累累，其盗牛行为，实质等于明抢明夺，危害百姓，称霸泗上。而这篇传叙文字的出色之处在于：作者着重于表现健儿的狂妄自大引来教训，形成他人生的转折，有较强的社会意义。

健儿本无高深武艺，也未曾接受过正规严格的训练，蒙昧无知，自以为天下无敌，竟大言道："世人皆不足敌，但恨生千载后，不得与拔山举鼎之雄一较胜负耳！"当健儿遇到真正武艺高强的少年侠士时，由妄自尊大之人一下子变成懦弱无能之辈；未敢交手，则已

"股栗之状,渐不自持";"后生纵声一喝,健儿坠马",然后献上腰间钱物,"顿首乞命",丑态百出。而春风淡荡之日,十位少年侠士索饮一事,则使健儿进一步认识到强中更有强中手的道理,年纪最小的"总角"少年才是其中的顶级高手,而曾经教训过他的那位"后生",不过是他们之中最末的一位。文章层层铺垫蓄势,用笔繁简有致,结尾有力。

后篇:甘疯子与秦淮健儿恰好相反,首先甘疯子武功超群,有真本领,而且行侠行善,为人排难解纷,是个古代的见义勇为者。作者塑造的甘疯子形象,在中国武士传记中别具色泽而又熠熠生辉,令人耳目一新。甘疯子并不疯,很有理智,但人物性格中却有一种匪夷所思的怪癖,行事每每出人意料,这可能是被人称为"疯"的原因。

在报国寺为留住故友,居然搬动起大殿的顶梁柱,令人瞠目结舌。游黄山,正因为他专喜探幽索隐的怪异行径,才得以发现恶僧的巢穴。莲花峰顶的美丽与二人悬崖上格斗之惊险,形成鲜明对照,情节生动。解救被困妇女的善举,可以说是甘疯子的一次奇遇。甘疯子在岭南富户打杀盗贼,无声无息歼敌十余人,"尸相枕藉",以致群盗皆莫名其妙,可见他功力的神奇和毫不张扬的个性。文章末尾:写为求儿子平安,甘疯子竟亲手将其终生致残,他的思维与行事方式迥异常人;写他儒生出身,进士及第,官为邑宰,获罪赐死,侥幸逃生,隐身为道士,而对于他的道士生涯,我们一无所知。甘疯子的人生处处是谜,处处令我们惊诧莫名,正因为如此,我们才为人物所深深吸引,感知其形象的无穷魅力。

第四单元

小港渡者

[清] 周容

【文意】

顺治七年冬，我从河岸一小码头上岸，吩咐小书僮背上用夹板捆扎好的一叠书相随，要去蛟州城。这时西边的太阳已经落山，薄雾晚烟缠绕于树枝梢头，远望县城，大约有二里路程。于是顺便向摆渡船工问道："到城南门，现在赶路，还来得及进城吗？"那位摆渡者仔细打量小书僮，回答说："如果稳步慢走，还能进得城，要是急忙赶路，城门则已关闭。"我听了不觉动气，认为他的话是戏弄人。我们二人于是脚步匆匆、奋力奔走，行至半路，小书僮摔一跤，捆书的绳子断了，书籍散乱一地，小书僮坐在地上哭了起来。待到将书理齐捆好，前方的城门已经下锁。此时，一种茫然若失之感袭上心头，我忽然觉得先前摆渡者之言近似哲理：世上凡急于求成、鲁莽行事者，反倒往往是自取其败，最终大都类似我这种日暮途穷而无所归宿的结局。

【原文】

庚寅冬，予自小港欲入蛟川城，命小奚以木简束书从①。时西日沉山，晚烟莫树，望城二里许。因问渡者："尚可得南门开否？"渡者熟视小奚，应曰："徐行之，尚开也；速进，则阖。"予愠为戏②。趋行及半，小奚仆，束断书崩，啼，未即起。理书就束，而前门已牡下矣③。予爽然思渡者言近道。天下之以躁急自败，穷暮而无所归宿者，其犹是也夫，其犹是也夫！

【注释】

①庚寅：清世祖顺治七年。蛟川城：今浙江镇海县城。小奚(xī)：小仆从。木简：本指古代用来刻记文字的木片，这里指木板。②愠(yùn)：怒。③牡下：上锁。牡：门闩，锁簧。

苗氏妇言

[清] 昭梿

【文意】

清仁宗嘉庆三年，宰相和珅妻死，于京城朝阳门外出殡。一时之间，王公大臣朝廷上下无不前往送殡，我也跟随众人一道而行。将至殡葬之地，车马众多，道路堵塞不通，我被搁浅在送殡车队外围。于是就便在附近农家进餐、投宿。农家主人姓苗，苗老妇人对我说："看先生的举止言谈，觉得应该不是昏庸糊涂之辈。如今和相骄纵跋扈已到极点，大祸临头即在转瞬之间，为何您至今还趋炎附势乃至于此，不是自己伤害自己的品行人格吗？"我羞愧无地，涨红脸讪讪退下。

不出一年，和珅果然身败名裂，苗氏老妇之言应验。嗟夫！当和相大权在握、颐指气使之时，当朝达官贵人无不仰其鼻息，依其门下自以为安如泰山，一心把他当做终身依靠。由此可见，那些高官显贵之所谓深谋远虑，其实反倒不及乡里一村妇。

【原文】

乾隆戊午春，和相妻死，发殡于朝阳门外①。一时王公大臣无不往送，余亦从众而行。比至，车马壅阻，因饭于农家②。逆旅苗姓有老妇，云："观君容止，必非不智者。今和相骄溢已极，祸不旋踵，奈何趋此势利之途以自伤其品也？"余赧颜以退③。

不逾年，和相果败，卒应其妇之言。嗟夫！当和相擅权时,一时贵位,无不仰其鼻息,视之如泰山之安,初欲终身以赖之者,乃其智反不若一村妇识也。

【注释】

①乾隆戊午:实为嘉庆三年,乾隆已退位,身居太上皇。和相:即和珅,字致斋,满族钮祜禄氏,乾隆宠臣,任军机大臣,他结党营私、骄横跋扈二十余年。乾隆死后,嘉庆皇帝令其自尽,抄没家产,其数额巨大,时人所谓:"和珅跌倒,嘉庆吃饱。"朝阳门:北京内城正东门。②壅(yōng):堵塞。③逆旅:指旅馆,这里指住宿的农家。赧(nǎn)颜:因羞惭而脸红。

【述评】

正确地识辨和判断事物的能力,即理性认识的智能,是属于每个人天然的本领,社会下层劳动者当然也不例外,而有时他们的认识更直接、更准确,因为真理是朴素的。前者:小港渡者之言,作者最终有了正确的理解:做事要重视正确的方法,找到最佳途径,才是生活的大智慧。后者:苗氏妇之言具有极强的穿透力,不仅表明她看穿了和珅的"祸不旋踵",而且看透了这些达官贵人的愚蠢和品格的卑劣。

鸟　说

[清] 戴名世

【文意】

我读书的那间屋子,旁边有一株桂树,桂树枝叶间每天有"喳喳"的声音,走到跟前去看,发现有两只鸟在枝干之间筑个巢,鸟巢离地不过五六尺高,人伸手就能够得着。鸟巢大小有如杯盏,精巧而坚固,用细草编织而成。二鸟一雄一雌,轻盈小巧,甚至不足握于手掌之中;羽毛明亮光洁,娟皎可爱,此鸟不知其为何名。当雏鸟将要孵出时，雌鸟一直在巢中张开羽翼伏于其上。雄鸟忙于往来觅食，喂养雌鸟，每次得到食物它先到房顶休息一下，并不立即入巢。我用手摇动枝干假作欲危及其鸟巢的样子，房顶的雄鸟则注目俯视，而不停鸣叫；我轻摇之，它就轻声鸣叫，我重摇之，它则大声鸣叫；直到我松开手，它才停止鸣叫。有一天，我从外面回来，看见鸟巢已摔破在地上，我到处寻找这两只鸟和它们的雏鸟，却找不到。经过询问，方才得知鸟儿已被某人家的僮仆捉去。

嗟呼！如此美好的、鸣声悦耳、羽毛洁净的鸟儿，为何不居于深山，栖之密林，至人迹罕见处生存？却将自己托身于这种不该来的处所，竟至受辱身死于恶奴之手，难道它是把人世间错当成很宽容的地方了吗？

【原文】

余读书之室，其旁有桂一株焉①。桂之上，日有声咭咭然者②。即而视之，则二鸟巢于其枝干之间，去地不五六尺，人手能及之。巢大如盏，精密完固，细草盘结而成。鸟雌一雄一，小不能盈掬，色明洁，娟皎可爱，不知其何鸟也。雏且出矣，雌者覆翼之。雄者往取食，每得食辄息于屋上，不即下。主人戏以手撼其巢，则下瞰而鸣③。小撼之小鸣，大撼之即大鸣，手下，鸣乃已。他日，余从外来，见巢坠于地，觅二鸟及彀，无有④。问之，则某氏僮奴取以去。

嗟乎！以此鸟之羽毛洁而音鸣好也，奚不深山之适而茂林之栖？乃托身非所，见辱于人奴以死！彼其以世路为甚宽也哉？

【注释】

①桂：即木樨，小乔木。秋季开花，极芳香。②咭咭：鸟儿和鸣声。③瞰（kàn）：向下看。④彀（kòu）：幼鸟。

杂 说

[清] 周实

【文意】

春晖下之寸草，微波荡漾于清风徐徐之中，倚楼临窗，俯首凝望，久久不忍离去，我对这片绿草，竟不知有多么的爱！东园桃李成林，桃李之花的灿烂与芬芳，摄人心魄。整日漫游其中至黄昏日落时，疲乏困倦，有时便想就和衣睡在树下，则我对这片桃李之花，也竟不知有多么的爱！

然而，我常见世上有些爱草之人，却往往喜欢去践踏草地；爱花之人，往往伸出手爪乱采乱摘。践踏草地、采摘花朵的行为，与对花草施以酷刑、横加摧残蹂躏，又有何区别？这种人的所作所为，令人推想与其爱花草之初衷，岂不是大相悖谬吗！踏草摘花者心中自以为，踏之摘之是出自于心中之爱，却不知这一踏一折之时，就恰好已经与其爱心背道而驰了。

我由此得一启示：人们对事物刚刚萌发爱心之初，是人的天性之流露，并不知因何原故而已然产生了爱的感情。然而当其踏草摘花时，则已是为满足个人私欲而付诸行动。自私自利没有爱物之人，虽然有貌似爱物的最初倾向，而并非真正之爱，只不过利用它供自己一时之娱乐。踏草摘花者不正是这种人吗？噫，天下真正爱惜花草树木者，甚至能不顾性命去保护它们。试问那些踏草摘花者能做得到吗？既做不到，又只对花草树木施以酷刑、蹂躏残害，其实这种人的情感，早脱离了爱的范畴而堕落为纵欲。

所以，富于爱心者，能保存人善良之天性，而且将仁爱之心推而广之，将天下之民众皆视为同胞，世间之万物皆视为同类。缺乏爱心者，压抑人天性之善良致使其泯灭殆尽。后世战争盗贼之纷争，蜂起而云集，哪个不是要掠夺天下之人民与财物，居为一己之私有，满足其一己之大欲？踏草摘花，相形之下，则小之又小，呜呼噫嘻！

【原文】

浅草不盈寸，微风荡成波，倚楼睨之，不忍遽去，则吾之爱此草也为何如①？东园桃与李，色香袭人魂，有时日坠游倦，便欲和衣宿其下，则吾之爱此花也为何如？

虽然，吾尝见世之爱草者，往往踏之以足；爱花者，往往折之以爪。夫至踏之折之，与桎梏之蹂躏之将毋同②？揆诸爱之初心，讵不大相背谬哉③！在踏之折之者之心，固以为吾之踏之折之，正吾所以爱之。而不意其踏之折之之时，已与爱之之心南辕而北辙也。

无尽于是得一解焉：方爱之之心初萌，乃天性之流露于莫知其然而然者④。及其踏之折之，则不免济以人欲之私矣。夫自私者，未有能爱物者也，虽间有貌似爱物之顷，亦非真能爱物，特以物足供一己之愉快耳。踏草折花者，非此类而何？噫，天下之真能爱物者，至不惜以身殉物。试问踏草折花者，能以身殉花草也否耶？不能以身殉花草，而徒桎梏花草，蹂躏花草，此其人早溢乎爱之分际，而流于纵欲矣。

是故善用其爱者，能保存天性而扩充之，而天下民物，无不在胞与之中；不善用其爱者，遂狭小其天性而戕贼之⑤。后世战争盗窃之纷纭，畴非欲攫取天下之民物以快己私者乎⑥？踏草折花，其小焉者也。呜呼噫嘻！

【注释】

①睨（nì）：斜视。这里是向下看的意思。②桎梏（zhì gù）：古代拘束犯人手脚的刑具，这里意为用刑折磨。③揆（kuí）：测度。讵（jù）：岂。④无尽：作者周实，字实丹，号无尽，江苏山阳（今江苏淮安市）人。⑤"民物"二句：语出宋朝张载的《西铭》："民吾同胞，物吾与也。"意思是：天下民众都是同胞，世间万物都是同类，泛爱一切人与物。戕（qiāng）贼：摧残。⑥畴（chóu）：谁。

攫（jué）：夺。

【述评】

人类主宰了世界，主宰了自然，却永远只是自然界的一部分，应该与自然界和谐友好相处，特别要善待与人类密切相关、相互依存的动植物。人类不断侵害大自然，破坏地球的生态环境，如果动植物纷纷灭绝消亡，人类将不会在这个世界上单独生存。两位作者的思想意识如此超前，实为难能可贵。文章表明：人类应当自觉保护自然生态环境，尊重生命，爱护生命。前者：一个鸟儿的小小家庭，两只可爱的小鸟，对人类毫无戒备之意而且非常信赖，懂得主人家善意的玩笑，像是被逗弄的孩子，夸张地大呼小叫。但最终巢毁身亡，小鸟何辜，罹此惨祸？后者：作者通过对踏草折花者进行深入的心理剖析，指出这些动植物的伤害者，他们所谓"爱"的出发点，就是"供一己之愉快"，这种自私的"爱"就是纵欲，纵欲逞凶乃为万恶之源。两文虽皆另有寄托，但也已然无关宏旨了。

棺　床

[清] 袁枚

【文意】

秀才陆遐龄，到福建某地官署做幕僚，路经江山县，遇大雨。入城找客店已来不及，而且天色已晚，看到前面村落树木稠密处，有瓦房数间，便急忙跑上前敲门，希望求借一宿。主人开门迎客，举止文雅，自称姓沈，也是本县一名秀才，但家里并无空房可以留宿客人。陆秀才求之再三，沈不得已，指东厢房一间屋，说："这里勉强可以住宿。"然后，持灯烛将他送进屋内。陆秀才看见屋子左面停放一口棺材，心中十分嫌恶；但依仗自己平生胆壮，何况除此别无选择，只唯唯连声道谢而已。房中原先有一木床，即将行李铺上，主人告别走后，他心中不无恐惧，不敢安睡，便取所带一部《易经》，坐在灯前看至二更，不敢熄灯，和衣而寝。

不久，听见棺材中有轻微响动，陆秀才立刻紧张注视，只见棺材盖已被掀开，一白胡须老翁足登红色鞋子，伸出两腿从中爬出。陆秀才大惊失色，紧紧拉住床帐，从床帐缝隙中向外窥视。老翁来到陆秀才方才的坐处，翻阅那本《易经》而且毫无惧色，从衣袖中掏出烟袋，就着烛火吸烟。陆秀才更加惊惧，觉得此鬼不畏《易经》，尚且还会吸烟，定为恶鬼无疑！深恐它走到床前，愈加目不转睛，全身战栗不止，床铺也随之抖动出声。白须老翁看了看床榻面露微笑，竟然没有过来，又将烟袋收回袖内，钻入棺材，自己盖上棺盖，从此便无声息，而陆秀才整夜不曾合眼。

直到早晨，主人来此向客人问安，陆秀才勉强答道："安。"然后赶紧追问："但不知屋左所停棺材，内有何人？"答称："是家父。"陆秀才问道："既为令尊，为何久不安葬？"主人回答："家父如今健在，而且身体康强无恙。他性情开朗达观，认为从古至今人皆有一死，何不预先演习？所以，七十大寿庆典之后，即为自己制作一口寿材，将里面裱糊得很厚实，放置被褥。每晚必睡其中，将它当做床铺。"说完，便拉陆秀才到棺前，请其父起床。老人起来，与陆秀才行宾主之礼，主人家父果然即为昨夜灯下所见老翁。老翁笑道："客人昨夜受惊了吧？"三人抚掌大笑。陆秀才察看他的棺材，四面用杉木为壁，中间是空心。棺材盖是用棉纱涂黑漆制成的，所以能透气，且非常轻便。

【原文】

陆秀才遐龄，赴闽中幕馆①。路过江山县，天大雨，赶店不及，日已夕矣②。望前村树木浓密，瓦屋数间，奔往叩门，求借一宿。主人出迎，颇清雅，自言沈姓，亦系江山秀才，家无余屋延宾。陆再三求，沈不得已，指东厢一间，曰："此可草榻也。"持烛送入。陆见左停一棺，意颇恶之，又自念平素胆壮，且舍此亦无他宿处，乃唯唯作谢。其房中原有木榻，即将行李铺上，辞主人出，而心不能无悸，取所带《易经》一部灯下观③。至二鼓,不敢熄烛,和衣而寝。

少顷,闻棺中窸窣有声,注目视之,棺前盖已掀起矣,有翁白须朱履,伸两腿而出。陆大骇,紧扣其帐,而于帐缝窥之。翁至陆坐处,翻其《易经》,了无惧色,袖出烟袋,就烛上吃烟。陆更惊,以为鬼不畏《易经》,又能吃烟,真恶鬼矣。恐其走至榻前,愈益谛视,浑身冷颤,榻为之动。白须翁视榻微笑,竟不至前,仍袖烟袋入棺,自覆其盖。陆终夜不眠。

迨早,主人出,问:"客昨夜安否④?"强应曰:"安,但不知屋左所停棺内何人?"曰:"家父也。"陆曰:"既系尊公,何以久不安葬?"主人曰:"家君现存,壮健无恙,并未死也。家君平日一切达观,以为自古皆有死,何不先为演习?故庆七十后即作寿棺,厚糊其里,置被褥焉,每晚必卧其中,当做床帐。"言毕,拉赴棺前,请老翁起,行宾主之礼,果灯下所见翁,笑曰:"客受惊耶!"三人拍手大噱⑤。视其棺:四围沙木,中空,其盖用黑漆棉纱为之,故能透气,且甚轻⑥。

【注释】

①闽(mǐn)中:指福建中部地区。赴幕馆:幕僚居住的馆舍。古代地方军政长官的府署,也称幕府。幕府中延用的办事人员称为幕僚或师爷。赴幕馆即指去做幕僚。②江山县:在今浙江省。③《易经》:儒家经典之一,主要包括经、传两部分。《经》为六十四卦和三百八十四爻,《传》为解释卦辞、爻辞的七种文辞,共十篇。古代用《易经》占卜,道教将它进一步神秘化,认为它能驱邪避鬼,所以陆秀才在此读《易经》。④迨(dài):等到。⑤噱(jué):大笑。⑥沙木:即杉木。杉木质地松软而轻,中间挖空,利于透气。

"恶鬼"遇鬼

[清] 纪昀

【文意】

我的族叔纪行止讲过一事:有位农妇与其小姑,二人都长得很漂亮。在一个明月之夜,姑嫂在屋檐下纳凉,就睡在室外。突然看见一个赤发青面鬼,从牛栏后钻出。恶鬼跳跃且舞蹈前行,似乎要捕杀吃人,样子非常可怕。这时家里男人都在外面守场院,姑嫂被吓得说不出话。

恶鬼将她二人一一捉住奸污,然后跳上院墙要走,忽然失声大叫,仰面跌倒在地。姑嫂二人见其许久没有动静,才敢高声呼救。乡邻都匆匆赶来,发现倒在院内的恶鬼,为本乡一不良少年所装扮,他已经昏厥,不省人事。院墙外一鬼狰狞,屹然站立,居然是土地庙里的泥塑偶像。村中父老称社神显灵,商议天亮后举行祭祀活动答谢神灵。有位少年在一旁不禁哑然失笑,说道:"同村的某甲每天五更时起早担粪,我与他开玩笑,将庙里的鬼卒抱到路边吓他,无非逗笑取乐而已。不料碰到这个假鬼,他反倒以为遇见真鬼,吓得昏死过去,哪里是社神显灵!"这时,一位老者说:"某甲天天担粪,你为何偏巧今日戏弄他?戏弄人的方式很多,你为何偏巧想到搬动鬼卒泥像?这泥像何处不可以放,你为何偏巧放到这家墙外?实际上是神灵在操控这一切,只是你自己不知道罢了。"于是,大家共同凑钱祭祀社神。

那个不良少年被父母抬回家,僵卧在床多少天,竟然再也没能苏醒。

【原文】

族叔行止言:有农家妇,与小姑并端丽。月夜纳凉,共睡檐下。突见赤发青面鬼,自牛栏后出,旋舞跳掷,若将搏噬①。时男子皆外出守场圃,姑嫂悸不敢语。

鬼——攫搦强污之，方跃上短墙，忽噭然失声，倒投于地②。见其久不动，乃敢呼人。邻里趋视，则墙内一鬼，乃里中恶少某，已昏仆不知人事；墙外一鬼屹然立，则社公祠中土偶也③。父老谓社公有灵，议至晓报赛④。一少年哑然曰："某甲恒五鼓出担粪，吾戏抱神祠鬼卒置路侧，使骇走，以博一笑；不虞遇此伪鬼，误为真鬼惊踣（bó）也，社公何灵哉！"中一叟曰："某甲日日担粪，尔何他日不戏之而此日戏之也？戏之术亦多矣，尔何忽抱此土偶也？土偶何地不可置，尔何独置此家墙外也？此其间神实凭之，尔自不知耳。"乃共醵金以祀⑤。

其恶少为父母舁去，困卧数日，竟不复苏⑥。

【注释】

①搏噬（shì）：撕咬。②攫搦（jué nuò）：这里指捕捉动作。噭（jiào）：号呼声。③社公祠：即土地神的祠堂，俗称土地庙。土偶：泥塑偶像。④报赛：举行祭礼，答谢神灵。⑤醵（jù）金：凑钱。⑥舁（yú）：抬。

【述评】

"鬼"是人们对于死亡及死后未知的空虚世界畏惧心理的产物。而鬼魂的观念无孔不入地钻进每一个人的潜意识之中，即便是无神论者，但凡发生与死人相关的突发或异常之事，都会感到紧张，难免或多或少产生恐惧情绪，何况是亲身遭遇"恶鬼"。

前篇："白须朱履"老翁的"道具"，只是一具棺木而已，老翁的举动很正常，没有一丝特别之处，但就是因为老翁从棺材里爬出，才使人感到心惊肉跳，否则无论他什么时候、从什么地方出现，都不会引人注意。陆秀才的心理反应也很正常，无论何人处在那种情况之下，若毫不动心，怕也不是平常之人。一场误会、一场虚惊，虽没有鬼，却掀起了生活的波澜。

后篇：装神弄鬼的不良少年，显然是个胆大妄为之徒，由于他作恶心虚,心中有鬼,所以,猛然遇"鬼",则心胆俱裂,便自食其恶果了。村中老叟之言,固然荒谬,却道破鬼神实出于人心之中;但倘若迷而信之,陷入其中,则恐永无宁日。

相州昼锦堂记①

[宋] 欧阳修

【文意】

人生在世,追求荣华富贵,官至将相,已为人臣之极;富贵返乡,誉满桑梓四方,成功人士之欲望由此得以满足,此乃人之常情,古往今来人同此心。大凡士人尚未得志、困居乡里之时,市井之庸人闲汉,无论大小,皆可轻视乃至欺侮之,如苏秦不得其嫂之礼遇,朱买臣被妻子所遗弃。可是,一旦他们乘坐高车驷马,前有旗帜开路,后有马队相随,夹道观望的人们,比肩接踵,惊羡不已。而那些曾得罪当事者的庸夫愚妇,恐惧奔走,大汗淋漓,在车轮马足扬起的尘埃中,跪伏在地而羞愧难当。其实这只是一介书生,得志于一时,满袖春风,神气十足,前人将此荣耀称之为衣锦还乡。

大丞相魏国公却不是如此。先生是相州人,祖先之美德世代流传,且皆为其当代名臣。先生少年便进士及第,年轻之时已居高官显位,而天下文人学子,闻知其大名,仰望其风采,已经多年。所谓出将入相之富贵荣耀,对于魏国公而言,似与生俱来,习以为常;并非那种困厄之士,侥幸于一时得志,出乎庸夫愚妇之意料,以炫耀权势而震慑他人。正因为如此,再威严的仪仗队列,并不足以成为先生之荣耀,再华丽的礼服礼器,也不足以显示先生之高贵。只有当其对百姓广施深恩厚德,为国家建立丰功伟业,并使之"名留于竹帛,声托于管弦",光照后世,百代流芳,这才是魏国公之志向,也是天下之士对于先生的期望,而岂止是夸耀一时、荣耀一乡呢?

先生在至和年间,曾以武康节度使转知相州,即于官邸后园修建这座"昼锦堂",建成后在石碑上刻诗,赠予相州人民。诗中表明:那种以计较恩仇为快事,以沽名钓誉而自豪的行为是可耻的。因为先生非但将历来为人们所引以为荣的"衣锦还乡"予以否定，相反以此为戒，由此可知先生视富贵为何物，而先生志向之远大又岂可测度？所以魏国公能够于将相之位，勤勤恳恳为朝廷效劳，个人之祸福安危置之度外，其高风亮节始终如一；每当面临大事，决定国策时，更是沉静持重，不动声色，将国事处置得稳如泰山，诚可谓定邦安国之重臣！先生天高地厚之功业，铭刻于金石，谱写为乐章，实在是国家之光彩与辉煌，而绝非一乡一里之荣耀。

我虽无机缘登门拜访先生之堂，却有幸拜读先生的诗歌，为先生之志向得以实现而兴奋，并愿将所知传播于天下，于是写作此文。

尚书吏部侍郎、参知政事欧阳修记。

【原文】

仕宦而至将相，富贵而归故乡，此人情之所荣，而今昔之所同也。盖士方穷时，困厄闾里，庸人孺子皆得易而侮之，若季子不礼于其嫂，买臣见弃于其妻②。一旦高车驷马，旗旄（máo）导前而骑卒拥后，夹道之人，相与骈（pián）肩累迹，瞻望咨嗟（zī jiē），而所谓庸夫愚妇者，奔走骇汗，羞愧俯伏，以自悔罪于车尘马足之间。此一介之士得志于当时，而意气之盛，昔人比之衣锦之荣者也③。

惟大丞相魏国公则不然④。公，相人也。世有令德，为时名卿。自公少时，已擢高科、登显仕，海内之士闻下风而望余光者，盖亦有年矣。所谓将相而富贵，皆公所宜素有，非如穷厄之人侥幸得志于一时，出于庸夫愚妇之不意，以惊骇而夸耀之也。然则高牙大纛不足为公荣，桓圭衮冕不足为公贵；惟德被生民而功施社稷，勒之金石，播之声诗，以耀后世而垂无穷⑤。此，公之志，而士亦以此望于公也，岂止夸一时而荣一乡哉！

公在至和中，尝以武康之节来治于相，乃作"昼锦"之堂于后圃⑥。既，又刻诗于石以遗相人。其言以快恩仇、矜名誉为可薄，盖不以昔人所夸者为荣，而以为戒。于此见公之视富贵为何如，而其志岂易量哉！故能出入将相，勤劳王家，而夷险一节⑦。至于临大事、决大议，垂绅正笏，不动声色而措天下于泰山之安，可谓社稷之臣矣⑧！其丰功盛烈，所以铭彝鼎而被弦歌者，乃邦家之光，非闾里之荣也。

余虽不获登公之堂，幸尝窃诵公之诗，乐公之志有成，而喜为天下道也。于是乎书。

尚书吏部侍郎、参知政事欧阳修记。

【注释】

①相州：今河南安阳市。②困厄（è）：指境遇艰难窘迫。季子：即战国时纵横家苏秦。初出游列国，大困而归，为其兄弟、妻嫂所笑。嫂嫂不为他做饭。于是，他锥刺骨，发悬梁，闭门苦读，后以合纵之说为六国诸侯所接受，于是身兼六国之宰相，归乡时，其兄弟、妻嫂俯伏道旁迎接。买臣：朱买臣，西汉吴县人，初以樵为生，苦读不辍，其妻嫌其贫而离婚改嫁。后买臣官会稽太守，迎送车马百余乘，其妻遂羞愧自缢死。③昔人比之衣锦之荣者也：《史记》中项羽欲东归，曰："富贵不归故乡，如衣绣夜行，谁知之者。"④魏国公：指韩琦，北宋大臣，仁宗时进士，宝元三年出任陕西安抚使，与范仲淹帅兵同抗西夏的入侵，庆历三年与范仲淹等人推行"庆历新政"改革，失败后出任地方官，世称"韩范"，名重一时；嘉祐年间又入为枢密使、宰相，英宗时被封为魏国公。⑤牙：牙旗。大纛（dào）：古代军队或仪仗队的大旗。桓圭衮冕：表示三公以上的高官。桓圭（huán guī）：古代三公所执的玉器。衮冕（gǔn miǎn）：帝王和三公的礼服。⑥至和：宋仁宗年号。相州：韩琦的故乡，以"昼锦"名其堂，以反对项羽所言之意。⑦出入将相：在外为将，入朝为相。夷险一节：无论在平时或处于危难之中，都保持气节如一。⑧垂绅（shēn）正笏（hù）：指端庄严肃。绅：官服上的大带。笏：大臣上朝时所执的手版，以便记事。

与赵韫退大参书①

[清] 王弘撰

【文意】

　　昨日承蒙阁下因受贵同乡众先生委托,劳驾屈尊来访,专此请我为相国冯公写贺寿之文,且明示此乃冯相国本人之意,及相国称赞我的文章合于古人之章法等,对此我虽然愧不敢当,而相国作为文章之知己,其高情美意我自当深藏于心而不敢忘。我本应欣然命笔,竭尽心力,立即将相国之德高望重及匡世济民之宏图伟略,大书而特书,以求得相国之欢心。然而,我又细思自身情形,审时度势,发觉写作此文,甚为不妥。所以敢效愚诚,说明原委,望阁下认真考虑。

　　我本一衰迈病废之人,错蒙举荐参与博学鸿词科召试,我曾写请辞呈文向本省巡抚说明情况,并转呈吏部请示,没有批准。其后又接到御旨严加催促,实不得已,遂抱病狼狈就道,千难万苦勉强到京。又写请辞之文让我儿直送吏部,又不获准,无奈之下,借昊天寺僧舍暂住。重病缠身,僵卧一榻,两月以来,不曾出寺门一步。其间即便有大人先生降贵纡尊前来探望,均无力回访答拜,只得命我儿持本人名片,登门道谢而已。我现在已是须发皆白、齿牙动摇、两眼昏花之人,楷体字也已无法书写,我准备在召试临期之际,再次陈述详情请辞,寄希望于万一,但愿天子大发恻隐之心,将我放归故里。

　　为相国贺寿之事,则非比寻常。贵同乡诸先生亦皆非同常人,有人在内阁、有人在翰林院、有人在各部各司衙署就职,且个个以名誉声望著称,个个为世人所瞩目。阁下欲以我所撰写之文章制成寿屏献于相国,其文不可能悄然私自收藏,必定要传遍京都。且不论本人才疏学浅,不能颂扬相国之美德;而我既公然不能奉天子之诏,却私下能为相国作贺寿之文,朝廷即便宽仁大度,不以此定我有罪;但这种作法,我则深感于理不合,于心不安。再者,我一旦写出此文,不知情者甚至会认为:王弘撰本与相国素不相识,希图录用,为攀附相国之高枝,故借此以欺世盗名,将来必然会遭人谴责。如此一来,文章非但不能为相国增添威望，相反有累及相国名声之嫌，这便是我犹豫再三而不敢应承的原因。阁下若肯替本人换位思考，难道不认为此言亦不无道理吗？

再不然，相国乃何许人？相国掌握天下文章考评之大权，为皇家培育人才；天下文人学士对相国之仰慕，如望泰山北斗；投奔相府门下者，皆以一见相国为荣，其中才华超群、久负盛名者，自当大有人在；而相国却偏将此文寄希望于在下微贱之人，所谓"人非木石岂无感"，如果在下不仅不衔恩领情，反却推诿搪塞，岂非不近人情？所谓"韩愈亦人耳"，行事前后矛盾且又如此过分，其目的又究竟何在？所以我只得在此将自己不得已之苦衷详细阐明，希望阁下明察且予以体谅，并请求阁下上告相国：倘若得相国之惠顾，让我回归华山养老，作为太平盛世之百姓而终其天年，让我在乡里田间从事耕读生活之愿望得到满足，那么，相国之恩德必然铭刻于心，我将勤奋写作，并将此深恩厚德记入文章、载入歌诗。此话既出，决不食言，燕山易水，可以为证！望阁下三思。

【原文】

昨承执事枉驾，以贵乡诸先生之命，属为贺相国冯公寿文，且云本之相国意②。又述相国尝称弘撰文为不戾（lì）于古法，此虽弘撰所惶悚不敢当；而知己之谊，则有中心藏之而不忘者。即当欣跃操觚，竭其所蓄，直写相国硕德伟抱、辅世长民之大略，以求得相国之欢③。然而审之于己，度之于世，皆有所不可。故敢敬陈其愚，唯执事详察焉。

弘撰以衰病之人，谬叨荐举，尝具词控诸本省抚军，转咨吏部，不允④。嗣（sì）又奉旨严催，不得已，强勉匍匐以来京师。复具词令小儿抱呈吏部，又不允。借居昊（hào）天寺僧舍，僵卧一榻。两月以来，未尝出寺门一步。即大人先生有忘贵惠顾者，皆不能答拜；特令小儿持一刺，诣门称谢而已。须白齿危，两目昏花，不能作楷书，意欲临期尚复陈情，冀幸于万一，蒙天子之矜怜，而放还田里。

夫贺相国之寿，非细故也。诸先生或在翰苑，或在台省，或在部司，皆闻望素著，人人属耳目焉⑤。公为屏障以为相国寿，则其文必传视都下，非可以私藏巾笥者也⑥。弘撰进而不能应天子之诏，乃退而作贺相国之寿文，无论学疏才短，不能揄扬相国之德，即朝廷宽厚之恩，亦未必以此为罪；而揆之于法，既有所不合，揣之于心，亦有所不安；甚至使不知者，以弘撰于相国素不识面，今一旦为此文，疑为夤缘相国之门，希图录用，欺世盗名，将必有指摘之及⑦。不但文不足为相国重，而且重为相国累，此弘撰之所以逡巡而不敢承也。即执事代为弘撰筹之，亦岂有不如是者哉！

不然，相国操天下文章之柄，为天子教育人才；天下之士望之如泰山北斗，伏谒门下者咸思得邀相国之一盼为荣，其间负名位而擅词华者，固繁有徒；而相国独属意于贱子，身非木石，岂不有心识此义者，而顾推委而不为，有此人情也乎！所谓"韩愈亦人耳"，所行如此，欲以何求耶⑧？是用直布腹心，唯执事裁之谅之，并乞上告相国：倘邀惠于相国，得归老华山，为击壤之民，以遂其畎亩作息之愿；午夜一灯，晓窗万字，其不能忘相国之德，将以传之记载而形之歌咏者，必有在矣⑨。燕山易水，共闻斯语！唯执事图之。

【注释】

①赵韫（yùn）退：名进美，号韫退，山东益都人。大参：对参议官的尊称。赵此时做河南布政使司参政。②冯相国：冯溥，山东益都人；顺治时进士，官文华殿大学士兼吏部尚书。清代大学士俗称"相国"。贵乡诸先生之命：冯溥、赵韫退皆山东人，赵韫退以官府中山东众同乡名义为冯溥祝寿，且以受众同乡委托为借口来拜见王宏撰。执事：这里是对赵韫退的敬称。③操觚（gū）：指写作。觚：古代书写用的木简。④控：这里指申诉。抚军：明清俗称巡抚为抚军，为一省之军政最高长官。咨：咨询，征求意见。⑤台省：尚书省、门

下省、中书省和御史台的合称。此指政权机构的中心，即为内阁。翰苑：翰林院，属全国最高文化学术机构。部司：中央政府行政部门分为六部（吏、户、工、礼、兵、刑），其下设部门为各司。⑥屏障：这里指挂在壁上作装饰的条幅、横幅，如寿屏。私藏巾笥（sì）：用布巾遮盖，放置于箱柜。笥：箱箧。⑦揄（yú）扬：宣扬。法：常规，准则。揣（chuǎi）：忖度。夤（yín）缘：攀附升迁。⑧"韩愈亦人耳"：意思是韩愈也有正常人的感情，不会做出违背事理的行为。唐代韩愈在其文《释言》中说："前之谤（指责）我于宰相者，翰林不知也；后之谤我于翰林者，宰相不知也。今二公合处而会言（在一起会谈），若及愈，必曰韩愈亦人耳，彼敖（傲慢）宰相，又敖翰林，其将何求？"（韩愈也不过是个普通人，这样的做法又是为了什么？）⑨击壤（rǎng）之民：太平盛世的老百姓。击壤：古代的一种投掷游戏。相传帝尧之世，天下大和，百姓无事，有八十岁老人击壤于道。又有老人击壤而歌："日出而作，日入而息。凿井而饮，耕田而食。"畎（quǎn）亩：田间。畎，田间小沟。

【述评】

两篇文章，一是作者为当时身为宰相的韩琦所写的发自肺腑的颂扬文字；一是身为宰相的冯溥辗转命人为自己写颂扬文字，却遭到婉拒的回函。

前篇：北宋嘉祐、治平年间，曹太后与英宗失睦，"朝廷多故，琦处危疑之际"，而决大策，安社稷，需要有不计个人安危得失的胆识与气魄，宰相韩琦"知无不为"，支撑危局。与之共事的欧阳修，以敬仰钦佩之情，促成此文。韩琦建"昼锦堂"之意，是向人们表白心迹：不以威风排场为荣，不以高官显爵为贵，一反世俗之荣辱观，而志在建功立业，定国安邦。作者高度赞许韩琦非同凡俗的品格与精神，钦慕之情溢于言表，辞章华丽而流畅。据《宋稗类钞》载：此文写成之后欧阳修已经送出，反复斟酌觉有不妥，派人快马将稿件追回，修改之后再次交给送稿人。送稿人仔细研读，发现只增加两字："仕宦至将相，富贵归故乡"改为"仕宦而至将相，富贵而归故乡"，虽意义并无变化，但读起来更觉语气顺畅，音节和谐。

后篇：王弘撰隐居家乡，闭门读书，对亡明怀有深情，与民族志士顾炎武、屈大均等人交往甚密，拒不仕清。康熙年间特设博学宏词科，延揽人才，王弘撰为大臣举荐，被强迫入京，但他托病不予应试。相国冯公以"爱才"著称，他借自己六十寿辰之机，委托赵韫退向王弘撰关说，试图以写祝寿文诱使王弘撰就范，参加博学宏词科诏试。王弘撰心如明镜，写此信谢绝。文章从容不迫，舒卷自如，围绕"进而不能应天子之诏，退而作贺相国之寿文"这一矛盾，充分展开多方面论述，理正而词畅，冠冕堂皇；表面对相国敬而无失、恭而有礼，实则暗藏讥讽，含蓄机智，不落痕迹。最后故意欲借相国情面，使之完成归老田园的心愿，反戈一击，恰到好处。

杨继盛传

《明史》

【文意】

杨继盛，字仲芳，容城人。七岁时，母亲去世。庶母忌妒，让他去放牛。继盛经过乡里的学校，见到孩子们读书，十分喜欢。他告诉哥哥自己也想去读书，哥哥说："你年纪太小，怎么学？"继盛回答："年纪小既然能放牛，难道就不能上学吗？"哥哥将此事告诉父亲，于是允许他去读书，同时兼顾放牛。十三岁时，继盛才开始正式从师学习。因家庭贫困，杨继盛学习非常刻苦，乡试中举，并在国子监完成学业，且多次得到国子监祭酒徐阶的称赏。

嘉靖二十六年，杨继盛进士及第，任南京吏部主事。他曾追随兵部尚书韩邦奇研究学问，深通律吕之学，制定出十二声律，以乐器演奏，乐音完全与之相符。韩邦奇大喜，将自己的学问全部传授给他，杨继盛于是声名鹊起，朝廷改任他为兵部员外郎。时俺答入寇京城，咸宁侯仇鸾因率兵入援京师受到皇帝器重，被皇帝任命为大将军，戍边御寇诸事皆依重仇鸾。而仇鸾其实内心胆怯，畏敌如虎，他请求开辟马市，与俺答通商往来，寄希望于借机与之媾和。幸而俺答饱掠退兵，未发生战事，从而加固了皇帝对他的恩宠。然而，杨继盛认为俺答蹂躏京城之仇恨未得洗雪,匆忙议和向敌示弱,大损国威,于是上书奏言"十不可、五谬",请罢马市。

奏章呈上后,皇帝看了颇为动心,交予仇鸾及成国公朱希忠,大学士严嵩、徐阶、吕本,兵部尚书赵锦,侍郎聂豹、张时等人认真讨论。仇鸾捋袖挥拳,瞋目怒骂:"这小子生平未见过敌寇,当然把事情看得很容易。"众大臣于是顺水推舟,说派遣议和的官员已经成行,策略已无法改变。皇帝尚在犹豫,仇鸾又递上了一道密折,皇帝便幡然改变态度,将杨继盛逮入诏狱,其后贬官为狄道典史。狄道是少数民族与汉民杂居之地,文化落后,没有读书风气。杨继盛从当地百姓中选拔出百余名优秀子弟,聘请对儒学三部主要经典精通的塾师授课。他变卖了自己的坐骑,以及家里妇女的衣饰等,买入田产以其收成资助这些学生读书。该县有座煤山,为当地少数民族所占据。县里百姓烧柴须从二百里外购进。杨继盛召集少数民族百姓晓谕之,希望他们开放煤山,允许打柴。少数民族百姓对杨继盛皆心悦诚服,说:"杨公就是需要我们的穹帐,我们也舍得,何况是煤山?"少数民族百姓对杨继盛十分爱戴,称之为"杨父"。

不久,俺答多次破坏约定,入边侵扰,仇鸾之奸诈形迹败露,仇鸾背发毒疮,不治身亡。皇帝仍未解恨,命开棺戮尸。皇帝想到杨继盛之忠言,先提升他为诸城知县,一月之后调为南京户部主事,仅过三日便升迁为刑部员外郎。当时,严嵩最为得宠专权,他深恨仇鸾一度曾凌驾于自己之上,因此对杨继盛的首先奋起揭穿仇鸾,非常欣赏;希图通过破格提拔,使之心存感激,能为己所用,于是再提升杨继盛为兵部武选司。而杨继盛对于权奸严嵩的憎恶远胜于仇鸾,而且觉得自己从一个被贬谪的官员,一年之内四度提升,立誓要报效国家。到任刚一个月,他便起草文章弹劾严嵩。

奏章呈上后,皇帝已然发怒,严嵩见其中有"召问二王"之语,心中暗喜,觉得可以利用,给杨继盛加之以挑唆皇室成员与朝臣纠葛之罪,向皇帝秘密构陷。皇帝益发怒不可遏,将杨继盛打入诏狱,诘问他为何牵扯二位王子?继盛答:"除非二位亲王,何人不惧严嵩?"狱词上奏,下令刑杖一百,命刑部为之定罪。刑部侍郎王学益是严嵩同党,受严嵩指使,欲为杨继盛加以诈传亲王钧旨罪,依刑律当判绞刑；而刑部郎中史朝宾秉持公道，表示反对，触怒严嵩，将他立即贬谪外地。刑部尚书何鳌不敢违拗严嵩，终于按严嵩的意愿判定此案，但是皇帝却还没有要杀杨继盛的意思。

杨继盛在诏狱中被囚禁了三年，在此期间，有人想把杨继盛从严嵩手里营救出来。严嵩的党羽胡植、鄢懋卿恐怕事情有变，对严嵩道："公难道不知养虎遗患之理？"严嵩点头不语。当年，恰遇都御史张经、李天宠犯死罪，定为腰斩，于是有了可乘之机。秋季终审后，当上报处决死囚名单，由皇帝亲自核准时，严嵩趁机将杨继盛的名字附入奏上，于是得到批准。其妻张氏闻讯，跪伏于宫门外向皇帝呈递奏章，写道："……宁愿皇帝斩臣妾之头，代丈夫受死。虽命继盛远谪边地，守边御敌，亦必肯为陛下效死疆场。"奏章被严嵩扣留不奏。嘉靖三十四年十月初一，杨继盛被处决于西市。杨继盛时年四十，临刑赋诗："浩气还太虚，丹心照千古。生平未报恩，留作忠魂补。"天下人闻之，相互泣涕传颂。

当初，杨继盛将受杖刑时，有人送他蚺蛇胆，说吃了可避免死于杖下，杨继盛谢绝道："我椒山自己有胆，要蚺蛇胆做什么？"椒山即杨继盛的别号。入狱后，杨继盛的伤势十分严重，半夜他从昏迷中苏醒，打碎瓷碗，自己用碎瓷片亲手切割身上的腐肉。腐肉刮削干净，筋与膜相牵连，又自己动手截掉。在旁为他照亮的狱卒，手颤抖得掌不住灯，而杨继盛却神安气定，动作自如。朝审之时，旁观群众充塞街巷，人人叹息，至有泣下沾襟者。

七年之后，严嵩失势败亡。穆宗登帝位，抚恤严嵩专权时直言敢谏之忠臣，杨继盛居首位，追赠其官职为太常少卿，谥号忠愍，朝廷并举行葬礼公祭，任其一子为官。又采纳御史郝杰的建议，在保定建立杨继盛祠堂，名为"旌忠"，供人瞻仰。

【原文】

杨继盛，字仲芳，容城人，七岁失母，庶母妒，使牧牛①。继盛经里塾，睹里中儿读书，心好之。因语兄，请得从塾师学。兄曰："若幼，何学？"继盛曰："幼者任牧牛，乃不任学耶?"兄言于父,听之学,然牧不废也。年十三岁,始得从师学。家贫,益自刻厉。举乡试,卒业国子监,徐阶亟赏之②。

嘉靖二十六年,登进士,授南京吏部主事。从尚书韩邦奇游,覃思律吕之学,手制十二律,吹之声毕和③。邦奇大喜,尽以所学授之,继盛名益著。召改兵部员外郎。俺答躏(lìn)京师,咸宁侯仇鸾以勤王故,有宠。帝命鸾为大将军,倚以办寇④。鸾中情怯,畏寇甚,方请开互市市马,冀与俺答媾(gòu),幸无战斗,固恩宠。继盛以为仇耻未雪,遽议和示弱,大辱国,乃奏言十不可、五谬⑤。

疏入,帝颇心动,下鸾及成国公朱希忠,大学士严嵩(sōng)、徐阶、吕本,兵部尚书赵锦,侍郎聂豹、张时彻议。鸾攘臂詈曰:"竖子目不睹寇,宜其易之。"诸大臣遂言遣官已行,势难中止。帝尚犹豫,鸾复进密疏。乃下继盛诏狱,贬狄道典史⑥。其地杂番,俗罕知诗书。继盛简子弟秀者百余人,聘三经师教之。鬻所乘马,出妇服装,市田资诸生。县有煤山,为番人所据,民仰薪二百里外。继盛召番人谕之,咸服曰:"杨公即须我曹穿(qióng)帐亦舍之,况煤山耶?"番民信爱之,呼曰"杨父"。

已而俺答数败约入寇,鸾奸大露,疽(jū)发背死,戮(lù)其尸。帝乃思继盛言,稍迁诸城知县。月余调南京户部主事,三日迁刑部员外郎。当是时,严嵩最用事。恨鸾凌己,心善继盛首攻鸾,欲骤贵之,复改兵部武选司。而继盛恶嵩甚于鸾,且念起谪籍,一岁四迁官,思所以报国。抵任甫一月,草奏劾嵩。

疏入,帝已怒。嵩见"召问二王"语,喜,谓可指此为罪,密构于帝⑦。帝益大怒,下继盛诏狱,诘何故引二王。继盛曰:"非二王谁不慑嵩者!"狱上,乃杖之百,令刑部定罪。侍郎王学益，嵩党也，受嵩属，欲坐诈传亲王令旨，律绞；郎中史朝宾持之，嵩怒，谪之外。于是尚书何鳌（áo）不敢违，竟如嵩指成狱，然帝犹未欲杀之也。

系三载，有为营救于嵩者。其党胡植、鄢懋（yān mào）卿怵（chù）之曰："公不睹养虎者耶，将自贻患。"嵩颔（hàn）之。会都御史张经、李天宠坐大辟。嵩揣帝意必杀二人，比秋审，因附继盛名并奏，得报。其妻张氏伏阙上书，言："……愿即斩臣妾首，以代夫诛。夫虽远御魑魅，必能为疆场效死，以报君父⑧。"嵩屏不奏，遂以三十四年十月朔弃西市，年四十。临刑赋诗曰："浩气还太虚，丹心照千古。生平未报恩，留作忠魂补。"天下相与涕泣传颂之。

初，继盛之将杖也，或遗之蚺蛇胆⑨。却之曰："椒山自有胆，何蚺蛇为！"椒山，继盛别号也。及入狱，创甚。夜半而苏，碎磁碗，手割腐肉。肉尽，筋挂膜，复手截去。狱卒执灯颤欲坠，继盛意气自如。朝审时，观者塞衢，皆叹息，有泣下者⑩。

后七年，嵩败。穆宗立，恤直谏诸臣，以继盛为首。赠太常少卿，谥忠愍，予祭葬，任一子官。又从御史郝杰言，建祠保定，名"旌忠"。

【注释】

①容城：今河北徐水县容城镇。庶（shù）母：父之妾为庶母。②国子监：古代国家最高学府。国子监祭酒：相当于校长。卒业：等于毕业。亟（qì）：屡次。③覃（tán）思：深思。律吕之学：指古音乐方面的学问，相当艰深。韩邦奇：南京兵部尚书，当时著名的学问家。④俺答：明代蒙古族右翼土默特首领。仇鸾（qiú luán）：大同总兵，俺答兵犯京师，仇鸾率兵入援，虽接战兵溃，但因敌饱掠退兵，仇鸾得以冒功受赏。勤王：指起兵援救王朝。⑤"十不可、五谬"：指杨继盛据理批驳仇鸾建议开通马市的主张，文载《请罢马市

疏》。⑥诏狱：奉皇帝诏令关押犯人的监狱。狄道：今甘肃康乐县。典史：知县下属最低级的官吏。⑦二王：指嘉靖皇帝的第三子裕王载垕（即后来的穆宗皇帝）和第四子景王载圳。⑧阙（què）：指宫门。远御魑魅（chī mèi）：魑魅原意指山妖鬼怪，这里指敌人。⑨蚺（rán）蛇胆：即蟒蛇胆。传说吃蚺蛇胆，受杖刑时可不死。⑩朝审：明清两代复审京城死刑案件的一种制度。规定每年霜降后，三法司（刑部、都察院、大理寺）把已经判处死刑的案件，会同王公大臣公开审理。

上高宗封事①

［宋］ 胡铨

【文意】

绍兴八年十一月日，右通直郎、枢密院编修官臣胡铨完成奏章，谨斋戒沐浴，冒死百拜，敬献于皇帝陛下：

经臣考察：王伦本是一市井无赖，奸邪狡诈的小人，近因宰相之不察，竟被举荐为派往敌国之使节。此人专事编造谎言，诡诈百出，欺君罔上，而骤得高官美差，令天下之人无不切齿唾骂。现今他无故引来金国使臣，以"诏谕江南"为名，前来谈判。实则是欲使我大宋王朝沦为敌国之臣妾，欲使我大宋帝国做第二个刘豫啊！刘豫犹如臣妾侍奉金国，换取伪皇帝的位置，自以为此乃子孙万代不变之基业；而金人实乃豺狼本性，一旦改变主意，则父子二人立时被揪翻捆绑，成为阶下囚。前车之鉴就在目前，而王伦又想要皇上效法刘豫，其居心可知也。

天下是祖宗所创立之天下，陛下所居之位是祖宗所传之帝位。为何将祖宗之天下变为异族犬戎之天下，将祖宗所传之帝位变为属国陪臣之地位？陛下一旦屈膝，则宗庙社稷之神灵将尽被金人所玷污，祖先数百年养育之黎民赤子，将尽为左衽之异族，朝廷王公大臣则都降为陪臣奴仆，天下士大夫都将废汉装而换胡服。尽管如此，豺狼之贪欲无厌，又岂知刘豫的悲剧能不在我们这里重演？

三岁孩童可谓无知无识,如果令其对猪狗下拜,他也会怒不可遏。现今金人即为猪狗,我堂堂天朝大国之人,一个个拜伏在猪狗脚下,连无知孩童都引以为耻,陛下难道能忍辱而为之?

而王伦则主张:"我们只要屈膝投降,徽宗之灵柩便可归还,太后便可回国,渊圣便可遣返,中原失地便可收复。"呜呼!自"靖康"事变以来,主张议和者,哪个不是用此话来欺哄迷惑陛下?而结果竟无一兑现,金人是真心还是假意,其实都已非常明白;但陛下还是不肯醒悟,民脂民膏耗尽而不知顾惜,置家仇国恨而不报,含垢忍辱,将天下拱手奉送敌国而臣服之,难道只有如此陛下才能心甘情愿?假定金人真肯议和,一切皆如王伦所言,而天下之人及千秋后世又将如何评议陛下之为人?况且金人狡诈多变,再辅以王伦之奸邪,可以断言:徽宗之灵柩绝不可能归还,太后绝不可能回国,渊圣绝不可能遣返,中原失地绝不可能收复。然而此膝一屈则不可复伸,国势将从此倾颓而不可复振,不禁令人为之痛哭流涕而长太息矣!

想当初,国势危如累卵,陛下辗转海上历尽艰险,当时之际尚且不肯对敌称臣,而今国家已初步强盛,将士人心思奋、锐不可当。仅就不久之前金兵嚣张,刘豫伪军进犯而言,我军接连败敌于襄阳、淮上、涡口、淮阴,比较当年逃亡海上之时的种种危机,现在的境况已好至何止千万倍?倘若诚不得已而引发战事,则我方未必就败于金人之下。今无故而对敌称臣,以我天朝大国的万乘之君,拜倒于金人的穹庐之下,三军将士不战而气已馁。昔日鲁仲连义不帝秦,其原因并不在耻于帝秦之虚名,而在关乎天下人心归向之大局。现在,朝廷内外,军民百官,众口一词,皆欲食王伦之肉,反对朝廷之声势愈演愈烈,陛下不闻不问,恐一旦发生变故,祸生不测,悔之莫及。所以臣私下以为不斩王伦,则国之存亡,未可知也!

其实,若仅一王伦倒也不足为虑,而秦桧作为皇帝的心腹大臣也如此行事,则非同小可!陛下本有尧舜之天资,秦桧不能引导陛下成为贤君圣主,而欲诱使陛下如石敬瑭甘当儿皇帝。近日礼部侍郎曾开等人引用古代义理、掌故与秦桧抗辩,秦桧竟声色俱厉道:"侍郎博学,引经据典,难道只我一无所知?"其遂非文过、刚愎不仁、坚执谬误之情态显而易见。然而,他却建议御史、谏官及侍从等众臣共商投降事宜之可否,这明显是他自己畏惧天下舆论谴责,硬拉众臣共担责任的伎俩。天下有识之士,皆以为朝廷除去此等鼠辈,再已无人,吁,可惜可叹哉!孔子有言:"微管仲,吾其被发左衽矣。"管仲不过是春秋霸主的辅佐之臣,尚能变左衽蛮夷之地,为中原衣冠文明之区;秦桧身为泱泱大国之宰相,反欲改华夏文明之风尚,为蛮夷左衽之习俗,以此观之,秦桧不单是陛下之罪人,也是管仲之罪人。

孙近因附和秦桧之主张,立刻平步青云,提升为副宰相。天下人企盼太平治世,如饥似渴。孙近作为副相,只是个"伴食中书"而已,毫无主见,凡事不敢置可否,只会应声附和。秦桧说"可向金人求和",孙近也说"可求和";秦桧说"天子当向金人下拜",孙近也说"当下拜"。臣曾到政事堂,向孙近三次发问,孙近一概不答,只说:"已交御史、谏官及侍从等众臣合议了。"呜呼!参知国家军机政务之大臣,尸位素餐、苟媚取容到如此程度,一旦敌骑长驱,略地攻城,难道还有奋不顾身、退敌御侮之人吗?臣私下认为:秦桧、孙近亦应斩首!

我虽不过枢密院属下一小臣,但决意与秦桧等人不共戴天!我忠直之心,天地可鉴!愿斩三人之头,悬于高竿之上,示众藁街,然后扣留金人使节,谴责其无礼行径,继而全民动员,发起问罪之师,则三军将士不战而信心百倍。如其不然,臣则如鲁仲连所言,赴东海而死,岂肯处身小朝廷苟且偷生?小臣狂妄,冒犯亵渎天威,甘愿领受斧钺之诛。不胜惶恐之至!

【原文】

绍兴八年十一月日,右通直郎、枢密院编修官臣胡铨,谨斋沐裁书,昧死百拜献于皇帝陛下:

臣谨案:王伦本一狎(xiá)邪小人,市井无赖,顷缘宰相无识,遂举以使虏②。专务诈诞,欺罔天听,骤得美官,天下之人切齿唾骂。今者无故诱致虏使,以诏谕江南为名,是欲臣妾我也,是欲刘豫我也!刘豫臣事丑虏,南面称王,自以为子孙帝王万世不拔之业,一旦豺狼改虑,捽而缚之,父子为虏③。商鉴不远,而伦又欲陛下效之。

夫天下者,祖宗之天下也;陛下所居之位,祖宗之位也。奈何以祖宗之天下为犬戎之天下,以祖宗之位为犬戎藩臣之位乎④?陛下一屈膝,则祖宗庙社之灵,尽污夷狄;祖宗数百年之赤子,尽为左衽;朝廷宰执,尽为陪臣;天下之士大夫,皆当裂冠毁冕,变为胡服⑤。异时豺狼无厌之求,安知不加我以无礼,如刘豫者哉?

夫三尺童子,至无识也,指犬豕(shǐ)而使之拜,则怫(fú)然怒。今丑虏则犬豕也,堂堂天朝,相率而拜犬豕,曾童稚之所羞,而陛下忍为之邪?

伦之议乃曰:"我一屈膝,则梓宫可还,太后可复,渊圣可归,中原可得。"呜呼!自变故以来,主和议者,谁不以此说唉陛下哉⑥?而卒无一验,是虏之情伪,已可知矣。而陛下尚不觉悟,竭民膏血而不恤,忘国大仇而不报,含垢忍耻,举天下而臣之,甘心焉!就令虏决可和,尽如伦议,天下后世谓陛下何如主!况丑虏变诈百出,而伦又以奸邪济之,梓宫决不可还,太后决不可复,渊圣决不可归,中原决不可得。而此膝一屈不可复伸,国势陵夷不可复振,可为痛哭流涕长太息矣!

向者陛下间关海道,危如累卵,当时尚不肯北面臣虏,况今国势稍张,诸将尽锐,士卒思奋,只如顷者丑虏陆梁,伪豫入寇,固尝败之于襄阳,败之于淮上,败之于涡口,败之于淮阴,较之前日蹈海之危已万万矣⑦。倘不得已而遂至于用兵,则我岂遽出虏人下哉?今无故而反臣之,欲屈万乘之尊,下穹庐之拜,三军之士不战而气已索。此鲁仲连所以义不帝秦,非惜夫帝秦之虚名,惜天下大势有所不可也⑧!今内而百官,外而军民,万口一谈,皆欲食伦之肉。谤议汹汹,陛下不闻,正恐一旦变作,祸且不测。臣窃谓不斩王伦，国之存亡未可知也。

虽然，伦不足道也，秦桧以腹心大臣而亦为之。陛下有尧舜之资，桧不能致陛下如唐虞，而欲导陛下如石晋⑨。近者礼部侍郎曾开等引古谊以折之，桧乃厉声曰："侍郎知故事，我独不知！"则桧之遂非狠愎（bì），已自可见。而乃建白，令台谏从臣佥议可否，是明畏天下议己，而令台谏从臣共分谤耳。有识之士，皆以为朝廷无人，吁，可惜哉！孔子曰："微管仲，吾其被发左衽矣⑩。"夫管仲，霸者之佐耳，尚能变左衽之区为衣冠之会；秦桧，大国之相也，反驱衣冠之俗，归左衽之乡。则桧也，不惟陛下之罪人，实管仲之罪人矣。

孙近附会桧议，遂得参知政事。天下望治，有如饥渴，而近伴食中书，漫不敢可否事⑪。桧曰"虏可和"，近亦曰"可和"；桧曰"天子当拜"，近亦曰"当拜"。臣尝至政事堂，三发问而近不答，但曰："已令台谏侍从议矣。"呜呼！参赞大臣徒取容充位如此，有如虏骑长驱，尚能折冲御侮耶？臣窃谓秦桧、孙近亦可斩也！

臣备员枢属，义不与桧等共戴天。区区之心，愿斩三人头，竿之藁街⑫。然后羁留虏使，责以无礼，徐兴问罪之师，则三军之士不战而气自倍。不然，臣有赴东海而死耳，宁能处小朝廷求活耶！小臣狂妄，冒渎（dú）天威，甘俟斧钺（yuè），不胜陨越之至！

【注释】

①宋高宗赵构即位之初曾做出过抗金姿态，以主战派李纲为相，但时间不长便任用秦桧，专主和议。秦桧遣王伦出使金国奔走谋和，王伦回朝时，金国遣官为"江南诏谕使"到南宋议事，将南宋视为其附属国，激起朝野义愤。枢密院编修官胡铨怒不可遏，冒死写下了这一奏本，奏本被人刻版传出，朝野争阅，金人以千金购此书，三日

得之，读之色变，惊呼"南宋有人"。封事：密封的奏章。②王伦：字正道，大名莘县（今属山东）人。《宋史》载："家贫无行，为任侠，往来京、洛间，数犯法幸免。"高宗时屡次使金请和，绍兴八年秋，王伦以端明殿学士再使金国。③以诏谕江南为名：金国派遣张通古、萧哲等人到南宋议事，公然称"江南招谕使"，把宋朝皇帝当做臣子看待。刘豫（yù）：原宋朝济南知府，降金后被扶植为傀儡皇帝，建立伪齐政权，三年后被废，父子被囚。捽（zuó）：揪。④犬戎（róng）：本为殷、周时代一西北游牧民族，这里是对金人的贱称。藩臣：指属国。⑤夷狄（dí）：古代对少数民族的卑称。左衽（rèn）：古代少数民族的服装，前襟向左掩。陪臣：臣子之臣。⑥变故：指"靖康"事变。宋钦宗靖康元年冬，金兵南侵，攻入宋都汴京，掳走徽宗、钦宗及大批宫廷财物、嫔妃宫女、朝臣等数千人。北宋灭亡，宋高宗继位建立南宋。宋朝宗室、臣民纷纷追随朝廷南迁，后定居临安（今浙江杭州）。梓（zǐ）宫：宋徽宗死于金五国城。这里指宋徽宗的棺木。太后：指被掳于金国的徽宗韦贤妃，高宗生母。渊圣：即钦宗，高宗即位后所加的封号。啖（dàn）：这里是引诱。⑦间关海道：指宋高宗建炎三年，从河南辗转逃难到浙东一带。间关：形容道路艰险。陆梁：原意是跳着走的姿态，引申为嚣张。固尝败之于襄阳句：绍兴四年至六年，岳飞、韩世忠等南宋名将于襄阳等地，多次击败金兵及刘豫伪军的进犯。蹈海之危：即指上述宋高宗建炎三年为金兵所逼，乘船从明州至定海、温州等地辗转还绍兴的经历。⑧鲁仲连：战国时著名辩士。秦王欲称帝，且以此威逼六国，在赵都邯郸为秦军围困的危急时刻，鲁仲连向赵、魏陈说尊秦王为帝之危害，秦将闻之，退军五十里。鲁仲连曾言，秦若为帝，"则连有赴东海而死耳"。⑨石晋：五代时，石敬瑭勾结契丹军灭后唐，被契丹册封为帝，国号晋，对契丹主自称"儿皇帝"。唐虞（yú）：即指尧舜。尧：陶唐氏，史称唐尧。舜：有虞氏，史称虞舜。⑩"微管仲，吾其被发左衽矣。"：若没有管仲，我们都将披散头发，穿左开襟的服饰，沦为异族之民了。管仲：春秋初期杰出政治家，辅佐齐桓公九合诸侯，一匡天下，成为霸主。⑪伴食中书：旧唐书中称怀慎为"伴食宰相"，指白吃饭不做事。这里借以讥讽孙近。宋设中书内省，中书即指宰相。⑫区区：忠诚的样子。藁（gǎo）街：原汉朝专住外国使节、边疆少数民族使者的街区。悬头藁街，这里有示众万里之意。

【述评】
　　帝制时代，一言堂之政往往铸成大错，因此，则须有自甘杀身成仁之士才能冲破"万马齐喑"的状态，将黑白混淆、人妖颠倒的形势扭转过来，挽狂澜于既倒。儒家文化培养的这种敢于犯颜直谏、批逆龙鳞之臣，历朝历代不乏其人。两篇文章，一是写明代嘉靖名臣杨继盛一生之忠勇，一是指责赵构庸君误国、声讨秦桧卖国集团而千古传颂的著名奏章。
　　前篇：杨继盛出身贫苦，且从小就身受不公正待遇，经据理力争，最终走入仕途。传文叙述了杨继盛与两大奸臣仇鸾、严嵩斗争的始末。杨继盛的忠诚，事实上是"为天下，非为君；为万民，非为一姓也"。所以他心雄胆壮，义无反顾。杨继盛上《请罢马市疏》，论据充实，说理透辟，最后指出：陛下宜"发明诏选将练兵。不出十年，臣请为陛下竿俺答之首于藁街，以示天下万世"。理足气盛，给冒功邀赏、胆怯心虚的仇鸾以当头棒喝。在被贬官为狄道典史期间，杨继盛爱民如子的精神非常动人。"番民"信之爱之，呼之为"杨父"，可想而知，这需要为百姓做多少好事、实事，方能赢得如此之荣名？仇鸾败亡后，杨继盛面临的则是奸相严嵩。而严嵩之阴险歹毒远过于仇鸾，他本欲借提拔之恩、扶掖之德，收服杨继盛；岂知君子小人冰炭不同器，水火不相容，杨继盛"抵任甫一月，草奏劾嵩"，结果再次被下诏狱。文章补叙了杨继盛狱中之言语及亲自动手刮削腐肉的情景，其皓皓之志，铮铮之骨，即使传之千古，仍能光华四射，空谷传声。他临刑所赋之诗："浩气还太虚，丹心照千古。生平未报恩，留作忠魂补。"苍莽沉雄、悲壮激越，是杨继盛心灵深处最后而最为炫目的闪光。
　　后篇：鲁迅说："从血管里喷出的都是血。"这是一篇声泪交并的泣血之作，也是一篇金刚怒目式的战斗檄文。文章首先弹劾王伦，提出反对议和的观点。王伦乃市井无赖，作奸犯科，臭名昭著，竟然

"诱致虏使",助敌"诏谕江南",作者揭露其骗官、卖国、欺君之罪行,饱锋酣墨,痛加挞伐。字字句句,如闻其切齿之声,如见其怒目之状。继而"虽然,伦不足道也,秦桧以腹心大臣而亦为之",此句读来似轻巧,而力可拔地摇山,笔锋如剑,直指卖国集团之要害。王伦不过是马前卒,而秦桧才是力主向金国屈膝投降的元凶。文章以主战派曾开与秦桧之争为证,表明秦桧坚执谬误立场,一意孤行。其次,又弹劾副宰相孙近,这样一个狗苟蝇营、尸禄素食之人居然被拉入内阁,身居要职,其实也是秦桧卖国罪行的又一佐证。作者于国家民族生死存亡之际,战事频仍、血沃中原、腥风四起之时;金国使节咄咄逼人,而秦桧及其走狗狼狈为奸、助纣为虐;内心伤痛之情深沉炽烈而不能自抑,于是置个人生死于度外,发而为文。全文以弹劾奸臣为线索,以反对议和为宗旨,对宋高宗暗讽明谏,反复劝勉,寄希望于皇帝的良知未泯,苦心焦思,竭其精诚深挚之情。然而,宋高宗却是秦桧的后台,一心屈膝,自甘做儿皇帝,当即将胡铨先削职为民,后终身流配边地;三年后,即绍兴十一年以"莫须有"罪名于风波亭杀害岳飞,同年宋金正式签订和约,史称"绍兴和议"。

第五单元

秦 青

张华 [晋]

【文意】

薛谭向秦青学习唱歌,他没有掌握秦青唱歌的全部技艺,却自以为学成,便告辞回家。秦青未加阻止,为之在郊外大路饯行,抚节悲歌,声震林木,响遏行云。薛谭惭愧无地,向老师认错,要求回去重新学习,此后终生不敢再提回家之事。

秦青却对其友人说:"古代女歌手韩娥乘车到齐国去,因为缺粮,至雍门卖唱换得粮食,继续前行。然其歌声,余音袅袅,绕梁三日不绝,周围听歌者因其歌声神奇美妙而不肯离去。当韩娥住旅店时,受到旅客凌辱,于是放声宛转哀哭,一里之内百姓老幼皆闻其声,也随之悲愁哭泣,以致三天面对饭菜而不能下咽,于是群起追寻韩娥替旅客谢罪,韩娥又放声宛转欢歌,一里之内百姓老幼皆情不自禁,闻声起舞。最后大家赠给她许多财物,将她送走。雍门人至今善哭又擅长唱歌,就是韩娥留下的遗风。"

【原文】

薛谭学讴于秦青,未穷青之技,自谓尽之,遂辞归。秦青弗止,饯于郊衢,抚节悲歌,声震林木,响遏行云①。薛谭乃谢,求返,终身不敢言归。

秦青顾谓其友曰:"昔韩娥东之齐,匮粮,过雍门,鬻歌假食而去,余响绕梁,三日不绝,左右以其神弗去②。过逆旅,旅人辱之,韩娥因曼声哀哭,一里老幼,悲愁涕泣,相对三日不食。遽追而谢之,娥复曼声长歌,一里老幼,喜欢忭舞,弗能自禁,乃厚赂而遣之③。故雍门人至今善歌哭，效娥之遗声也。"

【注释】

①饯（jiàn）：设宴送行。抚节：打着节拍。响遏（è）行云：形容歌声响亮阻止了天上的行云。遏：阻止。②匮（kuì）：缺乏。雍（yōng）门：春秋时，齐城门名。③忭（biàn）舞：欢乐起舞。

王积薪闻棋

[唐] 李肇

【文意】

唐代围棋高手王积薪苦心钻研棋术，终于功成行满，自以为天下无敌，于是起程进京，将扬名四方。途中住一旅店，夜间熄灭灯烛，将入睡之时，王积薪听到旅店老板娘向隔壁就寝的儿媳打招呼说话："难得如此良宵，何不下一局棋，消遣时光。"媳妇答应道："是。"二人开局，口述盲棋。老板娘说："我于第几道下子了。"媳妇便接着说："我于第几道下子。"两人各自下了数十子，老板娘道："你已败了。"媳妇道："我服输。"王积薪暗自将二人所下棋局过程全部记住，第二天在棋枰上将棋局复盘，仔细研究其棋局之路数，发现二人用意之深，下子之妙，自己的棋艺与此婆媳二人的则相差甚远。

【原文】

王积薪棋术功成，自谓天下无敌①。将游京师，宿于逆旅。既灭烛，闻主人媪隔壁呼其妇曰："良宵难遣，可棋一局乎②？"妇曰："诺。"媪曰：第几道下子矣。妇曰：第几道下子矣。各言数十③。媪曰："尔败矣。"妇曰："伏局。"积薪暗记，明日复其势，意思皆所不及也。

【注释】

①王积薪：唐代围棋名手，唐玄宗时官翰林，著有《金谷九局图》。②媪（ǎo）：老年妇女。③此句意思：这里描写婆媳二人下盲棋的情形。不用棋枰、棋子，二人交替口述自己下子在棋枰上的位置，双方凭记忆下棋并较胜负，是围棋高手的一种下棋方法。

【述评】

生命是有限的，而知识、技艺则是无限的，故学无止境，不可自满自足、浅尝辄止，更不可自以为"天下无敌"。薛谭学讴几乎半途而废，王积薪以博弈之道而盲目自大，两人都得到了教训。秦青的教育方法很高明：与其强迫学习不如激发出其强烈爱好而主动学习。古代歌手韩娥的故事非常吸引人，文章以夸张的描绘、优美的比喻，启发人的想象，增强感染力。王积薪闻棋，是在乡间小店，寻常百姓之家；棋手不过是女流之辈，而婆媳二人随随便便的一局棋，使他真正品味了"天外有天"的苦涩。

唾面自干

［唐］刘肃

【文意】

娄师德不到二十岁便进士及第，高宗上元初年，吐蕃强盛，不断军事扩张，皇帝下诏募集勇士讨伐吐蕃。娄师德以监察御史身份报名应募，高宗大喜，加封为朝散大夫，总管边防事务。娄师德前后四十余年，兢兢业业，待下恭谨有礼，敦实诚朴，对人不分厚薄。狄仁杰进入内阁为丞相，是娄师德私下向皇帝推荐的。狄仁杰与娄师德同时为相时，非常轻视娄师德，经常利用机会排挤他出差外地。娄师德心里明白但并无怨恨。武则天发觉了此事，有一次，问狄仁杰："你看师德是否贤良？"狄仁杰答道："娄师德为将谨慎保守，至于是否贤良，臣不知道。"又问："师德懂得用人吗？"答道："臣与他同朝为官，没听说他善于用人。"武则天说道："朕所以用你为相，其实就是师德推荐的。"狄仁杰大为羞惭,默然而退。经前思后想,狄仁杰愧悔不已,感叹道:"娄公德泽深广,我为之包容,却望不到其边际啊。"

朝廷陷入危机,宫廷政变频发,身死族灭者比比皆是,而娄师德却能自始至终保持其功名地位,有识之士多以此赞誉之。当初,娄师德任相国时,其弟因资历较深而被任命为代州刺史,临行前,娄师德说:"我才能不高,年纪轻而位居宰相,你现在又得到州牧职位,荣宠过盛,则会为别人所嫉妒,你将何以自处?"其弟回答:"从今以后即便有人往我脸上吐口水,我也不敢说什么,自己擦去就是,这样大概就不会让您担忧了。"娄师德说:"这恰恰是我所担心的。你想人家唾你,是正当怒不可遏之时,你此时把口水擦去,是表明你的不满,口水不擦将自干,你何不笑而受之?"弟弟说:"您说得是。"娄师德与世无争,就是如此行事的。

【原文】

娄师德弱冠进士擢(zhuó)第。上元初,吐蕃强盛,诏募猛士以讨之,师德以监察御史应募,高宗大悦,授朝散大夫,专总边任①。前后四十余年,恭勤接下,孜孜不怠,而朴忠沉厚,心无适莫②。狄仁杰入相也,师德密荐之。及为同列,颇轻师德,频挤之外使。师德知之而不憾。则天觉之,问仁杰曰:"师德贤乎?"对曰:"为将谨守,贤则臣不知。"又问:"师德知人乎?"对曰:"臣尝同官,未闻其知人。"则天曰:"朕之用卿,师德实荐也,亦可谓知人矣。"仁杰大惭而退,叹曰:"娄公盛德,我为其所容,莫窥其际也。"

当危乱之朝,屠灭者接踵,而师德以功名终始,识者多誉之③。初,师德在庙堂,其弟某以资高拜代州都督④。将行,谓之曰:"吾少不才,位居宰相。汝今又得州牧,叨据过分,人所嫉也。将何以终之?"弟对曰:"自今虽有唾某面者，亦不敢言，但自拭之，庶不为兄之忧也。"师德曰："此适为我忧也。夫前人唾者，发于怒也，汝今拭之，是逆前人怒也。唾不拭将自干，何如笑而受之？"弟曰："谨受教。"师德与人不竞，皆此类也。

【注释】

①吐蕃（bō）：古代藏族政权名，公元七世纪至九世纪建立于青藏高原。②心无适莫：公平待人，心中对人没有厚薄之分。③危乱之朝：指武则天去世前后，武李两氏政权之争。④代州：今山西代县，治所在雁门。州都督：即州刺史，地方最高长官。

高　　帽

[清] 俞樾

【文意】

俗话讲，喜欢别人的当面奉承，叫做喜欢戴高帽。有一当朝京官将出外地任职，去拜别其老师。老师说："外官不容易做，言行当慎之又慎。"其人回答："我备有高帽一百顶，逢人便送他一顶，这样该不致有矛盾摩擦了吧？"老师发怒道："我们做人要堂堂正正，怎能这么干？"其人便说："天下像老师这样不喜欢戴高帽的人，又能有几个！"老师于是点点头，说："你这话倒也不无道理。"其人过后对别人说："我预备了高帽一百顶，现在只剩九十九顶喽。"

【原文】

俗以喜人面谀者曰喜戴高帽。有京朝官出仕于外者，往别其师。师曰："外官不易为，宜慎之。"其人曰："某备有高帽一百，逢人辄送其一，当不至有所龃龉①。"师怒曰："吾辈直道事人，何须如此！"其人曰："天下不喜戴高帽如吾师者，能有几人欤？"师领其首，曰："汝言亦不为无见。"某人出,语人曰:"吾高帽一百,今止存九十九矣。"

【注释】
①龃龉(jǔ yǔ):即牙齿上下不合,引申为关系不融洽。

【述评】
官场是各色人等恣意表演的大舞台,也是改变人、塑造人的性格工厂。前者:娄师德品质优秀,官场生涯四十余年,谨言慎行,一丝不苟。身为宰辅能够忍让宽容,与物无忤,"与人不竞",令狄仁杰感愧不已。如此优秀人物长期挤在官场恶斗的夹缝之中,性格也不能不被扭曲变形,他以"唾面自干"、"笑以受之"的处世态度,教诲其弟,甚至不问何人何事,甘愿委曲受辱,显然是不正常、不健康的心理。后者:官场阿谀逢迎的恶习,是使小人能够得志而青云直上的阶梯。这位"京朝官"与其老师的对话,仿佛一出喜剧小品。由此可知,官场之上许许多多人的诌媚取容或者骄矜虚荣,已经深入骨髓,成为心理习惯,这种人早已丧失了正派人格而不自知,更不知君子胸怀为何物。

左忠毅公逸事①

[清] 方苞

【文意】
先父曾经说,我的同乡前辈左忠毅公在京城担任主考官时,一日,风雪交加,严寒彻骨,他带随从数人,以平民装束骑马出行。到一古寺中,见厢房屋内,一书生埋头伏案熟睡,桌上的一篇文章是他刚完成的草稿。左公读完后,就脱下貂裘盖在书生身上,又为他把门关好。经询问庙里和尚,方知书生名叫史可法。到考试时,小吏叫到史可法的名字时,左公以惊异的目光注视这位书生。等他呈上考卷,就当面批为第一名。之后,将他召入家中拜见夫人,说:"我几个儿子皆平庸无能,将来继承我的志向和事业者,唯有这书生!"

后来，左公被迫害关押到东厂监狱，史可法每天从早到晚守候在狱门外。逆阉魏忠贤党羽的防范十分严密，连左家仆人都不得探视。过了很久，传言左公遭炮烙酷刑，生命危在旦夕。史可法持五十两银子，流泪恳求狱卒允其见恩师一面，狱卒受到感动。一天，狱卒让史可法换上破烂衣裳，穿草鞋，背篓筐，手拿长柄铲，装扮成除垃圾人，将他带进狱中，暗地指点左公的位置。史可法见一人席地靠墙而坐，面额焦黑溃烂，无法辨认，左腿膝盖以下，筋骨已皆尽脱落。史可法跪行向前，抱住左公膝盖吞声饮泣。左公识辨出声音，而眼睛却无法睁开，于是努力伸臂用手指拨开眼眶，目光如炬，怒喝："没用的奴才，这是什么地方？你竟前来！国家之事已败坏到如此地步，老夫已是不行了，你若不明大义而轻生，天下大事谁来支撑！还不快走！不等奸人陷害，我现在就打死你！"随即摸起地上的刑具，做出要投掷的姿态。史可法不敢出声，立刻退出。后来，史可法常流泪对人讲述此事，说："我恩师之肺肝，皆铁石所铸成！"

崇祯末年，流寇张献忠带兵出没于蕲春、黄冈、潜山、桐城一带，史公以凤阳、庐州二府道员身份奉命防守。每得警报，常数月不睡，夜里让将士轮流休息，而自己则坐守帐篷外面。挑选十个强壮士兵，每次两人蹲卧，自己靠在他们背上，过一更，就替换两人。漆黑寒夜之中每次史可法站起身，抖动衣裳，战袍铁甲上冰霜迸出，落地有声。有人劝他稍作休息，史可法便说："我唯恐上有负朝廷，下有愧恩师。"

史公率兵往来于桐城，每次必定亲临左公府第，向左公父母请安，并在堂上拜见左夫人。

我的同族前辈方涂山，是左公的外甥，与先父生前关系友善，据他说，以上关于狱中的话，是史可法对他亲口所言。

【原文】

先君子尝言：乡先辈左忠毅公视学京畿，一日风雪严寒，从数骑出，微行入古寺，庑下一生伏案卧，文方成草②。公阅毕，即解貂覆生，为掩户。叩之寺僧，则史公可法也。及试，吏呼名至史公，公瞿然注视；呈卷，即面署第一③。召入，使拜夫人，曰："吾诸儿碌碌，他日继吾志事，惟此生耳。"

及左公下厂狱，史朝夕狱门外，逆阉防伺甚严，虽家仆不得近④。久之，闻左公被炮烙，旦夕且死，持五十金，涕泣谋于禁卒，卒感焉⑤。一日使史更敝衣草屦（jù），背筐，手长镵（chán），为除不洁者。引入，微指左公处，则席地倚墙而坐，面额焦烂不可辨，左膝以下，筋骨尽脱矣。史前跪，抱公膝而呜咽。公辨其声而目不可开，乃奋臂以指拨眦，目光如炬，怒曰："庸奴！此何地也？而汝来前！国家之事糜烂至此，老夫已矣，汝复轻身而昧大义，天下事谁可支拄者？不速去，无俟奸人构陷，吾今即扑杀汝！"因摸地上刑械，作投击势。史噤不敢发声，趋而出。后常流涕述其事以语人曰："吾师肺肝，皆铁石所铸造也！"

崇祯末，流贼张献忠出没蕲、黄、潜、桐间，史公以凤庐道奉檄守御⑥。每有警，辄数月不就寝，使将士更休，而自坐幄幕外，择健卒十人，令二人蹲踞而背倚之，漏鼓移则番代。每寒夜起立，振衣裳，甲上冰霜迸落，铿然有声。或劝以少休，公曰："吾上恐负朝廷，下恐愧吾师也。"

史公治兵，往来桐城，必躬造左公第，候太公、太母起居，拜夫人于堂上。

余宗老涂山，左公甥也，与先君子善，谓狱中语乃亲得之于史公云⑦。

【注释】

①左忠毅公：左光斗，字遗直，号浮丘，安庆桐城（今属安徽）人；万历三十五年与杨涟同举进士。天启四年任左佥都御史。杨涟劾魏忠贤，左光斗参与其事，又亲劾魏忠贤三十二项斩罪。次年与杨涟同被魏忠贤诬陷，死于狱中，追谥忠毅。②先君子：儿子对已故父亲

的尊称。方苞父名仲舒,字逸巢。京畿(jī):首都及其周边地区。庑(wǔ)下:指堂下厢屋。③史可法:明末民族英雄,字宪之,祥符(今开封市)人;明崇祯元年进士,南明弘光帝时官至南京兵部尚书。清兵南下,史可法督师扬州,兵败不屈被杀。④厂狱:明代特务机关所设的监狱,由亲信宦官掌管。逆阉(yān):这里指大逆不道的太监魏忠贤及其党羽。⑤炮烙(páo luò):指用金属烧红烫灼肉体的一种酷刑。⑥张献忠:明末农民义军领袖,延安府人。蕲(qí)、黄、潜、桐间:今湖北、安徽一带。蕲,今湖北蕲春;黄,今湖北黄冈;潜,今安徽潜山;桐,今安徽桐城。凤庐道:指史可法任凤阳府(今安徽凤阳)、庐州府(辖今安徽合肥一带)道员。⑦涂山:作者方苞的族祖父方文,字尔止,号涂山;明诸生,入清不仕,为著名遗民诗人。

梅花岭记

[清] 全祖望

【文意】

顺治二年四月,扬州被清兵围困,情况危急,督师扬州的宰相史可法知道局势已无可挽救,便召集众将对他们说:"我发誓要以身殉城,但城破混乱之中,我不可落入敌手而死,有谁能帮我完成杀身成仁之大节?"副将军史德威慨然应允。史可法对此十分欣赏,说:"我尚无子,既为同姓,你应做我后人,我给母亲写信,将你列入族谱太夫人孙辈之中。"

二十五日扬州城陷落,史可法欲拔刀自刎,而众将争先上前抱持不放,史可法大呼:"德威!"但德威涕泪横流而不忍出手。于是,史可法被众将簇拥到小东门,清兵大军队列如林,蜂拥而至。副使马鸣騄、扬州太守任民育以及众将军如都督刘肇基等人,均已战死。此时,史可法对敌瞪目怒喝:"我史阁部也。"于是他立刻被押送至南门,和硕豫亲王称呼他"先生",劝他投降,史可法大骂,不屈而死。当初,史可法曾留过遗言:"我死后,将我葬在梅花岭上。"而事后，史德威寻找他的尸骨，却没能找到，只好用他的衣帽代替，埋葬在梅花岭上。

有人说，城被攻破时，有人亲眼看见史可法青衣黑帽，骑白马出天宁门投江而死，并未死在城中。自从有这一传言，长江南北，都说史可法没有死。不久，英山、霍山一带反清义军大规模兴起，都假托史可法的名义，仿佛陈胜假托项燕之名起义。苏州孙兆奎因起兵失败被俘，押送南京，明降将洪承畴现任清廷七省经略，他初降清时，误传殉难，崇祯帝曾亲为在京祭奠。洪承畴与孙兆奎曾经有过旧交，他问："先生在军队里，可确切知道原镇守扬州的阁部史公是真的死了？还是没有死？"孙公回答道："经略从北方来，可确切知道原先在松山殉难的统帅洪公是真的死了？还是没有死？"洪承畴大为恼恨，急呼部下将他推出斩首。

呜呼！关于成神成仙的说法实在荒诞不经：说唐代颜真卿因被叛将所杀而解脱成仙，宋代文天祥也因悟得"大光明法"，魂离躯壳而解脱成仙，由此则说二人实际没有死；持这种说法的人们并不懂得：其实，忠义乃是圣贤立身之传统准则，是一种浩然之正气，长存于天地之间，何必非得用成仙得道之类的说法去加以解释呢？神仙之说，正所谓画蛇而添足。但史可法的遗体，确实不可能找到了！百年之后的今天，我登上梅花岭，对同游者讲述史可法的遗言时，人们无不被感动得泪如雨下，由此可知：人们是能够想象得出当时清兵围城情景的全过程，也就是说史可法之精神面貌，如今仿佛依然清晰可见。所以我们不必去探求他是否果真解脱而成仙，至于追究假冒称其名者之真伪，则更是毫无意义。

史可法的坟墓旁还有镇江钱姓的烈女之墓，也是顺治二年清军攻破扬州时之以身殉城者，她曾自杀五次才得最终死去，死前告诉父母要将自己火化，不愿将尸骨留在这肮脏的世上，扬州人就把她葬在这里。江西人王猷定、陕西人黄遵岩、广东人屈大均都曾为她作传、写铭文、致哀词。

但是这其中还有未得表彰之人：我听说史可法在清廷任翰林学士的兄弟史可程之下，还有兄弟数人，后来都到扬州祭扫史可法墓。正逢英山、霍山抗清义军失败，捉到了托名假冒史可法的人，清兵大将军把他押解到扬州,下令让史氏亲属都前来辨认。当时史可法的八弟已死,其夫人年轻貌美,正为夫守节,也出来辨认,被大将军看到,想强娶之,夫人当即自杀身亡。由于她是为大将军所逼,当时的人们慑于其威势而不敢表彰她。呜呼,史可法尝痛恨史可程在北京降清为官,当家国沦亡之际,不能保持节操,曾上疏弘光帝弹劾其降敌之罪,但他岂能料到在自己死后,其家族之中,竟有弟妇以女子之身继承夫兄之遗风能守贞而死节呢!

梅花如雪,纯洁芬芳,而一尘不染。有朝一日若修建忠烈祠,马鸣騄副使等人想必应该列入从祀之位,除此还应另建一室祭祀夫人,再附加上此辈烈女数人。

【原文】

顺治二年乙酉四月,江都围急①。督相史忠烈公知势不可为,集诸将而语之曰:"吾誓与城为殉,然仓皇中不可落于敌人之手以死,谁为我临期成此大节者②?"副将军史德威慨然任之③。忠烈喜曰:"吾尚未有子,汝当以同姓为吾后。吾上书太夫人,谱汝诸孙中。"

二十五日,城陷。忠烈拔刀自裁,诸将果争前抱持之。忠烈大呼德威,德威流涕,不能执刃,遂为诸将所拥而行。至小东门,大兵如林而至。马副使鸣騄、任太守民育及诸将刘都督肇基等皆死④。忠烈乃瞠目曰:"我史阁部也。"被执至南门,和硕豫亲王以先生呼之,劝之降⑤。忠烈大骂而死。初,忠烈遗言:"我死,当葬梅花岭上。"至是,德威求公之骨不可得,乃以衣冠葬之。

或曰:城之破也,有亲见忠烈青衣乌帽,乘白马,出天宁门投江死者,未尝殒于城中也。自有是言,大江南北,遂谓忠烈未死。已而英、霍山师大起,皆托忠烈之名,仿佛陈涉之称项燕⑥。吴中孙公兆奎以起兵不克,执至白下,经略洪承畴与之有旧,问曰:"先生在兵间,审知故扬州阁部史公果死耶，抑未死耶⑦？"孙公答曰："经略从北来，审知故松山殉难督师洪公果死耶，抑未死耶？"承畴大恚（huì），急呼麾下驱出斩之。

呜呼！神仙诡诞之说，谓颜太师以兵解，文少保亦以悟大光明法蝉蜕，实未尝死⑧。不知忠义者圣贤家法，其气浩然，长留天地之间，何必出世入世之面目！神仙之说，所谓为蛇画足。即如忠烈遗骸，不可问矣。百年而后，予登岭上，与客述忠烈遗言，无不泪下如雨，想见当日围城光景。此即忠烈之面目，宛然可遇，是不必问其果解脱否也，而况冒其未死之名者哉！

墓旁有丹徒钱烈女之冢，亦以乙酉在扬，凡五死而得绝，特告其父母火之，无留骨秽地，扬人葬之于此⑨。江右王猷定、关中黄遵岩、粤东屈大均为作传铭哀辞⑩。

顾尚有未尽表章者：予闻忠烈兄弟，自翰林可程下，尚有数人，其后皆来江都省墓。适英、霍山师败，捕得冒称忠烈者，大将发至江都，令史氏男女来认之。忠烈之第八弟已亡，其夫人年少有色，守节，亦出视之。大将艳其色，欲强娶之，夫人自裁而死。时以其出于大将之所逼也，莫敢为之表章者。呜呼，忠烈尝恨可程在北，当易姓之间，不能仗节，出疏纠之，岂知身后乃有弟妇，以女子而踵兄公之余烈乎⑪！

梅花如雪，芳香不染，异日有作忠烈祠者，副使诸公，谅在从祀之列，当另为别室以祀夫人，附以烈女一辈也。

【注释】

①顺治二年乙酉：顺治，清世祖福临的年号。乙酉：按干支纪年法，顺治二年为乙酉年。江都：今江苏省扬州市。②督相：史可法当时为南明弘光王朝的内阁大学士兼兵部尚书，督师扬州，故称"督相"。忠烈公：史可法的谥号。③史德威：山西平阳（今临汾）人，

扬州破,被俘不屈,后获释。④马鸣騄(lù):陕西襄城人,曾任后备道。任民育:山东济宁人,时任扬州知府;太守是知府的别称。刘肇基:辽东人,崇祯年间任辽东副总兵,时为史可法部下总兵加左都督。⑤和硕豫亲王:清军大将多铎的封爵,多铎是清太祖努尔哈赤第十五子,他率兵攻破扬州,消灭南明福王政权。⑥英、霍山师大起:顺治五年至六年间,义军首领冯弘图、侯应龙等先后在英山(今属安徽省)、霍山(今属湖北)起义抗清,假托史可法名义号召民众,聚众数千,后为清军击败。陈涉之称项燕:秦末陈涉、吴广起义,就假托楚国名将项燕和公子扶苏(秦始皇长子)的名义,号召起义反秦。⑦吴中:旧时称苏州为吴中。孙兆奎:吴江举人;扬州失守后,他于同年六月,与同县进士吴易起兵抗清,八月兵败,为清将吴胜兆所俘。经略:以重要军务特设的官职,执掌一方军政大权。洪承畴:福建南安人,崇祯十二年,任明朝蓟辽总督,防守关外。时清军入侵,明军不利,洪据守松山(今辽宁锦州南)。崇祯十五年清军破松山,洪承畴被俘降清。⑧颜太师:颜真卿,唐德宗时官太子太师,建中三年淮宁节度使李希烈反叛,次年朝廷派颜真卿前往晓谕,被杀。谓颜太师以兵解:意思是说颜真卿死于兵刃而成仙。文少保:文天祥,宋末抗元领袖,官右丞相加少保。祥兴元年文天祥兵败为元军所俘,被押至大都(今北京市)被杀。传说他在狱中遇道人传授大光明出世法,被杀后成仙。蝉蜕(tuì):像蝉脱皮一般,遗下尸骸仙去。⑨丹徒:今江苏镇江。清军攻扬州时,丹徒人钱应式正寓居扬州,城陷,其女钱淑贤殉难十分壮烈,轰动一时。⑩江右:指江西。王猷(yóu)定:字于一,江西南昌人,曾在史可法幕中,明灭亡后隐居不出。王猷定有《钱烈女墓志铭》一文记其事。黄遵岩:陕西人,清初诗人。屈大均:字翁山,广东番禺人,以爱国诗文名闻当时。铭:指墓志铭。⑪可程在北:史可法之弟史可程,崇祯十六年中进士,被选为庶吉士(官名,属翰林院)。李自成攻占北京时,可程一度归附农民军,旋又降清,不久南归。史可法曾上书弘光朝廷,要求予以惩处。当易姓之间:指王朝更迭之时。弟妇:指史可刚之妻。

【述评】

有明一代，在中国数千年的社会历史中，其政治之腐败突出表现为宦官的干预朝政。从明成祖始至后来发展到宦官专权的局面，朝中怀奸固宠之徒，依附结纳掌权宦官，以致祸流缙绅；与此同时，也出现了与巨奸大恶作斗争的一批忠臣义士。正义与邪恶之斗争贯穿始终。至天启年间，秉笔太监魏忠贤专断国政，自称九千岁，掌控特务组织东厂，兴大狱，迫害东林党人，将这一斗争推向最为惨烈的顶峰。崇祯即位，虽除掉魏忠贤，但大明王朝气数已尽，无可挽回。两篇文章中左光斗与史可法师生两代人的故事，便是这一历史线索的艺术展示。

前篇：文章以左光斗与史可法的关系为主线展开全文。先写左光斗慧眼识珠，于微服间行中发现史可法，表现出识人之远见。"解貂"、"掩户"的细节刻画，使其惜才、爱才之心，绘形传神。史可法潜狱探视一节是全文中心，身受重刑的左光斗对史可法的怒斥，寥寥数语，字字如火，将其对弟子厚爱的深沉，以国事为重的刚烈，展现无遗，从而左光斗之磊落形象，卓立纸上，巍然高大。而后，史可法之勤于职守、宵旰不息的精神，正是其恩师忠烈精神的反射，是左光斗思想品格的再现。

后篇："梅花如雪，芳香不染"象征了史可法冰清玉洁的节操与品格。文章先写史可法在清军兵临城下、败局已定的危急关头，斩钉截铁地宣称："吾誓与城为殉"，显示其临难从容、刚毅果决的性格。面对敌酋和硕豫亲王多铎，"大骂而死"，义无反顾。次写孙兆奎与洪承畴的正面交锋，对答虽简，但孙兆奎以其人之道还治其人之身，挖苦得刻薄至极，实在大快人心，此处虽为史可法形象的陪衬之笔，然斩截有力，正气凛然。再次写钱烈女与八弟妇。以上可以看出：文章后两部分是写史可法之忠烈精神不死，且将其浩然之气延续至义军、女子、家属，表现出伟大的感召力量。

狱中上母书[①]

[明] 夏完淳

【文意】

　　不孝子完淳将死于今日，儿此身既为父殉葬，则不能为母尽孝，报答母亲的深恩了。自父亲逝世，于悲痛之中，已两易春秋。心中积愁积恨，日益加深，儿历尽艰辛，欲完成光复大业，得以重见天日，报君父之大仇，恤死荣生，以功成之凯旋，告慰先人于地下。无奈先朝之孽债满盈，天不佑我，一旅之师方兴，便被击得粉碎。去年之义举，完淳已自料必死，谁知不死，反而死于今日，而生命得以延续的这区区两年中，竟无一日供养孝敬于膝下。致使嫡母遁入空门，生母托身于异姓之家；全家亲人漂泊，生时不能相互依存，死时不得相互知闻，完淳今又行将身赴九泉，不孝之罪，上通于天。

　　呜呼！两位母亲尚在，下面只有姊妹数人，家门衰微，福泽浅薄，终无兄弟。完淳死不足惜，而哀哀八口之家，将何以为生？虽然如此，却也无可奈何。完淳之身，乃是父亲之遗存，乃为君王之所用，为父为君而死，虽死亦算对得住二位母亲。然而，尊贵的嫡母对我关爱备至，教习礼仪诗书，十五年如一日，嫡母之慈惠，千古难得。大恩未报，令我悲恸欲绝。今后，嫡母将托付于义融姐，生母将托付于昭南妹。

　　完淳死后，新妇遗腹所生若为男儿，则为家门之幸，如其不然，万勿另立后嗣。会稽夏氏望族，如今凋零已极；节义文章，如我父子者世上能有几人？假如立一不肖之人为后代，如西铭先生那样，为人们耻笑诟骂，不如不立为好。呜呼！苍天之意难料，夏氏果真无后，有朝一日国家复兴，我等身为先烈则能庙食万古千秋，岂止仅享用麦饭豚蹄，不做饿鬼而已！若有人敢妄言另立后嗣，我父子将于阴曹冥府诛杀此愚顽之徒，决不轻饶！

　　烽火连天、硝烟遍野，完淳死后，战乱未有定期，二位母亲要珍重玉体，不必为我挂怀。二十年后，我父子再为好汉，定要兴兵北伐。勿悲，勿悲！相托之言，万勿违背。外甥武功将来必成大器，家事可全部托付于他。寒食、盂兰之日，有清酒一杯、寒灯一盏，不作若敖之鬼，儿便心满意足。新妇成婚二年，以贤德孝顺为人称誉，武功甥为我善待之，这也是咱们甥舅之情分。语无伦次，而人之将死，其言也善。痛哉，痛哉！

人生在世，谁能不死？贵在死得其所，父亲为忠臣，儿子为孝子，含笑归天，了结我分内之事。天道本无生死之别，此身视之如敝屣，我无怨无悔。只不过为刚正之气所激发，而今我已深悟了宇宙和人生之道理，十七年的生命宛如恶梦一场，报仇可留待于来世来生。我的灵魂将于天地之间自由游荡，我可以问心无愧矣！

【原文】

不孝完淳今日死矣，以身殉父，不得以身报母矣！痛自严君见背，两易春秋，冤酷日深，艰辛历尽②。本图复见天日，以报大仇，恤死荣生，告成黄土③。奈天不佑我，钟虐先朝，一旅才兴，便成齑粉④。去年之举，淳已自分必死，谁知不死，死于今日也⑤！斤斤延此二年之命，菽水之养无一日焉⑥。致慈君托迹于空门，生母寄生于别姓，一门漂泊，生不得相依，死不得相问⑦。淳今日又溘然先从九京，不孝之罪，上通于天⑧。

呜呼！双慈在堂，下有妹女，门祚衰薄，终鲜兄弟⑨。淳一死不足惜，哀哀八口，何以为生？虽然，已矣。淳之身，父之所遗；淳之身，君之所用。为父为君，死亦何负于双慈？但慈君推干就湿，教礼习诗，十五年如一日；嫡母慈惠，千古所难⑩。大恩未酬，令人痛绝！慈君托之义融女兄，生母托之昭南女弟⑪。

淳死之后，新妇遗腹得雄，便以为家门之幸；如其不然，万勿置后。会稽大望，至今而零极矣；节义文章，如我父子者几人哉⑫？立一不肖后如西铭先生，为人所诟笑，何如不立之为愈耶⑬？呜呼！大造茫茫，总归无后，有一日中兴再造，则庙食千秋，岂止麦饭豚蹄，不为馁鬼而已哉⑭？若有妄言立后者，淳且与先文忠在冥冥诛殛顽嚚，决不肯舍⑮！

兵戈天地，淳死后，乱且未有定期。双慈善保玉体，无以淳为念。二十年后，淳且与先文忠为北塞之举矣。勿悲，勿悲！相托之言，慎勿相负。武功甥将来大器，家事尽以委之⑯。寒食、盂兰，一杯清酒，一盏寒灯，不致作若敖之鬼，则吾愿毕矣⑰。新妇结褵二年，贤孝素著，武功甥好为我善待之，亦武功渭阳情也⑱。语无伦次，将死言善⑲。痛哉，痛哉！

人生孰无死，贵得死所耳。父得为忠臣，子得为孝子。含笑归太虚，了我分内事。大道本无生，视身若敝屣。但为气所激，缘悟天人理⑳。恶梦十七年，报仇在来世。神游天地间，可以无愧矣！

【注释】

①夏完淳：字存古，江苏华亭（今上海市松江县）人，明末民族英雄。十四岁时，清兵入关，他随其父夏允彝、老师陈子龙奔走于江浙的反清起义军之间，从事抗清活动，英勇就义时年仅十七岁。②严君：对父亲的敬称，即夏允彝。见背：去世。③恤（xù）死荣生：让死去者（指其父）得到告慰，让生者（指其母）得到荣封。告成黄土：将复国成功之事向地下先人祭告。④钟：聚集。虐：指上天惩罚。先朝：指明朝。明末昏君、奸臣作恶多端，民心尽失是其为清所灭一重要原因。一旅：指吴易的抗清军队刚刚崛起。夏完淳参加了吴易的军队，担任参谋。齑（jī）粉：粉末。这里比喻军队被击溃。⑤去年之举：指夏完淳从吴易军抗清失败后，只身流亡长江中下游一带，多次身陷绝境。自分：自料。⑥斤斤：仅仅。菽水之养：豆和汤，指奉养父母的极菲薄的食品。⑦慈君：作者的嫡母盛氏。生

母:作者生母陆氏,即其父夏允彝的侧室。⑧溘(kè)然:忽然。九京:即九原,泛指墓地。⑨门祚(zuò):家运。终鲜兄弟:鲜:少。这里指没有兄弟。⑩推干就湿:把床上的干处让给幼儿,自己睡在尿湿处,指母亲抚育子女的辛劳。⑪义融女兄:作者的姐姐夏淑吉,号义融。昭南女弟:作者的妹妹夏惠吉,号昭南。⑫会稽大望:即会稽郡的名门望族,这里指夏姓大族。会稽:古郡名。⑬西铭先生:张溥,别号西铭,明末文学家,复社的领袖,死于崇祯十四年,无后,次年由钱谦益等人代为立嗣。钱谦益后来投降了清朝,人们认为这有辱张溥的名节。⑭大造:指天。茫茫:不明。中兴再造:指明朝恢复。麦饭豚(tún)蹄:指家庭的祭品。豚:指猪。馁(něi)鬼:挨饿的鬼。⑮文忠:夏允彝死后被谥为文忠公。冥冥:阴间。诛殛(jí):诛杀。顽嚚(yín):愚蠢而顽固的人。⑯武功甥:作者姐姐夏淑吉的儿子侯檠,字武功。大器:大材。⑰寒食盂兰:寒食:这里指清明节,是人们上坟祭祖的时节。盂兰:旧俗的农历七月十五日燃灯祭祀,"以追荐超度亡灵的宗教礼仪",称盂兰盆会。若敖之鬼:指无后人按时祭祀的饿鬼。⑱结缡(lí):指成婚。渭阳情:指甥舅之间的情谊。《诗经》:"我送舅氏,曰至渭阳。"⑲将死言善:《论语》:"人之将死,其言也善。"⑳"大道"句:依照道家的说法,人本来是从无而生,死后又归于无。敝屣(xǐ):破草鞋。缘悟句:因为明白了天意与人事的关系。

与妻书①

[清] 林觉民

【文意】

意映爱妻见信如面:我现在将以此信与你永远诀别了,我写此信时还是世上之人,你看此信时我已成阴间一鬼。写信之时,我的泪珠与翰墨同挥,未能成篇即欲搁笔,实在不忍写下去。但又恐你不能理解我的心,以为我忍心抛你而去,以为我不知你不肯我死,因此强忍悲痛,对你倾诉衷肠。

我爱你至深至极，正因为如此，才使我勇于挺身就死。自我与你遇合以来，常愿天下有情人皆成眷属，然而现今遍地腥血，豺狼当道，称心如意者，能有几家几人？我亦有司马青衫之悲，不能学圣人之忘情，对社会现实无动于衷。古语说，仁者"老吾老以及人之老，幼吾幼以及人之幼"。我拓展我的爱你之心，以帮助天下人都能爱其所爱之人，所以才敢置你于不顾，先你而死，希望你能体察我这片心意，在哭泣之余，只要你也能心系天下百姓苍生，应当一定也乐于牺牲你我自身的幸福，为天下百姓苍生谋永久之幸福，你应不必悲伤。

　　还记得吗？四五年前的一天晚上，我曾对你说："将来老了，与其我先死，不如让你死在我之前。"你听了起初很生气，后来经我婉言劝解，你虽不肯服气却也无话可说。我的本意是说：你如此脆弱，必定经受不住失去我的巨大悲痛，如果我先死将痛苦留给你，我于心不忍；所以宁可让你先死，由我来承受这份痛苦。嗟夫！谁知我终竟死在你之前！

　　我真真时刻不能忘记你，回想咱家后街的那间屋子，入门穿廊，走过前后厅，再拐三四弯，有小厅，厅旁一室，便是你我双飞双栖之所。咱们初婚三四个月时，每逢冬月的望日前后，寒梅扶疏，月影斑斓，于窗外依稀交互掩映。你我并肩携手，窃窃私语，何事不言？何情不诉？如今想来，只能独自下泪而已。再想起六七年前，我离家出走归来时，你哭着对我说："今后君再远行，定要告妾，海角天涯，妾愿随君行。"我也已经答应过你。十几天前我回家，曾想乘便将此次出行之事相告，待面对你时，又不忍开口，况且你已有身孕，恐不胜其悲，于是只得日日借酒浇愁。嗟夫！我内心当时之悲痛，非笔墨所能形容。

　　我实在愿与你恩爱相守至老至死，但以今日之世事国情来看，天灾可以令人死，盗贼可以令人死，列强瓜分中国之日可以令人死，贪官污吏欺压百姓可以令人死，我们这代人处于今日之中国，国内无论何地何时皆可以死，到那时，你我眼睁睁相看对方之死，我能忍心还是你能忍心？即使可以不死，相互离散不得团聚，分隔两地，徒使相爱之人眼望穿而骨化石。试问古往今来何曾见到破镜能够重圆？生离较之死别，更为惨痛，而又能对之奈何？今日我与你幸而双双健在，而天下不应该死而死者，不愿离而离者，难以数计，像我们这种重义重情之人能够忍此惨景惨状吗？这就是我勇于为国为民索性赴死而不能顾及你的原因，我死于今日并无遗憾，国事成与不成，同志们自有担当。依新已经五岁，转眼成人，你要好好抚育，使他继承父志。你腹中之儿，我猜想是女孩，她必像你，我心甚慰。如果又是男孩，则也要教他以父志为志，如此，我死之后则又有二意洞在世，万幸，万幸！我家日后会日益贫困，穷不可怕，清静度日而已。

说到这里，我已无多余之言，我将在九泉之下遥闻你的哭声，我会也以哭声与你相应合。我平日不信有鬼，今天则又希望其真有。现今又有人说：生物电波可以使人心路相通，我希望这也是事实，这样，我虽死而我的灵魂还能依傍在你身边，免得你孤独悲伤。

我生平未曾将我追求的志向对你相告，是我的错，但告诉你，又恐你日日为我担忧。流血牺牲，我万死不辞，而使你担忧，我的的确确于心不忍，我爱你至深至极，所以为你考虑得唯恐不周。你有幸嫁给我，又为何不幸而生于今日之中国！我幸而得到你，又何何不幸而生于今日之中国！我终未能独善其身。嗟夫！纸短情长，尚有万千未尽之言，相信你能揣摩体会。我从此再也不能见你了，你舍不得我，或许你会时常在梦里见到我。一恸！

辛亥年三月廿六日夜四更，意洞亲笔。

家中叔母、伯母们皆通晓文字，有不解处，可请她们指教，应尽可能完全理解我的意思为好。

【原文】

意映卿卿如晤：吾今以此书与汝永别矣②！吾作此书时，尚是世中一人；汝看此书时，吾已成阴间一鬼。吾作此书，泪珠和笔墨齐下，不能竟书而欲搁笔，又恐汝不察吾衷，谓吾忍舍汝而死，谓吾不知汝之不欲吾死也，故遂忍悲为汝言之。

吾至爱汝，即此爱汝一念，使吾勇于就死也。吾自遇汝以来，常愿天下有情人都成眷属；然遍地腥云，满街狼犬，称心快意，几家能够？司马春衫，吾不能学太上之忘情也③。语云：仁者"老吾老以及人之老，幼吾幼以及人之幼④"。吾充吾爱汝之心，助天下人爱其所爱，所以敢先汝而死，不顾汝也。汝体吾此心，于啼泣之余，亦以天下人为念，当亦乐牺牲吾身与汝身之福利，为天下人谋永福也。汝其勿悲！

汝忆否？四五年前某夕，吾尝语曰："与使吾先死也，毋宁汝先吾而死。"汝初闻言而怒，后经吾婉解，虽不谓吾言为是，而亦无词相答。吾之意盖谓以汝之弱，必不能禁失吾之悲，吾先死留苦与汝，吾心不忍，故宁请汝先死，吾担悲也。嗟夫！谁知吾卒先汝而死乎？

吾真真不能忘汝也！回忆后街之屋，入门穿廊，过前后厅，又三四折，有小厅，厅旁一室，为吾与汝双栖之所。初婚三四个月，适冬之望日前后，窗外疏梅筛月影，依稀掩映⑤。吾与汝并肩携手，低低切切，何事不语？何情不诉？及今思之，空余泪痕。又回忆六七年前，吾之逃家复归也，汝泣告我："望今后有远行，必以告妾，妾愿随君行。"吾亦既许汝矣。前十余日回家，即欲乘便以此行之事语汝，及与汝相对，又不能启口，且以汝之有身也，更恐不胜悲，故惟日日呼酒买醉。嗟夫！当时余心之悲，盖不能以寸管形容之。

吾诚愿与汝相守以死，第以今日事势观之，天灾可以死，盗贼可以死，瓜分之日可以死，奸官污吏虐民可以死，吾辈处今日之中国，国中无地无时不可以死。到那时使吾眼睁睁看汝死，或使汝眼睁睁看吾死，吾能之乎？抑汝能之乎？即可不死，而离散不相见，徒使两地眼成穿而骨化石，试问古来几曾见破镜能重圆⑥？则较死为苦也，将奈之何？今日吾与汝幸双健。天下人不当死而死与不愿离而离者，不可数计，钟情如我辈者，能忍之乎？此吾所以敢率性就死不顾汝也。吾今死无余憾，国事成不成，自有同志者在。依新已五岁，转眼成人，汝其善抚之，使之肖我⑦。汝腹中之物，吾疑其女也，女必像汝，吾心甚慰；或又是男，则亦教其以父志为志，则我死后尚有二意洞在也。甚幸，甚幸！吾家后日当甚贫，贫无所苦，清静过日而已。

吾今与汝无言矣。吾居九泉之下遥闻汝哭声，当哭相和也。吾平日不信有鬼，今则又望其真有。今人又言心电感应有道，吾亦望其言是实，则吾之死，吾灵尚依依傍汝也，汝不必以无侣悲。

吾平生未尝以吾所志语汝，是吾不是处；然语之，又恐汝日日为吾担忧。吾牺牲百死而不辞，而使汝担忧，的的非吾所忍。吾爱汝至，所以为汝谋者惟恐未尽。汝幸而偶我，又何不幸而生今日之中国！吾幸而得汝，又何不幸而生今日之中国！卒不忍独善其身。嗟夫！巾短情长，所未尽者，尚有万千，汝可以模拟得之。吾今不能见汝矣！汝不能舍吾，其时时于梦中得我乎？一恸！

辛亥三月廿六夜四鼓，意洞手书。

家中诸母皆通文，有不解处，望请其指教，当尽吾意为幸。

【注释】

①林觉民，字意洞，福建闽侯县（今福州市）人。他生于晚清，留学日本时投身民主革命，一九一一年参加广州起义，英勇就义，是黄花岗七十二烈士之一。②意映：林觉民夫人陈意映。卿卿：旧时丈夫对妻子的爱称。③司马春衫：唐朝诗人白居易被贬官为江州司马时，写过《琵琶行》一诗，叙述他在浔阳江上听商妇弹琵琶倾诉自己的不幸遭遇，引起诗人同感，泪湿青衫。以处"春"字为作者笔误。太上之忘情：太上，指道德修养到最高境界的圣人。《晋书》：

"圣人忘情。"忘情：指超越世俗的感情。④老吾老以及人之老，幼吾幼以及人之幼：语出《孟子》，意思是：尊敬自己的老人，从而尊敬别人的老人；爱护自己的儿女，从而爱护别人的儿女。⑤望日：农历的每月十五日。⑥骨化石：传说古代有女子盼望丈夫归来，每日登高远望，天长日久化成了石头，被称为"望夫石"。⑦依新：林觉民的长子。

【述评】
　　志士以身许国的两封家信，两封绝命书，于痛断肝肠的倾诉诀别之情的文字中，仍然激昂着义薄云天的爱国热忱。读之，令人心潮澎湃，久久难平。
　　前篇：开头以"不得以身报母"引出其悲，痛说自父亲牺牲以来两年之中历尽艰辛的奋斗过程，非但大仇未报，自己且行将以身殉国，难报慈母的养育之恩。其次在缅怀嫡母"推干就湿"、"教礼习诗"之深恩的同时，报国之情转而淹没思母之念，表达出他以继承父志身赴国难作为对母亲雨露春晖之情的报答。"万勿置后"的告白，表明他破家报国的坚定决心。文章在安顿家事的同时，兼及夫妻、姊妹、甥舅之情，虽语淡而情深，袒露了英雄回荡起伏的内心波涛。最后以五言诗形式，感悟哲理，咏叹人生。作者把自己的一片爱国之热肠血泪向亲人尽情剖露挥洒，文章曲折感怆，跌宕往复，一气贯注，其意气之盛，可谓壮哉！
　　后篇：林觉民起义负伤被俘，刑讯时，他咆哮公堂，怒斥敌顽。这样一个铁骨铮铮的血性男儿，给妻子的信竟然柔情似水，真情挚爱自胸臆中自然流出，字字句句脉脉含情。作者先解释因"爱汝一念""而勇于就死"的缘由，继而提及夫妻俩往昔关于"谁先死为好"的话题，又为之作温婉耐心的解释，对妻子的爱护体贴，入曲入微；回顾往昔那"后街之屋"，夫妻俩如烟似梦的初婚蜜月时的情景；以及作者对妻子"离家必相告"的许诺等等，情深意厚，悱恻缠绵。而后则以夫妻之生死情，扩充拓展为天下黎民百姓之生死情，再次委婉曲折地向妻子解释自己为之奋斗、为之献身的事业的正义性。最后，作者竟然希望有鬼神，希望有心电感应，能与妻子永远保持心的交流。其感念思恋之情溢于笔端，我们似乎于文中透视到作者心灵之圣洁、泪光之晶莹，我们不知他对妻子还有多少难以言表的心曲，多少难以释怀的担忧，但"巾短情长"不能表达于万一，文章情辞哀婉，如闻呜咽之声。

柳敬亭传

[明] 黄宗羲

【文意】

我读宋代《东京梦华录》、《武林旧事记》等文学史料，记叙当时民间说唱艺人达数十名，事迹甚详。其后有关此类人物的文献记载，则再难得见了。近年世人盛赞柳敬亭说书之技艺，是位值得一记的著名人物。

柳敬亭是扬州府泰州人，原本姓曹。十五岁时，因好勇斗狠，触犯刑律，当处死刑，他于是改姓柳，逃亡至盱眙城，以说评书谋生，当时已能感动听众，小有名气。很久以后，他来到江南，松江府有位书生莫后光见他之后，说道："此人颇机智、有灵气，略加点拨，便能使其以演技成名。"于是对柳敬亭说："说书虽然不是大本领，但也必须勾勒描写人物的情感性格，熟知各个地方之风土人情。譬如春秋楚国之优孟，以极其生动的表演吸引人，而后方可得志成名。"柳敬亭回去，则聚精会神，专心揣摩人物，反复练习。一个月之后，他再请莫先生指点，莫先生说："你的表演，已能令人感动，使观众心中欢悦，甚至大笑不止。"再过一月，莫先生则说："你的表演，已经非常动人，简直令人感慨悲叹，乃至于痛哭流涕。"又过一个月，莫先生不禁赞叹道："你的表演，尚未开口，而喜怒哀乐之情皆已显现于观众面前，观众的思想情感不由自主任随你摆布，你说书的技艺确已达到相当高超的水平。"从此，柳敬亭开始到扬州、杭州、南京等大都市说书。其声名鹊起，传播至达官贵人之间，豪华大厅的聚会，优雅亭台的散客，皆争先聘请柳敬亭说书，对于他的才艺表演，无不由衷感到满意。

宁南侯左良玉渡江南下时，安徽提督杜宏域有意讨好左良玉，将柳敬亭介绍到左良玉府上说书，左良玉见了大喜，恨相见之晚，甚至让柳敬亭参与决定机要军务，军中上下皆不敢以说书人身份看待柳敬亭。左良玉不曾读书，所有书稿文章皆由属下儒生立意谋篇，引经据典，斟词酌句，努力完成，可是左良玉皆不满意。而柳敬亭凭道听途说，从街头巷尾、俗谚口碑中所得之言语，反倒正合左良玉之意。柳敬亭还曾作为左良玉专使奉命赴南京，当时南明王朝无人不敬畏左良玉，闻其使者到来，皆以格外隆重之礼节相待。宰相以下官员皆请柳敬亭坐上座，称呼柳将军，柳敬亭却也安然自若。从前曾与柳敬亭十分熟识亲近的市井小民，于路边相互私语，道："此人过去同我们曾一道说书，如今其飞黄腾达竟至如此境地！"

不久，南明朝廷覆灭，左良玉死于军中，柳敬亭的资产在变故中丧失殆尽，柳敬亭又落入昔日的贫困之中，于是走上街头，重操旧业。柳敬亭久处军中，见多识广：豪客大侠、杀人亡命之徒，其流离失所、悲欢离合、破国亡家之事，他无不亲见亲历；而且各种方言土语，乡俗民情，他无不习闻见惯。因此，他说书表演，每发一声，每吐一字，使人如见甲兵铁骑，刀剑挥舞，凭空而来；使人如闻风狂雨骤，鸟兽悲鸣，使人顿生亡国之恨，破家之痛，檀板伴奏之声，则如风过耳，竟不得而闻。此时，他的艺术造诣已远超莫后光先生所要求的那种境界。

【原文】

余读《东京梦华录》、《武林旧事》，记当时演史小说者数十人①。自此以来，其姓名不可得闻。乃近年共称柳敬亭之说书。

柳敬亭者，扬之泰州人，本姓曹，年十五，犷悍无赖，犯法当死，变姓柳，之盱眙市中为人说书，已能倾动其市人②。久之，过江，云间有儒生莫后光见之，曰："此子机变，可使以其技鸣③。"于是谓之曰："说书虽小技，然必勾性情，习方俗，如优孟摇头而歌，而后可以得志④。"敬亭退而凝神定气，简练揣摩，期（jī）月而诣莫生。生曰："子之说，能使人欢哈嗢噱矣⑤。"又期月，生曰："子之说，能使人慷慨涕泣矣。"又期月，生喟然曰："子言未发而哀乐具乎其前，使人之性情不能自主，盖进乎技矣。"由是之扬，之杭，之金陵，名达于缙（jìn）绅间。华堂旅会，闲亭独坐，争延之使奏其技，无不当于心称善也。

宁南南下，皖帅欲结欢宁南，致敬亭于幕府⑥。宁南以为相见之晚，使参机密。军中亦不敢以说书目敬亭。宁南不知书，所有文檄（xí），幕下儒生设意修词，援古证今，极力为之，宁南皆不悦。而敬亭耳剽口熟，从委巷活套中来者，无不与宁南意合。尝奉命至金陵，是时朝中皆畏宁南，闻其使人来，莫不倾动加礼，宰执以下俱使之南面上坐，称柳将军，敬亭亦无所不安也⑦。其市井小人昔与敬亭尔汝者，从道旁私语："此故吾侪（chái）同说书者也，今富贵若此！"

亡何国变，宁南死。敬亭丧失其资略尽，贫困如故时，始复上街头理其故业。敬亭既在军中久，其豪猾大侠、杀人亡命、流离遇合、破家失国之事，无不身亲见之，且五方土音，乡俗好尚，习见习闻，每发一声，使人闻之，或如刀剑铁骑，飒（sà）然浮空；或如风号雨泣，鸟悲兽骇，亡国之恨顿生，檀（tán）板之声无色，有非莫生之言可尽者矣。

【注释】

①《东京梦华录》：南宋孟元老著，书中有宋代讲唱文学的资料。《武林旧事记》：南宋周密著，对民间说唱艺人和乐工的姓名记载颇详。②犷（guǎng）悍无赖：蛮横凶狠，不遵法度。盱眙（xū yí）市：今江苏盱眙市。③云间：松江府的别称，治所在华亭（今上海松江）。儒生：泛指读书人。④优孟：春秋时楚国著名优伶。⑤欢哈（hāi）：欢乐。嗢噱（wà jué）：大笑不止。⑥宁南：左良玉，明

末山东临清人,字昆山;因与清军作战立有军功,封宁南伯,进侯爵。皖帅:安徽提督杜宏域。幕府:指左良玉的衙门。⑦朝中:即指弘光朝。清军攻破北京,崇祯帝自尽。福王朱由崧于金陵(南京)被拥立为帝,建立南明弘光王朝。左良玉军当时是弘光朝主要的军事力量。

汤琵琶传

[明] 王猷定

【文意】

汤应曾是邳州人,擅长弹奏琵琶,所以人们称呼他为汤琵琶。他家庭贫困,无钱娶妻,对待母亲非常孝顺。他在所居之处的石楠树下,构筑一间茅屋,天天在家侍奉陪伴母亲。他自幼喜爱音乐,听到忧伤曲调,便随声而流泪,长大后,自己已能学习唱歌,而歌罢依然流泪。母亲问他:"你因何事悲伤?"应曾道:"我并无伤心事,只是音乐令我感动,心中凄怆而流泪,不由自主。"

嘉靖年间,李东垣擅长琵琶,江对峰得其真传,作为琵琶乐师,曾一时名扬京都。江对峰死后,唯有陈州隐士蒋某人,将江对峰之技艺得以独家传承。当时,周王府有几班女乐,学习琵琶皆以蒋氏为师,但没有人能学得好,周王十分懊恼。应曾去学习,不足一年而学成。周王得知,召见应曾,赐予他一把有碧玉镶嵌牙雕装饰的珍贵琵琶,且令他身着宫廷锦衣,于殿堂之上演奏《胡笳十八拍》,乐音高亢凄凉、哀楚动人,倾倒四座。于是应曾深得周王赏识,每年给米一百斛,以供养其母亲。从此,汤应曾蜚声开封城。秦楼楚馆、梨园戏班,凡所到之处,歌女艺妓无不慕名争相献媚,但应曾颇为自重,从不轻易为人演奏。

后来,征西王将军招他入军中幕府,他曾随军至嘉峪、张掖、酒泉等地。每逢围猎、阅兵,则令他弹奏塞上乐曲,以鼓舞士气。将军之部将颜骨打,善于布阵作战,每逢临战,则令汤应曾为之弹奏雄壮乐曲,然后才上马杀敌。一日,汤应曾随部队行军到榆关,此时正值大雪漫天,他在马上听到觱篥的乐声,忽然想念母亲而失声痛哭,于是匆匆辞别将军返回家乡。途中,夜宿酒店,不能入睡,弹琵琶演奏觱篥乐曲,闻者无不流泪。第二天早晨,一邻家妇女登楼求见,说道:"先生心中似有悲情,不然所弹乐曲为何如此伤感?妾已守寡十年,本与母亲相依过活,而母亲又去世了,欲再嫁却无合适之人,若先生不弃,妾愿为君妇。"应曾道:"你能为我侍奉母亲吗?"邻家妇当即应允,于是应曾将她带回家。

襄王得知汤应曾之名,派人聘请至王府,应曾在楚地居住三年。一次偶尔乘船游洞庭湖,突然狂风大作,波浪涛天,船夫惊惶失措,而汤应曾则端坐于船中弹奏《洞庭秋思》,风涛才渐渐安定。船靠岸时,只见一只老猿,须眉皆白,从竹丛中跳入船窗,哀声号叫至半夜。天亮时,老猿忽然抱琵琶跳进水中,不见踪影。汤应曾自从失去心爱之物,惆怅伤感不肯再弹琵琶了。后来,汤应曾回家探望母亲,母亲身体尚健,但是妻子已经亡故,唯在住所附近添一墓丘。母亲告诉他:媳妇去世之夜,有猿声啼于窗外,而开窗猿却已不见了。媳妇说:"我等待郎君而郎君不来,却听见猿叫之声,是何缘故?可能我将要死了,我唯一遗憾的是很久没有听到郎君的琵琶声,如果郎君回来,请他为我在石楠树下弹奏一曲。"汤应曾听了母亲的话,心情沉痛哀伤到极点。当晚,他陈设了酒菜供品,在妻子墓前弹奏琵琶祭奠她。从此以后,他变得癫狂放纵,沉迷酒色。

后值战乱,他背着母亲在军中卖艺求生。此时他已耳聋眼瞎,且患鼻漏症,流脓水,臭不可闻,旁人无法靠近。召他演奏的人只能以屏障间隔,听声而已。他平生所弹琵琶古调百余曲,大则反映社会风云变幻,若电闪雷鸣;小则有游子思妇,乃至鸟兽之鸣、草木之吟,无一不从其琵琶声中传达表现出来。他最为精彩的是描写项羽、刘邦垓下之战的《楚汉》一曲。当两军决战之时,简直是声震屋瓦,天摇地动。而你静心细听,其中有刀剑搏击之声、战鼓之声、弩箭飞鸣声、人马败退惊惧之声,继而鸦雀无声。久之,则有细微至若有若无的、悠扬而哀怨的楚歌声;接下是项王悲歌慷慨的别姬之声、陷大泽声、追骑之声,而后是项王至乌江的自刎声、追杀者踩践争夺项王尸体声……使听者始而兴奋,继而恐惧,最终则涕泪纵横。汤应曾之琵琶曲令人感动竟能到如此程度！汤应曾六十多岁时，流落于淮浦一带。有位桃源县人见到并非常同情他，将他和他的母亲一同带往桃源。此后，则无人知其下落。

作者王猷石有言："从古至今以弹奏琵琶闻名于世的乐师很多，但汤应曾如此奇特而令人感怀的人生经历，则无人可比。人如果没有至纯之天性，则亦不可能有如此深挚之情感，其人其事又岂能流传后世？戊子年秋，我遇汤君于淮阴公路浦，他那时早已失去当年身着锦衣的风光了。第二年我再度造访汤君，他住在一土房里，正在侍候母亲吃饭。那时人们都作践欺负他，而我此刻却感觉他更加令人敬重。汤君仰天长叹，道：'罢了！世间难得知音之人，待老母百年后我为之送终事毕，将投身黄河而死！'我闻言，心中凄然而悲，我当时应许为汤君写作传记，五年之后方才完成。呜呼！当今之世落魄失意而叹息世无知音者，难道唯有汤应曾君一人吗？"

【原文】

汤应曾，邳州人，善弹琵琶，故人呼为汤琵琶云①。贫无妻，事母甚孝。所居有石楠树，构茅屋，奉母朝夕②。幼好音律，闻歌声辄哭；已学歌，歌罢又哭。其母问曰："儿何悲？"应曾曰："儿无所悲也，心自凄动耳。"

世庙时，李东垣善琵琶，江对峰传之，名播京师③。江死，陈州蒋山人独传其妙④。时周藩有女乐数部，咸习蒋技，罔有善者，王以为恨⑤。应曾往学之，不期年而成。闻于王，王召见，赐以碧镂牙嵌琵琶，令著宫锦衣，殿上弹《胡笳十八拍》，哀楚动人⑥。王深赏，岁给米百斛，以养其母。应曾由是著名大梁间，所至狭邪，争慕其声，咸狎昵之。然颇自矜重，不妄为人奏⑦。

后征西王将军招之幕中，随历嘉峪、张掖、酒泉诸地，每猎及阅士，令弹塞上之曲⑧。麾下颜骨打者，善战阵，其临敌，令为壮士声，乃上马杀敌。一日至榆关，大雪，马上闻觱篥,忽思母痛哭,遂别将军去⑨。夜宿酒楼,不寐,弹琵琶作觱篥声,闻者莫不陨涕。及旦,一邻妇诣楼上曰:"君岂有所感乎?何声之悲也!妾孀居十载,依于母而母亡,欲委身,无可适者,愿执箕帚为君妇。"应曾曰:"若能为我事母乎?"妇许诺,遂载之归。

襄王闻其名,使人聘之,居楚者三年⑩。偶泛洞庭,风涛大作,舟人惶忧失措,应曾匡坐弹《洞庭秋思》,稍定⑪。舟泊岸,见一老猿,须眉甚古,自从箐(jīng)中跳入篷窗,哀号中夜。天明,忽抱琵琶跃水中,不知所在。自失故物,辄惆怅不复弹。已归省母,母尚健而妇已亡,惟居旁抔土在焉⑫。母告以:"妇亡之夕,有猿啼户外,启户不见。妇谓我曰:'吾待郎而郎不至,闻猿啼何也?吾殆死,惟久不闻郎琵琶声,倘归,为我一奏于石楠之下。'"应曾闻母言,掩抑哀痛不自胜,夕陈酒浆,弹琵琶于其墓而祭之。自是猖狂自放,日荒酒色。

值寇乱,负母鬻食兵间⑬。耳目聋瞽,鼻漏,人不可迩,召之者隔以屏障,听其声而已⑭。其生平所弹古调百十余曲,大而风雨雷霆,与夫愁人思妇,百虫之号,一草一木之吟,靡不于其声中传之,而尤得意于《楚汉》一曲⑮。当其两军决战时,声动天地,瓦屋若飞坠;徐而察之,有金声、鼓声、剑弩声、人马辟易声,俄而无声。久之,有怨而难明者,为楚歌声;凄而壮者,为项王悲歌慷慨之声、别姬声;陷大泽,有追骑声;至乌江,有项王自刎声,余骑蹂践争项王声。使闻者始而奋,既而恐,终而涕泪之无从也。其感人如此。应曾年六十余,流落淮浦,有桃源人见而怜之,载其母同至桃源,后不知所终⑯。

轸(zhěn)石王子曰:古今以琵琶著名者多矣,未有如汤君者。夫人苟非有至性,则其情必不深,乌能传于后世乎！戊子秋，予遇君公路浦，已不复见君曩（nǎng）者衣宫锦之盛矣⑰。明年复访君，君坐土室，作食奉母，人争贱之，予肃然加敬焉。君仰天呼曰："已矣，世鲜知音！吾事老母百年后，将投身黄河死矣！"予凄然，许君立传，越五年乃克为之。呜呼！世之沦落不偶而叹息于知音之寡者，独君也乎哉！

【注释】

①邳（pī）州：今江苏邳县。②石楠（nán）：亦称"千年红"，蔷薇科观赏植物。③世庙：即指明嘉靖皇帝朱厚熜，世宗为其庙号。李东垣（yuán）、江对峰：事迹均不详。④陈州：其治今河南淮阳县。山人：指隐士。蒋山人即李东垣的再传弟子。⑤周藩（fān）：明太祖朱元璋的第五子朱橚，封为周王，国都开封。这里是指其后代。⑥碧镂（lòu）牙嵌琵琶：指有碧玉、象牙雕刻镶嵌为装饰的琵琶。《胡笳十八拍》：曲名，诗为汉末女诗人蔡琰所作。⑦斛（hú）：古时以十斗为一斛。大梁：战国魏都，今河南开封城。狭邪：指娼妓、艺人所居之处。狎昵（xiá nì）：亲近。⑧嘉峪、张掖、酒泉：皆地名，均在今甘肃省。⑨榆关：山海关。觱篥（bì lì）：古代的一种管乐器，状如胡笳，由龟兹传入。⑩襄王：明仁宗朱高炽的第五子瞻墡封襄王，国都襄阳。这里指其后代。⑪《洞庭秋思》：古琵琶曲名。⑫抔（póu）土：指墓丘。⑬值寇乱：暗指清军入关、江山易主之时。⑭鼻漏：病症名，鼻部疮疡失治，内部形成漏管排出脓水，极为脏臭。迩（ěr）：接近。⑮《楚汉》：指刘邦与项羽争夺天下之战。据称后世著名的琵琶曲《十面埋伏》即根据汤应曾的《楚汉》改编而成。⑯淮浦：古县名，故城在今江苏涟水县西。桃源：县名，今属湖南省。⑰戊（wù）子：清世祖顺治五年。公路浦（pǔ）：地名，在江苏淮阴城西。

【述评】

古代艺人的社会地位极低，而两位才艺冠绝一时的明星人物，他们有大体相似而又各自不同的生活经历。

前篇：柳敬亭本一市井无赖，遭到致命挫折后，改邪归正。儒生莫后光在他人生道路的转折时，起到至关重要的作用。他发现了柳敬亭的禀赋不凡，并循序渐进地给予了具体指导，激发了柳敬亭锐意进取的精神和精益求精的艺术追求，终于将他推向通达艺术事业顶峰的漫长之路。柳敬亭得到宁南侯的赏识是他一生最荣耀的时期，参与军事要务，且被称为"柳将军"，然而，柳敬亭却处之泰然，保持了说书艺人的本色，并不为之心动，透露出他内心深处敝屣功名利禄的处世态度。正因为如此，当宁南病逝，明清易鼎之际，贫困如故的柳敬亭则能处变不惊，"复上街头理其故业"。也正因为他有了如此丰富的生活阅历，成就了他晚年艺术成就的升华，赢得了一代说书艺术大师的盛名。

后篇：汤应曾亦出身卑微，自幼爱好音乐，天赋过人。学习蒋山人的琵琶技艺，一举成名，得到周藩工的荣宠，"著宫锦衣"，"岁给米百斛，以养其母"。汤应曾为人谨慎沉稳，自爱自重，所处环境之歌妓舞女，争相讨好献媚，他不仅无动于衷，且"不妄为人奏"一曲。他自小与寡母相依，笃行纯孝；于征西王将军幕中，因思母痛哭而返；战乱期间，四处流浪，背负母亲卖艺谋生，十分感人。对待羡慕其才艺、甘心投奔他的妻子，也有情有义。然而，汤应曾这样一位声名烜赫的艺人，后半生景况凄凉，沦落不偶，贫病交加，仅能度命而已。汤应曾的琵琶技艺之精湛，达于出神入化的境界，文章对他的演奏予以诱人联想、引人返思的生动描述，堪称妙文。

第六单元

苏子由在政府

[宋] 张邦基

【文意】

苏辙在政事堂任宰相,苏轼在翰林院任翰林学士。一位与苏轼兄弟有旧交情的老熟人,来找苏辙谋求差事,时间过去很久也未能达到目的。他有一天来见苏轼,说:"希望苏学士能为我从中说句话,帮帮忙。"苏轼慢吞吞地说:"从前有传闻说,有个人穷得实在无以为生,想去盗墓。于是,他掘开一古墓,看见里面一人裸体而坐,对他说:'你没听说汉朝的杨王孙吗?自己实行裸葬以匡正世风,我便是杨王孙,所以没有东西接济你。'于是,这人就又去盗掘另一墓,此墓挖得很是费力,好不容易进入墓中,见到一位君王,君王说:'我是汉文帝,我在遗嘱中告知,不准为我陪葬金银器物,这里全是陶瓶瓦罐,没什么给你的。'这人又发现有两个相连的古墓,就挖掘左边的一个,好久才挖通,见到里面一人骨瘦如柴,面带饥色,这人说:'我是伯夷,在首阳山下一直挨饿,没法满足你的要求。'那个人叹息道:'我干得如此辛苦,还是一无所获,不如顺势把西边的坟墓也挖开,或许能有点收获。'骨瘦如柴的人对他说:'我劝你另找别处的坟去挖吧,你看我这副样子,西边是舍弟叔齐,他又怎能帮你呢?'"那位老友听了这番话,哈哈大笑走开了。

【原文】

苏子由在政府,子瞻为翰苑①。有一故人与子由兄弟有旧者,来干子由,求差遣,久而未遂②。一日来见子瞻,且云:"某有望内翰以一言为助。"公徐曰:"旧闻有人贫甚,无以为生,乃谋伐冢,遂破一墓,见一人裸而坐,曰:'尔不闻汉世杨王孙乎③?裸葬以矫世,无物以济汝也。'复凿一冢,用力弥艰,既入,见一王曰:'我汉文帝也,遗制圹中无纳金玉,器皆陶瓦,何以济汝④?'复见有二冢相连,乃掘其在左者,久之方透。见一人,瘠羸,面有饥色,曰:'我伯夷也,饿于首阳之下,无以应汝之求。'其人叹曰:'用力之勤,无所获,不如更穿西冢,或冀有得也。'瘠羸者谓曰:'劝汝别谋于他所。汝视我形骸(hái)如此,舍弟叔齐,岂能为人也⑤?'"故人大笑而去。

【注释】

①苏子由:苏辙,字子由,苏轼之弟,散文作家,官至门下侍郎(宰相)。政府:唐宋时代宰相办公的处所,即政事堂。苏轼,字子瞻,宋文学家,时任翰林学士。翰苑:翰林院。翰林学士又称内翰。②干:干谒(yè),对上官有所请求而拜见。求差遣:谋求有实权的任命。③杨王孙:汉武帝时的一个富翁,认为生死是事物的自然变化,人死尸体毫无知觉。他著有《裸葬论》,反对当时流行的厚葬风气,临终时嘱家人将其裸葬。④汉文帝:刘恒,在历代帝王中,他以生活俭朴著称。圹(kuàng):墓穴。⑤伯夷、叔齐:皆商朝属国孤竹国国君之子,反对周武王进军讨伐商王朝,周灭商后,兄弟二人逃到首阳山下不食周粟,采野菜充饥,至饿死。瘠羸(jí léi):瘦弱。

众狗不悦

[宋] 苏轼

【文意】

我所在的惠州城的市场冷落无人,每天只杀一只羊。身为罪臣我自然不敢与在位的官僚争买羊肉,但我可以私下嘱托屠夫,时常买些脊椎骨,脊骨骨节间尚有残肉,可以食用。烹饪方法是:先将它煮熟,把水滤干,倘若没有煮熟则汤水中的泡沫杂物等无法除掉;稍微撒些盐,然后烧烤至略带焦黄色即可,吃时可随意用酒。整日剔摘、咀嚼于牙齿缝中的筋肉细丝,仿佛是在剥食吮吸蟹腿蟹螯,倒也饶有滋味。平均三五天吃一次,觉得对身体颇有补益。子由在朝,就餐于堂庖三年,吃肉之时牙齿深没肉中,还未能咬到骨头,怎能享受到我的这种美滋美味?此话虽是戏言,但此法却很实用,然而只怕一旦施行开来,将招致众狗之怒。

【原文】

惠州市寥落,然每日杀一羊①。不敢与在官者争买,时嘱屠者买其脊骨,间亦有微肉②。熟煮熟漉(lù),若不熟则泡水不除。随意用酒,薄点盐,炙(zhì)微焦食之。终日摘剔,得微肉于牙綮间,如食蟹螯③。率三五日一食,甚觉有补。子由三年堂庖,所食刍豢,灭齿而不得骨,岂复知此味乎④?此虽戏语,极可施用。用此法则众狗不悦矣。

【注释】

①惠州:治所在归善,在今广东惠阳县。当时苏轼被远谪到惠州,其弟苏辙离开朝廷,被贬到汝州(今河南临汝县)。这篇短文是特意写给苏辙的。②不敢与在官者争买:在官者指当地的地方官员,这里充分反映出苏轼在当时的处境,政治上、经济上都非常艰难。③牙綮(qǐng):牙缝。蟹螯(áo):螃蟹两只钳状前肢。④堂庖:指供给政事堂朝官公膳的食堂。苏辙曾当过三年宰相。刍豢(chú huàn):泛指家畜。

【述评】

文学家大多富于幽默感,两文使我们领略到苏东坡式的幽默。前者:苏氏兄弟为官一向廉正奉公,不徇私情,旧交故友求到门上,苏东坡婉言拒绝却避开了尴尬。其方式十分特别,他讲述了一个盗坟掘墓者的经历,这里面有一连串故事,前面的都是引子、铺垫,要旨仅只是结尾,饿死鬼对盗墓者说:从我们兄弟身上你捞不到油水,还是另寻门路去吧!故人大笑出门而去。这其中有对苏氏兄弟的自嘲,也有对故人求官方式的善意嘲谑，最主要的是比拟的滑稽，为善意之表达增添了光彩。后者：信中一本正经地介绍吃骨头的方法和好处，最后一句似乎是题外闲笔，无意间顺势带出，然而它却仿佛晴空一声长鞭响亮，横扫政坛小人，有千钧之力。

山静日长

[宋] 罗大经

【文意】

唐子西之诗句："山静似太古，日长如小年。"

我家居住在深山之中，每逢春末夏初，苍翠的苔藓遍布台阶，缤纷的落花铺满小径，门前无车马宾客之纷扰，松树投影于地，斑驳错落，禽鸟之鸣叫，忽上忽下。午睡初醒，汲泉水，拾松枝，煮茶以品茗。随意翻阅《周易》、《国风》、《左氏传》、《离骚》、太史公书以及陶渊明、杜甫的诗，韩愈、苏轼的文章。时而，漫步山间小路，手抚苍松翠竹，与小鹿悠然地共同躺卧休息于长林丰草之间；时而，坐在流泉清溪岸边，饮漱而濯足。游玩至兴足意满，则回到家中，在竹窗之下与妻儿共同采摘竹笋、野菜，煮熟麦饭，高高兴兴饱餐一顿。随后于窗前开始舞文弄墨，大小不拘写几十个字，挥毫落纸；再展视所藏的拓本墨迹、法帖、书卷等。兴之所至便吟诵小诗，或写笔记一两段载于《玉露》。再喝一杯苦茶，然后到溪边踱步。偶遇田父渔翁之熟朋老友，拉话桑麻，絮谈农事、天气，讨论节气，计算时日，如此天南地北畅谈一番。待到回家身倚柴门，则已是夕阳在山之时，万紫千红的天色，变化莫测，其美丽之景恍如梦幻，令人目眩神迷。牛背上的笛声传来，牛群正三三两两进村，而后便欣赏月印前溪的景色了。

度过如此之一天，再体味唐子西的诗句，可谓绝妙！但这种妙趣知之者甚少。那些牵黄臂苍、驰骋于名利场上的人们，只看得见马头之前的滚滚黄尘，其人生之匆匆，如白驹过隙，怎能理解此诗之妙？人若真正理解其妙处，便能明白苏东坡所谓的"无事此静坐，一日似两日,若活七十年,便是百四十",获得如此之人生,那么其所得,岂不是也已很多了吗?

【原文】

唐子西诗云:"山静似太古,日长如小年①。"

余家深山之中,每春夏之交,苍藓盈阶,落花满径,门无剥啄,松影参差,禽声上下②。午睡初足,旋汲山泉,拾松枝,煮苦茗(míng)啜(chuò)之。随意读《周易》、《国风》、《左氏传》、《离骚》、太史公书及陶杜诗、韩苏文数篇③。从容步山径,抚松竹,与麛犊共偃(yǎn)息于长林丰草间④。坐弄流泉,漱齿濯足⑤。即归竹窗下,则山妻稚子,作笋蕨(jué),供麦饭,欣然一饱。弄笔窗间,随大小作数十字,展所藏法帖、墨迹、书卷纵观之⑥。兴到则吟小诗,或草《玉露》一两段⑦。再烹苦茗一杯,出步溪边,邂逅(xiè hòu)园翁溪友,问桑麻,说粳稻,量晴校雨,探节数时,相与剧谈一晌。归而倚杖柴门之下,则夕阳在山,紫绿万状,变幻顷刻,恍可人目。牛背笛声,两两来归,而月印前溪矣。

味子西此句,可谓妙绝。然此句妙矣,识其妙者盖少。彼牵黄臂苍,驰猎于声利之场者,但见衮衮马头尘,匆匆驹隙影耳,乌知此句之妙哉⑧!人能真知此妙,则东坡所谓"无事此静坐,一日是两日,若活七十年,便是百四十",所得不已多乎!

【注释】

①唐子西:唐庚,字子西,北宋时人,与苏轼同乡,号称"小苏轼"。"山静似太古,日长如小年。"此为其诗《醉眠》之名句,大意是:深山野岭之中的生活静谧安闲,有如生活于远古时代,每天都觉得十分长久,仿佛度日如年。②剥啄:指来客敲门的声音。

③《国风》：代指《诗经》。《左氏传》：即《春秋左传》。《离骚》：屈原所作抒情长诗。太史公书：司马迁所著《史记》。④麛犊（mí dú）：幼鹿。⑤漱齿濯足：唐朝王维诗《纳凉》："漱流复濯足，前对钓鱼翁。"濯（zhuó）足：洗脚。⑥法帖：摹刻的前人书迹。⑦《玉露》：作者所著之书《鹤林玉露》。⑧牵黄臂苍：指狩猎时所带的助猎鹰犬。黄：指犬。苍：指鹰。衮衮（gǔn）：这里同"滚滚"。驹隙影：语出《庄子》："人生天地之间若白驹之过隙，忽然而已。"白驹：白色小马，指太阳。隙：空隙。小白马从空隙中一闪而过。

丰　庄①

[明] 祁彪佳

【文意】

　　我的园林看似依附于村庄，其实并不在村里。既为园林为何不建之于城内楼堂府第之左，而设置于乡野村落之间？因为我建此园的目的是以此作为家庭长久生存之地。出园向北走，转弯处有小河渡桥，园门正对河堤，田畴绿野，遥遥在望。我时常亲往田里慰劳干活的农工，有时也督促妻子儿女提着食盒酒壶等，去田间给农工送饭，并将剩余酒食分给田里的孤寡老人，且与乡民们共唱田歌，相互赠答，其乐融融。园中正房之后为打谷场、菜园。农历十月收获庄稼，值农忙之时，各家连夜舂米，相互邻近劳作，则共取灯亮。新粳米刚出，先给老母盛一杯羹以尝新。及农历三月采桑养蚕时节，我偕妻子居住园内，她亲率女工采桑采蘩，忙于农桑事，同时对女工针线活计也管理得井井有条。打谷场周边各有几栋房屋，供农工居住，且设有鸡栏猪舍，鸡鸣犬吠之声，达于四野。我在此学习种植庄稼及蔬菜瓜果，并决计将终老于此地。正面房舍之西侧有三间附属建筑，是我留给儿子的，将来作他的书屋，让他在此清静地读书，又可以使他了解农家之苦。

【原文】

　　庄与园，似丽之而非也②。既园矣，何以庄为？予筑之为治生处也。出园北，折渡小桥，迎堤而门，绿畴在望③。每对田夫相慰劳，时或课妇子，挈壶榼往饷之，取所余酒食啖野老，共作田歌，呜呜互答④。堂之后为场圃，十月纳禾稼，邻火相舂，荐新粳，增老母一匕箸⑤。及蚕月，偕内子以居焉，采桑采蘩，女红有程课⑥。场圃旁各数楹，栖耕作者，养鸡牧豕，鸣吠之声，达于四野⑦。学稼学圃，予将以是老矣。堂之西有丙舍三，他日为儿子读书处——读书于此，兼欲令其知农家苦⑧。

【注释】

①作者祁彪佳，明浙江山阴（今绍兴市）人，字幼文。天启年间进士。崇祯时为御史，巡按苏松。旋辞官家居九年。南明弘光朝任右佥都御史，巡抚江南，不久为马士英排挤去职；清军破南京、杭州后自杀。②囿：名寓园，祁彪佳自建的园林，在绍兴城西。丽：依附。③畴（chóu）：田地。④挈（qiè）：手提。榼（kē）：盛酒的器皿。⑤场圃（pǔ）：春夏为圃，秋冬为场。荐新粳：荐，进奉。粳（jīng）：一种稻子。匕箸：饭勺和筷子，本指餐具，这里指敬老。⑥内子：妻子。蘩（fán）：白蒿，可做菜吃。⑦楹（yíng）：房屋的柱子，这里代指房屋。⑧丙舍：房舍，泛指正屋两旁之屋。

【述评】

两篇田园牧歌情调的文字，于尺幅短章中见萦回不尽之意，读之如饮醇醪，不觉自醉。前者：写山乡文士恬淡闲雅的生活意趣：午睡之后，品茶读书，闲步山野，偃卧于长林丰草之间，"漱齿濯足"于山泉清流之中。饭后，研习书法，溪边聊天，归倚柴门，望夕阳彩霞之变幻，听牛背笛声之婉转。绝意功名，忘却尘世，给我们展示了隐者的闲云野鹤般美好的生活。后者：作者祁彪佳为朱明王朝披肝沥胆，仕途生涯三起三落，最终以身殉国。他虽对农家田园生活热切向往，建寓园于丰庄，"学稼学圃"，希望"将以是老矣"，结果竟不过是一场虚幻的梦，令人为之叹惋。

送东阳马生序[①]

[明] 宋濂

【文意】

　　我自幼便特别爱好读书，家贫无钱买书，只得求借于藏书人家，然后手抄笔录，按约定日期归还。冬季最冷时节，砚结坚冰，手指冻僵，不得屈伸，也从不懈怠。抄录完毕，尽快送回，丝毫不敢错过约定时限。因此，人们大都愿借书给我，使我得以博览群书。成年之后，我更加仰慕圣贤之道，生怕自己得不到鸿儒硕学的指点，渴望与学者名人相交往。所以，我曾赴百里之外，向当地有名望的前辈请教。先生德尊望重，神情严肃，对人常厉声厉色，而求教之弟子门人仍填门塞屋。我在一旁长久执经侍立，得到机会，则提出疑难，询问道理，恭身侧耳聆听教导；遇到先生训斥，不敢出言辩解一句，而礼节则更加周到，态度愈加谦卑；等待先生心情高兴、气色和悦时，才能再次请教。所以，我虽天资愚钝，但终归还能有所收获。

　　当我入县学从师学习时，奔走于深山巨谷之中，隆冬腊月，寒风凛冽，在雪深数尺的山路上跋涉，身背书箱，步履蹒跚，脚跟皲裂竟至毫无知觉。走到学舍，已四肢僵硬麻木，动弹不得，仆从为我用热水洗澡，再裹紧厚被，很久身体才暖和。居住客店之中，每日两餐，没有鲜食美味。同舍学生皆戴有珠宝装饰的帽子，身着锦缎，腰系白玉环，左佩宝刀，右挂香袋，光彩照人，恍若神仙；而我则旧衣布袍，身处其间，却毫无艳羡之意，对我来说求知欲望之满足，已经使我心中充满快乐，远超于口腹之乐、衣履之享。我求学时的辛劳与艰苦，大抵如此；今至耄耋之年，虽尚无成就，但毕竟蒙受天子之恩宠，陪侍左右以备咨询，朝班列于公卿之后，有幸侧足于君子之行，四海知名；何况才学高于我者，其成就自然可想而知。

　　现今在太学读书的学生，朝廷每日有米粮供给，父母每年给冬夏衣服，无挨饿受冻之忧；坐于广厦大厅中诵读诗书，无奔波之辛劳；有司业、博士为导师，无问而不答、求而不教之苦楚；凡是应有之书，齐集于此，不必手抄笔录，不必求借于人。学习条件如此优越，其学业不精、品德不端者，除非天资低下，否则便是不如我专心致志，绝非他人之过失。

东阳县学生马君则，在太学读书已两年，学友同窗皆称道其才德。我进京朝拜之时，他以同乡晚辈之礼求见，并呈递其撰写之长文以表敬意，文辞畅晓通达；与之谈论，其言语谦逊而态度平和。他自述自己少年读书的专心与勤苦。我以为：君则可谓好学不倦之人。他回家探亲，我将自己当初的求学之难特意告之，为的是勉励家乡的晚生后学之辈，绝无自我夸饰炫耀之意。

【原文】

余幼时即嗜学。家贫，无从致书以观，每假借于藏书之家，手自笔录，计日以还。天大寒，砚冰坚，手指不可屈伸，弗之怠。录毕，走送之，不敢稍逾约。以是人多以书假余，余因得遍观群书。既加冠，益慕圣贤之道，又患无硕师名人与游，尝趋百里外，从乡之先达执经叩问。先达德隆望尊，门人弟子填其室，未尝稍降辞色。余立侍左右，援疑质理，俯身倾耳以请；或遇其叱咄，色愈恭，礼愈至，不敢出一言以复；俟其忻悦，则又请焉。故余虽愚，卒获有所闻。

当余之从师也，负箧（qiè）曳屣，行深山巨谷中，穷冬烈风，大雪深数尺，足肤皲（jūn）裂而不知[②]。至舍，四肢僵劲不能动，媵人持汤沃灌，以衾拥覆，久而乃和。寓逆旅主人，日再食，无鲜肥滋味之享。同舍生皆被绮绣，戴朱缨宝饰之帽，腰白玉之环，左佩刀，右备容臭（xiù），烨（yè）然若神人；余则缊袍敝衣处其间，略无慕艳意，以中有足乐者，不知口体之奉不若人也。盖余之勤且艰若此。今虽耄老，未有所成，犹幸预君子之列，而承天子之宠光，缀公卿之后，日侍坐备顾问，四海亦谬称其氏名，况才之过于余者乎？

今诸生学于太学，县官日有廪稍之供，父母岁有裘葛之遗，无冻馁之患矣；坐大厦之下而诵诗书，无奔走之劳矣；有司业、博士为之师，未有问而不告、求而不得者也；凡所宜有之书皆集于此，不必若余之手录，假诸人而后见也③。其业有不精、德有不成者，非天质之卑，则心不若余之专耳，岂他人之过哉！

东阳马生君则，在太学已二年，流辈甚称其贤。余朝京师，生以乡人子谒余，撰长书以为贽，辞甚畅达④。与之论辩，言和而色夷。自谓少时用心于学甚劳，是可谓善学者矣。其将归见其亲也，余故道为学之难以告之。谓余勉乡人以学者，余之志也；诋我夸际遇之盛而骄乡人者，岂知余者哉！

【注释】

①马生：指太学生马君则。序：此序为临别赠言。②余之从师：指入县学，作为生员（秀才）读书。③县官：这里指朝廷。廪（lǐn）稍：指粮食。太学：即国子监，设于京城。司业、博士：指国子监教官。④余朝京师：作者于洪武十年致仕，第二年，作者至南京朝见皇帝时，给马君则写此文。贽（zhì）：初见面时表敬意送的礼物。

黄生借书说

[清] 袁枚

【文意】

学生黄允修向我借书，我，随园主人在将书借给他时，告诉他说：

读书人之中存在一种奇怪的现象，人非借来的书则不肯读，你不知道自古藏书之家并无读书之人的怪事吗？七略、四库是天子之藏书，但天子之中读书者有几人？所谓"汗牛充栋"，是指富贵人家之藏书，但富贵人家之中读书者又有几人？至于一般藏书人家，其先祖辛苦积累收藏，而子孙却弃如敝屣之事，更是不可胜计，事实如此，无须多论。

不仅书籍如此，天下事几乎无不如此。凡不属于自己之物强借硬取得来，担心被人催逼要回，则惴惴不安抚弄把玩，爱不释手，心想："今日此物在手，而明日则不知去向，以后恐怕再难一见。"于是，格外珍爱。如果此物已经归其所有，必定将它保存收藏，束之高阁，心想留待他日再看不迟。人之常情大抵如此而已。

我自小爱好读书，而家贫得书不易。同乡有张氏人家，藏书甚富，我曾登门求借，不得而返，于是终日惦念不忘，甚至梦中还呈现借书情景，心情之迫切，乃至于此！所以，那时但凡一书在手，则必深思而熟记。进入仕途之后，有官俸可买书，于是，家中堆案盈几，到处是书。但时过境迁，爱书之心日趋淡漠，往往是蠹鱼蛀书而不知，卷轴蒙尘而不顾。此时方知：借书者是多么用心专一，令人慨叹；少年时贫苦而用功的岁月，又是多么值得珍惜！

今日的黄允修酷似当年贫穷的我，他借书之迫切也酷似我当年的心情；只是对于书籍的态度，我的慷慨与张氏的吝啬则刚好相反。那么遇到张氏原本是我的不幸呢，还是允修之幸运是因为遇到了我？懂得借书的幸与不幸之别，那么允修之读书则定能专心，并且还书也定能迅速。

为此，写此借书之说，连书一并交与他。

【原文】

黄生允修借书，随园主人授以书而告之曰①：

书非借不能读也。子不闻藏书者乎？七略、四库，天子之书，然天子读书者有几②？汗牛塞屋，富贵家之书，然富贵人读书者有几？其他祖父积、子孙弃者无论焉。

非独书为然，天下物皆然。非夫人之物而强假焉，必虑人逼取而惴惴焉摩玩之不已，曰："今日存，明日去，吾不得而见之矣！"若业为吾所有，必高束焉，庋（guǐ）藏焉，曰"姑俟异日观"云尔。

予幼好书，家贫难致。有张氏藏书甚富，往借不与，归而形诸梦，其切如是。故有所览，辄省记。通籍后，俸去书来，落落大满，素蟫灰丝，时蒙卷轴，然后叹借者之用心专，而少时之岁月为可惜也③！

今黄生贫类予，其借书亦类予。惟予之公书与张氏之吝书，若不相类。然则予固不幸而遇张乎？生固幸而遇予乎？知幸与不幸，则其读书也必专，而其归书也必速。

为一说，使与书俱。

【注释】

①黄允修：作者的学生。随园主人：作者自称。作者有别墅名为随园，位于江宁（今江苏南京）小仓山。②七略：书目名。汉成帝命刘向、刘歆父子先后校录群书，编辑宫廷藏书，分为七部，总称"七略"，现已亡佚。四库：《四库全书》的简称。清乾隆皇帝命选录群书，历十年而成，分经史子集四部。③通籍：指做官。籍：二尺长的竹片，上写姓名、年龄、身份等，挂在宫门口，以便进出宫门时查对。通籍是说记名于竹片上，可以出入宫门。后用以指初做官。素蟫（yín）：蛀蚀书籍的蠹鱼，以其为银白色，故曰"素"。卷轴：指书卷，古代文籍装轴卷收藏。

【述评】

两篇关于读书学习的文章给人的启示颇为深刻。贫穷，对于某些人或许是好事，因为这可以激发他们挑战命运的斗志，为实现自我价值而奋斗不息。在人类社会中事实上也存在着"食物链"的自然法则，处于"食物链"顶端的只有极少数人，绝大多数人都处于"食物链"的中下层。而绝大多数人在与周围人的比较中，对于自己的生存状态，都会产生痛苦感，产生改变困难处境的紧迫感。自古以来"学而优则仕"，有不少人通过读书学习的途径，来改变自己的命运。

前篇：作者叙述自己青少年时代家境贫寒，求学艰难：借书和抄书的辛苦，从师和求教的不易。但作者凭借"勤"与"专"，凭借顽强的意志，孜孜以求，持之以恒，最终功成名就。这里，作者以自己亲身的经历和感受，作为赠序，勉励后学。

后篇：与前者不同，这篇"借书说"，从人性弱点的层面，谈读书学习。作者指出，书的占有者并不读书，只有借书者才能认真读书学习；并进一步指出，人们普遍对已经占为己有的事物，不珍惜不重视，而热衷于追求不易得到、甚至不能得到的东西。作者以自己年幼家贫，渴望读书，到做官后大量买书，乃至于"素蟫灰丝，时蒙卷轴"的经历，来说明无书与有书的前后，自己在行为和心态上的变化。然而，命运之变化、贫富之交替，不应当是读书学习的终点，作者对"少时之岁月"的惋惜，对黄生借书之慷慨，显然是对有书不读持否定态度。我们不可以将获取知识，简单地庸俗地把它视为仅仅是谋生或致富的手段，从根本上说：它是体现和提升我们人生价值的阶梯。我们应该克服心理障碍，要终其一生，坚持学而不厌、锲而不舍的治学精神。德国学者马戈说得十分清楚："多则廉价，万物皆然，唯独知识例外。知识越丰富，则价值就越昂贵。"

李姬传[①]

[清] 侯方域

【文意】

南京名妓李香，其养母名为李贞丽。贞丽为人侠义豪爽，尝赌博千金一掷而无所顾惜。她所与结交者皆为当代杰出人士，与复社领袖宜兴人陈贞慧的交情尤其深厚。作为贞丽之养女，李香秀外慧中、侠骨柔肠，且略通诗书，善于识辨士大夫品质之优劣。复社名士张溥、夏允彝都特别赏识她。李香自幼风韵姣好，非同凡俗。十三岁时，她跟苏州艺人周如松学唱汤显祖著名的四大传奇，且能将曲调音节之细微变化尽情表达出来。她特别擅长《琵琶词》，然而不肯轻易演唱。

河南商丘侯生，于崇祯十二年来到金陵，与李香结识。她邀侯生题诗，然后为之演唱作回敬。起初，安徽人阮大铖因依附阉党魏忠贤被削职，后退居金陵，遭到社会舆论的抨击。首先发难的主要是陈贞慧、吴应箕等人，他们的斗争坚决有力。阮大铖实不得已，想通过其友王将军出面，利用侯生从中斡旋。于是，每日送美酒佳肴，由王将军陪同侯生享乐游玩。李香觉察到王与侯之间的关系有蹊跷，便对侯生说道："王将军家贫，况且他并非交游广阔之人，他如此殷勤，出手大方，其中必有缘故，公子何不探询明白？"经侯生再三诘问，王将军于是屏退左右，转述了阮大铖之用意。李香私下对侯生说："我从小跟随养母与陈贞慧君相识，他高风峻节，品格超群，且闻吴应箕君更是铁骨铮铮，刚正不阿，而今他们与公子情深意厚，公子岂能为阮大铖这种人而辜负知己之深交呢！况且公子出身世家，声望卓著，岂能与阮大铖之流为伍？公子腹内诗书万卷，难道见识竟不如我辈小女子？"侯生闻言不禁高声赞叹，为之心折。从此以后，对王将军故意借醉酒之名而卧床不见，王将军自觉没趣，闷闷不乐辞别而去。

不久，侯公子考试落第，准备回乡。李香在桃叶渡为之设宴饯行，并特意唱《琵琶词》一曲送他上路，说："公子的才华名声与文章词采都不在曲中的蔡中郎之下。蔡中郎的学问虽好，但难以弥补他品行上的污点。《琵琶记》所写的故事虽不一定真确，然而蔡邕曾经依附董卓，却是不可抹杀的史实。公子的性情豪迈不群，加之科场失意，此地一别，你我相会之期，实难预料，愿公子能始终自爱，不要忘记我为你唱的《琵琶词》！妾为君从此不再唱此曲了。"

侯生离开之后，原淮阳巡抚田仰以一千八百两现银为礼金，欲邀见李香一面，李香断然拒绝。田仰恼羞成怒，便对李香毁谤中伤。李香感叹道："田仰与阮大铖有何两样？以往我对侯公子，褒贬扬抑说的又是什么？如今若贪图钱财而赴田仰之约，那就是我对侯公子的背叛！"最终李香也不肯与田仰相见。

【原文】

李姬者名香，母曰贞丽。贞丽有侠气，尝一夜博，输千金立尽。所交接皆当世豪杰,尤与阳羡陈贞慧善也②。姬为其养女,亦侠而慧,略知书,能辨别士大夫贤否,张学士溥、夏吏部允彝亟称之③。少,风调皎爽不群;十三岁,从吴人周如松受歌玉茗堂四传奇,皆能尽其音节④。尤工琵琶词,然不轻发也。

雪苑侯生,己卯来金陵,与相识⑤。姬尝邀侯生为诗,而自歌以偿之。初,皖人阮大铖者,以阿附魏忠贤论城旦,屏居金陵,为清议所斥⑥。阳羡陈贞慧、贵池吴应箕实首其事,持之力⑦。大铖不得已,欲侯生为解之,乃假所善王将军,日载酒食与侯生游。姬曰:"王将军贫,非结客者,公子盍叩之?"侯生三问,将军乃屏人述大铖意。姬私语侯生曰:"妾少从假母识阳羡君,其人有高义,闻吴君尤铮铮,今皆与公子善,奈何以阮公负至交乎?且以公子之世望,安事阮公!公子读万卷书,所见岂后于贱妾耶⑧?"侯生大呼称善,醉而卧。王将军者殊怏怏,因辞去,不复通。

未几,侯生下第。姬置酒桃叶渡,歌琵琶词以送之,曰:"公子才名文藻,雅不减中郎。中郎学不补行,今琵琶所传词固妄,然尝昵董卓,不可掩也⑨。公子豪迈不羁,又失意,此去相见未可期,愿终自爱,无忘妾所歌琵琶词也!妾亦不复歌矣!"

侯生去后,而故开府田仰者,以金三百锾,邀姬一见⑩。姬固却之。开府惭且怒,且有以中伤姬。姬叹曰:"田公岂异于阮公乎?吾向之所赞于侯公子者谓何?今乃利其金而赴之,是妾卖公子矣!"卒不往。

【注释】

①李姬:指李香,世称李香君,明末南京秦淮名妓,是作者的红颜知己。南京是明朝之陪都,江南第一大都会,金粉繁华,江南文士

多流连歌馆酒楼,声气相求,议论时事。妓女亦多知书,不乏善绘、工诗者,以附丽清流名士为荣幸。崇祯末,侯方域以世家公子游学南京,入复社,参与复社反阉党余孽阮大铖的活动,介入弘光朝之政治斗争,遂使其所宠爱之李香也卷入其中。后侯方域缅怀往事,感其品节之可贵,作成此传。此文为后来孔尚任的戏剧名作《桃花扇》的蓝本,反映王朝内部的忠奸斗争,具有爱国思想与抗暴精神的《桃花扇》问世后,名噪剧坛,震动士林,影响后世。②阳羡:江苏宜兴旧名。陈贞慧:字定生,宜兴人,明万历廪生,为复社发起人之一;曾与吴应箕等人抨击阉党余孽阮大铖,后南明弘光朝阮大铖当权,遭到迫害,明亡不仕。③张溥:字天如,江苏太仓人,进士及第,授庶吉士,故尊称学士,复社发起人之一。夏允彝:字彝仲,华亭(今属上海市)人,明末爱国志士夏完淳之父。夏允彝为崇祯进士,曾官福建长乐知县,与陈子龙组织几社,与复社相呼应。南明弘光朝时为吏部主事,因称夏吏部。清兵渡江,于家乡起兵抵抗,兵败投水死。④周如松:艺名苏昆生,本河南固始人,定居江南无锡,故称"吴人";精通音律,善歌,为著名昆曲教习。玉茗堂四传奇:即汤显祖的《紫钗记》、《牡丹亭》、《邯郸记》、《南柯记》。玉茗堂是汤显祖的书斋名。⑤雪苑侯生:作者自称。侯方域,明末清初文学家,字朝宗。明末与方以智、陈贞慧、冒襄齐名,为复社四公子;入清后曾应河南乡试,中副榜。雪苑,汉梁孝王林苑称雪苑,故址在今河南商丘东南。侯方域为商丘人,故称雪苑侯生。己卯:明崇祯十二年,时侯方域二十二岁。⑥皖人阮大铖(chéng):阮大铖,字圆海,安徽省怀宁人;明天启朝为京官,依附权阉魏忠贤,为其义子;崇祯初,削职为民,流寓南京,作戏曲,蓄声伎,结纳文士、游侠。魏忠贤:河北肃宁人,少无赖,自阉入宫为太监;天启时,与熹宗乳母客氏勾结,迁至秉笔太监,结党专权,横行无忌,残害忠良,杀戮人民。崇祯即位魏忠贤被贬,自杀。论城旦:被定罪判刑。城旦,古代刑罚名,后指徒刑或流放。阮大铖被判处"赎徒为民",故云。为清议所斥:指复社陈贞慧、吴应箕等人在南京联合发布《留都防乱揭帖》,揭发阮大铖为阉党余孽,蓄意再起。清议:在野士人对时政之评议。⑦吴应箕:字次尾,安徽贵池人;复社重要成员,明亡,在贵池起兵抗清，兵败被俘，不屈而死。⑧世望：侯方域之祖执蒲、父恂、叔恪，在明末天启、崇祯间为朝官，均立身正直，属东林党人。⑨《琵琶词》：明代高则诚所作传奇《琵琶记》的曲辞。《琵琶记》写汉末文学家蔡邕之事，系据宋元间民间传说改编而成。蔡邕字伯喈，官左中郎将，故称中郎。尝昵董卓：汉献帝时，董卓擅政，征蔡邕为侍中，再拜中郎将，封高阳乡侯。王允诛董卓，独蔡邕哭之，终于作为董卓同党下狱死。桃叶渡：在南京城内秦淮河与清溪合流处，相传东晋书法家王献之曾于此地与秦淮名妓桃叶相会。⑩开府：古代高级官员设立官署，自选僚属，称"开府"，明清两代用以指称方面大员，如总督、巡抚。田仰：字百源，贵州人，与马士英有亲，弘光朝为淮扬巡抚。锾（huán）：货币量词。每锾为白银六两。

癸未去金陵日与阮光禄书①

[清] 侯方域

【文意】

据我所知：君子待人处世，不可宽容自己而不合情理地苛责他人。今阁下对我则不然，现为您陈述如下：

神宗末年，阁下与家父同朝供职，应为我之父辈。二位大人相处原本颇为融洽，其后家父为阁下效劳虽欲有始有终却未能做到，阁下应当自己追忆其中之原因，自不必我多言。家父削职归里时，我方年少，每侍奉其左右，家父无不夸赞阁下之才华，且为之叹惋终日。至年纪稍长，我将赴金陵读书、交友，涉足社交界。临行之际，家父叮嘱："金陵有御史成勇，虽是我晚辈，但我非常器重他，到金陵你应以他为师。还有我老友方孔炤，你持名片去，要执父辈礼，对之叩拜于床前。"一席话无只言片语提及阁下。当我至金陵时，成公已获罪离去，仅得见方公，其子方以智，乃我故交，因此与之朝夕相处，过从甚密。阁下与方公皆在我父辈之列，理当前往拜谒，然而却不敢者，阁下亦应自己追忆其原由，亦不必我多言。如今您居然责备我对方公与阁下有厚此薄彼之意，岂不过分！

在金陵，忽然一天，有王将军来访，对我恭敬有加。每来一次，必请我为之写诗，得之则喜，为我设宴召妓，且安排游船、登山等事宜，陪同玩乐，殷勤备至，累日不倦。我起初不解其故，进而疑之，于是追问王将军，王将军屏退左右，告诉其目的："这一切皆为光禄寺卿阮大人所交办的，他希望能与您结交。因阮大人近日正遭受复社诸君的指斥攻讦，愿通过您与您的好友陈定生、吴次尾等人为之说情，幸冀冰释前嫌。"我当即严词谢绝："光禄先生身居高位，并不缺少贵宾佳客，足以供其自娱自乐，要此二三名书生何用？假如我果真将此话讲给陈、吴二君，必遭严厉拒绝；而我若私下单独与光禄先生交往，只恐怕对光禄先生毫无益处。八天来承蒙君尽心款待，可谓情意深厚，但却不得不就此断交。"此次经历，我平心考量，自以为无甚大过，而阁下却为此怨怒不已，我自然难辞其咎。

昨夜，杨文骢县令在我方寝之时叩门求见，说："左良玉部队欲攻金陵，城里人人惶恐不安，阮大铖在清议堂扬言，说你跟左有深交，而且要为他攻城做内应。你何不赶快离开以避嫌？"我此时方知阁下对我不单怨怒，而且怀恨在心，必欲置我于灭族之地而后快。我与左将军确有旧交，但我已遵照熊尚书的指教，写信劝止他移兵东下。然而，左之意图尚未可知，他倘若胆敢冒犯朝廷，则为乱臣贼子，我若果真在城内为之接应，则同为贼子。士子文人略知礼义者，谁肯甘心做贼？万一出此败类，必是那种日暮途穷、倒行逆施之徒，恰如昔日魏阉之干儿义孙者流，无计可施，才出此下策，我侯某岂是这等人！而阁下为给我罗织罪名，竟不料下此狠招！

我尝私下感到奇怪：阁下常愿屈尊结交天下文人名士，但却反复无常，错失机缘；甚而陷人于罪，不惜灭人之族，这与阁下之初衷大相悖谬。倘若阁下一旦真正悟到天下文人名士与您疏远的原因，未必不反悔，一旦反悔，未必不改，果真悔改，静待数年之后，阁下的心思未必不显露，阁下之心思果然大白于天下，则天下文人名士未必不比肩接踵而至阁下之门，侯某果见天下之士接踵而至阁下之门，则必当尾随其后，向您长揖谢罪，似也为时不晚！而不料阁下竟如此智穷计拙，且阴险歹毒，一至于此！

我乃遭受战乱、无家可归之人，一叶扁舟即可安身。只痛惜阁下既已萌生害人之心,如长期在野隐居则已,万一又重新复官得志,必将杀尽天下之士,以报宿仇夙怨,如此,则天下之士终归不会登阁下之门,而后世执笔著史书者,品评阁下之时,措辞也不似我这等敦厚温婉。

我即将离开此地,本可以默然不语,然恐阁下不能明察,始终认为我对长者傲慢不逊,所以方敢自呈区区之浅见。言不尽意。

【原文】

仆窃闻君子处己不欲自恕,而苛责他人以非其道。今执事之于仆,乃有不然者,愿为执事陈之:

执事,仆之父行也,神宗之末,与大人同朝,相得甚欢。其后乃有欲终事执事而不能者,执事当自追忆其故,不必仆言之也②。大人削官归,仆时方少,每侍,未尝不念执事之才而嗟惜者弥日。及仆稍长,知读书,求友金陵,将戒途,而大人送之曰:"金陵有御史成公勇者,虽于我为后进,我常心重之。汝至,当以为师。又有老友方公孔炤,汝当持刺拜于床下③。"语不及执事。及至金陵,则成公已得罪去,仅见方公;而其子以智者,仆之夙交也,以此晨夕过从④。执事与方公同为父行,理当谒,然而不敢者,执事当自追忆其故,不必仆言之也。今执事乃责仆与方公厚,而与执事薄。噫,亦过矣!

忽一日,有王将军过仆甚恭。每一至,必邀仆为诗歌,既得之,必喜。而为仆贳酒奏伎,招游舫,携山屐,殷殷积旬不倦⑤。仆初不解,既而疑,以问将军。将军乃屏人以告仆曰:"是皆阮光禄所愿纳交于君者也,光禄方为诸君所诟,愿更以道之君之友陈君定生、吴君次尾,庶稍湔乎⑥。"仆敛容谢之曰:"光禄身为贵卿,又不少佳宾客,足自娱,安用此二三书生为哉!仆道之两君,必重为两君所绝;若仆独私从光禄游,又窃恐无益光禄。辱相款八日,意良厚,然不得不绝矣。"凡此皆仆平心称量,自以为未甚太过,而执事顾含怒不已，仆诚无所逃罪矣！

昨夜方寝，而杨令君文骢叩门过仆曰："左将军兵且来，都人汹汹，阮光禄扬言于清议堂，云子与有旧，且应之于内，子盍行乎⑦！"仆乃知执事不独见怒，而且恨之，欲置之族灭而后快也。仆与左诚有旧，亦已奉熊尚书之教，驰书止之，其心事尚不可知⑧。若其犯顺，则贼也；仆诚应之于内，亦贼也。士君子稍知礼义，何至甘心做贼！万一有焉，此必日暮途穷，倒行而逆施，若昔日干儿义孙之徒，计无复之，容出于此⑨。而仆岂其人耶？何执事文织之深也！

窃怪执事常愿下交天下士，而辗转蹉跎，乃至嫁祸而灭人之族，亦甚违其本念。倘一旦追忆天下士所以相远之故，未必不悔，悔未必不改。果悔且改，静待之数年，心事未必不暴白。心事果暴白，天下士未必不接踵而至执事之门。仆果见天下士接踵而至执事之门，亦必且随属其后，长揖谢过，岂为晚乎！而奈何阴毒左计一至于此？

仆今已遭乱无家，扁舟短棹，措此身甚易。独惜执事忮机一动，长伏草莽则已，万一复得志，必至杀尽天下士以酬其宿所不快⑩。则是使天下士终不复至执事之门，而后世操简书以议执事者，不能如仆之词微而义婉也。

仆且去，可以不言，然恐执事不察，终谓仆于长者傲，故敢述其区区，不宣。

【注释】

①癸未：即崇祯十六年。去：离开。金陵：南京。阮光禄：即阮大铖，天启年间依附权奸魏忠贤时，曾任光禄寺卿，崇祯时废斥，闲居南京。侯方域之书写于此时。后，马士英拥立福王在南京成立弘光政权时，阮大铖依附马士英任兵部尚书，不问军事，专事报复。清军破南京时，他降清，从清军攻仙霞关而死。②执事：书信所用尊称，意同"阁下"、"左右"等。仆父之行也：阮大铖与作者之父侯恂在

明神宗（万历皇帝）末年同朝为官。阮大铖于天启年间谄事魏忠贤，大兴冤狱，迫害东林党人，致使名臣杨涟、左光斗、魏大中、周顺昌等人死于刑狱。天启四年，侯方域之父侯恂以反对阉党魏忠贤，被削官归里。③成勇：天启五年进士，崇祯时官南京御史。方孔炤（zhào）：万历四十四年进士，崇祯时任右佥都御史巡抚湖广，明亡后隐居桐城白鹿山。④成公已得罪去：成勇上疏诋兵部尚书杨嗣昌，被削籍戍宁波卫。方以智：方孔炤之子，明清之际的思想家、科学家，崇祯时进士，曾参加复社活动（当时继东林党而起，主张改良政治的知识分子集团）。入清，方以智出家为僧。⑤觞（shī）酒：此处指设酒宴待客。奏伎（同妓）：召歌妓演奏。山屐：古人登山用的木鞋，此处指上山游玩。⑥当时复社有著名四公子侯方域、陈定生、吴次尾、冒襄，激烈抨击阉党余孽阮大铖等人。湔（jiān）：洗涤，这里是消释前嫌之意。⑦杨令君文骢：杨文骢，崇祯时，历任青田、永嘉、江宁知县，因故夺职；弘光时任兵备副使，在浙江衢州抵抗清兵，兵败被执，不屈而死。左将军：左良玉，明末大将，明末统治高层矛盾激化，崇祯十六年，左良玉曾以军饥为名，移兵九江，欲入南京就粮。清议堂：当时南京朝廷大臣商议军政大事之所。子与有旧：左良玉早年曾因罪削职，走依昌平督师侯恂（侯方域父）麾下，为恂破格提拔为副将，左尝三过商丘侯府，拜伏如家人。⑧熊尚书：南京兵部尚书熊明遇。侯方域遵照熊的指示，代父作书致左良玉，左得书后，遂止兵不前。⑨干儿义孙之徒：魏忠贤专政时，无耻小人多奔走其门，有"十孩儿、四十孙"之号。阮大铖也为魏氏干儿，故侯方域以此讥讽之。⑩伎（zhì）机：陷害别人的心机。

【述评】

大明王朝实则不亡于崇祯而亡于万历，万历后期政治腐败，社会矛盾激化。万历二十二年，江苏无锡人顾宪成革职还乡，与高攀龙、钱一本等人在东林书院讲学，抨击朝政，主张开放言路、实行政治改革，得到部分士大夫的支持，被称为东林党。东林党人以书院为中心，团结了一批江南的进步知识分子，朝野内外呼应，形成强大的政治舆论，成为当政的腐朽势力的心腹大患。至天启年间，以魏忠贤为首的宦官集团专政，大肆残酷迫害东林党人。东林党与阉党之争，是爱国与祸国、正义与邪恶的斗争，上至缙绅贵胄，下至庶民百姓，一时间纷纷卷入这场斗争的波峰浪谷之中。东林党人魏大中被捕之时，"雷电交作，风吼水立，士民匍匐水中，泣送者数万人"。东林党人周顺昌被捕之时，引起苏州市民暴动，五名市井小民率众抗击锦衣卫，激昂大义，蹈死不顾，成为反阉党斗争的英雄。东林党以及其后的复社、几社等贤士大夫集团与阉党及其余孽之间，所进行的进步力量与黑暗势力的斗争，一直贯穿于明崇祯王朝及南明弘光王朝的始终。

在这种社会背景之下产生的两篇文章，包容了丰富的历史内涵。

前篇：李香君与侯方域之间的爱情与这一政治斗争，骨连肉牵、息息相关，在其爱情生活的风花雪月中，看得到政治斗争的烽火硝烟。作者避开关于二人世界的柔情蜜意的描述，突出这位烟花女子深明大义、非同凡俗的见识与品格。她能敏锐地首先发现王将军"日载酒食与侯生游"的可疑之处，及时提醒侯方域。她的一番推心置腹的规劝，不愧为侯公子的红颜知己，令侯为之"大呼称善"。桃叶渡置酒送行，"歌琵琶词以送之"，以蔡中郎比侯方域，含意深远。此曲李香君"从不轻发"，而于此时此地一发之后再"不复歌"，表现了女主人公对基于正义感与高尚气节之上的爱情满怀深情的期待；同时也表达了女主人公对侯方域誓天指日的忠贞。结尾，对田仰的利诱威逼，她丝毫不为所动，以实际行动实践了自己忠于爱情的诺言。这里，作者为我们塑造了一位出淤泥而不染的卓绝女性。

后篇：侯方域赴南京参加应天乡试，因与复社人士结交，遭阉党余孽阮大铖忌恨，阮大铖借襄阳总兵左良玉无命擅动，兵临南京，官民惊恐之际，对侯方域谣言诬陷，侯遂走避宜兴，行前写此信。文章前半部分：追述自己父子两代与阮大铖交往的始末，绵里藏针，婉转示讽，表明阮大铖与"君子处己"之道，完全悖逆而行。首先作者旁敲侧击、闪烁其词，将阮大铖过去的劣迹秽行，再三暗示提醒；而后将阮大铖通过王将军试图对自己拉拢利用，予以明确揭露并断然拒绝，义正词严，理直气壮。文章后半部分：先是指出阮大铖在清议堂借左良玉事挟嫌报复，构陷其杀身灭族之罪；在说清自己与左良玉关系的同时，表达了对阮大铖心肠之歹毒的鄙夷与痛恶。而后运用层层演进的假设推理,把阮大铖的伪装一层层剥得干干净净,使其丑恶灵魂无所遁形。文章精心结撰,将鞭辟入里的分析与含蓄深婉的讥讽,巧妙融合在一起;笔法回旋顿挫,左右开弓,擒纵自如;词不逞才显智,而文章的气势与锋芒,随作者胸中之灵气自然流走于笔端,洋洋千言,一气呵成,实为明清散文之佳作。

杜环小传

[明] 宋濂

【文意】

杜环,字叔循,祖先是庐陵人。其父杜一元长年游宦于江东,因此安家于金陵。杜一元为人一向纯朴正直,与之交往的皆社会名流。杜环勤奋好学,擅长书法;为人谨言慎行,重承诺,守信用,善良仗义,喜急人之困。

杜环父亲的好友兵部主事常允恭在九江去世,且家业破败,其母张氏六十多岁无家可归,哭于九江城下。有常允恭的熟人怜其老迈无助,对她说:"安庆现今太守谭敬先,不是允恭的朋友吗?何不投奔他去?他顾念允恭的情分,不能不管。"允恭的母亲依从此言,乘船到谭敬先处,谭敬先拒绝接见,张氏陷入困境,想到允恭曾在金陵做官,或许其亲戚朋友中还有人在,其实也不过是寄希望于万一而已。于是哭泣哀求同路人,相随来到金陵。询问过一两个允恭的亲友,都已不在。于是向人打听杜一元家,问道:"一元现在还好吧?"路人有知情者告诉她:"一元早已过世,其子杜环在,他家就在鹭洲坊里住,院内有两株橘子树的人家便是。"

常母衣衫褴褛,冒雨赶到杜环家。当时杜环正与客人谈话,见常母来,非常吃惊,确信自己曾见过她的面,问道:"您不是常夫人吗?如何来到这里?"常母哭诉原委,杜环亦陪之流泪。杜环扶老人就座,当即行跪拜礼,又命妻儿前来拜见。杜环之妻马氏脱下自己的衣服为常母替换湿衣,又端热粥侍奉她吃饭,并取出被褥安排她就寝。常母询问与允恭交情深厚的老友及小儿子伯章的情况。杜环知道其故人都已不在，无人可托，且不知伯章之存亡与否，便姑且宽慰老人，道："现在正下雨，雨停后我为您走访，假使无人奉养您，我虽家贫，难道就不能赡养您吗？况且我父亲与允恭二人亲如兄弟，现今您老有困难，没有投奔他人而来我家，这不正是他二位友人的情分所致吗？望您不必多想。"当时正值战乱之后，饥荒流行，百姓之家连骨肉至亲都难以养活。常母见杜环家很穷，待雨停之后，坚持出门要自己去找寻其他故旧亲人。杜环只得命使女陪伴而行，直到夜晚，果然无功而返，从此才在杜环家安心住下。

杜环购置棉布、丝绸等，让妻子为老人缝制衣裳被褥。杜环及其家人都把常母当做长辈侍候。常母性情急躁，稍不如意便发火骂人，杜环私下告诫家人，要顺从老人，不得因她寄居于此而轻视怠慢之。常母有痰饮之类病症，杜环亲自为老人煎汤熬药，饭桌上亲自为老人递送碗筷，杜环家中因常母在，说话不敢高声，怕有惊动。

十年后，杜环作为太常寺赞礼郎，奉命到会稽参与祭祀典礼。回归途中在嘉兴遇到常母之少子伯章，情绪颇为激动，边哭泣边对他说："太夫人居住我家，对你日夜思念，已积忧成疾，你应尽早去见。"伯章居然充耳不闻，只推脱道："我也知道母亲的情况，只因路远去不成啊。"杜环回家半年后，伯章才来见母亲，这一天，恰巧是杜环的生日，母子相见抱头痛哭，杜环家人觉得不吉利，想要阻止，但杜环说："此乃人之常情，有什么不吉利？"常伯章见过母亲之后，恐怕她年老不能走远路，竟然找借口欺骗母亲，私自离开，将她丢在杜家不管。此后，杜环奉养常母愈发恭谨，但常母思念其小儿子伯章之心更切，病情愈益加重，三年后去世。弥留之际，常母向杜环摆手，说道："我累杜君，我累杜君！但愿杜君生子生孙，都如杜君一样。"言罢气绝身亡。杜环为她备好棺椁，举行葬礼，在城南钟家山买地将她安葬，每年按时为之扫墓祭祀。

杜环后来在晋王府做录事，很有名气，我与之交好。

史官评语：奉行交友之道，要真正做到则很难。翟公有言："一死一生，乃知交情。"此话绝非言过其实，确实是关于人情世故的真知灼见。人们在交友之际，彼此情投意合，表示愿与对方同生共死、牺牲一切，当时似乎不算难事；而一旦当事态有变、局势恶化时，不能履行诺言乃至背叛友情者,其实不在少数;更何况朋友双方本人已死,作为一方亲人却能奉养另一方之亲人,善始善终,世所罕有!我认为杜环的事迹,比之古代被称为义士仁人者有过之而无不及,而现在世俗流行的"今人不及古人"之论调,岂不有辱当今天下之优秀人士吗?

【原文】

杜环,字叔循。其先庐陵人,环父一元游宦江东,遂家金陵①。一元固善士,所与交皆四方名士。环尤好学,工书;谨饬(chì),重然诺,好周人急。

父友兵部主事常允恭死于九江,家破②。其母张氏,年六十余,哭九江城下,无所归。有识允恭者,怜其老,告之曰:"今安庆守谭敬先,非允恭友乎?盍往依之?彼见母,念允恭故,必不遗弃母③。"母如其言,附舟诣(yì)谭。谭谢不纳。母大困,念允恭尝仕金陵,亲戚交友或有存者,庶万一可冀。复哀泣从人至金陵,问一二人,无存者。因访一元家所在,问:"一元今无恙否?"道上人对以"一元死已久,惟子环存。其家直鹭(lù)洲坊中,门内有双桔,可辨识"。

母服破衣,雨行至环家。环方对客坐,见母大惊,颇若尝见其面者。因问曰:"母非常夫人乎?何为而至于此?"母泣告以故。环亦泣,扶就座,拜之,复呼妻子出拜。妻马氏解衣更母湿衣,奉糜食母,抱衾(qīn)寝母。母问其平生所亲厚故人,及幼子伯章。环知故人无在者,不足付,又不知伯章存亡,姑慰之曰:"天方雨,雨止为母访之。苟无人事母,环虽贫,独不能奉母乎?且环父与允恭交好如兄弟,今母贫困,不归他人,而归环家,此二父导之也。愿母无他思。"时兵后岁饥,民骨肉不相保。母见环家贫,雨止,坚欲出问他故人。环令媵女从其行。至暮,果无所遇而返,坐乃定。

环购布帛，令妻为制衣衾。自环以下，皆以母事之。母性褊（biǎn）急，少不惬意，辄诟怒。环私戒家人，顺其所为，勿以困故轻慢与较。母有痰疾，环亲为烹药，进匕箸；以母故，不敢大声语④。

越十年，环为太常赞礼郎，奉诏祀会稽⑤。还，道嘉兴，逢其子伯章，泣谓之曰："太夫人在环家，日夜念少子成疾，不可不早往见⑥。"伯章若无所闻，第曰："吾亦知之，但道远不能至耳。"环归半岁，伯章来。是日，环初度。母见少子，相持大哭。环家人以为不祥，止之。环曰："此人情也，何不祥之有？"既而伯章见母老，恐不能行，竟绐（dài）以他事辞去，不复顾。环奉母弥谨。然母愈念伯章，疾顿加。后三年，遂卒。将死，举手向环曰："吾累杜君，吾累杜君！愿杜君生子孙，咸如杜君。"言终而气绝。环具棺椁殓殡之礼，买地城南钟家山葬之，岁时常祭其墓云。

环后为晋王府录事，有名，与余交⑦。

史官曰：交友之道难矣！翟公之言曰："一死一生，乃知交情。"彼非过论也，实有见于人情而云也⑧。人当意气相得时，以身相许，若无难事；至事变势穷，不能蹈其所言而背去者多矣！况既死而能养其亲乎？吾观杜环事，虽古所称义烈之士何以过。而世俗恒谓今人不逮古人，不亦诬天下士也哉！

【注释】

①庐陵：今江西省吉安市。游宦：指到外地去做官。江东：指长江下游一带。②兵部：官署名，朝廷六部之一，掌管全国军事事务。主事：官名，明代主事为各部司官中最低的一级。九江：今江西省九江市。③安庆：今安徽省安庆市。守：地方最高长官。盍（hé）：何不。④痰疾：中医病名。咳嗽痰喘，一般秋冬发，春夏止。⑤太常：

太常寺，官署名，掌管祭祀、礼乐等事。赞礼郎：官名，掌管赞相礼仪之事。会（guì）稽：今浙江省绍兴市。⑥嘉兴：今浙江省嘉兴县。⑦晋王：晋恭王朱㭎，明太祖朱元璋的第三个儿子。录事：王府的属官，掌管文书。⑧史官：作者自指。翟（zhái）公：汉文帝时人。他做官的时候，宾客盈门；当他罢官后，门可罗雀。后来，他又被起用，宾客们要去找他，他在门上写道："一死一生，乃知交情；一贫一富，乃知交态；一贵一贱，交情乃见。"

李疑传

[明] 宋濂

【文意】

金陵有利用旅店牟利的风气，旅客入住则给一间屋，客房异常狭小，仅容一张床铺，须侧身贴墙才得出入。早晨，听钟鼓楼晨钟起床，出门办事，入夜归宿。盥漱、洗濯所用水，皆得自备。尽管如此，每月收费须数千钱，若有不满，则必遭辱骂乃至讼之于官府。如果有客人患病，则被店家驱逐；病危而尚未气绝者，甚至眼珠还能转动，便被抬出，弃置于外而夺其财物。孕妇将临产者，认为不吉利，则拒不接纳。店主如此之刻薄冷酷，并非出自本性，因为金陵是国之都城，四方往来旅客众多，为利益所驱使以致于此。然而，旅店主人中唯独李疑反以崇尚道义而名重于当世。

李疑，字思问，住通济门外。李疑并不以开旅店为业，街坊少年向他拜师读书，以所得收入度日，且兼通星象之学，为人推算吉凶祸福，贴补家用。他常救济特贫困者，尤好急人之难。

金华人范景淳在吏部当差，生病后无亲戚弟子可依，周围的人对他非常冷漠，不肯收留他。范景淳拄杖来到李疑门前，对李疑求告，说："我不幸患病，无人收留，听说您仗义行善，能借一床之地容我养病吗？"李疑当即应允，请他就座，且急忙收拾出清爽明亮的房间，安置了床褥炉灶，引他入内安歇。李疑请来医生为他查脉诊治，亲自给他煮粥熬药，整日拉着他的手，对他问疾问苦，如同服侍自家亲人。不久范景淳的病情加重，卧床不起，大小便不能自理，臭不可闻，令人难以接近。李疑每天给他擦洗，没有一点厌恶的神情。范景淳流着眼泪，说："我连累了您。我恐怕活不久了，无法报答您的大恩，我行囊中有黄金白银四十多两，在我以前住过的旅店里，望您取来留下，作为酬谢。"李疑说："患难中互相救助，人情事理本该如此，何须回报？"范景淳说："君如不取，我死之后，恐怕为他人所得，又有何好处？"李疑于是请求邻人同去取回，李疑当众打开行囊，记下数目封存起来并做了标记。几天后范景淳死了，李疑自己出钱买棺材，将范景淳殡葬于城南聚宝山，将装有财物并已封好的行囊，存放于其邻居家中。李疑写信让范景淳的两个儿子来。待他的两个儿子来到，李疑同他们一起发冢取棺迁葬，同时取出寄存的行囊，按所记账目把钱财如数交付他们。范景淳的两个儿子将所带的米粮赠予他，李疑辞谢不受，反而赠送财物，为他们送行。

平阳人耿子廉，被逮捕押送至京师，其妻怀孕随行，已近临产。众客店拒门不纳，其妻躺卧草地上号哭不止。李疑问明缘故，回家对妻子说："人难免有逢灾遇难之时，谁又能将房屋随身携带？况且人命关天，倘若露天生育招致风寒，则母子二人性命难保，我宁愿留宿她而受祸遭灾，绝不忍心眼看她母子死于非命。"他让妻子将孕妇带回家，后孕妇生下一个男孩。李疑命妻子侍奉她，有如当年自己之侍奉景淳，待她出满月才送走，不取报酬。于是李疑名闻遐迩，上流社会士大夫们都愿与李疑交往，见到李疑皆称："善士，善士。"李疑勤于读书写作，所作文章也很好，曾习儒业科举及第，但却辞去功名；然而，他以善举著称于世。

太史公评语：我和李疑有过交往，了解其为人。李疑朴实而善良，没有奇伟魁梧的外表，可是他所行之事，却有古代侠义之风。所以，凭借外貌岂能判断人的才智品格？古语道："举世混浊，清士乃见。"我为当今社会贪财好利的流俗而痛心，因此记载李疑的事迹，用以规劝世人。

【原文】

　　金陵之俗，以逆旅为利。旅至受一室，仅可榻（tà），俯以出入。晓钟动,起治他事,遇夜始归息,盥濯水皆自具①。然月责钱数千,否必诋诮致讼。或疾病,辄遣出;病危气息尚属,目睊睊未瞑,即舆弃之,而夺其赀;妇孕将产者,以为不祥,摈不舍②。其少恩如此,非其性固然;地在辇毂下,四方人至者众,其势至尔也③。独李疑以尚义名于其时。

疑字思问,居通济门外④。间巷子弟,执业造其家,得粟以自给;不足,则以六物推人休咎⑤。周贫甚,然独好周人急。

金华范景淳,吏吏部,得疾,无他子弟;人殆之,不肯舍⑥。杖踵(zhǒng)疑门,告曰:"我不幸被疾,人莫舍我。闻君义甚高,能假我一榻乎?"疑谢许诺。延就座,迅除明爽室,具床褥炉灶,使寝息其中。征医师视脉,躬为煮糜炼药。旦暮执其手,问所苦,如事亲戚。既而疾滋甚,不能起溲,矢污衾席,臭秽不可近。疑日为刮磨浣涤,不少见颜面。景淳流涕曰:"我累君矣!恐不复生,无以报厚德,囊中有黄白金四十两余,在故逆旅邸(dǐ),愿自取之。"疑曰:"患难相恤,人理宜尔,何以报为?"景淳曰:"君脱不取,我死,恐为他人得,何益乎?"疑遂求其里人偕往,携以归,面发囊,籍其数而封识之。数日,景淳竟死,疑出私财买棺,殡于城南聚宝山。举所封囊,寄其里人家,往书召其二子。及二子至,疑同发棺取囊,按籍而还之。二子以米馈,却弗受,反赆以货,遣归⑦。

平阳耿子廉,械逮至京师,其妻孕将育,众拒门不纳,妻卧草中以号⑧。疑问故,归谓妇曰:"人孰能无缓急,安能以室庐自随哉!且人命至重,倘育而为风露所感,则母子俱死,吾宁舍之而受祸,何忍死其母子乎!"俾(bǐ)妇邀以归,产一男。疑命妇事之,如疑事景淳。逾月始辞去,不取其报。人用是多疑名,士大夫咸与疑交,见疑者皆曰:"善士,善士。"疑读书,为文亦可观,尝以儒举,辞不就;然其行最著云。

太史氏曰:吾与疑往来,识其为人⑨。疑姁姁愿士,非有奇伟壮烈之姿也;而其所为事,乃有古义勇风,是岂可以外貌决人材智哉⑩?语曰:"举世混浊,清士乃见⑪。"吾伤流俗之嗜利也,传其事以劝焉。

【注释】

①盥濯(guàn zhuó):指洗脸、洗澡及洗衣物等。②睊睊(juàn):斜视,这里指眼珠转动。瞑(míng):闭眼。舆(yú):抬。摈(bìn):弃,这里指拒绝。③辇毂(niǎn gǔ)下:皇帝的车驾之下,特指京城,明朝初期京城在金陵(今南京),明成祖时迁至北京。④通济门外:今南京中华门与午门之间。⑤执业:捧书求教,行弟子礼。六物:指岁时日月星辰。休咎(jiù):指吉凶祸福。⑥金华:在今浙江。殆:同"急",这里指怕惹麻烦。⑦馈(kuì):赠送。赆(jìn):这里是赠送的意思。⑧平阳:今浙江平阳县。耿子廉:生平不详。众拒门不纳:迷信,认为接纳孕妇将为家门招灾。⑨太史氏:司马迁自称太史公,后世作史者多效之。作者宋濂修过《元史》,故亦以太史氏(史官)自称。⑩姁姁(xǔ):和悦的样子。愿士:朴实而善良的普通人。⑪"举世混浊,清士乃见":意思是:整个社会污浊,清廉君子才得以显现出来。语见《史记·伯夷列传》。

【述评】

法国作家罗曼·罗兰有句名言:"灵魂最美的音乐是善良。"两篇文章仿佛是从遥远的古代传来荡涤心肺的歌声,在我们眼前幻化成人生的彩虹。

前篇:杜环把奉养常母当做能够替父亲老友尽孝的天赐良缘,此举不仅表达出对自己父亲的孝敬,也表达出对父辈友谊的敬重,因此,在杜环心中这不是对常母的怜悯与帮助,而是自己神圣的义务和责任。所以，对常母的坏脾气他有足够的宽容与耐心，十几年如一日，小心侍奉、照顾，有始有终。杜环的善良与安庆太守谭敬先的绝情，与常母少子常伯章的不孝，形成鲜明对照，这里，我们见识了人格之崇高与渺小的巨大反差。结尾史官的评价，寥寥数语，蕴含着作者传达不尽的深沉感慨。

后篇：善与恶，形同冰炭，互不相容。"金陵之俗，以逆旅为利"，店主人对病患者以及孕妇的野蛮行径，简直丧尽天良。而相反李疑则"见义不敢后身"，对患病的范景淳、对耿子廉的临产之妻，李疑所给予的是真正发自肺腑的温暖。尽管"举世混浊"，而正义和善良必将战胜邪恶。李疑的行为不仅为士大夫所崇敬，必将会被愈来愈多的人们所认同，形成移风革俗之巨大力量。

第七单元

靳秋田索画①

[清] 郑燮

【文意】

若是我整天写字绘画,不得休息,便要骂人;可是如果三天不动笔,则又希望有人送纸来,求作书画,于是动笔写写画画,便可破解连日来心中的沉闷,说来这也是我们这种书画人命定之贱相。今天早起闲暇无事,洒扫庭除,洗手焚香,烹茶洗砚,而好友恰在此时忽然送纸来。旭日临窗,清风徐来,于是我欣然命笔。画箭兰数枝、翠竹数竿、奇石数峰,几幅画随手勾勒,却都颇具潇洒脱俗之情趣。这岂不正是那种灵感忽至而得心应手之时吗!人们求我画时我偏不画,无人求画时自己却偏要想画,真是连我自己也想不明白的怪事。然而,能解此奥妙的靳秋田,却只微笑不语。

【原文】

终日作字作画,不得休息,便要骂人;三日不动笔,又想一幅纸来,以舒其沉闷之气,此亦吾曹之贱相也。今日晨起无事,扫地焚香,烹茶洗砚,而故人之纸忽至。欣然命笔,作数箭兰、数竿竹、数块石,颇有洒然清脱之趣。其得时得笔之候乎!索我画偏不画,不索我画偏要画,极是不可解处,然解人于此但笑而听之。

【注释】

①作者郑板桥是清代著名书画家、文学家,中年辞官归乡,居住扬州以卖书画为生。擅画兰、竹、石,书法风格独特。"凡王公大人、卿士大夫、骚人词伯、山中老僧、黄冠炼客,得其一片纸、只字书,皆珍惜藏庋。"(《板桥自叙》)。靳(jīn)秋田:作者友人。

书民二哥索画①

[清] 郑燮

【文意】

唐代诗人李涉在皖南桐江上,遇贼劫船,强盗闻听李博士大名,于是不求财物,要求写诗。李涉吟道:"细雨微风江上春,绿林豪客夜知闻;相逢不用相回避,世上于今半是君。"今书民二哥,夜晚来到我的寓所,强硬索要我的绘画,态度蛮横至极,于是我也题诗讽喻之,道:"细雨微风江上村,绿林豪客暮敲门。相逢不用相回避,翠竹芝兰画几盆。"此系狂夫之言,怪癖发作,随口乱说,书民公将要用大棒捶我吧!

【原文】

昔李涉过皖桐江上,有贼劫之②。问是涉,不索物而索诗。涉曰:"细雨微风江上春,绿林豪客夜知闻;相逢不用相回避,世上于今半是君。"③书民二哥,晚过寓斋,强索余画,且横甚。因亦题诗诮让之,曰:"细雨微风江上村,绿林豪客暮敲门。相逢不用相回避,翠竹芝兰画几盆。"狂夫之言,怪迂妄发,公其棒我乎!

【注释】

①书民二哥:常书民,扬州人,是作者郑板桥的莫逆之交。郑板桥曾为常书民在扬州的花园题写对联:"怜莺舌嫩由它骂,爱柳腰柔任尔狂。"常书民赠郑板桥一僮仆,服侍板桥多年。②李涉:唐代诗人,洛阳人氏,自号清溪子;早岁客梁园,唐文宗时,任国子博士。③夜知闻:今夜请听我说。相逢不用相回避:既然相遇,我便实话实说。世上于今半是君:现今世上有一半人,都从事与您一样的营生。

【述评】

两篇短文叙写了板桥先生作书作画与被人索要书画时的心态,幽默风趣,极有个性。作者以书画谋生,整日忙碌不得空闲,所谓"心为形役",有违平生向往自由之情性。于是,心生怒气,"便要骂人","索我画偏不画",特别对那些附庸风雅的凡夫俗子,令板桥烦不胜烦。艺术创作需要灵感,以激发起创作冲动,"不索我画偏要画",笔底春风挥不尽,东涂西抹总开花,方得"洒然清脱之趣"。靳秋田索画,恰能抓住其笔底生花的绝妙时机;而书民二哥索画,则是强取豪夺,二人之间别有一番胜于兄弟的情分与情趣,而妙文妙喻,令人捧腹。

说　　钓

[清] 吴敏树

【文意】

我住在乡间闲居无事,喜欢出外钓鱼。我对钓鱼技术虽未精通,却深得其乐趣。每逢初夏及至中秋时节,早饭后即出门,村中池塘遥遥在望,碧水蓝天,波光粼粼。于是,急忙整理好钓竿、鱼线,提上篮子便欣然前往。来到水塘边,选择水草较少处,投下鱼食吸引游鱼,随后将饵钩放入水中等候。我蹲守岸边细观浮子,心想等到浮子有动作时,急提钓竿,就能收获大鱼。过了一会儿,浮子纹丝不动,我慢慢牵引鱼线,依然毫无动静。待到身体困乏、四肢疲倦,便把钓竿固定在岸边,我抬头四下观望,浮子在水面上仍然是一动不动。大约过了一段时间之后,那浮子才动了一下,提竿看时则一无所有。我想,应该是小鱼在偷吃饵料,就快有鱼上钩了。又等了很久,浮子又动了,跟先前浮子动得不一样,急忙掣竿,钓得一条鲫鱼,有四五寸长。我又想,鱼群来了,很快就能钓到大鱼了。我站立守候,全神贯注,偶尔能钓上一条,但大小一律等同于第一条,并无大鱼。已到中午,肚子饿了,很想回去吃饭,但我忍耐下去继续钓鱼。直到村里人吃完午饭去下田干活,我才收竿,拎上鱼篮回家。妻子关切地问:

"钓到鱼了吗？"我则拿了篮子给她看，于是相视一笑。饭后我仍然出去钓鱼，还去别的池塘寻求钓鱼佳处。一直到天黑才回家，收获与上午相差无几。有时某天在某地钓到条略大的鱼，我必定多次去该处钓鱼，但从未能再钓到更大更多的鱼，有时竟致空手而归。我常常怀疑是我钓鱼的技巧不高明，便请教经常钓鱼的行家，他们所说也都大致如此。

由此观之，从钓鱼之事可以悟出某些道理。我曾耗时费力参加科考求取功名，其情形与我的钓鱼大有相似之处。开始参加县学考试时，就仿佛望水塘而前往，蹲踞而注视水面浮子，若渴骥之奔泉，望眼而欲穿。屡试不中后，便如同久钓而无鱼之时；当幸而蒙学官赏识，考中秀才、举人，就像钓到了小鱼；而如果通过会试殿试，由吏部铨选为官，那就是钓着了大鱼。而我正是那种多次抛钩钓久、屡战屡败而无所收获者。然而，大收获者之上更有大者，得到之后更想再得。劳力费心专营于侥幸之门，含辛茹苦奔波于仕途之路，终其一生无满意之时，直至老死尚不肯罢休。当一个人陷入如此之苦境，再想同我现在的钓鱼一样，日落而归，因无所收获而博取妻儿之一笑，又岂能做到？

钓鱼，乃是赏心之乐事，是隐者达人所喜欢的娱乐。其情趣或许类似于追求功名。但它终归不致勾起人心中无尽的欲望，所以也不值得为之患得患失而牵肠挂肚。此后，我将唯鱼是求，别无他钓之心，这样大概可以安乐舒心地度日了。

【原文】

余村居无事，喜钓游。钓之道未善也，亦知其趣焉。当初夏、中秋之月，早食后出门而望，见村中塘水，晴碧泛然，疾理钓丝，持篮而往。至乎塘岸，择水草空处投食其中，饵（ěr）钩而下之。蹲而视其浮子，思其动而掣（chè）之，则得大鱼焉。无何，浮子寂然，则徐牵引之，仍自寂然；已而手倦足疲，倚竿于岸，游目而视之，其寂然者如故。盖逾时始得一动，动而掣之，则无有。余曰："是小鱼之窃食者也，鱼将至矣。"又逾时，动者稍异，掣之得鲫，长可四五寸许。余曰："鱼至矣，大者可得矣！"起立而伺之，注意以取之，间乃一得，率如前之鱼，无有大者。日方午，腹饥思食甚，余忍而不归以钓。见村人之田者皆毕食以出，乃收竿持鱼以归。归而妻子劳问有鱼乎？余示以篮而一相笑也。乃饭后仍出，更诣别塘求钓处，逮暮乃归，其得鱼与午前比。或一日得鱼稍大者某所，必数数往焉，卒未尝多得，且或无一得者。余疑钓之不善，问之常钓家，率如是。

嘻！此可以观矣。吾尝试求科第官禄于时矣，与吾之此钓有以异乎哉？其始之就试有司也，是望而往、蹲而视焉者也；其数试而不遇也，是久未得鱼者也；其幸而获于学官、乡举也，是得鱼之小小者也；若其进于礼部，吏于天官，是得鱼之大，吾方数数钓而未能有之者也①。然而，大之上有大焉，得之后有得焉，劳神侥幸之门，忍苦风尘之路，终身无满意时，老死而不知休止，求如此之日暮归来，而博妻孥（nú）之一笑，岂可得耶？

夫钓，适事也，隐者之所游也，其趣或类于求得。终焉少系于人之心者，不足可欲故也。吾将唯鱼是求，而无他钓焉，其可哉？

【注释】

①有司：古代设官分职，各有专司，故官吏及相应的衙门称有司，这里指管考试的学官。科举：初试指县试、府试，俗称考秀才，由府学教授、州学学正、县学教谕（合称"学官"）主持。乡举：秀才（诸生）参加乡试（省级考试），得中取为举人。礼部：主管教育的部。举人进京会试，由礼部主持。考试中式，再经殿试，即成进士。天官：吏部的别称。吏部掌全国官吏之任免、考课、升降、调动等事。进于礼部：指参加会试，考中进士。吏于天官：指由吏部铨选

做官。

蜃　说

[宋] 林景熙

【文意】

以前我曾经读过《汉书·天文志》中的记载，说："海边有蜃吐气，形状很像楼台。"起初我并不相信有这种事。

庚寅年春末，我暂居海滨躲避贼寇。一天午饭之时，家中仆人跑来报告："大海里突然涌现几座大山，以前从不曾见，父老们诧为奇事。"我听了十分惊异，急忙要去看，恰好颍川友人为此派遣仆人来邀请我。到达海边，我与友人携手同登聚远楼，向东放眼眺望，只见烟波浩瀚的海面之上，有奇峰矗立，而且连绵相接似重峦叠嶂，时隐时现。过一段时间，海面上城池街巷、楼阁台榭，忽然浮现，仿佛雄踞一方之大都会：人口众多、繁华纷扰，数十万幢房屋鳞次栉比，其中有佛寺、道观，三门并列高大雄伟，钟楼与鼓楼分立于寺观两侧；房檐所悬檐马挂件等饰物，历历可数，其建筑巍峨壮观而又精巧绝伦，即使穷尽鲁班之心智技巧也难以超越之。又过一段时间，蜃景则又幻化成站立着的人、散乱奔走的兽，有时像飘扬的旌旗或盆罐器皿之类物品，千姿百态，变幻不定。临近黄昏时分，蜃景慢慢消失，先前所见之全部景象消失得无影无踪，无从追寻；而大海则若无其事，依然如故。

沈括在《梦溪笔谈》中所记载的登州所出现的海市蜃楼之事，与此类似，于是我从此相信确有海市蜃楼。

噫嘻！想来秦朝的阿房宫、楚国的章华台、曹魏的铜雀台、南朝陈国的临春阁、结绮阁，高耸入云的楼台殿阁之繁多，不可数计！然运移时易，朝代更迭，多少楼台殿阁被荡成焦土，化为尘埃，其实这一切也不过是一种蜃楼而已。我们对人世间的蜃楼尚且观之不及，又何暇顾及海市之蜃楼！

【原文】

尝读《汉天文志》，载："海旁蜃气象楼台"，初未之信①。

庚寅季春，余避寇海滨②。一日饭午，家僮走报怪事，曰："海中忽涌数山，皆昔未尝有。父老观以为甚异。"余骇而出。会颍川主人走使邀余③。既至，相携登聚远楼东望。第见沧溟浩渺中，矗如奇峰，联如叠巘，列如峄岫，隐见不常④。移时，城郭、台榭，骤变欻起，如众大之区，数十万家，鱼鳞相比⑤。中有浮图老子之宫，三门嵯峨，钟鼓楼翼其左右，檐牙历历，极公输巧不能过⑥。又移时，或立如人，或散如兽，或列若旌旗之饰，瓮盎之器，诡异万千。日近晡，冉冉漫灭。向之有者安在？而海自若也！

《笔谈》纪登州"海市"事，往往类此，余因是始信⑦。

噫嘻！秦之阿房，楚之章华，魏之铜雀，陈之临春、结绮，突兀凌云者何限，运去代迁，荡为焦土，化为浮埃，是亦一蜃也⑧。何暇蜃之异哉！

【注释】

①《汉天文志》：即《汉书·天文志》东汉班固撰。蜃（shèn）气：古人以为海市蜃楼是大蜃（蛤蜊）吐气造成的。②庚寅：即元至正二十七年。季春：春季的最后一个月，即农历三月。躲避贼寇：作者从越中还乡，遇山冠骚乱，避居于海滨仙口（今浙江平阳县）。③颍（yǐng）川主人：指作者友人，颍川人氏，姓氏不详。主人：这里是对其仆人而言。颍川：郡名，今属河南。④第见：但见。叠巘（yǎn）：重重叠叠的山岭。峄岫（zú xiù）：险峻的山峰。⑤欻（xū）：快速。⑥浮图老子之宫：指佛寺、道观。浮图：梵文译音，这里指佛；老子：相传为道家祖师。三门：寺庙多开三门，称空门、无相门、无作门，表示解脱的意思。檐牙历历：房檐下所悬挂檐马之类饰物，若牙齿状，看得十分清晰。公输：公输，名班，春秋时鲁国

著名的能工巧匠，号称鲁班。⑦《笔谈》：指北宋科学家沈括所著《梦溪笔谈》，卷二十一"异事"类，有记登州（今山东蓬莱县）海市蜃楼的情况。⑧阿房：秦时建造的宫殿群落，故址在西安市西北。章华：楚灵王建造的宫殿名，故址在湖北监利县。铜雀：三国曹操所建高台名，故址在河北临漳县。临春、结琦：皆南朝陈后主所建造的楼阁，故址在南京市。

【述评】
　　两篇文章先以记叙为主，不露声色地寓理于事，而后掉笔转以议论作结，原来前文乃托物寄意，摹写作者的心态和心理感受，全文转折自然，顺理成章。
　　前篇：作者在科举仕途上很不得意，晚年生活以淡泊自守，所以对渴求其成而终无所获的心理创痛有深切的感受。本文对于他在钓鱼过程中，全神贯注于鱼浮，忍饥挨饿渴望钓到大鱼的心态、终于无甚收获的尴尬与无奈，进行了生动的描绘，他由此悟出欲壑难填的道理："劳神侥幸之门，忍苦风尘之路"，而老死不知休止，不过是可悲的人生陷阱。
　　后篇：海市蜃楼是一种自然界的幻影，光线通过不同密度的空气层，发生折射时，将远处景物显示于空中或海平面，蔚为奇观。作者着力于渲染所见的海市蜃楼：都市城区之宏大繁盛，殿堂楼阁之豪华精美，以及蜃景更迭变化之快，结末寥寥数语点破文章主旨，将蜃楼的虚幻比作人世之盛衰，抒发对改朝换代、宋王朝覆灭的感慨。

赵聋子小传

[清] 林纾

【文意】
　　一位号称赵聋子的楚人，凭借相面之术来到福州，三日之内轰动全城。福建的官僚士绅，闻风蜂拥而至，其住所门前人满为患，以致交通为之壅塞，车马皆不得过。人们依次交付相金，屏声静气，恭听赵聋子对自己命运前程的判词。赵聋子说:"某人下颏丰满,可以长寿。"周围人听了,全都摸摸自己的下巴。赵聋子说:"某人鼻梁高耸,将有位居相国之运。"周围人听了,全都按按自己的鼻子。而有时则不然,人们的神色惴惴不安,生怕赵聋子说出于己不利的言语。比如,赵聋子说:"这一位,神情呆滞,色如死灰,当是气数已尽。"此人便立即泪眼蒙眬,悲不自胜,其他人也不禁苦脸愁眉,对他怜悯有加,仿佛果真此人的死期已到;但赵聋子却又伸手揽住其脖颈,细观其面颊,又说:"这道纹理非常之好,灾祸全免!"这时哭者才转悲为喜,露出笑容。总之,人之夭寿贵贱,只凭赵聋子的一句话而已。

赵聋子聪明而狡诈,曾经暗地将一漂亮女人装扮成贵妇,让她也来假求赵聋子看相,赵聋子则煞有介事,似乎一眼看破,高声斥责:"你是个娼妓,看什么相?"这女人也假作浑身发抖、冷汗淋漓之态,狼狈而去。周围人见状,皆以为赵聋子神不可测,由此更加声名大振。当举行乡试之时,各地考生齐集省城,大批参加科考的士子前来相面,赵聋子全部许以得中。福建地区中举人者,百人之内仅有三个名额,而经赵聋子许诺中举者已过百人。发榜之前,尚有欲问卜者,早晨叩门,而赵聋子乃于前一日夜间逃走。

作者畏庐称:有位大人物,拥有巨额资产,身任地方高官,而对待赵聋子则甚为恭谨敬畏,言听计从。赵聋子算定其三年之内必定开府,有出将入相之鸿运。现今三年期限已过而并未应验,赵聋子又踪影全无,此公急火攻心,患风瘫病,已不能行走了。他一向谨慎节俭,为人悭吝严厉。亲友全都畏惧之,没有敢向他乞求帮助者,而他却独对赵聋子非常慷慨。呜呼!赵聋子求财讨要的本领实在堪称神妙。

【原文】

赵聋子,楚人,以相术之闽①。三日,闽之荐绅先生,大集其门,至不可过车马,纳金屏息,听决于聋子②。聋子曰:"某颐(yí)丰寿耇③。"群客闻之,皆自摩其颐也。

"某隆準位相。"群客闻之，又皆自按其準也。神色惴恐，惟患聋子之诋己者。"若者，神木而色朽，当死！"则泪承睫，他客亦蹙然若悯其果死者；更拊其项，审其颊，曰："是纹佳，可勿患！"则泪者笑矣。夭寿贵贱，惟聋子一言。

聋子诡谲多智，尝阴饰姝丽若贵家者，亦至而求相④。聋子伪叱曰："若娼也，若何相！"相者泚而栗，引去，见者大神之⑤。士之应举者麇至，聋子皆许售⑥。闽试得售者百有三人耳，聋子许售以百数。榜未出，至而更欲有问者，晨款其扉，而聋子以夜去矣。

畏庐曰：有某公者，拥赀巨万，已任方面，事聋子甚恭⑦。聋子策三年必开府，今已后期亡验，病孱不复良行⑧。公恭俭峻整，亲故严惮，无敢陈乞，于聋子特厚。呜呼！聋子亦神于乞矣！

【注释】

①楚：指湖北、湖南一带。闽（mǐn）：福建。这里当指省城福州。相木：旧时迷信行为。以观人相貌，判断祸福吉凶的一种方术。②荐绅先生：泛指达官贵人。荐绅：即缙绅。③耋（dié）：七八十岁的年纪。④诡谲（guǐ jué）：欺诈多变。姝（shū）丽：美女。⑤泚（cǐ）而栗（lì）：指流汗、发抖的样子。⑥麇（qún）至：成群而至。售：指科举得中。⑦畏庐：作者的别号。方面：方面之官，地方高级官员的代称，如巡抚。⑧开府：建立府署，自选僚属。这里指大将军、总督、宰辅之类朝廷高官。

奇　骗

［清］袁枚

【文意】

骗子骗人的方法，越来越奇巧。

南京有个老头,拿几两银子到北门桥钱店兑换铜钱,他故意计较银子的成色,与店员争论不休。这时,一位年轻人走进来,很有礼貌,向老头称呼老伯,说:"您儿子在常州做生意,与我同事,他托我捎银锭和信给您,我刚准备到府上,想不到就此相遇。"于是将银锭与信件交付老头,一揖而去。

老头拆开信,对钱店主人说:"我老眼昏花,看不清字,请为代读一遍。"店主便为代读。信上所写皆家常琐事,末尾一句:"另外捎回纹银十两,作为父亲的日常花费。"老头喜形于色,说道:"把方才的银子还我,不必争银色了,我儿所寄纹银,信中写明十两,就用它来兑铜钱好了。"店主接过这锭银,上秤一称,却是十一两三钱,他猜测是他儿子发信时过于仓促,未及查验而误认十两,写入信中。店主想:反正老头不能自己过称,将错就错,多余钱可收为己有。于是赶紧付给老头九千铜钱,按当时牌价:十两银兑换铜钱九千文,老头取钱而去。

过一会儿,有位客人在旁边笑着说:"店主人是不是受骗了?这老头是作恶多年的老骗子,专用假银行骗。我见他来换钱,就为主人担忧,因他在场,不敢明讲。"店主一惊,慌忙将老头的银锭剪开,里面果然是铅胎,懊悔不及。他一再向客人道谢,并询问老头的住址。客人说:"老头的住处距此十余里,你现在追他,还来得及。但我是他的邻居,假如他知道是我揭穿其骗局,他定会与我为仇,我告诉你他家门的方位,你得自己去追。"店主一定要与客人一起去,说:"你只要带我到那地方,告诉我他的家门,你便脱身离去,这老头不知谁说的,怎能记仇呢?"客人执意不肯,于是店主给他三两银子作酬金,客人才像是被逼无奈而勉强为之的样子,带店主去了。

店主与客人一同来到汉西门外,远远望见那老头把钱堆放在一家酒店的柜台上,正与几个人一起喝酒。客人用手一指,道:"是他,你快去抓他,我走了。"店主满心欢喜,径直冲进酒店,揪住老头便打,喊道:"你这老骗子,用十两铅胎假银换了我九千钱。"众人都站起身问是什么事,那老头作出一脸无辜的样子,平静地说:"我用儿子给的十两纹银换钱,并不是铅胎;店主既说是假银,你能把我原来的银子拿出来看看吗?"店主把已经剪破的银锭取出给众人看,老头笑了,说:"这不是我的银子,我的银子只十两,所以你换给我九千钱。这块假银好像不止十两,不是我原来的银子,你这银店老板是有意来讹诈我呀!"酒店的人拿戥子来称银,果然是十一两另三钱,众人大怒,群起责骂店主,店主有口难辩,竟无言以对。于是,众人一拥而上,把店主痛打一顿。

店主一念之贪,中了老骗子的奸计,悔恨地狼狈而归。

【原文】

骗术之巧者,愈出愈奇。

金陵有老翁持数金,至北门桥钱店易钱,故意较论银色,哓哓不休①。一少年从外入,礼貌甚恭,呼翁为老伯,曰:"令郎贸易常州,与侄同事,有银信一封托侄寄老伯。将往尊府,不意侄之路遇也。"将银信交毕,一揖而去。

老翁拆信,谓钱店主人曰:"我眼昏不能看家信,求君诵之。"店主人如其言,皆家常琐屑语,末云:"外:纹银十两,为爷薪水需②。"翁喜动颜色,曰:"还我前银,不必较论银色矣。儿所寄纹银,纸上书明十两,即以此兑钱,何如?"主人接其银称之,十一两零二钱,疑其子发信时匆匆未检,故信上只言十两;老人又不能自称,可将错就错,获此余利,遽以九千钱与之。时价:纹银十两例兑钱九千。翁负钱去。

少顷,一客笑于旁曰:"店主人得毋受欺乎?此老翁者,积年骗棍,用假银者也。我见其来换钱,已为主人忧,因此老在店,故未敢明言。"店主惊,剪其银,果铅胎,懊恼无已。再四谢客,且询此翁居址。曰:"翁住某所,离此十里余,君追之犹能及之。但我,翁邻也,使翁知我破其法,将仇我;请告君以彼之门向,而君自往追之。"店主人必欲与俱,曰:"君但偕行至彼地,君告我以彼门向,君即脱去,则老人不知是君所道,何仇之有?"客犹不肯,乃酬以三金,客若为不得已而强行者。

　　同至汉西门外，远望见老人摊钱柜上，与数人饮酒，客指曰："是也，汝速往擒，我行矣③。"店主喜，直入酒肆，捽（zuó）老翁殴之，曰："汝，积骗也，以十两铅胎银换我九千钱！"众人皆起问故，老翁夷然曰："我以儿银十两换钱，并非铅胎。店主既云我用假银，我之原银可得见乎？"店主以剪破原银示众。翁笑曰："此非我银。我止十两，故得钱九千。今此假银似不止十两者，非我原银，乃店主来骗我耳。"酒肆人为持戥称之，果十一两零三钱④。众大怒，责店主，店主不能对，群起殴之。

　　店主一念之贪，中老翁计，懊恨而归。

【注释】

①钱店：旧时一种金融业务机构。小的称为"钱店"，以经营银钱兑换为主业。大的称为"钱庄"，经营存贷业务。这里用银两兑换铜钱，即整钱换成零钱。银色：指含银纯度，纯度高兑的钱（制钱，即铜钱）多。哓哓（xiāo）：吵闹声。②纹银：即足银，清代乾隆时规定的官方标准银子。爷：这里即指父亲。薪水需：即生活费。③汉西门：南京西城门名。④戥（děng）：专称金银、药材等小量物品的秤。

【述评】

　　在没有诚信的社会里，骗子们可以横行无忌，为所欲为。人们生活在毫无安全感的环境里，思想易偏执、走极端，因此更容易上当受骗。社会上花样翻新的种种骗人把戏的不断出现，更开发、激活了骗子们的头脑和智力，于是，更高明、更具创意的骗术、骗局竞相产生，令人防不胜防。

　　前篇：楚人赵聋子之闽，闽便成了愚人和骗子的天下。大骗子门庭若市，荐绅先生和应举士人趋之若鹜。作者描画迷信者可鄙可笑之嘴脸，绘形摹声，逼真且兼俳谐之趣。赵聋子略施小计，愚人们则以为妙算如神。达官贵人之中品级最高的某公，其愚蠢程度亦最高。他对赵聋子奉若神明,对策其"三年必开府"一事深信不疑,结果赵聋子逃走,对他打击最大!再者,他一方面"亲故严惮,无敢陈乞";另一方面"于聋子特厚",两相对照,其虚伪与贪婪,昭然若揭。

后篇:金陵老翁所设骗局极为精巧。骗子团伙精心策划的连环计,让钱店主人接连吃亏上当。首先,老翁逗留钱店,一少年与之交接银信是一计,老翁骗得九千钱而去;事后,一客人揭穿老翁用假银换钱,又是一计,带领店主寻找老翁,又骗得三两银子走掉;老翁与一伙人在酒店吃酒,又是一计,让钱店主人进入骗子们中间陷入困境,不仅让老骗子洗脱罪名,自己反而挨打受辱而归。而钱店主人贪图小利,是上当吃亏的起因。人们为追逐金钱,丧失诚信,把人间社会变成尔虞我诈的场所,这是最可怕的!

廉　　耻

[清] 顾炎武

【文意】

《五代史·冯道传·论》道:"'礼义廉耻,国之四维,四维不张,国乃灭亡。'说得好!管仲的观点非常正确。礼义是治理人民的大法,廉耻是处世立身的大节。但凡不廉便无所不取,无耻便无所不为。人如果到了如此地步,那么灾祸、失败、逆乱、死亡等,必将随之而来;何况身为大臣者,无所不取,无所不为,那么天下哪有不乱,国家哪有不亡之理?"而在这四者之中,耻尤其重要。因此孔子论及为士之道,指出:"一个人处身行事,必须有羞耻之心。"孟子说:"人不可没有羞耻心,从不知羞耻改变到有羞耻之心,便不会蒙受耻辱了。"他又说:"羞耻心对于人至关重要,那些投机取巧、玩弄花招的人,根本不懂羞耻,对这种人不值得与之谈论羞耻。"之所以如此,是因为一个人如不廉洁,乃至于悖逆礼义,究其原因都根源于无耻。所以,身处社会高层的士大夫之无耻,当称之为国耻!

我考察自夏、商、周三代以下,社会道德日益衰败,背离礼义,抛弃廉耻，已经不是一朝一夕之事。然而，凛冽寒冬仍有后凋之松柏，风雨如晦仍闻雄鸡之长鸣，昏暗不明的漫长岁月中，实际并非没有独醒独清之人！最近读到《颜氏家训》上有一段话："齐朝一位士大夫曾对我讲：'我有一个儿子，已经十七岁了，对于信札、奏疏类文体的写作颇为擅长，同时教他弹琵琶，学习鲜卑语，使他对此也能略为通晓。有了这些技能，令他侍奉公卿大人，便可到处受到宠爱。'我听了当时低头不语。怪哉！此人竟然如此教育自己的儿子。倘若通过这种本领即使做到卿相之位，我也不愿你们这样干。"嗟呼！颜之推不得已而出仕于乱世，尚且能对子弟说这样的话，可谓深具《小宛》诗人的精神，而那些卑劣地谄媚于世俗的人们，能不感到惭愧吗？

　　罗仲素说："道德风俗的教导与感化是朝廷首要之政务，礼义廉耻是学子士人的优良节操，社会风俗是天下之大事。朝廷有教化，士人便有廉耻；士人有廉耻，天下才有良风美俗。"

【原文】

　　《五代史·冯道传·论》曰："'礼义廉耻，国之四维，四维不张，国乃灭亡。'善乎，管生之能言也！礼义，治人之大法；廉耻，立人之大节。盖不廉则无所不取，不耻则无所不为。人而如此，则祸败乱亡，亦无所不至；况为大臣而无所不取，无所不为，则天下其有不乱，国家其有不亡者乎[①]？"然而四者之中，耻尤为要。故夫子之论士，曰："行己有耻。"孟子曰："人不可以无耻。无耻之耻，无耻矣。"又曰："耻之于人大矣，为机变之巧者，无所用耻焉。"所以然者，人之不廉，而至于悖礼犯义，其原皆生于无耻也。故士大夫之无耻，是谓国耻。

　　吾观三代以下，世衰道微，弃礼义，捐廉耻，非一朝一夕之故。然而松柏后凋于岁寒，鸡鸣不已于风雨，彼昏之日，固未尝无独醒之人也[②]！顷读《颜氏家训》有云："齐朝一士夫，尝谓吾曰：'我有一儿，年已十七，颇晓书疏，教其鲜卑语及弹琵琶，稍欲通解，以此伏事公卿，无不宠爱。'吾时俯而不答。异哉，此人之教子也！若由此业自致卿相，亦不愿汝曹为之③。"嗟乎！之推不得已而仕于乱世，犹为此言，尚有《小宛》诗人之意，彼阉然媚于世者，能无愧哉④！

罗仲素曰："教化者朝廷之先务，廉耻者士人之美节，风俗者天下之大事。朝廷有教化，则士人有廉耻；士人有廉耻，则天下有风俗⑤。"

【注释】

①《五代史·冯道传·论》：指宋朝欧阳修所撰《新五代史》。冯道历仕唐、晋、汉、周四朝宰相，自称长乐老。论：指欧阳修为《冯道传》所写的序，这段引言便是序中之言。"礼义廉耻，国之四维，四维不张，国乃灭亡。"：欧阳修所引春秋时代齐国宰相管仲的话。维：本是渔网四角的大绳，这里指治国的纲要。管生：即管仲，引言出于《管子》一书。②独醒之人：语出屈原《渔父》："举世皆浊而我独清，众人皆醉而我独醒。"③《颜氏家训》：南北朝时北齐人颜之推所著的中国第一部家庭教科书，讲如何修身、治家、处世、为学等，用以训诫其子孙，所谓"古今家训，以此为祖"。④《小宛》：《诗经》中的一首诗篇名。这首诗的内容是士大夫遭遇丧乱之时教导其子为善。⑤罗仲素：名从彦，号豫章，北宋儒学家，福建南平人。罗仲素与程颐、李侗、朱熹称为宋朝四大名儒。

慕　贤

［南北朝］颜之推

【文意】

古人言："千载一圣，犹旦暮也；五百年一贤，犹比膊也。"此话极言人世间的圣贤得之甚难，其出现年代之间隔，相当疏阔。因而，如果有幸遭逢世间罕见的贤达君子，岂能不仰慕而追随之？我生于乱世，身经兵凶战危，颠沛流离之生涯，阅历深广，得遇名望卓著之贤士，未尝不心驰神往竭诚倾慕之。年轻人的思想品格尚未定型，与所亲近之人耳濡目染，乃至于言谈举止虽无心效仿，而于潜移默化之中，自然而然便有许多相似之处；更何况在品行技艺等方面，直接言传身教，则所受影响就更为明显而深刻。因此，与好人相处，如同身处芝兰飘香的居室，时间一久，自然身染芬芳之气；与恶人相处，如同进入鲍鱼之肆，时间一久，则也会弄得浑身腥臭。墨子见作坊人家染丝，曾喟然感慨于染丝之不可不慎，说的就是这个道理。君子交友必须慎重。孔子说："不要与不如自己的人交朋友。"颜渊、闵子骞之类的贤者，生生世世难得一遇，所以，只要是超过自己的人，那么此人便值得敬重。

世人大多习惯于一种鄙陋心理：看重耳闻之虚而轻视眼见之实，盲目相信外来事物，对身边的重要事物却视而不见。从小一起长大的人即使是真正的贤士哲人，往往不知礼敬，甚至加以轻慢侮辱；而异地他乡之人，略有名声，则如饥似渴，翘首以盼。其实，若能平心静气比较优劣，进行考量，远处的或许未见比得过身边的贤人。正因为如此，鲁国人称孔子为"东家丘"，战国时代虞国谋臣宫子奇，年纪与国君相仿，且平日亲昵无间，于是，当宫子奇识破晋国之阴谋时，国君却不肯接受他的再三苦谏，最终招致亡国之祸，这种教训不可不谨记心中。

采用某人的思想言论，而隐瞒此思想言论的发表者，这种卑劣行径为古人所不齿。一言一行，凡从他人学得，都应彰显而赞誉此人，不可掠人之美，据为己有。对自己所效法之人即使其地位低下、身份卑贱，也应该归功于其人。盗窃别人财物要受法律制裁；同样，掠人之美者，亦必遭到神鬼之惩罚。

【原文】

古人云："千载一圣，犹旦暮也；五百年一贤，犹比膊也①。"言圣贤之难得，疏阔如此。倘遭不世明达君子，安可不攀附景仰之乎？吾生于乱世，长于戎马，流离播越，闻见已多；所值名贤，未尝不心醉魂迷向慕之也。人在年少，神情未定，所与款狎，熏渍陶染，言笑举动，无心于学，潜移暗化，自然似之；何况操履艺能，较明易习者也②？是以与善人居，如入芝兰之室，久而自芳也；与恶人居，如入鲍鱼之肆，久而自臭也③。墨子悲于染丝，是之谓矣④。君子必慎交游焉。孔子曰："无友不如己者。"颜、闵之徒，何可世得⑤！但优于我，便足贵之。

世人多蔽，贵耳贱目，重遥轻近。少长周旋，如有贤哲，每相狎侮，不加礼敬；他乡异县，微藉风声，延颈企踵，甚于饥渴。校其长短，核其精粗，或彼不能如此矣。所以鲁人谓孔子为"东家丘"⑥。昔虞国宫之奇，少长于君，君狎之，不纳其谏，以至亡国，不可不留心也⑦。

用其言，弃其身，古人所耻。凡有一言一行，取于人者，皆显称之，不可窃人之美，以为己力；虽轻虽贱者，必归功焉。窃人之财，刑辟之所处；窃人之美，鬼神之所责。

【注释】

① "千载一圣，犹旦暮也；五百年一贤，犹比髀也。"意思是：每一千年出现一个圣人，五百年出现一个贤人，就已经是出现得太多太密了，几乎相当于一天出一圣人，而贤人则更显得是比肩接踵而来。②款狎（xiá）：关系亲密。操履（lǚ）：操守、品行。③鲍鱼之肆：鲍（bào）鱼：咸鱼。肆（sì）：店铺。④墨子悲于染丝：《墨子》："染于苍则苍，染于黄则黄。所入者变，其色亦变。五入而已为五色矣。故染不可不慎也。"⑤颜、闵之徒：即颜渊、闵子骞，皆为孔子的弟子。颜渊：名回；贫居陋巷，箪食瓢饮，而不改其乐。孔子对他极为赞赏。闵子骞：少年时遭继母虐待，用芦花给他做冬衣，父亲得知欲休其继母，闵子骞苦求得免，于是感动其继母。⑥东家丘：是对孔子轻慢、不敬的称呼，孔子名丘；东家：指邻家之意。⑦晋国送宝马美玉给虞公，向虞国借道去攻打虢国，宫子奇指出虞国

与虢国唇齿相依,若贪图小利而借道,则唇亡而齿寒,万不可中晋国之诡计,而虞国国君不听劝谏,因此亡国。

【述评】

两篇论说文,研讨伦理道德之核心问题,值得关注。

前篇:识辨善恶几乎是人与生俱来的本能,人心皆有从善与从恶的两面性。而人的羞耻之心,则是唤醒良知、战胜自己从恶之心的力量本源。所以顾炎武认为:礼义廉耻之中,耻最为重要。所谓"知耻近乎勇",因为人最困难的是战胜自己,有强烈的羞耻心,才有战胜自我的勇敢。从另一方面讲:明知作恶而为之,则心有不安,羞耻感是防止作恶之心泛滥的堤坝;所谓"做贼心虚",意即盗贼亦有某种程度的羞耻心。而社会道德衰败的重要标志,是人们的羞耻之心普遍减弱、麻痹,特别是社会高层、知识阶层羞耻之心的丧失。颜子推生逢乱世,犹能鄙薄无耻小人的行径,不为高官厚禄所动,教育子孙以正直良善为立身之本,传承并延续中华民族的优良节操,实在难能可贵。文章引名儒罗仲素之言作为结论,颇为确当!

后篇:人人皆有追求,而精神追求高于物质追求;倾慕贤德君子,追求人格高尚、道德完善,才是真正彻悟人生的追求,这是颜子推遭逢丧乱、阅历兴亡之后沉淀于心底的思想结晶。他特别指出"人在年少,神情未定",必须懂得近朱者赤、近墨者黑的道理,慎重择友。他反对"贵耳贱目,重遥轻近"的恶俗,这种人追求的并非贤哲,而只是"贤哲"的名声,只是盲目追求"追星"的虚荣。应当老老实实不"掠人之美",而求得自己一言一行的进步,才能真正有所得。

黄　　中

[清] 钮琇

【文意】

顺治十三年三月,福建龙溪县老农黄中和他的儿子小三撑一只小船,往漳州府东门去买粪,船靠上岸,岸边茅厕的粪被黄中买下。饭后父子俩便入厕担粪,发现有个包袱被人遗忘在厕中,便带回船上,解开一看,里面有银子六封。黄中对儿子说:"这一定是上厕所的人遗失的,有钱人不会腰缠包袱带银两,假如丢钱的是穷苦人,这笔钱则性命攸关,万不可随便动用。我得在此地等待这人还给他。"小三认为老人太古板死心眼了,争执不过,恼恨之下独自回家去了。黄中将包袱藏在船尾,收起船篙坐等。

过了好久,远远见一人狂奔而来,进厕所四下寻找,张皇失措,号啕痛哭,景况凄惨。黄中询问其缘故,那人说:"我父亲被强盗诬陷,现在关在州府衙门狱中。昨天我求见一位有地位的乡绅,请他向知府大人求情,答应用一百二十两银子作为酬谢。我卖掉家中房屋田产,又求亲友资助,仅筹得半数银两,等知府答应让父亲保释,然后再将剩余财产折变现银,设法凑齐数目全部送上,事情才能解决。我将装银两的包袱缠在腰上,赶到州府。因急于上厕所,解下包袱放在搁板上,我心慌意乱,出厕时将其丢失。我自己死不足惜,可是用什么来救我父亲的命呢?"说罢,那人泪如雨下。

黄中详细问清了银两的数目和包袱的颜色,与拾到的完全相符,便宽慰他说:"你的银子还在,我已等你很久了。"于是取出包袱交给他,银两没有启封,完好如初。那人惊喜过望,要留一封作酬谢,黄中说:"我若有贪财之心,难道会不要六封而要你的一封银子吗?"然后挥手让他离去。

这时船上的粪就要装满了,不见儿子小三,黄中只得一人撑船回龙溪。行至半途,突然风雨大作,他只得将船停泊于一荒村旁。河岸经暴雨冲刷,轰然崩塌,露出一个大瓮,瓮口用锡焊封闭。黄中不知瓮中有什么,想它可用作盛米的器具。但它重得很,黄中费尽力气才把它弄到船上。一会儿,雨止风停,月挂柳梢,黄中顺水划船,半夜到家。

小三在家已将拾到银子的事告诉母亲,母子二人都对老头子怨怒不已,连黄中敲门都不肯应,黄中便骗他们,说:"我有个宝瓮在船上,你们快出来同我一起搬进屋。"母子俩十分惊奇,赶紧出来上船,月光映照之下瓮色雪白,把它抬进屋,启掉锡封,果然皆为灿灿白银，约有一千两。黄中惊异万分，好久才明白自己不是在做梦。

黄家与邻居只隔一道苇墙，黄中夫妇的切切私语被邻居听得一清二楚。第二天，邻居以黄中暗自盗掘他人私产的罪名，将其举报官府。龙溪县令传讯黄中，黄中毫不隐讳，将自己拾金不昧、归还原主以及又如何拾得瓮银的经过，原原本本地陈述得清清楚楚。县官道："好人好报，此银是上天所赐，他人岂得过问？"县官责打了邻居，并释放黄中。从此，黄中搬家进城，终生享福。

【原文】

顺治十三年三月，龙溪老农黄中，与其子小三操一小船，往漳州东门买粪，泊船浦头①。浦旁厕粪，黄所买也。父子饭毕，入厕担粪，见遗有腰袱（fú）一具，携以回船，解袱为观，内有白金六封。黄谓其子曰："此必上厕人所失者。富贵之人必不亲自腰缠，若贫困之人，则此银有性命所系，安可妄取？我当待其人而还之。"小三大以为迂，争之不听，悻悻径回龙溪，黄以袱藏船尾，约篙坐待②。

良久，遥见一人狂奔而来，入厕周视，傍徨号恸，情状惨迫。黄呼问故。其人曰："我父为山贼妄指，现系州狱。昨造谒贵绅，达情州守，许以百二十金为酬。今鬻田宅，丐亲友，止得其半，待州守许父保释，然后拮据全馈，事乃得解③。故以银袱缠腰，入州。因急欲如厕，解袱置板，心焦意乱，结衣而出，竟失此银。我死不足惜，何以救我父之死乎？"言讫（qì），泪如雨下。

黄细询银数与袱色俱符，慰之曰："银固在也！我待子久矣。"挈（qiè）而授之，封完如故。其人惊喜过望，留一封谢黄。黄曰："我有贪心，宁肯辞六受一？"挥手使去。

是时船粪将满，而子久不至，遂独自刺船归。行至中途，风雨骤作，舣棹荒村之侧④。村岸为雨所冲洗，轰然而崩，露见一瓮，锡灌其口。黄也不知中有何物，但念取此可为储米器；然重不能胜，力举乃得至船。须臾，雨霁（jì）风和，月悬柳外。数声欸乃，夜半抵家⑤。

小三以前事告母，两相怨詈。黄归叩户，皆不肯应。黄因诳（kuáng）云："我有宝瓮在船，汝可出共举之。"子母惊起趋船。月光射瓮如雪，手舁而上，凿锡倾瓮，果皆白镪，约有千金，黄愕然悟蕉鹿之非梦矣⑥。

黄之邻止隔苇墙，卧听黄夫妇切切私语，甚悉。明日以擅发私藏首于官。龙溪宰执黄庭讯，黄一无所讳，直陈还银获金之由。宰曰："为善者食其报，此天赐也！岂他人所得而问乎？"笞（chī）邻释黄。由是黄迁家入城，遂终享焉。

【注释】

①顺治：顺治为清世祖爱新觉罗福临的年号。龙溪：古县名，现为福建龙海县。漳州：今福建漳州市，清朝为府治。浦（pǔ）头：指岸边。②迂（yū）：拘泥固执。悻悻（xìng）：恼怒。篙：撑船的竹竿。③拮（jié）据：经济状况窘迫，这里指所剩无几的财物。全馈（kuì）：这里指将贿赂州官的钱补齐。④刺船：撑船。舣棹（yǐ zhào）：舣：停船靠岸。棹：船橹，代指船。⑤欸（ǎi）乃：划船摇橹声。⑥白镪（qiǎng）：白银的别称。蕉鹿：春秋时代，郑国樵夫打死了一只鹿，怕被人看见，把它藏在壕沟里，用蕉叶盖住，但事后却记不起藏在哪里了，于是以为自己不过做了一场梦而已。以此典故比喻把真事看作梦幻的想法。

髯樵传

[清] 顾彩

【文意】

明朝末年，吴县洞庭山乡，有个樵夫，胡须浓密，身躯魁伟，姓名不为人知，膂力过人；进山打柴，常夜晚独行走山中不惧毒蛇猛兽。打得柴草,别人只能担一百斤,他却能担二百四十斤,但是卖出时,只收取百斤柴的价钱。人觉奇怪问他,他说:"柴取自山中,人皆自食其力而已,别人并非不想多担柴,只是力气不足罢了。我的力量比别人大几倍,但饭量不比别人多,所以柴卖得便宜,况且也容易卖掉,这岂不是也有好处吗?"人们感到这大胡子樵夫非同常人,皆对这位髯樵刮目相看。

髯樵不识字,但喜欢听人谈论古今大事,常激于义愤,与人争辩是非,就连读书人也难不倒他。有一次,他担柴到戏场观看《精忠传》,那扮演秦桧的演员出场时,髯樵勃然大怒,飞步上台,摔倒秦桧,将他打得鲜血直流,几乎毙命。众人急忙上前救护。髯樵道:"他身为丞相,如此奸恶,不将他打死,更待何时?"众人说:"这是演戏,又不是真秦桧。"髯樵道:"我知道是演戏,所以才打他,若果真是秦桧,就让他吃我的板斧了!"他性格刚烈、疾恶如仇竟致如此。

髯樵有个哥哥上茅山进香,失足跌落悬崖,折断胸骨而死。有人传说是因为他晚上喝了酒,心地不诚,被王灵官用鞭子给打死的。髯樵听了大怒,步行一日夜,来到茅山,喝得烂醉,指着王灵官塑像数其罪状:"你有三条罪:人家敬慕祖师来进香,本是一片好心,喝酒是小过失,无死罪,却被你杀死,残暴不仁,这是第一罪;祖师以仁慈庇护小民,向来宽宏大量,你职位卑微,居于下位行残忍之事,不遵循祖师意愿,对祖师不恭,这是第二罪;我兄是小百姓,进香而来,略微饮酒,你便杀之;我此来不为进香,饮酒大醉,今又骂你,你反不能杀,此为无勇,这是第三罪。所以,应将你塑像捣毁,撤出庙宇,凭什么你横鞭立目,盘踞于此?"说完便要夺下王灵官手中的鞭子,捣碎塑像,人们百般劝说方才罢休,背了其兄尸骨回家安葬去了。

洞庭有个孤儿陈学奇,聘定邹家女儿为妻,婚期也已定下。不料邹女的哥哥不顾妹妹意愿,硬把她献给苏州一贵官某人为妾。学奇向县官哭诉,县官畏惧那位显贵的权势,也无可奈何。学奇又状告邹女的兄长,而那显贵将其一并庇护下来,使学奇之冤不得伸,窘困至极。一天,他路遇髯樵,将事情原委相告,并说:"你一向行事仗义、疾恶如仇,能为此事帮我吗?"髯樵答应下来,他说:"这件事须等待时机,不得催我。"学奇感激得流下眼泪。

髯樵告别离去,随即卖身到那位显贵家,充当一名轿夫。显贵因他力大并勤快,对他十分信赖,让他可以随便进出内庭,髯樵乘便得知邹女果然成为他的第三房小妾。髯樵找机会,将陈学奇的情况告诉邹女。邹女听了泪如雨下,诉说自己失身的经过,希望髯樵能像义士昆仑奴那样搭救她。髯樵道:"不可心急。"

一天,显贵夫人要带领大小妻妾游天平山,显贵无法阻拦。髯樵暗自庆幸:"我的计划可以实施了。"于是,他秘密地在河边准备了一条船。等显贵妻妾们上了轿子,髯樵抬第三顶轿,乘坐的便是邹女。一出大门,髯樵便哄骗抬轿的副手,绕道飞跑,到达河岸,对邹女说:"快上船!"船立即开行,扬帆飞驰。众仆人大惊失色,呼喊追赶。髯樵挥拳打倒三人,令其不得作声,才缓缓离去。此时邹女的船只已到陈家门前。学奇得到妻子非常感动,说:"古押衙之侠义也不过如此。"髯樵让学奇赶快把情况报告县官。县官原本也厌恶这显贵的行为,对邹女之得救颇感快意。经询问得知是髯樵行此侠义之事,便赏赐他美酒衣帛,披彩戴花予以表彰。显贵惭愧,闭门不出,假作不知。髯樵侠义之名更加显赫,此时他已五十余岁了。

【原文】

明季吴县洞庭山乡,有樵子者,貌髯而伟,姓名不著,绝有力①。每暮夜樵采,独行山中,不避蛇虎。所得薪,人负百斤而止,髯独负二百四十斤;然鬻于人,止取百斤价。人或讶问之,髯曰:"薪取之山,人各自食其力耳。彼非不欲多负,力不赡也,吾力倍蓰,而食不兼人,故贱其值②。且值贱,则吾薪易售,不庸有利乎?"由是人颇异之,加刮目焉。

髯目不知书,然好听人谈古今事,常激于义,出言辩是非,儒者无以难。尝荷薪至演剧所,观《精忠传》③。所谓秦桧者出,髯怒,飞跃上台,摔桧,殴,血流几毙。众咸惊救。髯曰："若为丞相，奸似此，不殴杀何待？"众曰："此戏也，非真桧。"髯曰："吾亦知戏，故殴，若真，膏吾斧矣！"其性刚疾恶类如此。

髯有兄进香茅山，坠崖折胸死。或传其暮夜饮酒不诚，被王灵官鞭杀者。髯怒，走一日夜，诣茅山，饮大醉，数王灵官曰："汝有罪三：人敬祖师来进香，固有善心，饮酒小过，无死状，汝辄杀之，不仁，罪一；祖师以慈庇下士，量甚宏大，汝居位下，行残忍，不遵祖师意，不恭，罪二；吾兄，小人也，酬香而来，小被酒，汝辄杀之④。吾来不酬香，昨实大饮，今且詈汝，汝反不能杀，无勇，罪三。汝宜毁撤，曷为横鞭瞋目，坐踞于此？"欲夺鞭碎像，众臂遣之，乃止，负兄骨归葬焉。

洞庭有孤子陈学奇，聘邹氏女为室，婚有期矣。女兄忽夺妹志，献苏宦某为妾。学奇泣诉于官，官畏宦势，无如何也。学奇讼女兄，宦并庇兄，不得伸。学奇窘甚。一日，值髯于途，告之故，且曰："若素义激，能为我筹此乎？"髯许诺："然需时日以待之，毋迫我也。"学奇感泣。

髯去，鬻身为显者舆仆。显者以其多力而勤，甚信爱之，得出入内闼。邹女果为其第三妾。髯得间，以陈情告。女泣如雨，诉失身状："愿公为昆仑⑤。"髯曰："毋迫！"

一日，显者夫人率群媵游天平山，显者不能禁。髯嘿贺曰："计行矣！"于是密具舟河干。众妾登舆，髯昇第三舆，乃邹氏也。出门，给其副，迂道疾行，则至河干，谓女曰："登舟！"舟遽开，帆疾如驶。群仆骇变，号呼来追。髯拳三人仆地，不能出声，徐去；则女舟已至陈门矣。学奇得室忻感，谓："古押衙不是过也⑥！"髯谓学奇，亟宜鸣之官以得妻状。官始不直显者，至是称快。询知义由于髯，赐酒帛花彩以荣之。显者惭，杜门若不闻者。自是义樵名益著，年五十余矣。

【注释】

①洞庭山：分东西两山，在吴县西南。樵（qiáo）子：樵夫，砍柴人。髯（rán）：胡须。②赡（shàn）：足够。蓰（xǐ）：五倍。③《精忠传》：古剧名，讲的是岳飞精忠报国的故事。④王灵官：神名，是旧时道观里戎装执鞭的天将。祖师：指道观宗派创始人。⑤昆仑：即昆仑奴，名磨勒，唐传奇《昆仑奴传》中的义士。⑥古押衙：唐传奇《无双传》中的义侠，姓古，押衙为其官名。

【述评】

"做好事的乐趣乃是人生唯一可靠的幸福。"（俄罗斯作家托尔斯泰）

前篇：作为买粪淘粪的农民，黄中无疑是生活于社会底层的穷人。然而，当拾到银子时，他立刻敏锐地觉察到："富贵之人必不亲自腰缠，若贫困之人，则此银有性命所系，安可妄取？"此事就不单纯是拾金不昧、诚实做人那么简单，而是人命关天的大事，黄中这种贫苦人对贫苦人的同病相怜之情，非常感人。儿子小三不以为然，黄中毫不犹豫，态度坚定。当失主惊喜过望，要留金酬谢时，他"挥手使去"，再度表明他诚心为善，没有丝毫贪欲之念。文章结局虽然含有"因果报应"的意味，但黄中的善良质朴，仍给人留下不可磨灭的印象。

后篇：髯樵同样也是生活于社会底层的穷人，而他是一个性格刚毅、顶天立地的汉子。他上不惧天神，敢于痛快淋漓地面折其过；下不畏权贵，能够仗义行侠，成全了陈学奇已被拆散的婚姻。虽然平常髯樵憨直鲁莽，但在显贵之家搭救邹女的过程中，却能进行充分准备，运用计谋，待机而动，凭借智慧和勇敢圆满完成使命，获得广泛赞誉，所谓"赠人玫瑰，手有余香"。

第八单元

韩魏公玉盏

[宋] 彭乘

【文意】

魏国公韩琦任北都知州时,有位表亲赠送他一只玉盏,说是农夫耕地时,偶遇古墓而得到的。玉盏玲珑剔透,毫无瑕疵,是真正的稀世珍宝,魏国公不惜重金答谢。获此宝贝,魏国公欣赏把玩,爱不释手,于是,为庆贺自己获宝特地设宴,招待转运使等显官贵客,专门另设一桌,铺上彩绣桌布,要将玉盏醒目地放在正当中,并准备用它来向每一位贵宾劝酒。而转眼之间差役班头不小心撞倒托盘,玉盏跌碎,在座客人无不惊愕失色,那班头立即伏地请罪。魏国公神色不改,笑着对客人们说:"东西嘛,早晚要有它破碎的那一天。"又对班头说:"你是误撞,又不是故意的,有什么罪过?"魏国公为人之宽宏大量竟到如此之境地!

【原文】

韩魏公知北都,有中外亲献玉盏(zhǎn)一只,云耕者入坏冢而得,表里无纤瑕(xiá)可指,真绝宝也①。公以百金答之,尤为宝玩②。乃开醇召漕使显官,特设一桌,覆以绣衣,致玉盏其上,且将用之将酒,遍劝坐客③。俄为吏将误触台倒,玉盏俱碎,坐客皆愕(è)然。吏将伏地请罪。公神色不动,笑谓坐客曰:"物破亦自有时。"谓吏将曰:"汝误也,非故也,何罪之有?"公之量宽大重厚如此。

【注释】

①韩魏公:韩琦,字稚圭,宋仁宗时任宰相,封魏国公。知北

都：出任北都知州。北宋北都并州，治所在今太原。中外亲：中表亲戚。舅父、姨母的儿女为内表，姑母的儿女为外表，互称中表、中外亲。②百金：这里表示很多钱，并非实指百两黄金（或银）。③开醇（chún）：指设宴。醇：醇酒。漕（cáo）使：即转运使，经管各州的财税，兼掌巡察举劾地方官吏之权，是驻于本州而职权在知州之上的高级官员。将酒：劝酒。

任迪简呷醋[①]

[唐] 李肇

【文意】

任迪简任天德军判官时，军中举行宴会，而任迪简迟到，按规矩当用巨觥罚酒。军吏错把醋当做酒端上，任迪简知道军使李景略治军严酷暴虐，他要是当场将此失误说破，恐怕会因此处死多人。于是，他假作不知，强迫自己饮尽，以致吐血而归。军中有关士卒得知此事，皆感激涕零。后来，李景略也为此减了刑罚。李景略死时，军中呼吁请求任迪简主持军务。其后，任迪简由军使佐官升任御史中丞，任军使，后来官至易州、定州节度使。人们对他非常敬仰，皆称呼他为"呷醋节帅"。

【原文】

任迪简为天德军判官，军宴后至，当饮觥酒[②]。军吏误以醋酌。迪简以军使李景略严暴，发之则死者多矣，乃强饮之，吐血而归。军中闻者皆感泣。后景略因为之省刑。及景略卒，军中请以为主。自卫佐拜御史中丞，为军使，后至易、定节度使，时人呼为呷醋节帅[③]。

【注释】

①任迪（dí）简：唐德宗、宪宗时人，为政仁恕，治军与士卒共

甘苦,唐书入良吏传。呷(xiā):喝。②天德军:古军镇名,在今内蒙古五原县。唐德宗贞元十二年在天德军置都团练防御使。判官:唐制,于节度、观察、防御等军使下皆置"判官",属副长官。觥(gōng):盛酒器。③易定节度使:即义武军节度使,全称为"义武军节度易定观察等使",节度治军,观察理民,一人兼之。易、定:二州名,指今河北易县、定县。

【述评】

惟宽可以容人,惟厚可以载物。宽厚待人是一种美德,它体现着人自身的修养与自信,体现着人对人的同情与仁爱。韩琦的玉盏,一件将要隆重展示的珍宝,猝不及防被打碎。这一刹那之间,是对主人公严峻的考验,而我们看到的竟是韩琦光明豁达之心。更有甚者,任迪简为掩盖他人错误,酒宴饮醋,致当场吐血,不顾自己的性命。

"世界上最广阔的是海洋,比海洋更广阔的是天空,比天空更广阔的是人的心灵。"(法国作家雨果)

年羹尧轶事二则①

[清] 佚名

其一

【文意】

大将军年羹尧,恃皇帝恩宠,跋扈嚣张,目无朝廷贵官政要,却只对同榜登科的进士同年另眼相看。雍正元年,年羹尧平定青海叛乱凯旋而归,他手执饰金缰绳,骑紫骝宝马,一路风驰电掣,王公以下朝廷大臣皆双膝跪地,郊外远迎,年羹尧扬尘而去,不屑一顾。史贻直公独自单身站立,长揖不拜。年大将军望见大惊,翻身下马,忙说:"原来是我同年铁崖兄。"扶史公上马,与之骑马并肩共进章益门,一时被传为佳话。

年大将军的军法极为严苛,只要一言出口,部下必唯命是从。有一次,他乘车出门,正值大雪天,随从官以手扶车而行,满手积雪,手指几乎被冻掉,年大将军一时心生怜悯,下令道:"去手。"本意是让他们收回手去,免得冻僵,但随从官们却误解其意,竟各自抽刀断手,雪地上顿时鲜血淋漓。年大将军虽后悔出言有误,但已来不及补救。其军令之严峻,由此可见一斑,也可知其平素为人性情之残酷。

【原文】

年大将军羹尧,怙宠鸱(chī)张,目无朝贵,然独重同年②。雍正元年,平青海归,黄缰紫骝,绝驰而行,王公以下膝地郊迎,年不之顾。史文靖公贻直,独长揖不拜③。将军望见大惊,翻骑而下曰:"是吾铁崖同年耶?"扶之上马,并辔入章益门,一时传为佳话。

将军军法极厉,一言甫出,部下必奉令唯谨。尝舆从出府,值大雪,从官之扶舆而行者,雪片铺满手上,几欲坠指。将军怜之,下令曰:"去手。"盖欲免其僵冻也。从官未会其意,竟各出佩刀自断其手,血涔涔(cén)遍雪地。将军虽悔出言之误,顾已无可补救。其军令之严峻,有如此者,然亦可见其平日性情之残酷矣。

【注释】

①年羹(gēng)尧:清汉军镶黄旗人,字亮工。②同年:科举制度中称同科考中的人,明清时乡试会试同榜登科者,皆称同年。③史文靖(jìng)公贻(yí)直:史贻直,字儆弦,号铁崖,江苏溧阳人;康熙时进士,与年羹尧同年,死后谥号"文靖"。紫骝(liú):良马名,亦称枣骝。

其二

【文意】

年羹尧征讨青海叛军时,扎营驻军之后,一日忽传令:"明天出兵进攻,士兵每人携带木板一片,柴草一束。"军中无人明白是何缘故。次日进军时,遇到塌子沟,将军下令将柴草投入,上铺木板,军队通行无阻。当时叛军还倚仗塌子沟为天险,毫无防备,不料大军突然降临，遂即攻破叛军巢穴。

再有，年羹尧征讨西藏叛乱时，一日，已是午夜之后，忽然发觉西方一阵急风，随后即停息了，年羹尧急忙命一参将率三百轻骑，向西南方密林中搜寻，果然发现叛贼，全数歼灭。有人奇怪，询问从何得知叛贼藏匿在密林之中，年羹尧回答："深夜之时，风声传来，霎时即逝，其实这不是风声，而是群鸟惊飞的振羽声。夜半宿鸟惊飞，必有惊动者。离此地西南方向十里，有片密林，宿鸟必多，我料定有贼兵前来潜伏，才会将鸟群惊起。"年羹尧对于兵法如此之通达谙练，实在不愧为一代名将，却最终获罪而殒命身亡，可惜！

【原文】

年羹尧征青海日，营次，忽传令云："明日进兵，各人携板一片，草一束①。"军中不解其故。比次日，遇塌子沟，令各将束草掷入，上铺板片，师行无阻②。盖番人方倚此为险，不意大兵骤至也，遂破其巢穴。

又年征西藏时。一夜，漏三下，忽闻疾风西来，俄顷即寂③。年急呼某参将，领飞骑三百，往西南密林中搜贼，果尽歼焉④。人问其故，年曰："一霎而绝，非风也，是飞鸟振羽声也。夜半而鸟出，必有惊之者。此去西南十里，有丛林密树，宿鸟必多，意必贼来潜伏，故鸟群惊起也。"其兵法之灵变，实不愧一时名将，而卒罹大谴，惜哉⑤！

【注释】

①营次：《左传》："凡师一宿为舍，再宿为信，过信为次。"②塌子沟：满族语，意思是：淤泥深坑。③漏三下：即三更，指午夜。④参将：官名，位次于副将，掌管本营军务。⑤罹（lí）：遭受。大谴：指最终被处死。

【述评】

年羹尧本是康熙帝皇四子胤禛的心腹家臣，聪明能干，康熙三十九年进士及第,累官至川陕总督抚远大将军。雍正元年,年羹尧率军平定青海罗卜藏丹津叛乱,为人骄横跋扈,暴虐成性,行军所至,杀戮甚众。他曾参与雍正夺取帝位的政治阴谋,为雍正所疑忌,雍正三年被罗织罪名,迫令自杀。文中所选年羹尧的军旅生活的点滴,可以使我们对此人有一大概了解。

前篇:年羹尧傲慢自负,妄自尊大。他的所谓"独重同年",其实不过是在炫耀其进士及第的出身,表明自己并非是不通文墨的一介武夫。随从官断手之事说明:一、年羹尧从未关心过部下;二、年羹尧经常莫名其妙地对部下施刑或杀戮,所以,随从官才会产生这种误解,他们断手只不过是为了保命。后篇:年羹尧确有才干,确有功劳,而这些正是他飞扬跋扈的资本。

醉翁亭记

[宋]欧阳修

【文意】

滁州城群山环绕,其西南诸峰、山林峡谷之景色尤为优美。弥望中那郁郁葱葱、幽深秀丽之处,则是琅琊山。沿山路上行,渐闻水声潺潺,自远而近,至六七里,只见两峰之间水流倾泻而下,此即为酿泉。继续向上,峰回路转之处,有山亭一座,其势如巨鸟之展翼,覆盖于泉水之上,就是醉翁亭。此亭的建造者是谁?山中的和尚智仙。此亭的命名者是谁?即滁州太守本人之名号。太守与宾客来此饮酒,略饮即醉,而年纪又最大,所以自号为"醉翁"。醉翁之情趣不在于酒,而在秀山丽水之间;欣赏山水之乐趣,领会在心,而寄情于酒。

每当东方日出,林间烟霭消散,则山明丽而水秀媚;而当云屯雾集,暮色苍茫,林泉暗而丘壑幽;这明暗阴晴的变化,即形成山中朝暮晨昏之景色。至于野花绽放而香气四溢,嘉木繁茂而绿荫浓郁,天高气爽而霜洁露凝,衰草斜阳而水落石出,凡此种种,即形成山中春秋四季之景色。每日进山,早出而晚归,四时之景色变幻多姿,其中之乐趣亦无穷无尽。

那些肩挑背扛而踏歌行路之人，树荫底下纳凉休息之人，搀扶提携之老者儿童，前呼而后应，来来往往，络绎不绝，这是游山之滁州百姓。至溪边捕鱼，水深而鱼肥；以酿泉水酿酒，泉清而酒醇；鲜鱼美酒及各样山菜野味错杂摆放于面前的，是太守陈设的宴席。太守之宴乐，不在丝竹豪华之乐，而在酣饮欢畅之乐；投壶得中者，下棋得赢者，杯盘狼藉之中起坐喧哗者，是尽情欢乐的宾客；而白发苍颜，昏昏然坐于众人之间者，是太守醉翁。

不久，夕阳落山，人影散乱，宾客随太守而归。暮色深而树荫浓，游人离去而鸟雀欢唱。然而鸟雀知山林之乐，而不知人之乐，人们知跟随太守游山之乐，却不知太守之乐乃是其心中独有之乐。醉时能与大家同乐，醒时又能将其记述成文者，是太守。太守是谁？庐陵之欧阳修。

【原文】

环滁皆山也①。其西南诸峰，林壑（hè）尤美。望之蔚然而深秀者，琅琊也②。山行六七里，渐闻水声潺潺（chán），而泻出于两峰之间者，酿泉也③。峰回路转，有亭翼然临于泉上者，醉翁亭也。作亭者谁？山之僧智仙也。名之者谁？太守自谓也。太守与客来饮于此，饮少辄醉，而年又最高，故自号曰醉翁也。醉翁之意不在酒，在乎山水之间也。山水之乐，得之心而寓之酒也。

若夫日出而林霏开，云归而岩穴暝（míng），晦明变化者，山间之朝暮也④。野芳发而幽香，佳木秀而繁阴，风霜高洁，水落而石出者，山间之四时也。朝而往，暮而归，四时之景不同，而乐亦无穷也。

至于负者歌于途，行者休于树，前者呼，后者应，伛偻提携，往来而不绝者，滁人游也⑤。临溪而渔，溪深而鱼肥；酿泉为酒，泉香而酒洌（liè）；山肴野蔌，杂然而前陈者，太守宴也⑥。宴酣之乐，非丝非竹，射者中，弈者胜，觥筹交错，起坐而喧哗者，众宾欢也[7]。苍颜白发，颓然乎其间者，太守醉也。

已而夕阳在山，人影散乱，太守归而宾客从也。树林阴翳，鸣声上下，游人去而禽鸟乐也[8]。然而禽鸟知山林之乐，而不知人之乐；人知从太守游而乐，而不知太守之乐其乐也。醉能同其乐，醒能述以文者，太守也。太守谓谁？庐陵欧阳修也[9]。

【注释】

①滁（chú）：州名。治所在安徽省滁县。②琅琊（láng yá）：琅琊山位于滁县西南十里。③酿（niàng）泉：泉名，即琅琊泉。④林霏（fēi）：树林里的雾气。霏：雾气。⑤伛偻（yǔ lǚ）：腰背弯曲，这里指代老年人。提携：带领，这里指代小孩子。⑥山肴（yáo）：野味。野蔌（sù）：野菜。蔌：菜蔬。⑦丝：弦乐器。竹：管乐器。丝竹，泛指音乐。射：这里指宴饮时的一种游戏，即以箭投壶中，以能否投进决胜负，叫做投壶。古时亦叫射覆。弈（yì）：下棋。觥筹交错：酒杯和酒筹交互错杂。觥：指酒杯。酒筹：宴会行令或游戏时饮酒计数用的签子。⑧阴翳（yì）：形容枝叶茂密成荫。翳：遮盖。⑨庐陵：庐陵郡，就是吉州，现今江西省吉安市。

醒心亭记

[宋] 曾巩

【文意】

欧阳公出任滁州太守第二年，于滁州西南、泉水之滨，建造一亭，名为"丰乐亭"，并亲自写文章为记，说明建亭之意义。其后于丰乐亭东数百步，山之高旷处，又建一亭名为"醒心亭"，嘱我作文以记之。

凡欧阳公与宾客出游时，必到丰乐亭饮酒。醉酒疲惫，必到醒心亭观赏风景，登临远眺：只见群山环绕，云岫烟岚相连，旷野无边，草木葱茏而泉石优美，令人耳目为之一新，醉意全消，而心为之愕然而醒，沉湎于凝望之中，久而忘归，故此命名为醒心亭，且此名源自于唐代文豪韩愈《北湖》之诗句。噫！可以说，欧阳公善于从山水之间取得人生之乐趣，而且他更擅长根据亭子周围的实际景物为之取恰当的名字。

当然，欧阳先生之乐，我能为之描述：他希望皇帝圣明，闲静无为而天下大治；庶民百姓丰衣足食，而无忧无虑；文人学士皆贤良方正，为国家栋梁；四方夷狄乃至鸟兽、草木之生存生长，都应得到最佳的环境与待遇，这才是欧阳先生真正的快乐。先生之乐，岂在一山之角落，一水之岸边，先生不过是将其心中理想之美寄托于山水的景观之美而已。

道德文章如欧阳公之贤者，自韩愈先生之后数百年方得再现于世。如今与其同游之宾客，尚无人知道欧阳公之难遇难得。千百年后，必将有倾慕欧阳先生之为人者，观瞻其所留之遗迹，极欲一睹欧阳先生之风采，而有遥不可及之慨叹，此时才会显示出欧阳先生的真正价值。所以能与欧阳公到此同游者，怎么可以不感到欢欣，感到庆幸呢？而我能够凭借此文将自己的名字列于欧阳公的文章之后，更是不能不感到欢欣，感到庆幸！

宋仁宗庆历七年八月十五日记。

【原文】

滁州之西南，泉水之涯，欧阳公作州之二年，构亭曰"丰乐"，自为记，以见其名之意①。既又直丰乐之东几百步，得山之高，构亭曰"醒心"，使巩记之。

凡公与州宾客者游焉，则必即丰乐以饮。或醉且劳矣，则必即醒心而望，以见夫群山之相环，云烟之相滋，旷野之无穷，草树众而泉石嘉，使目新乎其所睹，耳新乎其所闻，则其心洒然而醒，更欲久而忘归也，故即其事之所以然而为名，取韩子退之《北湖》之诗云②。噫！其可谓善取乐于山泉之间也,而名之以见其实,又善者矣。

虽然,公之乐,吾能言之:吾君优游而无为于上,吾民给足而无憾于下,天下学者皆为材且良,夷狄、鸟兽、草木之生者皆得其宜,公乐也③。一山之隅,一泉之旁,岂公乐哉?乃公所寄意于此也。

若公之贤,韩子殁数百年而始有之④。今同游之宾客,尚未知公之难遇也;后百千年,有慕公之为人,而览公之迹,思欲见之,有不可及之叹,然后知公之难遇也!则凡同游于此者,其可不喜且幸欤?而巩也,又得以文词托名于公文之次,其又不喜且幸欤?

庆历七年八月十五日记。

【注释】

①欧阳公作州:范仲淹"庆历新政"失败,被贬谪,欧阳修上书为之辩护,也被贬为滁州知州,治所在安徽省滁县。本文却在此时,从历史角度,对欧阳公作出高度评价。②韩愈《北湖》:"闻说游湖棹,寻常当此回。应留醒心处,准拟醉时来。"洒然:吃惊的样子。③夷狄:古代对我国中原周边游牧民族的蔑称。④殁(mò):死。

【述评】

两篇文章,都是为建亭而作记,前者是欧阳修饶富诗意的散文名篇,后者是借亭记从历史高度盛赞欧阳修其人的宋代散文佳作。

前篇:文章虽是为亭作记,而实际上倒像记游文字。跟随作者的游踪,走上滁州的琅琊山,一路观赏林壑清泉,直至醉翁亭。继之描述亭子的周边景致:山水相映之美、朝暮交替之美、四季变化之美,由观赏自然之美而产生无穷乐趣,所谓"山水之乐,得自心而寓之酒也"。作者以一种亲切而愉悦的心情,进一步写滁人游山之乐和太守宾客的宴游之乐,最后,"然而禽鸟知山林之乐,而不知人之乐;人知从太守游而乐,而不知太守之乐其乐也"。寥寥数语之议论,引人回味绵长,文势亦显烟波不尽之意,味之愈甘而按之弥深。本文内容看似单纯,其实背景复杂,因而"太守之乐"底蕴深厚。宋仁宗庆历年间,辽、西夏不断入侵,兵饷官俸激增,民穷财困,庆历三年,参知政事范仲淹提出十项改革主张,得到枢密副使富弼的响应,庆历新政推行不久,在强大的保守势力的阻挠下改革失败,欧阳修作为新政朋党被贬官滁州。这里的"太守之乐"乃是发自作者内心深处的对自然山水之美的陶醉,是对自己能与百姓同喜同乐的欢欣,是涤荡胸中忧戚怨嗟后之坦荡,是摆脱官场的龌龊卑劣后之痛快。作者鸿笔丽藻、辞华隽秀,景物描写动静有致,远景近景交织成章,层次丰富,胜境迭陈。文章以作者的游乐行踪将万缕综于一线,成丝连环扣之状,文字有顿挫唱叹之美,韵味无穷。

后篇:曾巩是唐宋八大古文家之一,为人清正廉洁,敢于抗颜犯上。宋神宗熙宁七年,曾巩任襄州知州,朝廷派要员巡视地方,钦差大臣欲以势压人,索要财物。接风宴席上,有别有用心之人讽喻道:"昨夜三更,西南有大星坠落,声震遐迩,随后一小星陨落。"曾巩听出弦外之音,接口说道:"小星必是天狗,天狗连太阳都敢吃,更别说大星了。"结果,全场尴尬,不欢而散。然而,曾巩却对贬谪滁州的欧阳修钦佩得五体投地。文章受欧阳修委托而作,首先说明"醒心"名字的缘由,进而说明"欧阳公之乐"的真正涵义,令我们感知欧阳公襟怀之博大,其耿耿孤忠之难能可贵。于是,欧阳公的形象则浮雕般凸现于人们面前。最后,文章以韩愈之道德文章及其为人作为比较,评价欧阳修的历史地位,今天看来,作者果然言中了!

董宣传

[南北朝] 范晔

【文意】

董宣,字少平,陈留郡圉地人,起初为司徒侯霸所征聘,经举荐屡次升迁,官至北海相。他到任时,郡守副长官公孙丹建造了一处豪宅,而风水先生认定为凶宅,必将死人,公孙丹于是纵使其子杀一过路人，移尸新宅，作替死之鬼，以消灾弭祸。董宣得知后，将公孙丹父子逮捕斩杀。公孙氏为当地高门大姓，其家族亲戚子弟纠集三十余名丁壮，手持兵器至郡府衙门前，聚众闹事，为公孙丹父子鸣冤叫屈。因公孙丹先前曾有依附王莽的劣迹，董宣担心公孙家族勾结海匪，图谋不轨，于是将闹事三十余人全部收押至剧县监狱，指使其属下书佐水丘岑尽数杀戮。

青州刺史上书弹劾董宣滥杀无辜，并收捕拷问水丘岑，董宣也被召往京师，移交刑部廷尉处置，判为死罪。董宣在狱中，每日晨起诵读诗书直至夜晚，无忧无虑。至行刑日，狱官为他端上送行的酒食，董宣断然拒绝，他厉声道："我董宣生平从不吃别人饭食，况且今乃就死之日，更不可！"说罢从容登车赴刑场。当时同刑者九人，依次行刑将及董宣之时，光武帝派特使快马驰至，宣旨赦免，将董宣遣返回狱。光武帝派使者查询董宣滥杀无辜的原因，董宣将公孙氏案之来龙去脉、前因后果，逐一说明，并宣称水丘岑受他指令，罪责在己，愿杀身以保全水丘岑。使臣如实复命，光武帝下旨贬董宣为怀县县令，并令青州府不再追究水丘岑。后来水丘岑官至司隶校尉。

其后，江夏一带有夏喜为首的贼寇于郡内作乱，朝廷派董宣为江夏太守。董宣刚入江夏境内，便派人张贴文告："朝廷因董宣擅长擒杀盗贼，所以委派董宣担任太守一职，现本太守业已兵临江夏地界，下达檄文，望众贼寇，及早自谋生路。"夏喜等闻之，恐惧万分，纷纷散伙归降。当时江夏郡都尉是外戚阴氏，为董宣属下武官，董宣对之轻慢无礼，因此被免官。

而后，董宣又被特别征召为洛阳令。当时，湖阳公主的家奴曾白昼杀人，因藏匿于公主家，官吏无法抓捕。一日公主出行，此家奴随从陪乘，董宣早已守候在夏门亭，于亭前拦住车马，用刀在地上画线，不许越过。董宣高声历数公主之过失，强令该家奴下车，并将其就地正法。公主立即回宫向皇帝告状，皇帝勃然大怒，召来董宣，欲当庭以杖刑杀之。董宣叩首，说道："请允许我讲一句话，然后死而甘心。"皇帝道："想说什么？"董宣道："陛下凭崇高之德政，使大汉王朝得以复兴，然而却放纵家奴杀害良民，如此，将如何治理天下？臣无须用刑，自杀便是！"随即以头冲撞庭柱，血流满面。皇帝令身边小宦官挟持董宣,让他向公主磕头谢罪,董宣坚决不从。宦官强使董宣以头叩地,董宣两手撑地,始终不肯低头。公主说:"文叔做平民时,私藏死罪之人,官吏不敢上门。如今身为天子,权威反不能使一县令听命吗?"皇帝笑道:"天子与平民就是不同嘛!"于是,赦免强项令董宣,并赐钱三十万,董宣一文不留,将其全部分发属下官吏。从此,受到董宣打击的豪强恶霸,无不胆战心惊。京师号称其"卧虎";从此洛阳城太平无事,有民谣歌颂他:"枹鼓不鸣董少平。"

董宣任洛阳令五年,七十四岁以身殉职。皇帝遣使吊唁慰问,只见一床粗布棉被覆盖遗体,妻子儿女相对哭泣。家中仅大麦几斛,破车一辆。光武帝十分伤感,说道:"竟不料董宣之清正廉洁乃至如此境地,只可惜知道得太迟了!"因董宣曾任职二千石,于是追授其艾绶,按大夫礼节安葬。其子董并官拜郎中,后来董并官至齐国相。

【原文】

董宣字少平,陈留圉人也①。初为司徒侯霸所辟,举高第,累迁北海相②。到官,以大姓公孙丹为五官掾③。丹新造居宅,而卜工以为当有死者,丹乃令其子杀道行人,置尸舍内,以塞其咎。宣知,即收丹父子杀之。丹宗族亲党三十余人,操兵诣府,称冤叫号。宣以丹前附王莽,虑交通海贼,乃悉收系剧狱,使门下书佐水丘岑尽杀之④。青州以其多滥,奏宣考岑,宣坐征诣廷尉。在狱,晨夜讽诵,无忧色。及当出刑,官属具馔送之,宣乃厉色曰:"董宣生平未曾食人之食,况死乎!"升车而去。时同刑九人,次应及宣,光武驰使驺骑(jì)特原宣刑,且令还狱⑤。遣使者诘(jié)宣多杀无辜,宣具以状对,言水丘岑受臣旨意,罪不由之,愿杀臣活岑。使者以闻,有诏左转宣怀令,令青州勿案岑罪。岑官至司隶校尉。

后江夏有剧贼夏喜等寇乱郡境,以宣为江夏太守。到界，移书曰："朝廷以太守能擒奸贼，故辱斯任。今勒兵界首，檄到，幸思自安之宜。"喜等闻，惧，即时降散。外戚阴氏为郡都尉，宣轻慢之，坐免⑥。

后特征为洛阳令。时湖阳公主苍头白日杀人，因匿主家，吏不能得⑦。及主出行，而以奴骖乘，宣于夏门亭候之，乃驻车叩马，以刀画地，大言数主之失，叱奴下车，因格杀之⑧。主即还宫诉帝，帝大怒，召宣，欲棰（chuí）杀之。宣叩头曰："愿乞一言而死。"帝曰："欲何言？"宣曰："陛下圣德中兴，而纵奴杀良人，将何以理天下乎？臣不须棰，请得自杀。"即以头击楹，流血被面，帝令小黄门持之，使宣叩头谢主，宣不从，强使顿之，宣两手据地，终不肯俯。主曰："文叔为白衣时，臧亡匿死，吏不敢至门。今为天子，威不能行一令乎⑨？"帝笑曰："天子不与白衣同。"因敕强项令出，赐钱三十万，宣悉以班诸吏⑩。由是搏击豪强，莫不震栗。京师号为"卧虎"。歌之曰："枹鼓不鸣董少平⑪。"

在县五年。年七十四，卒于官。诏遣使者临视，唯见布被覆尸，妻子对哭，有大麦数斛、敝车一乘。帝伤之，曰："董宣廉洁，死乃知之！"以宣尝为二千石，赐艾绶，葬以大夫礼⑫。拜子并为郎中，后官至齐相。

【注释】

①陈留：郡名，今河南开封东南。圉（yǔ）：今河南杞县圉镇。②北海：东汉诸侯国。北海相：诸侯国的地方长官，相当于郡太守，为二千石级别官员。③五官掾（yuàn）：郡守的佐治官。④王莽：西汉末年王莽篡政，建立新朝，以改制倒行逆施，引发赤眉、绿林农民起义，后光武帝刘秀建立东汉。剧狱：剧县（今山东寿光县）监狱。书佐：主办文书的佐吏。⑤骖：同骖。原：赦免。⑥江夏郡阴氏是光

武帝皇后母家。⑦湖阳公主：刘秀姐姐。苍头：家奴。⑧骖(cān)乘：陪乘。夏门亭：洛阳城北夏门外的万寿亭。格杀：杀死。⑨文叔：刘秀的字。臧(zāng)亡匿(nì)死：隐藏逃亡和犯死罪的人。臧：同藏。⑩强项令：这是给董宣起的外号。项：脖颈。称赞他不为权势所屈。班：分发。⑪枹(fú)鼓不鸣董少平：赞美董宣执法严明，民无冤情。枹鼓：击鼓鸣冤。⑫二千石：汉代以俸禄多少表示官员级别。董宣做过年俸二千石的官员。艾绶(shòu)：古代系官印的丝带，为二千石以上的高级官员所佩带。

段太尉逸事状①

[唐] 柳宗元

【文意】

段太尉出任泾州刺史时，汾阳王郭子仪以副元帅之职出镇蒲州。郭子仪之子郭晞任尚书，兼行营节度使，代理郭子仪统领军队，以客军名义驻于邠州，放纵士兵横行不法。邠州地区的地痞无赖、狡黠贪婪之徒，多以财物行贿，将自己的名字列入军中，于是便肆无忌惮、胡作非为，官吏不敢过问。他们每天成群结队于街市上巧取豪夺，稍不如意，则大打出手，断人手足，砸烂器物，破盆烂罐道路狼藉；裸臂袒胸扬长而去，乃至撞杀孕妇。邠宁节度使白孝德碍于汾阳王郭子仪功高望重之威仪，忧思重重，有苦难言。

段太尉自泾州以文书将此情禀告节度府，希望就此事商议办法，段太尉见到白孝德便说："天子把百姓托付于您，您亲见百姓被如此强暴祸害，仍能安之若素，大乱一触即发，您将如何？"白孝德道："愿闻高见。"太尉道："我任泾州刺史之职，清闲无事。眼下并无敌寇而百姓却惨遭残害，实在于心不忍；况且事关国家边地之安危，干系重大。您肯任命我为都虞侯，我能为您制止骚乱，使您治下百姓不再遭受侵害。"白孝德说："好极！"立刻答应段太尉的请求。

太尉任都虞侯之职一个月后，郭晞的部下十七名士兵入市取酒，以刀刺伤卖酒老翁，砸坏酒器，酒流入水沟中。太尉将十七人尽数逮捕,立斩,将头悬挂长矛之上,竖立市场门外。郭晞全军骚动,披挂铠甲,全副武装。白孝德大为惊恐,立召太尉急问:"现在如何是好?"太尉平静地答道:"没事!我还要到军中去,有话要说。"白孝德派几十兵士跟随,太尉将其全部辞退,解除随身佩刀,挑一跛脚老兵牵马,来到郭晞的军门前。甲胄之士自门内蜂拥而出,太尉笑着走进去,说:"杀一老兵,何须如临大敌?我带着我的脑袋来了。"武士们一时惊呆,段太尉乘机开导他们:"郭尚书哪里对不起你们?副元帅哪里对不起你们?你们为何要制造暴乱以败坏郭氏的名望?告诉郭尚书,出来见我。"

郭晞出来见太尉,太尉道:"副元帅功勋盖世,应当力求善始善终。您郭尚书现在放纵士兵行凶施暴,即将引发变乱,此乃祸乱天子边境之重罪,谁来承担罪名?此罪势必将牵连副元帅。如今邠地歹徒恶霸以财物行贿,将名字混入军籍,杀人害命,如此下去,不加以制止,无须几日大乱即起,大乱起自尚书军中,人们必以为尚书倚仗副元帅,不严格治军所致,如此,则郭氏一门之英名,所存者尚有几分?"话没说完,郭晞再三拜谢,道:"郭晞幸而得以聆听先生教诲,可谓恩德如山,我愿率全军听命于先生。"郭晞回头呵斥部下,道:"立刻全体解除武装,解散归队,胆敢喧哗滋事者,斩!"太尉说:"我没吃晚饭,请为我备一餐便饭。"饭后,太尉又说:"我旧病发作,想在此地留住一宿。"命牵马人回去,明日来接,于是便住宿军营中。郭晞不敢解衣入睡,命士卒整夜击柝护卫段太尉。次日清晨,郭晞陪段太尉同至白孝德府邸,当面道歉,自责无能,愿改正错误。从此邠州再无祸乱。

在此以前,太尉曾在泾州担任营田官。泾州大将焦令谌霸占民田,多达数十顷,租给农民耕种,放话:"庄稼熟时,一半归我。"这年大旱,田野寸草不生。农民将旱情告诉焦令谌,焦令谌说:"我只知收取谷物的数量,不知何为旱灾!"他反倒变本加厉催逼,农民将要饿死,没有谷子偿还,只得求告段太尉。

太尉写了一纸判状,词语谦和,派人求见焦令谌并送达判状。焦令谌大怒,将告状农夫叫去,说:"难道我怕段某人吗?你居然敢去告我!"将状纸铺在农夫背上,以大杖重打二十。农夫已奄奄一息,被抬入太尉庭院,太尉见状痛哭失声,说:"是我害了你!"赶紧亲自取水为他洗净血迹,撕破自己的衣裳为他包扎伤口,亲手为他搽敷良药,每天早晚先给农夫亲自喂食物,然后自己才吃饭。他将自己的坐骑卖掉,买谷子代农夫偿还地租,不使对方知道。

驻扎邠州的淮西军主帅尹少荣,为人刚直,他来见焦令谌,大骂:"你还算是人吗?泾州赤地千里,百姓都将饿死;而你却定要收租,还用大杖重打无罪之人。段公乃仁义长者,你不知敬重,段公将自己仅有的一匹马贱卖,换得谷子替人交租给你,你竟然收下,毫无羞耻之心!你藐视天灾、冒犯长者、重打无罪之人,凭白收取仁者之谷物,使其主人出门无马,你这种人将以何面目面对皇天后土?连最低贱的奴才都不如!"焦令谌虽然为人骄横暴戾,但听完这番话,深为惭愧以致大汗淋漓,吃不下饭,说:"我今生没脸去见段公!"一天晚上,他自己恼恨而死。

段太尉从泾州任上被征召为司农卿入京时,他告诫家人说:"搬家经过岐州时,朱泚可能赠送财物,千万不要接受。"待到家人过岐州时,朱泚执意要送大绫三百匹。太尉女婿韦晤坚持不收,结果还是没能推辞掉。至京都,太尉大发脾气:"你们竟然还是没听我话!"韦晤谢罪道:"人微言轻,坚拒而不得。"太尉说:"但是,无论如何不能将这批东西放在家里。"于是将绫绢送到司农卿官衙治事大堂,安放于屋梁之上。朱泚谋反后,太尉被杀,官吏将此事告知朱泚,朱泚命人取下,只见原先封存的标记俱在。

以上是段太尉逸事。

元和九年某月某日,永州司马员外置同正员柳宗元向史馆将此文恭谨以呈。现今人们对太尉殉节之称颂,大抵认为只是武夫奋一时之勇,不惧生死,以此博取誉满天下之名声,而不了解太尉的立身处世,其实并非如此。我曾往来于歧、周、邠、斄之间,行经真定,北上马岭,过岗亭、堡垒、哨所等,喜欢向年迈的和退役的将士私下探询,他们都能讲述太尉的一些具体实事。太尉为人和颜悦色,经常低头拱手走路,说话言语谦卑和气,待人接物从无疾言厉色。见到他的人,皆以为是位儒士学究。但遇到他反对的事,他不达目的决不罢休,因此对他而言,杀身成仁之事绝非偶然。适逢永州刺史崔公来,他言而有信、行为正直,对段太尉的遗事了解得十分翔实,经与他反复核对没有疑义。因担心史官搜集的资料尚有遗漏,于是将此文送交执事。谨此为状。

【原文】

太尉始为泾州刺史时,汾阳王以副元帅居蒲②。王子晞为尚书,领行营节度使,寓军邠州,纵士卒无赖③。邠人偷嗜暴恶者,率以货窜名军伍中,则肆志,吏不得问。日群行丐取于市,不嗛,辄奋击折人手足,椎釜鬲瓮盎盈道上,袒臂徐去,至撞杀孕妇人④。邠宁节度使白孝德以王故,戚不敢言。

太尉自州以状白府,愿计事。至则曰:"天子以生人付公理,公见人被暴害,因恬然。且大乱,若何?"孝德曰:"愿奉教。"太尉曰:"某为泾州,甚适,少事;今不忍人无寇暴死,以乱天子边事。公诚以都虞侯命某者,能为公已乱,使公之人不得害⑤。"孝德曰:"幸甚!"如太尉请。

既署一月,晞军士十七人入市取酒,又以刃刺酒翁,坏酿器,酒流沟中。太尉列卒取十七人,皆断头注槊(shuò)上,植市门外。晞一营大噪,尽甲。孝德震恐,召太尉曰:"将奈何?"太尉曰:"无伤也!请辞于军。"孝德使数十人从太尉,太尉尽辞去。解佩刀,选老躄(bì)者一人持马,至晞门下。甲者出,太尉笑且入曰:"杀一老卒,何甲也?吾戴吾头来矣!"甲者愕,因谕曰:"尚书固负若属耶?副元帅固负若属耶?奈何欲以乱败郭氏?为白尚书,出听我言。"

晞出见太尉。太尉曰:"副元帅勋塞天地,当务始终。今尚书恣卒为暴,暴且乱,乱天子边,欲谁归罪?罪且及副元帅。今邠人恶子弟以货窜名军籍中,杀害人,如是不止,几日不大乱?大乱由尚书出,人皆曰尚书倚副元帅,不戢

(jí)士。然则郭氏功名，其与存者几何？"言未毕，晞再拜曰："公幸教晞以道，恩甚大，愿奉军以从。"顾叱左右曰："皆解甲散还火伍中，敢哗者死！"太尉曰："吾未哺食，请假设草具。"既食，曰："吾疾作，愿留宿门下。"命持马者去，旦日来，遂卧军中。晞不解衣，戒候卒击柝（tuò）卫太尉。旦，俱至孝德所，谢不能，请改过。邠州由是无祸。

先是，太尉在泾州为营田官⑥。泾大将焦令谌（chén）取人田，自占数十顷，给与农，曰："且熟，归我半。"是岁大旱，野无草，农以告谌。谌曰："我知入数而已，不知旱也。"督责益急，农且饥死，无以偿，即告太尉。

太尉判状辞甚巽（xùn），使人求谕谌。谌盛怒，召农者曰："我畏段某耶？何敢言我！"取判铺背上，以大杖击二十，垂死，舆来庭中。太尉大泣曰："乃我困汝！"即自取水洗去血，裂裳衣疮，手注善药，旦夕自哺农者，然后食。取骑马卖，市谷代偿，使勿知。

淮西寓军帅尹少荣，刚直士也⑦。入见谌，大骂曰："汝诚人耶？泾州野如赭（zhě），人且饥死；而必得谷，又用大杖击无罪者。段公，仁信大人也，而汝不知敬。今段公唯一马，贱卖市谷入汝，汝又取不耻。凡为人傲天灾、犯大人、击无罪者，又取仁者谷，使主人出无马，汝将何以视天地，尚不愧奴隶耶！"谌虽暴抗，然闻言则大愧流汗，不能食，曰："吾终不可以见段公！"一夕，自恨死。

及太尉自泾州以司农征，戒其族："过岐，朱泚幸致货币，慎勿纳⑧。"及过，泚固致大绫三百匹。太尉婿韦晤坚拒，不得命。至都，太尉怒曰："果不用吾言！"晤谢曰："处贱无以拒也。"太尉曰："然终不以在吾第。"以如司农治事堂，栖之梁木上。泚反，太尉终，吏以告泚，泚取视，其故封识具存。

太尉逸事如右。

元和九年月日，永州司马员外置同正员柳宗元谨上史馆。今之称太尉大节者，出入以为武人一时奋不虑死，以取名天下，不知太尉之所立如是。宗元尝出入岐、周、邠、鄠间，过真定，北上马岭，历亭障堡戍，窃好问老校退卒，能言其事⑨。太尉为人姁姁，常低首拱手行步，言气卑弱，未尝以色待物；人视之，儒者也。遇不可，必达其志，决非偶然者。会州刺史崔公来，言信行直，备得太尉遗事，复校无疑。或恐尚逸坠，未集太史氏，敢以状私于执事。谨状。

【注释】

①段太尉：段秀实，字成公；官至泾州刺史兼泾原郑颍节度使；唐德宗时任司农卿，原卢龙节度使朱泚谋反，段太尉在朝中怒斥之，并以朝笏打破朱泚面额，因而被害，死后追赠为太尉。状：也称"行状"，是记叙死者生平事迹的一种文体。逸事状则专录人物的遗闻逸事，是状的一种变体。②泾（jīng）州：治所在安定（今甘肃泾川北）。汾阳王：即郭子仪。郭子仪平定安史之乱有功，唐肃宗宝应元年进封汾阳王。唐代宗广德二年，郭子仪兼任关内、河东副元帅。蒲：州名，治所在今山西省永济县。③王子晞（xī）：郭晞，汾阳王郭子仪第三子，随父征伐，屡建战功，后于大历中追赠兵部尚书。当时郭子仪入朝，郭晞代河东节度使，故称"领行营节度使"。行营：元帅行军在外的驻所。邠（bīn）州：治所在今陕西省彬县。④嗛（qiè）：满足。釜（fǔ）：锅。鬲（lì）：三脚烹饪器。瓮（wèng）：盛酒的陶器。盎（áng）：腹大口小的瓦盆。⑤都虞（yú）侯：管辖军队的执法官。⑥营田官：白孝德初任邠宁节度使时，以段秀实为营田副使。⑦淮西：唐代方镇名。淮西寓军：暂居泾州的淮西军队。⑧以司农征：唐德宗建中元年，段秀实自泾原度使被召为司农卿。司农卿，为司农寺长官，掌国家储粮用粮之事。岐：州名，治所在今陕西省凤翔县南。朱泚（cǐ）：昌平（今北京市昌平县）人，曾任卢

龙节度使,后泾原军在京哗变,他被拥立为帝,不久被击败,为部将所杀。⑨岐、周、邠(bīn)、麓(tái):地名,均在今陕西省境内。真定、马岭:均为甘肃省境内地名。

【述评】

"刺讥不惮将相,诛恶不避豪强,诛不制之贼,解国家之忧,功著职修,威信不废,诚国家爪牙之吏,折冲之臣。"(班固《汉书》)

前篇:专制制度下,人治则非同法治,虽法典俱在,但有法不依,形同虚设。一般官僚遇事,或阿谀顺旨,一切听凭上谕;或相与推诿扯皮,历久不决;或徇私徇情,舞弊枉法。然而,执法者亦有如董宣者,其性情峭刻劲厉若利刃钢锋,遇事必使迎刃而解。董宣对贵戚、豪强决不宽贷,湖阳公主家奴白昼杀人,董宣挡住公主马车,当公主的面拉下车,就地格杀。光武帝为维护自己姐姐的情面,要他向公主叩头谢罪,董宣坚决不肯,"强使顿之,宣两手据地,终不肯俯",被皇帝称为"强项令","强项令"者,即不畏权势,疾恶如仇,宁死不屈之意。董宣对下宽仁重义,有爱护,有担当。对自己异常严苛,洁身自好。董宣死时家中之凄凉景况,披露了封建时代一特异现象:官僚集团内部利益分配极不均匀,中下级官吏的薪俸极低,不仅不能维持其应有体面,甚至连生存活命都很艰难,几乎所有的清官全都穷得可怜。他们手中之权力与其收入极不相称,因此所谓"无官不贪",似乎这制度本身就带有逼良为娼的意味。

后篇:段秀实与董宣之不同在于:段秀实之大智大勇表现为外柔内刚,外弱内强。郭晞全军剑拔弩张之时,段秀实不带武器,带一年老跛足随从牵马,声称:"吾带吾头来矣!"似乎是畏罪前来送死,见到郭晞则慷慨陈词,晓以大义,击中要害,令郭晞心折而诚服。留宿军营,则又见段秀实之坚韧与耐心,考量郭晞改过的诚意和决心。段秀实以大仁大义取胜焦令谌,他全心全意救助、安抚一个无力交租的农民,使狂暴施虐的大将声誉扫地,淮西寓军帅尹少荣对焦令谌的怒斥,代表了公正舆论的谴责。最后,段秀实拒收朱泚的大绫一事,显见段秀实对朱泚其人之判断,相当精准,且对此人心怀不轨已有一定程度的觉察,同时也彰显出段秀实廉洁清正的节操。

祭十二郎文

[唐] 韩愈

【文意】

某年某月某日，叔父韩愈在得知你去世消息的第七天，方才忍痛含悲具文以倾诉衷情，并派建中远道带去时鲜食品，告祭你十二郎之灵前：

呜呼！我儿时丧父，至年长亦未知何为父母之爱，只知道兄嫂是我唯一的依靠。兄长不幸中年亡故于南方，当时你我尚在年幼，跟随嫂嫂将灵柩送回祖籍河阳安葬。其后，我与你一起就食求生于江南，孤苦伶仃、相依为命，未曾有一日之分离。我之上有兄长三位，皆不幸早亡，承先人之后嗣者，在孙辈唯你，在儿辈唯我，两世独苗，形单影只。嫂嫂曾手抚你而又手指我，说："韩氏两代，唯此二人而已！"那时你年纪更小，应不会记得；我虽记得，当时却也不能领会其言语之悲戚！

十九岁时，我初到京城。四年后，才回去见你一次。又过四年，我到河阳扫墓，而你送嫂嫂灵柩前来安葬，彼此相遇。二年后，我在汴州辅佐董丞相，你来看望我，留住约一年，你归取家眷，本指望彼此长久同居一处。而不料，第二年董丞相去世，我离开汴州，你未能来成。那年，我又任职于徐州，派去接你的人刚动身，我即离任而去，你又未能来成。我当时考虑：你即便跟我在东边同住，咱们也都同样是客居异乡，非长久之计；欲图长远，不如将来一同西归故乡河阳，我可先行将故居收拾停当再去接你。呜呼！岂料你突然撒手人寰竟离我而去了呢？想当初，我与你都还年轻，总以为虽暂时分别，终归能长久相聚，因此我才离你而旅居长安，以求微薄之俸禄。诚知如此之结果，纵然去做公侯卿相，我也断不肯离你一天而去赴任！

去年，孟东野前往江南，我托他稍信给你，说："我现在未到四十，已经视力模糊、头发花白、牙齿摇动。想到诸位父兄，正值康强壮盛之年皆尽早逝，我如此衰弱之身，岂能久居人世？我无法离开职守，你又不肯前来，恐我旦暮之一死，你将抱恨终生。"谁能料到竟然是：年少者死，而年长者存；强壮者夭折，而衰弱者苟全。呜呼！难道果真是如此吗？还是在做梦？还是其传信不真？如果是真，那么我兄乃德高望重之君子，反倒令其子夭亡而绝后吗？以十二郎之纯正贤明反倒不能承受其恩泽吗？年轻强壮者夭亡，而年老衰弱者存世，我实在不敢相信这是事实！如果是梦，或所传噩耗非真，然而东野之书信，耿兰之讣告，却又为何就在我身边呢？呜呼！事实确定无疑！以我兄之德高望重而夭折其后人，以你之纯正贤明本应长久延续其家业，却未能承受父亲之恩泽。此正所谓天意难测而神道难明！正所谓事理不可推求，而寿命不可预测啊！虽说如此，我今年以来，花白的头发几欲全白，松动的牙齿已渐次脱落，身体日衰而精神愈差，不知何日即将随你而去。若能死后有知，我们之分离其实又有多久？倘若死后无知，我之悲痛恐无几日，而死后没有悲伤之岁月却将会无休无止，岂不更令人痛彻心扉！你儿子只一岁，我儿子才五岁，年轻力壮者尚不能保全，孩子如此年幼，又怎能指望其成人而立业？呜呼哀哉！呜呼哀哉！

去年你来信："近来得软脚病，而且日益加剧。"我说："这是江南常有的疾病。"未曾为此担忧，呜呼！谁知你竟会因此而丧生！或者还是另有疾病不及救治，皆不得而知。你的来信写于六月十七日，东野却说你死于六月二日，耿兰之丧报又无日期。大概东野的使者，不知道应向家人问明日期，而耿兰也不懂得应报明日期；还是东野给我写信时，才问使者，而使者信口编排个日期呢？而其究竟如何，依然是不得而知。

现在我派建中来祭奠你，慰问你的孩子和你的乳母。他们的口粮如能维持到丧期结束，就丧期结束后把他们接来；如果不能，就马上把他们接来。其余奴婢，则命他们一起为你守丧。待我有能力迁葬时，定将你安葬于祖先墓域，然后才能了却我的心愿。

呜呼！你患病我不知其时间，你去世我不知其日期；生不能同居相照应，死没能抚尸以尽哀，入殓之时不曾依棺守灵，下葬之日没有亲临墓穴。我之行为，不慈不孝，辜负神明，致使你命薄早夭。既不得与你相依而生，又不能与你相守以死；一在天之涯，一在地之角；

生而不能形影相随，死而不能梦魂相接；错实在我，又有何怨？仰望苍天，我心之伤悲，将永无休止！从今以后，对于人世我已无所留恋，我将于伊水、颍水之旁置田地数顷，度我余年。教养你我的儿子，盼望他们长大成人；抚养你我的女儿，等待她们出嫁，我的心愿仅此而已。呜呼！言有尽而悲情无尽，不知你知也不知？呜呼哀哉！尚飨！

【原文】

年月日，季父愈闻汝丧之七日，乃能衔哀致诚，使建中远具时羞之奠，告汝十二郎之灵①：

呜呼！吾少孤，及长，不省所怙，惟兄嫂是依②。中年，兄殁南方，吾与汝俱幼，从嫂归葬河阳，既又与汝就食江南，零丁孤苦，未尝一日相离也③。吾上有三兄，皆不幸早逝，承先人后者，在孙惟汝，在子惟吾，两世一身，形单影只。嫂尝抚汝指吾而言曰："韩氏两世，惟此而已！"汝时尤小，当不复记忆；吾时虽能记忆，亦未知其言之悲也。

吾年十九，始来京城，其后四年而归视汝④。又四年，吾往河阳省坟墓，遇汝从嫂丧来葬。又二年，吾佐董丞相于汴州，汝来省吾；止一岁，请归取其孥⑤。明年，丞相薨（hōng），吾去汴州，汝不果来。是年，吾佐戎徐州，使取汝者始行，吾又罢去，汝又不果来⑥。吾念汝从于东，东亦客也，不可以久；图久远者，莫如西归，将成家而致汝⑦。呜呼！孰谓汝遽（jù）去吾而殁乎！吾与汝俱少年，以为虽暂相别，终当久相与处，故舍汝而旅食京师，以求斗斛（hú）之禄；诚知其如此，虽万乘之公相，吾不以一日辍（chuò）汝而就也！

去年孟东野往，吾书与汝曰："吾年未四十，而视茫茫，而发苍苍，而齿牙动摇。念诸父与诸兄，皆康强而早逝，如吾之衰者，其能久存乎⑧？吾不可去，汝不肯来，恐旦暮死，而汝抱无涯之戚也！"孰谓少者殁而长者存，强者夭而病者全乎！呜呼！其信然耶？其梦耶？其传之非其真耶？信也，吾兄之盛德而夭其嗣（sì）乎？汝之纯明而不克蒙其泽乎？少者强者而夭（yāo）殁，长者衰者而存全乎？未可以为信也！梦也，传之非其真也，东野之书，耿兰之报，何为而在吾侧也⑨？呜呼！其信然矣！吾兄之盛德而夭其嗣矣，汝之纯明宜业其家者，不克蒙其泽矣！所谓天者诚难测，而神者诚难明矣！所谓理者不可推，而寿者不可知矣！虽然，吾自今年来，苍苍者或化而为白矣，动摇者或脱而落矣。毛血日益衰，志气日益微，几何不从汝而死也！死而有知，其几何离？其无知，悲不几时，而不悲者无穷期矣。汝之子始一岁，吾之子始五岁。少而强者不可保，如此孩提者，又可冀其成立耶？呜呼哀哉！呜呼哀哉！

汝去年书云："比得软脚病，往往而剧⑩。"吾曰："是疾也，江南之人，常常有之。"未始以为忧也。呜呼！其竟以此而殒（yǔn）其生乎？抑别有疾而至斯乎？汝之书，六月十七日也。东野云：汝殁以六月二日，耿兰之报无月日。盖东野之使者不知问家人以月日；如耿兰之报，不知当言月日。东野与吾书，乃问使者，使者妄称以应之耳。其然乎？其不然乎？

今吾使建中祭汝，吊汝之孤与汝之乳母。彼有食可守以待终丧，则待终丧而取以来；如不能守以终丧，则遂取以来。其余奴婢，并令守汝丧。吾力能改葬，终葬汝于先人之兆，然后惟其所愿。

呜呼！汝病吾不知时，汝殁吾不知日；生不能相养以共居，殁不得抚汝以尽哀；敛不凭其棺，窆不临其穴⑪。吾行负神明，而使汝夭；不孝不慈，而不得与汝相养以生，相守以死。一在天之涯，一在地之角，生而影不与吾形相依，死而魂不与吾梦相接。吾实为之，其又何尤！彼苍者天，曷

(hé）其有极！自今已往，吾其无意于人世矣！当求数顷之田于伊、颍（yǐng）之上，以待余年。教吾子与汝子，幸其成；长吾女与汝女，待其嫁，如此而已。呜呼！言有穷而情不可终，汝其知也耶！其不知也耶！呜呼哀哉！尚飨⑫！

【注释】

①年月日：指写作此祭文的时间暂空，到祭灵时现填。季父：小叔。建中：韩愈家仆。时羞：应时菜肴。②省（xǐng）：懂得。所怙（hù）：指父亲。③中年：指兄长韩会去世正当中年（四十二岁）。河阳：今河南孟县，韩氏祖墓在此。江南：指宣州（今安徽宣城），韩氏有别业在此，当时中原动乱，韩愈全家避居于此，韩愈时年仅十四岁。④始来京城：贞元二年，韩愈离宣州到长安参加进士考试。⑤董丞相：董晋。汴（biàn）州：今河南开封。当时韩愈任董晋的观察推官。⑥吾佐戎（róng）徐州：佐戎：指协助军务。当时张建封为徐州刺史兼武宁军节度使，韩愈贞元十五年春任节度推官，及秋辞去。⑦从于东：指跟韩愈到汴州、徐州等地，韩愈是邓州南阳人，汴、徐在南阳之东。西归：指回南阳老家。⑧孟东野：即孟郊，韩愈好友。他出任溧阳县尉，距离十二郎所居之宣州很近，故韩愈托他捎信。⑨耿（gěng）兰：十二郎的家仆。⑩比：近来。软脚病：江南地区流行的一种疾病，得此病者，立不稳、走不久，与气候、食物及遗传有关。⑪殓（liàn）：把死人装入棺材。窆（biǎn）：落葬。⑫尚飨（xiǎng）：祭文专用的敬辞，表示请死者享用祭品。

祭妹文

[清] 袁枚

【文意】

乾隆三十二年冬，葬三妹素文于上元羊山之上，并作此文以致祭奠：

呜呼！你生于浙江却葬在此地，远离故乡七百余里，当初即使在你梦幻之中，恐也不曾料到这里竟是你的埋骨之所。

你本遭不幸误嫁歹人而被遗弃，却又因坚守从一而终的观念，陷身于孤苦落拓之境；虽属天意安排、命中注定，然而导致你到如此地步，也未尝不是我的过错。我幼年从师学习儒家经典，你常同我并肩而坐，爱听古人忠孝节义之类故事；一旦长大成人，你便要亲身实践。呜呼！假使你不懂诗书，或许未必如此苦守贞节。

记得小时候，我捉蟋蟀，你也在中间跑来跑去，奋臂出手，抢先捕捉；寒冬之时，蟋蟀冻僵，咱俩又为之营造墓穴。我今天亲自将你入殓安葬，而当年如烟之往事，却滚滚而来，那些玩耍游戏的情景，一一呈现，如在目前。当我九岁时，正在书房休息，你梳着两只发髻，披了一件细绢单衣进来，于是咱俩就共同温习《诗经》中的《缁衣》诗篇；老师恰好开门进来，听到两个孩子的琅琅书声，不禁微笑，"啧啧"连声。此事是在七月十五日，你在九泉之下，定会清楚记得。当我刚成年时，要离家前往广东，你牵住我的衣裳，伤心痛哭。三年之后，我考中进士，衣锦还乡。你从东厢房手扶长桌出来，全家人先是茫然瞪目，后则相视而笑，不记得当时话是从何说起，大概是说京城考试经历及报信迟早等情况。凡此种种琐碎之事，虽尘封已久，但只要我一日未死，则一日不能忘却。往事积聚于胸中，思之令人凄惶悲咽，其如影在目，历历可辨，似乎非常清晰，但欲逼近之，便又皆尽消失。真悔当年没有把儿时情状、详情细节一一记录保存。然而你已不在人世，即便时光可以倒流，儿童时代可以重来，却也没有可以为之对照印证之人了。

你断然脱离高氏回归娘家后，堂上老母，依仗你照料扶持；家中的文书事务，指靠你去妥善办理。一般说来妇女中很少有通晓经书义理、熟识文章典故之人，你嫂嫂虽则性情温柔和顺，但在这方面却稍有欠缺。所以自你回家后，虽为你的不幸而难过，而实际上我却相当欢喜。我比你年长四岁，通常应当是长者先亡，我可将身后之事托付于你，没有想到你竟先我离人世而去。前年我生病，你通宵不眠察探病情，减一分则喜，增一分则忧。后来，病情虽略有好转，但我仍然身体虚弱，久困床榻之上，无所消遣，你给我讲稗官野史中令人好笑或令人惊奇的故事，使我得以借此一乐。呜呼！自今以后，若再有病痛，教我何处去呼唤你呢？

你的病，我相信了医生的话以为不要紧，所以才远走扬州。你怕我为你担忧，不许给我报信。直到生命垂危之时，母亲问你："盼望哥哥回来吗？"你方才勉强允诺。你临去之前一日，我在梦中见到你来诀别，得此不祥之兆，我归心似箭，飞舟渡江。果然，我于午后未时到家，而你已在午前辰时停止呼吸，四肢尚有余温，一目尚且未闭，也许你在忍痛等待阿兄我。呜呼，痛哉！早知有此诀别，我岂肯离家远游？即使外出，也应及早向你倾尽心中之言，商定难办之事。而如今悔之晚矣！除非我死，否则再无相见之日。可我又不知道何日死，可以见到你；而死后究竟有无知觉，能否相见，还是个未知之数。我将为此抱无穷之遗憾，天哪！我的亲人！难道你就这样离我而去了吗？

你的诗，我已经付印了；你的女儿，我已替你嫁出去；你的生平，我已写了传记；只有你的墓穴，还没有安排好。咱们家祖先的墓域在杭州，但是江广河深、路途遥遥，势难归葬于祖坟，所以请示母亲后，将你安葬于此地，便于祭奠扫墓。你之墓侧，葬有你女儿阿印，其下有两坟，一为父亲侍妾朱氏，一为我之侍妾陶氏。羊山空旷辽阔，南望为广原平川，西望则为栖霞山；风雨晨昏，你羁留异乡之精魂有伴侣相陪，当不致孤栖寂寞。可怜的是：我自从戊寅年读你所写的哭侄诗后，至今无子；两个牙牙学语的女儿，于你死后出生，现在才只周岁。因母亲健在，自己不敢言老，但牙齿动摇，头顶已秃，心中自知，今生我已来日无多。阿品弟远在河南为官，也无子女，全家九族之内竟无传宗接代之人。你死我葬，而我死谁埋？你九泉有灵，能否告我，我将如何是好？

呜呼！生前之事既不可测，身后之事又不可知；哭而不闻你之回应，祭又不见你来享用。纸钱飞灰，北风呼啸，阿兄即将归去了，却又不禁频频回头相望。呜呼哀哉！呜呼哀哉！

【原文】

乾隆丁亥冬，葬三妹素文于上元之羊山，而奠以文曰：

呜呼！汝生于浙而葬于斯，离吾乡七百里矣，当时虽觭梦幻想，宁知此为归骨所耶①！

汝以一念之贞，遇人仳离，致孤危托落，虽命之所存，天实为之；然而累汝至此者，未尝非予之过也②。予幼从先生授经，汝差肩而坐，爱听古人节义事；一旦长成，遽躬蹈之。呜呼！使汝不识诗书，或未必艰贞若是。

予捉蟋蟀，汝奋臂出其间；岁寒虫僵，同临其穴。今予殓汝葬汝，而当日之情形，憬然赴目。予九岁，憩书斋，汝梳双髻，披单缣来，温《缁衣》一章③。适先生奓户入，闻两童子音琅琅然，不觉莞尔，连呼则则④。此七月望日事也，汝在九原，当分明记之。予弱冠粤行，汝倚（jǐ）裳悲恸。逾三年，予披宫锦还家，汝从东厢扶案出，一家瞠视而笑，不记语从何起，大概说长安登科、函使报信迟早云尔⑤。凡此琐琐，虽为陈迹，然我一日未死，则一日不能忘。旧事填膺，思之凄梗，如影历历，逼取便逝。悔当时不将嫛婗情状，罗缕记存⑥。然而汝已不在人间，则虽年光倒流，儿时可再，而亦无与为证印者矣。

汝之义绝高氏而归也，堂上阿奶仗汝扶持，家中文墨眡汝办治⑦。尝谓女流中最少明经义、谙（ān）雅故者，汝嫂非不婉嫕（yì），而于此微缺然。故自汝归后，虽为汝悲，实为予喜。予又长汝四岁，或人间长者先亡，可将身后托汝；而不谓汝之先予以去也！前年予病，汝终宵刺探，减一分则喜，增一分则忧。后虽小差，犹尚殗殜，无所娱遣，汝来床前，为说稗官野史可喜可愕之事，聊资一欢⑧。呜呼！今而后，吾将再病，教从何处呼汝耶？

汝之疾也，予信医言无害，远吊扬州。汝又虑戚吾心，阻人走报；及至绵惙（chuò）已极，阿奶问："望兄归否？"强应曰："诺"。已予先一日梦汝来诀，心知不祥，飞舟渡江。果予以未时还家，而汝以辰时气绝⑨。四支犹温，一目未瞑，盖犹忍死待予也。呜呼，痛哉！早知诀汝，则予岂肯远游？即游，亦尚有几许心中言，要汝知闻，共汝筹画也。而今已矣！除吾死外，当无见期。吾又不知何日死，可以见汝；而死后之有知无知，与得见不得见，又卒难明也。然则抱此无涯之憾，天乎，人乎，而竟已乎！

汝之诗，吾已付梓；汝之女，吾已代嫁；汝之生平，吾已作传；惟汝之窀穸，尚未谋耳⑩。先茔（yíng）在杭，江广河深，势难归葬，故请母命而宁汝于斯，便祭扫也。其傍葬汝女阿印，其下两冢，一为阿爷侍者朱氏，一为阿兄侍者陶氏⑪。羊山旷渺，南望原隰，西望栖霞，风雨晨昏，羁魂有伴，当不孤寂⑫。所怜者，吾自戊寅年读汝哭侄诗后，至今无男；两女牙牙，生汝死后，才周晬耳⑬。予虽亲在未敢言老，而齿危发秃，暗里自知，知在人间尚复几日？阿品远官河南，亦无子女，九族无可继者。汝死我葬，我死谁埋⑭？汝倘有灵，可能告我？

呜呼！身前既不可想，身后又不可知；哭汝既不闻汝言，奠汝又不见汝食。纸灰飞扬，朔风野大，阿兄归矣，犹屡屡回头望汝也。呜呼哀哉！呜呼哀哉！

【注释】

①乾隆丁亥：即清乾隆三十二年。素文：名机，别号青琳居士，终年四十岁。上元：县名，在今南京市。羊山：在南京市东。吾乡：袁枚的故乡在浙江钱塘（今杭州市）。觭（jī）梦：这里是做梦的意思。觭：得。②一念之贞：据袁枚《女弟素文传》：袁机不满周岁即许给如皋高氏之子，十余年后高氏因其子不肖，曾提出解除婚约，但因袁机囿于"从一而终"的礼教思想，终于与"有禽兽行"的高氏之子成婚，而造成自己终身不幸。遇人句：意指所遇非人。仳（pǐ）离：指妇女被丈夫遗弃。③憩（qì）：休息。双髻（jì）：古代小女孩

儿的发式。单缣（jiān）：指用缣制成单层衣衫。缣：细绢。《缁（zī）衣》：《诗经·郑风》中的一篇名。④奓（zhà）户：开门。莞（wǎn）尔：微笑的样子。则则：同"啧啧"，赞叹声。⑤披宫锦：指袁枚于乾隆三年考中进士，选授翰林院庶吉士，请假南归省亲事。宫锦：宫廷作坊特制的丝织品，这里指用这种锦制成的宫袍。长安：汉、唐旧都，这里指京城。函（hán）使：这里专指传报录取消息的人，俗称"报子"。⑥嬰婗（yī ní）：婴儿，这里引申为儿时。罗缕（lǚ）纪存：排列先后顺序，记录下来保存着。⑦义绝高氏：指素文与夫家断绝关系。素文嫁高氏之子后，屡遭毒打，甚至要被丈夫卖掉抵赌债，乃逃回娘家，与丈夫离婚。阿奶：指袁枚母亲。眴（shùn）：即用眼色示意。⑧小差（chài）：病情稍有好转。差：同"瘥"。殗殜（yè dié）：指半起半卧、病还没有痊愈时。稗（bài）官野史：与官方所编的"正史"相对而言，泛指私人编写遗闻逸事的笔记、小说之类书籍。⑨未时：下午一至三时。辰时：上午七时至九时。⑩付梓（zǐ）：付印。素文的遗稿，附印在袁枚的《小仓山房全集》中，题为《素文女子遗稿》。袁枚为了它写了跋文。传（zhuàn）：即《女弟素文传》。窀穸（zhūn xī）：墓穴。⑪阿爷：袁枚的父亲袁滨，于袁枚三十三岁时去世。侍者：这里指妾。阿兄：袁枚自称。陶氏：作者的妾。⑫原隰（xí）：高平曰原，下湿为隰。栖霞：山名，在南京市东。⑬戊寅年：乾隆二十三年，袁枚丧子，哭侄诗即为此事而作，见素文遗稿中《阿兄得子不举》。两女：袁枚的双生女儿，为其妻钟氏所生。周晬（zuì）：周岁。⑭阿品：袁枚的堂弟袁树，小名阿品，时任河南正阳县县令。九族：指高祖、曾祖、祖父、父亲、本身、儿子、孙子、曾孙和玄孙。

【述评】

两篇祭文，追今忆往，历数家事，交织百感于心，情深而语痛。一是韩愈追悼其侄，一是袁枚祭奠其妹，皆可堪称"千年绝调"。

前篇：十二郎名老成，本是韩愈二兄韩介次子，因长兄韩会无子，过继给伯父，韩愈幼年失去父母，亦由长兄嫂抚养。他与韩老成年纪相仿，幼年朝夕相处，历尽忧患，感情深笃。后来韩氏兄弟相继过世,韩家子辈、孙辈只剩韩愈叔侄二人,韩愈与老成则更是相依为命。韩愈步入仕途后,迫于生计,南迁北徙,二人聚少离多,总以为憾。正当韩愈做了监察御史,情况好转,筹划与侄儿长久共处之时,传来十二郎死讯,不啻晴空霹雳,韩愈因写此文,长歌当哭,一泻悲怀。文章一二段,痛忆家世之不幸,叙写早年生活之经历,表明叔侄二人情同骨肉,亲如手足;再写"来京城"后,与十二郎天涯海角之离愁别恨,且因自己耽于功名利禄而面对这一不可挽回的后果,不禁深深悔恨与自责。文章三四段,陈述惊闻死讯时将信将疑之心态,及对死期、死因的追想与思辨。此时,作者泼墨如云,淋漓书写,感情浓烈。骤然降临的噩耗在韩愈头脑中掀起强烈风暴,正是"事不胜悲悲不已,理不解情情更伤"。突如其来的打击,使之迷离恍惚,几乎丧失判断能力,惊愕疑惑,茫然不知所措。情切语急,反复申说,连声质问:神明何在,天理何存?愈思愈痛,愈转愈悲,乃至于号恸失声,悲不可抑。文章五六段,叙述丧后诸事之安排,以告慰亡灵;且进一步抒发内疚愧悔之情,发出"彼苍者天,曷其有极"的呼喊,抚胸怅恨,惨切凄楚。全文朴素无华,仿佛作者正与十二郎对面倾心交谈,一字一句,全然发自肺腑的至性真情,诚如《古文观止》编者的评语所言:"情之至者,自然流为至文。读此等文,须想其一面哭一面写,字字是血,字字是泪。未尝有意为文,而文无不工。"

后篇:与前篇相比较,《祭妹文》虽亦是字字滴血、声声有泪、悲情浓郁的抒情文字,但却偏于叙事与描写,作者由远及近回忆往事,将同胞之谊、骨肉之情表述得细腻而生动。文章一二段,祭文从素文葬址之远离故乡起笔,想到她以"一念之贞"毁却终身幸福,究其原因,还是自己害她"识诗书"、懂礼义的结果,这种自谴自责,包孕着袁枚对妹妹的不幸婚姻的深切同情与怜悯。文章三、四段,先写兄妹一同"捉蟋蟀"及二人"温《缁衣》一章","童子音琅琅然",将素文天真可爱的形象描绘得栩栩如生,表现兄妹俩亲密无间的关系。后写袁枚"弱冠粤行"及"宫锦还家",素文之一悲一喜,写尽她对阿兄的一片深情厚谊。而素文离婚回家之后,扶持阿奶,主理文墨事务,勤谨贤德,对阿兄生病的担忧与关切,其暖心之亲情,更是深切感人。文章的第五段、第六段、第七段,写素文病危、去世,至最后对丧事之料理安顿。作者对素文之死,痛彻心扉,凄怆欲绝,文章在此大篇幅抒情,掀起情感之巨波狂澜,宣泄作者极度的悲恸,表现其兄妹之情非比寻常。本文不但以抒情文字令人心灵震颤,而且还通过一系列生活细节,无意中为我们描绘了袁素文这一德才兼备的优秀女性的美好形象。

第九单元

小时了了①

[南北朝] 刘义庆

【文意】

孔融十岁时，随父亲到洛阳。当时李元礼名高望重，任司隶校尉职。登门拜访者，皆为才智出众、清誉无瑕之士或为中表亲戚者，方才予以通报。孔融来到李府门前，对门吏说："我是李府君亲戚。"通报进门之后，孔融便大大方方入前排就座。李元礼道："请问先生与我是什么亲戚？"孔融回答："往昔您的先祖李耳与我的先祖孔丘，曾有师生之谊，所以我与您本为世交。"李元礼和众宾客闻听此言，无不骇然惊叹。太中大夫陈韪晚到，有人把孔融之言说与他听，陈韪道："小时了了，长大却未必出众。"孔融随口应道："想来先生小时，必定了了。"陈韪登时哑口无言，大为尴尬。

【原文】

孔文举年十岁，随父到洛②。时李元礼有盛名，为司隶校尉，诣门者皆俊才清称及中表亲戚，乃通③。文举至门，谓吏曰："我是李府君亲。"既通，前坐。元礼问曰："君与仆有何亲？"对曰："昔先君仲尼与君先人伯阳有师资之尊，是仆与君奕世为通好也④。"元礼及宾客莫不奇之。太中大夫陈韪（wěi）后至，人以其语语之，韪曰："小时了了，大未必佳。"文举曰："想君小时，必当了了。"韪大踧踖⑤。

【注释】

①了了：这里指聪明伶俐，明白事理。②孔文举：孔融，字文举；孔子二十世孙，东汉文学家。他为人刚正，敢于直言，后被曹操杀害。③李元礼：李膺，字元礼，官至司隶校尉（掌管纠察京师百

官及所属各郡)。他支持太学生反对宦官专权,被称为"天下楷模"。④仲尼:孔子,名丘,字仲尼,春秋时代的思想家,儒家学派的创始人。伯阳:老子李耳,字伯阳,春秋时代思想家,道家学派的创始人。传说孔子曾向老子请教关于礼制方面的问题,称老子为老师。奕(yì)世:累世。⑤踧踖(cù jí):局促不安。

元方答客

[南北朝] 刘义庆

【文意】

陈寔和朋友相约一同外出,定在中午出发。中午已过而朋友没来,陈寔则独自出行,离家走后,朋友方到。陈寔的儿子元方才七岁,正在门前玩耍。来客问元方:"令尊在家吗?"元方回答:"等您很久不来,已经走了。"那位朋友便气愤起来,说道:"真不是人!本来约好一起去,却丢下别人自己走掉。"元方说道:"您与家父约定的时间是正午,您过午不到,是言而无信;面对其子而骂其父,是粗野无理。"那位朋友听了心中惭愧,下车想牵他的手,元方却掉头不顾,进门回家去了。

【原文】

陈太丘与友期行,期日中,过中不至,太丘舍去,去后乃至①。元方时年七岁,门外戏②。客问元方:"尊君在不?"答曰:"待君久不至,已去。"友人便怒,曰:"非人哉!与人期行,相委而去!"元方曰:"君与家君期日中。日中不至,则是无信;对子骂父,则是无礼。"友人惭,下车引之。元方入门不顾。

【注释】

①陈太丘:陈寔,字仲弓;东汉颍川许县(今河南许昌)人,

任太丘长。日中：日到中天，正午。②元方：陈寔长子，名纪，字元方。

【述评】
　　两个孩子，小小年纪皆绝顶聪明，才智过人，这当然是好事情。陈寔的告诫，其实是金玉良言。天资聪颖的儿童、甚或所谓"神童"，毕竟都是儿童，到其成人成材，还有一段漫长的光阴，这中间的教育非常重要。他们既有一般儿童的特点，又有自身的特殊性，因此，对这类孩子的教育，则难度更大。王安石的《伤仲永》，记述一个五岁神童"指物作诗立就"，却最终变成无声无息的普通人，就是令人痛心的教训。

爱莲说①

[宋] 周敦颐

【文意】
　　水生陆生、草本木本等各类花卉，喜爱者不可胜数。晋代陶渊明唯独爱菊，自唐朝以来，喜爱牡丹之风盛行于世，我则偏偏喜爱莲花之出淤泥而一尘不染，洁身以自好；荡漾于清波碧涟中，而无妖冶之媚态。其花茎通透而笔直，无牵无挂，无横生之枝节；香气远播而愈益清幽，亭亭玉立于水面之上，人们只可远远观赏，却不能狎近而玩弄。
　　我认为：菊花为花中之隐者高士，牡丹为花中之富豪贵绅，莲花乃是花中之君子。噫！对菊花的喜爱，于陶渊明之后久已罕见寡闻。而对于莲花的喜爱，如我者还有何人？至于对牡丹的喜爱，自然应该是为数众多了！

【原文】
　　水陆草木之花，可爱者甚蕃。晋陶渊明独爱菊；自李唐来，世人甚爱牡丹②。予独爱莲之出淤泥而不染，濯清涟而不妖,中通外直,不蔓不枝,香远益清,亭亭净植,可远观而不可亵玩焉③。

予谓菊,花之隐逸者也;牡丹,花之富贵者也;莲,花之君子者也。噫!菊之爱,陶后鲜有闻;莲之爱,同予者何人?牡丹之爱,宜乎众矣!

【注释】

①周敦颐为官清廉,不媚权贵,品德高尚。北宋中叶,士大夫追求富贵利达,耽于享乐之风盛行,作者慨然命笔,作此文以针砭时弊。②陶渊明:字元亮,东晋浔阳柴桑(现在江西省九江县)人,著名诗人,亦为著名隐士。独爱菊:其《饮酒》诗"采菊东篱下,悠然见南山",历来被称为名句。甚爱牡丹:唐朝李肇的《唐国史补》载:"京城贵游,尚牡丹三十余年,每春暮车马若狂……一本有值数万者。"③濯(zhuó):洗涤。不蔓(màn):蔓生枝茎。亵(xiè)玩:亲近而不庄重。

经旧苑吊马守贞文序①

[清] 汪中

【文意】

癸卯之年,我独自客居于江宁之城南,每日出入往来路经回光寺,寺左是一片荒凉的菜园。水流清浅而泉石生寒,满眼秋菜碧绿而房舍全无;唯有古柏一株,半死半生于风烟迷雾之中;奇形巨石数峰,散落于荒草野地之间。此地即是明代南苑名妓马湘兰的故居。

秦淮河滚滚东逝,若光阴之流逝,一代名花殒落此地,消声灭迹而芳名犹存。她容貌之美、才艺之精、其风情月意之令人销魂,故老耆旧年深日久之传闻,至今人们说起来,依然口角春风。我曾观赏过她绘画的手迹,其丛兰修竹,柔婉温文,似有弱不禁风之态;其心之灵秀,人之风采,洋溢于笔端纸墨之外。对于湘兰其人其才,我未尝不倾心爱慕,惜生不逢时未得亲闻亲见,乃是我终生之遗憾。

湘兰身为贱民,生于乐籍之家,"不是爱风尘,似被前缘误"。其名为"守贞"而未能,一柔弱女子遭此之人生境遇,实为艰难,岂能因其失贞而以死责之!莞尔倚门之卖笑,缠绵鼓瑟之娱客,诚不得已而为之。古有班婕妤失宠于汉皇,作赋感伤;蔡文姬陷身于匈奴,诗作悲愤,况且湘兰命运之卑微低贱,则又等而下之。嗟夫!天赐如此英才予一女子,她应该是千里之区、百年之久都难得一遇的优秀女性,为何将丽质修能集于湘兰之一身,而却又将她摧残侮辱至于极点?

我乃平民之孤儿,无寸田尺宅以维持生计,全家老小之生活,指望我一人独力支撑。自从为人执笔做幕僚,已数易府主。仰人鼻息以求生,喜怒哀不由己。祢衡作文,揣摩黄祖之心意;陈琳草檄,箭在本初之弦上;替人办理文案,甘当他人工具;细思静想自己之身世,与湘兰之间究竟又有何区别?无非是荣启期所谓人生之第二乐:生而为男身,得以免遭床笫之辱而已!

正如所唱江上之歌,同病而相怜;正如困窘之士,闻秋风鸟鸣而伤怀。而我与湘兰:一样的忧伤、一样的心境、一样不幸的命运,又何必在意男女之别呢?

【原文】

岁在单阏,客居江宁城南,出入经回光寺,其左有废圃焉②。寒流清泚,秋菘满田。室庐皆尽,惟古柏半生,风烟掩抑;怪石数峰,支离草际:明南苑妓马守贞故居也③。

秦淮水逝,迹往名留。其色艺风情,故老遗闻,多能道者。余尝览其画迹,丛兰修竹,文弱不胜,秀气灵襟,纷披楮墨之外④。未尝不爱赏其才,怅吾生之不及见也。

夫托身乐籍,少长风尘,人生实难,岂可责之以死⑤?婉娈倚门之笑,绸缪鼓瑟之娱,谅非得已。在昔婕妤悼伤,文姬悲愤,矧兹薄命,抑又下焉⑥。嗟夫!天生此才,在于女子,百年千里,犹不可期,奈何钟美如斯,而摧辱之至于斯极哉!

余单家孤子,寸田尺宅,无以治生。老弱之命,悬於十指。一从操翰,数更府主,俯仰异趣,哀乐由人。如黄祖之腹中,在本初之弦上⑦。静言身世,与斯人其何异?只以荣期二乐,幸而为男,差无床笫之辱耳⑧!

江上之歌,怜以同病,秋风鸣鸟,闻者生哀,事有伤心,不嫌非偶⑨。

【注释】

①旧苑:明代官妓聚居之所,在秦淮河武定桥一带。马守贞,字玄儿,号湘兰,明万历间名妓,又是著名的女画家、女诗人。她擅画兰竹,造诣颇深。当年曹寅(曹雪芹祖父)曾接连三次为《马湘兰画兰长卷》题诗。所居池馆清流,花石幽洁,曲廊幽房宛若迷宫。她的现存绘画在国内外一直被视为珍品;文学上曾撰有《湘兰子集》和《三生传》剧本。②岁在单阏(chán yān):太岁在卯的年份。太岁:星名,即木星。这里指乾隆四十八年,即癸卯年。作者写作此文时已与湘兰之死相距180年。江宁:今南京市。③清泚(cǐ):清浅。菘(sōng):白菜。④灵襟:指灵巧的心思。楮(chǔ):纸。⑤乐籍:古代罪人妻女作为官妓,称为乐籍,娱乐界演艺人员也入乐籍,社会地位最低贱,不得随便赎身,不得进入仕途,有诸多限制。"人生实难,岂可责之以死":历来理学家提倡妇女贞节,有"饿死事小,失节事大"的说教。⑥婕妤(jié yú):宫廷女官名。汉成帝时,班婕妤失宠,作赋伤悼。文姬:即蔡琰,汉文学家蔡邕之女。汉末战乱期间,她为南匈奴俘获,归左贤王,居南匈奴十二年,后为曹操赎回,重嫁董祀。她感伤乱离,作《悲愤诗》。矧(shěn):况且。⑦黄祖:汉末江夏太守。当时文士祢衡替他草拟文书,甚为得体。黄祖说:"此正得祖意,如祖腹中所欲言。"本初:汉末军阀袁绍。袁绍攻打曹操,命著名文人陈琳写讨伐檄文。后袁绍败,陈琳为曹操俘获,曹操责问陈琳为何要辱骂他的父亲和祖父,陈琳道:"矢在弦上,不可不发。"⑧荣期:荣启期,《列子》载:荣启期有三乐:作了人为一乐;作了男子为二乐;长寿为三乐。床笫(zǐ):笫:席子。

床笫之辱：指卖淫。⑨江上之歌：即河上之歌。《吴越春秋》载：伍子胥引用河上之歌说："同病相怜，同忧相救。"秋风鸣鸟：桓谭《新论·琴道》载：雍门周向孟尝君说："臣之所能令悲者，不若幼无父母，壮无妻儿，出与野泽为邻，入用窟穴为家，困于朝夕，无所假贷。若此人者，但闻飞鸟之号，秋风鸣条，则伤心矣。"

【述评】

两篇文章，皆有所借用、有所寄托，以间接抒情的方式，表达作者心中之情愫，皆为抒情散文中饱蘸深情笔墨的美丽篇章。

前篇：当恶劣的社会风气泛滥于世之时，最初敢于与之对抗、走在正义最前面的只是极少数人，作者歌颂的就是这种人和这种精神。文章借物以咏志，假物以喻人。作者对莲花写其形、状其态，妙笔传情，使之形神兼备，充分人格化。其挺拔秀美、清丽淡雅，"出淤泥而不染"，可敬而不可狎的品格，寄托了自己超群脱俗的情操。对清高冷漠的隐逸之士，表示叹婉；对不择手段、忘义背德谋求富贵之卑劣小人，以及艳羡渴慕富贵荣华之芸芸众生，予以讥刺与鄙薄。文章以莲花洁身自爱的形象，批判恶俗的世风，给人以丰富的联想和深刻的启示。

后篇：作者客居江宁，行经明代秦淮名妓马湘兰故居之旧址，而看到的仅只是清流、古柏、怪石、荒草……颇有阴风飒飒、冷雨凄凄之感。想到有柔情绰态、瑰姿艳逸之美誉，能诗善画、以"长卷兰画"著称于世的色艺双绝之女子，而花委泥淖，珠堕尘埃，遭际如此不幸，为之愤然不平，痛责苍天："嗟夫！天生此才，在于女子，百年千里，犹不可期，奈何钟美如斯，而摧辱之至于斯极哉！"作者淋漓尽致地表达出对马湘兰的倾慕之情，虽相隔百余年，心却犹能与之相通，因为作者薄宦途程之蹭蹬，郁郁不得志的情怀，萧索凄凉之意绪，比照马湘兰，可谓"同是天涯沦落人"。文章主旨与其说是哀叹才女之薄命，倒不如说更是为自己人生之失意潦倒而鸣不平。结尾两段，写到自己寄人篱下、哀乐由人的幕僚生活，以流泉出谷、涛飞浪涌之势，将长久蓄积自己内心的隐痛，畅然一泻，更觉动人悲怀，耐人寻味。

新城游北山记①

[宋] 晁补之

【文意】

从新城向北走三十里，我们渐渐深入山里，花草树木、山水泉石，愈益清幽。起初还能骑马行进在乱石纵横的道路上，道旁边皆为巨松古木，松干盘曲者像车盖，笔直者像旗杆，挺立者像人，平卧者像尖角虬龙。树下草丛间有泉水，在低洼潮湿处时隐时现，泉水落入石井，则锵然作响。松树间有藤长数十尺，曲折蜿蜒如大蛇之攀援。树上有鸟，羽毛漆黑像八哥，红顶长喙，俯而啄木，发出清脆的响声。

略微偏西，有座山峰突兀高绝，一条盘山小路，清晰可见，但十分狭窄，只能容人徒步行走。我们在山脚下，将马缰绳系在岩石的尖角上，大家相互扶助，牵手往上攀登。满山竹林稠密，举头不见天日，行约四五里，才听到鸡叫声。有僧人穿布袍、布鞋迎向前来，与他交谈时，他并不答话，惊愕顾盼，仿佛麋鹿之不可接触。山顶有数十间房屋，进入山顶的通道一侧紧贴崖壁，另一侧有护栏，曲折回旋，行走其间非常艰难，左右迂回如鼠之窜行，良久方才走出。庙宇之内，此屋之门与彼屋之窗刚好相对。进去坐定之后，一阵山风吹来，殿堂之上，铃铎齐鸣，令大家相视而惊慌，一个个竟不知自己身在何处。将近黄昏，就宿于寺中。

时值九月，天空高旷，露气清爽，山间空寂而月光明亮，仰观星斗皆硕大而光亮，仿佛刚好悬在头顶之上。窗间青竹数十竿，在风中互相摩擦碰撞，不停地发出急促的声响。竹间有梅树和棕榈树森然耸立，如同鬼魅鬓毛张扬相对而立，大家又面面相觑、惊魂不定而未能入睡。至天亮，就都离去。

回家几天之内，恍恍惚惚，脑海中时时浮现在山上之情景，于是追记此文。此后，我虽没有再去北山，但却常常想起游山当日之事。

【原文】

　　去新城之北三十里，山渐深，草木泉石渐幽。初，犹骑行石齿间，旁皆大松，曲者如盖，直者如幢，立者如人，卧者如虬②。松下草间有泉，沮洳伏见；堕石井，锵然而鸣③。松间藤数十尺，蜿蜒如大蚖④。其上有鸟，黑如鸲鹆，赤冠长喙，俯而啄，磔然有声⑤。

　　稍西，一峰高绝，有蹊（xī）介然，仅可步。系马石嘴，相扶携而上。篁箫仰不见日，如四五里，乃闻鸡声，有僧布袍蹑履来迎，与之语，愕而顾，如麋鹿不可接⑥。顶有屋数十间，曲折依崖壁为栏楯，如蜗鼠缭绕，乃得出⑦。门扃相值。既坐，山风飒然而至，堂殿铃铎皆鸣，二三子相顾而惊，不知身之在何境也。且暮，皆宿。

　　于时九月，天高露清，山空月明，仰视星斗，皆光大，如适在人上。窗间竹数十竿，相磨戛，声切切不已⑧。竹间梅棕森然，如鬼魅离立突鬓之状，二三子又相顾魄动而不得寐。迟明，皆去。

　　既还家数日，犹恍惚若有遇，因追忆之。后不复到，然往往想见其事也。

【注释】

　　①新城：宋代杭州属县，今属浙江富阳县。北山：即官山，因在新城北，故又称北山。②幢（chuáng）：古代作仪仗用的一种旗帜。虬（qiú）：传说中的一种有角的小龙。这里用以形容盘曲的松树。③沮洳（jù rù）：指低洼潮湿之处。锵（qiāng）然：指敲击的声响。④蚖（yuán）：蝮蛇。⑤鸲鹆（qú yù）：俗名八哥。喙（huì）：指鸟嘴。磔（zhé）：鸟啄木的声音。⑥篁箫（huáng xiāo）：指竹林。蹑履（niè lǚ）：穿着鞋。⑦栏楯（shǔn）：栏杆。⑧摩戛（jiá）：摩擦相碰。

夜渡两关记

[明] 程敏政

【文意】

　　我请假回南方探亲,在成化十四年十月十六日过大枪岭,到达大柳树驿站时,已过正午,本不想再赶路,向驿站小吏打听,小吏随口乱说:"天黑时就能赶到滁州。"于是,又上马骑行三十里,隐约听到随从中有人说:"前面有清流关,非常险恶,老虎很多。"我心里记住了这句话。到了清流关,已是天色暗黑,后退也无住宿处,就派人把山下驿站的差役找来,带上铜锣、火把一同前进。山口是由两座山峰对峙形成的夹道,高达几百丈,仰视不见其顶。石栈阶梯陡峭险峻,全体下马单人相跟而行,后人之肩紧随前人之足,依次向上攀爬,并再三约定:有紧急情况便大声喊叫,前后呼应。此时有一颗硕大流星,闪闪发亮,自东向西划去,一阵寒风,火把全被熄灭,眼前立即一片漆黑;四面山上的野草树木,发出簌簌声响。于是人人心中害怕,互相不停呼喊壮胆,铜锣也一起敲响,山谷里到处震荡着回声,这样走了六七里,登上山顶,忽见月出,像一面银盘光辉灿烂,普照大地,大家这才欢呼庆贺。但是下山以后依然心惊胆战,好久不能平静。我估计此地关口,就是当年身为后周将军的赵匡胤率军生擒南唐二将、占领滁州而首先攻破的清流关。此次游历虽则艰险,但颇为奇特,是我平生绝无仅有的经历。夜间二更,抵达滁州城。

　　十七日中午过全椒县,直奔和州。我心中暗自庆幸已脱离险境踏上坦途,不必再担心。走了四十里,渡过后河。只见对面有山隐约可见,问随从人员,回答说:"应当爬过这座山,才能到和州香淋院。"不久,太阳慢慢落入山后,我们一行人马才进入山口,山峦重叠回环,而其间桑林农田井然有序,一路经过几个村庄,仿佛武陵、仇池,一派世外桃源的美丽景象,满心欢喜。可是,到了晚上,往山里越走越深,山也越来越多,被野草杂树充塞的道路,湮灭于深远迷茫的夜暗之中,此时方觉失魂落魄,大汗淋漓。路过一座野庙时,遇到一位老汉,问他:"这是什么山?"他说:"这就是古时的昭关,离香淋还有三十多里,要快些走。前面山上有火起处,是人们在举火烧山,驱赶老虎。"这时铜锣火把都来不及准备,我们身贴岩壁而行,涉水过沟,忽见怪石如林,马立时被吓得惊跳退避,众人将怪石当作伏虎,转身逃跑,相互绊倒,狼狈枕藉,呼叫之声十分微弱,即使强要他们大喊,他们也不敢,实在是吓坏了。过了好久众人才爬起来,继续沿着山梁走,俯视山崖峭壁之下,深不可测;涧水潺潺之声不绝于耳,随着风速变化而时缓时急。仰头看见满天星斗,心想这一次怕是在劫难逃了,想当年伍子胥也曾被困于此地,难道险恶之地就应该是如此景况吗?二更将尽,到达香淋院。一人独坐灯光之下,如梦初醒,恍如重生复活一般。

噫!我因为离开亲人太久,不顾一切,冒险连夜赶路,越过两关,濒临虎穴,虽说屡惊无险,其行为也是过于不谨慎了,特此记下,可作为今后的教训。

【原文】

予谒告南归,以成化戊戌冬十月十六日过大枪岭,抵大柳树驿①。时日过午矣,不欲行,但已问驿吏,吏绐言:"须晚尚可及滁州也②。"上马行三十里,稍稍闻从者言:"前有清流关,颇险恶,多虎③。"心识之。抵关,已昏黑,退无所止,即遣人驱山下邮卒,挟铜钲束燎以行④。山口两峰夹峙,高数百寻,仰视不极。石栈岖崟,悉下马累肩而上,仍相约:有警,即前后呼噪为应⑤。适有大星,光煜煜(yù)自东西流。寒风暴起,束燎皆灭,四山草木萧飒有声;由是人人自危,相呼噪不已,铜钲哄发,山谷响动。行六七里,及山顶,忽见月出如烂银盘,照耀无际,始举手相庆。然下山犹心悸不能定者久之。予计此关乃赵点检破南唐,擒其二将处⑥。兹游虽险而奇,当为平生绝冠。夜二鼓,抵滁阳。

十七日午过全椒,趋和州⑦。自幸脱险即夷,无复置虑。行四十里渡后河,见面山隐隐,问从者,云:"当陟此,乃至和州香淋院⑧。"已而日冉冉过峰后,马入山嘴,峦岫回合,桑田秩秩,凡数村,俨若武陵、仇池,方以为喜⑨。既暮,入益深,山益多,草木塞道,杳不知其所穷,始大骇汗。过野庙,遇老叟,问此为何山,曰:"古昭关也。去香淋尚三十余里,宜急行。前山有火起者,乃烈原以驱虎也。"时铜钲束燎皆不及备。傍山涉涧,怪石如林,马为之辟易。众以为伏虎,却顾反走,颠仆枕藉,呼声甚微,虽强之大噪,不能也。良久乃起,循岭以行,谛视崖堑,深不可测。涧水潺潺,与风疾徐。仰见星斗满天,自分恐不可免,且念伍员昔尝厄于此关,岂恶地固应尔耶⑩?尽二鼓,抵香淋。灯下恍然自失,如更生者。

噫!予以离亲之久,诸所弗计,冒险夜行,渡二关,犯虎穴,虽濒危而幸免焉,其亦可谓不审也已!谨志之,以为后戒。

【注释】

①谒告南归:请假回南方,作者在北京翰林院供职,此次告假回原籍安徽休宁县省亲。成化:明宪宗朱见深年号。戊戌:为成化十四年。大枪岭:在安徽滁州西六十里。大柳树驿:在滁(chú)州西北五十里。②绐(dài):欺骗,这里是信口胡说之意。③清流关:在滁州西北二十五里。④邮卒:驿站里的差役。铜钲(zhēng):这里指铜锣之类的响器。⑤岖崟(qū yín):崎岖高峻。⑥五代时,后周的殿前都点检(禁军统帅)赵匡胤击败南唐中主李璟,活捉其大将姚凤、皇甫晖,就在清流关,然后占领滁州。赵点检,即后来的宋代开国皇帝赵匡胤。⑦全椒(jiāo):今安徽全椒县。和州:今安徽和县。⑧后河:河名,在和县北。陟(zhì):登。香淋院:在和县北三十五里,旁有香泉。⑨武陵:指陶渊明《桃花源记》中所描绘的桃源。

其地在今湖南常德地区。仇池：山名，在甘肃成县。山上有池水百顷，旁有平地良田，四面环山，峭壁难攀，与世隔绝，故与桃花源并称。⑩伍员昔尝厄于此关：伍员：字子胥，春秋时楚国人，受迫害逃奔吴国，至昭关，几不可脱，最后至江，为一渔父所救。昭关：关名，故址在今安徽含山县。

【述评】

两篇文章皆写山中经历：一是探访，一是路遇；一写遇奇，一写遇险，且都兼具景趣、情趣与理趣。

前篇：作者与友人们进北山游览，山水泉石的清幽静谧，巨松古木的形态各异，松韵泉声，特别是"鸟之啄木磔然有声"，给人以万籁俱寂、人迹罕至的印象。而山顶庙宇则是一个神秘的令人惊异与震怖的所在。僧人那种麋鹿式的不可交接，星斗光大、青竹磨戛、梅棕的鬼魅突鬓之状，作者寥寥数笔便将那仿佛惊鸿之一瞥的种种奇妙，全都定格在画布之上，于是一种轻烟般的莫名惆怅与淡淡感伤便留驻读者的心头，我们由此可以感知那遥不可及的别样人生。

后篇：作者因回家探亲心切，贪图赶路，以此冒险夜行，"渡二关，犯虎穴"，经历了"濒危而幸免"的艰险历程。夜渡清流关时，作者虽然心理有所准备，但也是在"退无所止"的情况下，强行登越。到艰险处"下马累肩而上"，至危难时"寒风暴起，束燎皆灭"，"人人自危"。待危机过后，"月出如烂银盘，照耀无际"，大家"举手相庆"。过昭关时的景况与前者不同，本来"脱险即夷，无复置虑"，且沿途村落，"桑田秩秩"，"俨若武陵、仇池"，令人心情安逸舒畅，就在思想完全放松之际，古昭关之险，使他们失魂落魄，狼狈不堪，甚至悲观绝望，"仰见星斗满天，自分恐不可免"，抵达香淋之后，依然心有余悸，恍如隔世。全文以行踪为线索两起两落、跌宕起伏，遇险而惊，脱险而喜，文章张弛有致，景色描写切合人物心情，韵味悠然。此外，写二关时作者笔涉赵匡胤擒获二将、伍子胥陷身困境之史料，融入哲思理趣，工巧自然。

洛阳伽蓝记·寿丘里[①]

[南北朝] 杨衒之

【文意】

从洛阳城延酤里一直向西,到张方沟止;南面紧靠洛河,北向到芒山,这一区间,东西二里,南北十五里,统称为寿丘里。寿丘里是当时北魏皇族所居之地,民间号称"王子坊"。

当时四海波静,天下太平。八方诸侯谨遵职守,称臣纳贡;祥瑞吉庆之事,史不绝书;一年四季风调雨顺,五谷丰登;百姓之家殷实富裕,民安俗乐;鳏寡孤独者,尽皆饱暖无忧。至于皇室宗亲、外戚公主,其财富之积聚,如山林江海之丰饶;修建园林豪宅,彼此攀比竞争,夸富争雄。凤阁龙楼冲霄汉,崇门丰室户连房,兰宫耸入迷雾,桂殿飞檐生风。家家筑高台芳樹,园园有花林曲池;到处花红柳绿,四季松柏常青。其中,河间王元琛为豪富之首,常与高阳王元雍争强斗胜。元琛建造文柏堂,形制如皇宫的徽音殿。以玉石为井,以金罐提水,以五色丝带为井绳。女伎三百人,其姿容皆为天香国色。有一婢女名朝云,擅长吹篪,能演奏《团扇歌》、《陇上声》。

元琛官为秦州刺史,羌族各部落在边界叛乱,屡次讨伐,均不肯降。元琛命朝云假扮贫苦老妇,吹篪乞讨。羌族各部落闻篪声全都流泪而悲,相互商议道:"咱们何苦抛家舍业,在此山谷中为盗贼呢?"于是便陆续归降。秦州百姓相传:"快马健儿,不如老妪吹篪。"

元琛治理秦州几乎毫无政绩。他派遣使者向西域购置名马,甚至远达波斯国,得千里马一匹,号称"追风赤骥",还有能日行七百里的好马十余匹,都各有名字。银制马槽,金制锁环,王公们皆佩服其绝世之豪富。元琛常对人说:"晋朝石崇不过是个外姓臣子,尚能以雉羽、狐腋为服饰,以画卵、雕薪为用品,何况我乃大魏天皇之宗亲,相比之下,我的生活并不奢侈。"

元琛于后花园建造迎风馆,窗户之上,列钱青琐;屋角房檐,玉凤衔铃,金龙吐佩;素白的奈果,朱红的李子,枝条耸入檐间,美人伎女坐于楼上窗前，可随手摘而食之。元琛常会见皇室宗亲，陈列展览其奇珍异宝：金瓶、银瓮百余口，瓯、檠、盘、盒也都数量相当，其余各类酒器有：水晶钵、玛瑙杯、琉璃碗、赤玉卮等数十枚，做工奇妙，中原地区没有，全是从西域而来。其次，再请众宾客参观其女伶乐队及名马。之后，又带领各位亲王依次察看陈放各种物品的仓库，锦罽珠玑，轻纱薄绢，如烟似雾，充塞得仓实库满。绣缯、绸绫、丝彩、越葛、钱、绢等不可数计。元琛忽然对章武王元融说："不恨我不见石崇，恨石崇不见我！"元融秉性贪婪残暴，欲壑难填，见到元琛之财产，慨叹嫉恨不已。回家之后，不觉病倒，卧床三日不起。江阳王元继来探望，对他说："凭你的财产，完全能与之抗衡，为何羡慕到如此地步？"元融道："我过去自以为所藏珍宝之多，只有高阳王元雍一人在我之前，谁知河间王更远远地在我的前面啊！"元继笑道："你这是袁术在淮南，不知世上还有刘备呀！"经劝解，元融才爬起身来，又照常饮酒作乐。

当时，国家繁盛富裕，府库物品堆山积海，容纳不下，钱币、丝绢堆放于室外走廊过道之间，无计其数。后来，太后下旨允许在朝百官取绢，一次搬运回家，凭自身体力，多少不限。朝臣无不尽力手搬肩扛，任意取绢而归。唯独章武王元融与陈留侯李崇背负过重，跌倒在地，扭伤踝骨，太后下令不给二人，令他们空手而回，一时成为众人的笑柄。侍中崔光拿得最少，只取两匹。太后问："侍中为何拿这么少？"崔光回答："臣有两只手，只能拿两匹，已经够多了。"满朝官员莫不钦敬其清廉。

【原文】

自延酤以西，张方沟以东，南临洛水，北达芒山，其间东西二里，南北十五里，并名为寿丘里，皇宗所居也，民间号为王子坊[2]。

当时四海晏清，八荒率职，缥囊纪庆，玉烛调辰，百姓殷阜，年登俗乐[3]。鳏寡不闻犬豕之食，茕独不见牛马之衣[4]。于是帝族王侯、外戚公主，擅山海之富，居山林之饶，争修园宅，互相夸竞。崇门丰室，洞户连房；飞馆生风，重楼起雾。高台芳榭，家家而筑；花林曲池，园园而有。莫不桃李夏绿，竹柏冬青。而河间王琛最为豪首，常与高阳争衡，造文柏堂，形如徽音殿⑤。置玉井金罐，以五色缋（huì）为绳。妓女三百人，尽皆国色。有婢朝云，善吹篪，能为《团扇歌》、《陇上声》⑥。

琛为秦州刺史，诸羌外叛，屡讨之，不降⑦。琛令朝云假为贫妪（yù），吹篪而乞。诸羌闻之，悉皆流涕，迭相谓曰："何为弃坟井，在山谷为寇也？"即相率归降。秦民语曰："快马健儿，不如老妪吹篪。"

琛在秦州，多无政绩。遣使向西域求名马，远至波斯国，得千里马，号曰"追风赤骥（jì）"⑧。有七百里者十余匹，皆有名字。以银为槽，金为锁环，诸王服其豪富。琛常语人云："晋室石崇乃是庶姓，犹能雉头狐腋，画卵雕薪；况我大魏天王，不为华侈⑨！"

造迎风馆于后园。窗户之上，列钱青琐，玉凤衔铃，金龙吐佩；素柰朱李，枝条入檐，伎女楼上，坐而摘食⑩。琛常会宗室，陈诸宝器。金瓶、银瓮百余口，瓯、檠、盘、盒称是⑪。自余酒器，有水晶钵（bō）、玛瑙杯、琉璃碗、赤玉卮（zhī）数十枚，做工奇妙，中土所无，皆从西域而来。又陈女乐及诸名马，复引诸王按行府库，锦罽珠玑，冰罗雾縠，充积其内⑫。绣缬、紬绫、丝彩、越葛、钱、绢等不可数计⑬。琛忽谓章武王融曰："不恨我不见石崇，恨石崇不见我！"融立性贪暴，志欲无限，见之悁叹，不觉生疾，还家卧三日不起。江阳王继来省疾，谓曰："卿之财产，应得抗衡，何为叹羡，以至于此？"融曰："常谓高阳一人宝货多于融，谁知河间，瞻之在前。"继笑曰："卿欲作袁术之在淮南，不知世间复有刘备也⑭？"融乃蹶起，置酒作乐。

于时国家殷富,库藏盈溢,钱、绢露积于廊者,不可较数。及太后赐百官负绢,任意自取,朝臣莫不称力而去,唯融与陈留侯李崇负绢过任,蹶倒伤踝⑮。太后即不与之,令其空出,时人笑焉。侍中崔光止取两匹,太后问:"侍中何少?"对曰:"臣有两手,唯堪两匹,所获多矣!"朝贵服其清廉。

【注释】

①《洛阳伽蓝记》:北魏杨衒(xuàn)之所撰,记述洛阳寺庙兴废的著作,分城内及四门之外共五篇,书中描述寺庙规模、历史的同时,也反映当时王公贵族的骄奢淫逸的生活,寓有讥评之意。②延酤(gū):街巷名,在当时洛阳城西门外,洛阳大市的西面。张方沟:地名。晋末禁军将领张方在此驻军而得名。芒山:一称北芒山,在洛阳城北。皇宗:皇室家族,这里指南北朝时期北魏统治者元氏的宗族。③缥(piāo)囊:青白色的书袋,这里指史书。玉烛调辰:古时四季气候调和称玉烛。调:调和。辰:时节。此句意为:四季风调雨顺。④鳏(guān)寡:无妻的男人和寡妇。茕(qióng)独:茕为无兄弟之人;独为无子女之人。牛马衣:指劣质破衣。⑤河间王元琛(chēn),性贪暴,曾任定州、秦州刺史。高阳王元雍,富可敌国,一餐饭要花几万钱。文柏堂:元琛所造殿堂的名字。徽音殿:西晋时洛阳皇宫的名字。⑥篪(chí):古代一种单管横吹的竹制乐器。《团扇歌》:乐府吴声歌曲。《陇上声》:乐府杂歌谣的名称。⑦秦州:治所在今甘肃天水市。羌(qiāng):古代西部少数民族。⑧西域:古代泛指玉门关以西的地域。波斯:今伊朗。⑨石崇:西晋朝臣,以生活奢华著称于世。雉(zhì)头:雉,俗称野鸡。雉头:这里指以野鸡头上的毛织成的衣裘。狐腋:以狐狸腋下的皮缝制的皮衣。画卵雕薪:禽蛋涂彩后才食用,劈柴雕花后才焚烧,意指生活过度奢侈。⑩列钱:古代建筑,墙壁嵌有像带子一样的横木,叫壁带。壁带上排列金或玉的饰物,称列钱。青琐:古代宫室门窗上刻成连琐文,涂上青色,称为青琐。玉凤衔铃、金龙吐佩:皆为建筑物的飞檐上华贵的

装饰,类似风铃。素柰(nài):白色的柰果,俗称花红。⑪瓯(ōu):小盆。檠(qíng):有脚的器皿。⑫锦罽(jì):织有彩色花纹的毛织品。⑬绣缬(xié):有花纹的丝织品。紬:同绸。丝彩:彩色丝织品。越葛:南方产的细葛布。⑭这里元继借袁术心中没有刘备而取笑元融。东汉末,袁术据有淮南(郡名,治所在安徽寿县),刘备任徐州(今江苏徐州市)牧。双方在淮水上对垒,袁术想联合吕布攻刘备,写信给吕布说:"术生年以来,不知天下有刘备。"⑮太后:指灵太后胡氏。踝(huái):脚腕两侧突出的骨头。

训俭示康①

[宋] 司马光

【文意】

我本出身于贫寒之家,清白家风世代传承。我生性厌恶豪华奢侈,从儿时起,长辈把饰有金银的华丽衣服给我穿时,我总觉得难为情而脱去。二十岁考取进士参加"闻喜宴"时,只我一人不戴花,同年说:"花是君王所赐,不可不戴。"我才簪花一枝。我吃饭穿衣只求饱暖,从不追求享受;自然也不敢故意穿不体面的衣服,违背世俗常情,以沽名钓誉。我只是顺着自己的本性行事而已。

众人都把奢侈浪费看作光荣,而在我内心却一直把节俭朴素作为美德。别人都讥笑我见识浅薄而固执,我却不认为是缺陷,我回答他们说:"孔子说'与其不逊也宁固',又说'以约失之者鲜矣',他还说'士志于道,而耻恶衣恶食者,未足与议也'。"古人以节俭为美德,而现在的人却以节俭为缺陷而相讥讽。嘻,实在是太奇怪了!

近年来奢靡之风尤其严重,乃至差役穿文士服装,农夫穿丝织鞋袜。记得天圣年间我父亲做群牧司判官时,在家设酒席待客,斟酒只三五次,最多不过七次。酒从市场购买,水果仅限于梨、枣、柿子、栗子之类,酒菜仅限于腊肉、肉酱、菜汤等,食具皆瓷器和漆器。当时士大夫之家大都如此,无人讥笑非议。那时聚会次数多而礼意殷勤,食品简单而情感深厚。近来士大夫之家,酒若非宫内秘法酿造者,水果、菜肴若非远地而来的珍奇食品,食物若非品类齐全,食具若非满桌盈案,则不敢约会招待宾客。为了一次聚会,往往要筹备数月,然后才敢发请柬。如若不然,人们则争相非议谴责之,认为他悭吝鄙陋,因此不跟风随俗之人极少。嗟乎!社会风气如此败坏,身居高位者即使无法禁止,难道还能忍心助长这种歪风恶习吗?

据我所知,先前李文靖公做宰相时,在封丘门内修建住宅,厅堂前仅容旋马转身之空间。人说太狭窄,文靖公笑道:"住宅将来是要传给子孙的,现在作为宰相厅堂,确实狭窄,但是,将来若用作太祝、奉礼的厅堂,却已是宽敞有余了。"参政鲁公做谏官时,真宗派人紧急召见他,在酒馆里将他找到。入宫后,真宗问他从哪里来,他如实回答。皇上说:"你为官一向名声清正,为何在酒店喝酒?"他回答:"臣家贫,没有待客的食具、酒菜、水果,所以只好在酒店招待客人。"皇上因为鲁公诚实,越发尊重他。张文节公做宰相时,其家庭生活仍保持他以前做河阳节度属官时的状况,有亲近的人规劝他:"您如今俸禄不少,而生活标准如此之低,您虽甘愿奉行节俭信条,但外人对您颇有讥讽批评,认为有'公孙布被'矫情作伪之嫌。您应注意从众随俗为好。"文节公叹息道:"以我现今之俸禄,全家人即使锦衣玉食,又有何难?但人之常情:由俭入奢易,由奢入俭难。我今日之高官厚禄岂能长久享有?况且我个人之寿命又岂能长存?一旦情形有变,家人习惯奢侈生活太久,不能立时节俭,必定导致倾家荡产之结局,哪里比得上我做官与否、在世与否,家中的生活状况始终如一、长久不变的好呢?"呜呼!贤明君子之深谋远虑,非凡夫俗子所能相比!

春秋时鲁国大夫御孙曾说:"俭,德之共也;侈,恶之大也。""共"就是"同",是说许多好品德皆由节俭而来,因为节俭能使人清心寡欲。君子无贪欲之心,就能不受物质利益的摆布,就能正道而直行。小人无贪欲之心,就能约束自己,节约用度,避免犯罪而使家境丰足,所以说:"俭,德之共也。"御孙认为:奢侈是各种罪恶中的最大罪过,奢侈使人贪婪多欲。君子若产生贪欲之心,则会艳慕富贵,不走正途,最终招致祸患;小人若产生贪欲之心,则会奢求无度,乃至败家亡身,因为奢侈者其做官必贪赃枉法,做百姓必为盗贼。所以说："侈，恶之大也。"

古时，正考父身为高官以饘粥糊口度日，孟僖子因而推知他的后代必定有显达之人。季文子先后辅佐三代国君，而他的妻妾不穿丝绸，乘马不喂粮食，君子认为他是国之忠臣。管仲因其食具考究，服饰、住宅华丽，被孔子所鄙视，批评他器量狭小。公叔文子以家庭盛宴款待卫灵公，史鳅便断定他将惹祸上身，果然至文子的儿子公孙戌以家财获罪而出国逃亡。何曾每日消费达万钱，至其孙辈终以骄横狂妄荡尽家产。石崇以奢侈靡费夸耀于人，终于因此死于刑场。近代莱国公寇准以豪华奢侈雄冠一时，因为他功高望重，人们对他虽没有非议，而他的子孙染其家风，现在多数穷困。其余因节俭而树立良好名声，因奢侈而身败名裂之事例，不可胜数，以上姑且举数人用以教诲你。你非但自己要力行节俭，还应教诲你的子孙，使他们知晓家庭前辈之生活风尚。

【原文】

吾本寒家，世以清白相承。吾性不喜华靡，自为乳儿，长者加以金银华美之服，辄羞赧（nǎn）弃去之。二十忝科名，闻喜宴独不戴花②。同年曰："君赐，不可违也。"乃簪（zān）一花。平生衣取蔽寒，食取充腹；亦不敢服垢（gòu）弊以矫俗干名，但顺吾性而已。

众人皆以奢靡为荣，吾心独以俭素为美。人皆嗤（chī）吾固陋，吾不以为病，应之曰："孔子称'与其不逊也宁固'。又曰'以约失之者鲜矣'。又曰'士志于道，而耻恶衣恶食者，未足与议也'。"③古人以俭为美德，今人乃以俭相诟（gòu）病。嘻，异哉！

近岁风俗尤为侈靡，走卒类士服，农夫蹑（niè）丝履。吾记天圣中，先公为群牧判官，客至未尝不置酒，或三行五行，多不过七行④。酒酤于市，果止于梨、栗、枣、柿之类，肴止于脯、醢、菜羹，器用瓷、漆⑤。当时士大夫家皆然，人不相非也。会数而礼勤，物薄而情厚。近日士大夫家，酒非内法，果肴非远方珍异，食非多品，器皿非满案，不敢会宾友，常数月营聚，然后敢发书。苟或不然，人争非之，以为鄙吝。故不随俗靡者盖鲜矣。嗟乎！风俗颓敝如是，居位者虽不能禁，忍助之乎！

又闻昔李文靖公为相，治居第于封丘门内，厅事前仅容旋马⑥。或言其太隘（ài），公笑曰："居第当传子孙，此为宰相厅事诚隘，为太祝、奉礼厅事已宽矣⑦。"参政鲁公为谏官，真宗遣使急召之，得于酒家⑧。既入，问其所来，以实对。上曰："卿为清望官，奈何饮于酒肆？"对曰："臣家贫，客至无器皿、肴、果，故就酒家觞（shāng）之。"上以无隐，益重之。张文节为相，自奉养如为河阳掌书记时，所亲或规之曰："公今受俸不少，而自奉若此，公虽自信清约，外人颇有公孙布被之讥，公宜少从众⑨。"公叹曰："吾今日之俸，虽举家锦衣玉食，何患不能？顾人之常情，由俭入奢易，由奢入俭难。吾今日之俸岂能常有？身岂能常存？一旦异于今日，家人习奢已久，不能顿俭，必致失所。岂若吾居位去位、身存身亡，常如一日乎？"呜呼！大贤之深谋远虑，岂庸人所及哉！

御孙曰："俭，德之共也；侈，恶之大也⑩。"共，同也，言有德者皆由俭来也。夫俭则寡欲。君子寡欲，则不役于物，可以直道而行；小人寡欲，则能谨身节用，远罪丰家。故曰："俭，德之共也。"侈则多欲。君子多欲则贪慕富贵，枉道速祸；小人多欲则多求妄用，败家丧身。是以居官必贿，居乡必盗。故曰："侈，恶之大也。"

昔正考父饘粥以糊口，孟僖子知其后必有达人⑪。季文子相三君，妾不衣帛，马不食粟，君子以为忠⑫。管仲镂簋朱纮，山节藻棁，孔子鄙其小器⑬。公叔文子享卫灵公，史鲔知其及祸；及戍，果以富得罪出亡⑭。何曾日食万钱，至孙以骄溢倾家⑮。石崇以奢靡夸人，卒以此死东市⑯。近世寇莱公豪侈冠一时，然以功业大，人莫之非，子孙习其家风，今多穷困⑰。其余以俭立名，以侈自败者多矣，不可遍数，聊举数人以训汝。汝非徒身当服行，当以训汝子孙，使知前辈之风俗云。

【注释】

①司马光，字君实，陕州夏县（今山西夏县）人，宋代史学家。本文是司马光写给儿子司马康的一篇家训。②忝（tiǎn）：辱，谦词，意思是自己名列在内，使同人受辱。闻喜宴：皇帝为新科进士所赐之公宴。③"孔子称"三句，语出《论语》。"与其不逊也宁固"：子曰："奢则不逊（骄傲），俭则固（寒伧），与其不逊也宁固。"意思是：奢与俭都有弊病，但抉择时宁取后者。"以约失之者鲜矣"：意思是：因为俭约而犯过失，是很少见的。"士志于道，而耻恶衣恶食者，未足与议也"：意思是：探求真理者，却以衣食简陋为羞耻，这种人是不值得与之为伍的。④天圣：宋仁宗年号。群牧判官：官名。群牧司是宋代中央掌管国家马匹的机构。司马光的父亲司马池曾任此官职，为人清廉，家无余财。⑤酤（gū）：买酒。肴（yáo）：做熟的菜。脯（fǔ）：腊肉、干肉。醢（hǎi）：肉酱。羹（gēng）：汤。⑥李文靖公：即李沆，字太初，宋真宗时官至宰相，死后谥号文靖。封丘门，北宋汴京（今河南省开封市）城门名称。厅事：处理公事或接待宾客的厅堂。⑦太祝、奉礼：即太祝官和奉礼郎，这是太常寺的两种属官，主管祭祀，往往由功臣的子孙担任。意思是：将来儿孙做太祝、奉礼等官则住宅不必奢侈。⑧参政鲁公：即鲁宗道，宋真宗时为右正言（谏官），宋仁宗时拜参知政事（副宰相）。⑨张文节：即张知白，字用晦，宋真宗时为河阳（今河南省洛阳市）节度使掌书记。掌书记：是主管批公文的官。公孙布被：公孙弘，汉武帝时为丞相，封平津侯。他非常俭省，用的被子是布制的，为人阴险，所以有人骂他这是奸诈作伪的行为。⑩御孙：春秋时鲁国的大夫。⑪正考

父:春秋时宋国上卿,辅佐戴、武、宣三公,他的地位愈高,行为愈检点,是孔子的祖先。饘(zhān)粥:稠粥。孟僖子:春秋时鲁国大夫。⑫季文子相三君:季文子,鲁国大夫季孙行父。三君,指鲁文公、宣公、襄公,皆以忠俭著称。⑬管仲:齐桓公的国相。镂(lòu)簋(guǐ):刻有花纹的簋。簋,盛食物的器具。朱纮(hóng):红色的帽带。山节:刻有山形的斗栱。斗栱:是柱子上顶住横梁的方木。藻棁(zǎo zhuō):上边画着水藻的梁上短柱。⑭公叔文子:春秋时卫国大夫公叔发。享:宴请。史鳅(qiū):卫国大夫。戌:公叔文子的儿子公孙戌。⑮何曾:晋代人,官至太尉。⑯石崇:晋代富豪。东市:指刑场。⑰寇莱公:寇准,字平仲,宋真宗初年为宰相,后封莱国公。以功业大,人莫之非:这是婉转的说法,并不是认为寇准可以因此奢侈。

【述评】
　　社会不断进步,物质生活质量的水准不断提升,其前进的动力,自然基于人类对幸福的向往与追求。而人类不单创造了物质文明,更重要的是人类同时还创造了精神文明,使人类从根本上区别于动物。对于个人而言,物质追求是必需的、基本的,但不应高于精神追求,更不应丧失精神追求。两篇文章都以人们对物质生活的态度为基本内容。
　　前篇:北魏孝文帝太和十八年迁都洛阳以来,息兵罢战,国家殷实富足,年谷丰登。于是,在这种社会历史背景之下,北魏贵族中奢华享乐之风大盛,对物质享受无限制追求,一个个骄纵放逸,无聊攀比,竞短争长。其中,河间王元琛尤为突出,他穷奢极欲而灵魂空虚,傲慢、狂妄、愚蠢到不可理喻的程度。文章大量列举他收罗的各种珍宝、财物,他除了炫耀财富,别无任何生活乐趣。他一再表示要与历史上夸富而亡身的石崇比富,实在是愚不可及!章武王元融则因与元琛比富不过,竟致失魂落魄,卧病三日;朝堂当众取绢,贪得无厌,以致负载过重,跌伤脚踝,贻笑大方。作者客观叙事,似乎于笔底不带褒贬,然而,人物令人作呕之丑态,直如亲见亲闻。
　　后篇:文章通过说理,论述"俭"与"奢",以及两者之间的关系。作者的根本观点是主张俭朴,反对奢侈。作者引用孔子的"与其不逊也宁固"一语,表明"奢"与"俭"两者都有弊病,这一点值得我们深思:我们应该区分奢侈与生活的正当消费、俭朴与追求幸福的权利之间的差别,须把握分寸,不应简单化理解,也不可走极端。文章结合事实说明:俭朴与勤奋、刻苦、谦逊等优秀品德相通,而奢侈则与懒惰、虚荣、傲慢等恶劣品行相连。作者以史学家的襟怀与见识,纵观千古,旁征博引,列举大量史实,从正反两方面论证俭朴与奢侈之利害,层层推进,深刻透辟、遒劲有力。

柳子厚墓志铭①

[唐] 韩愈

【文意】

柳子厚,名宗元。七世祖柳庆,北魏时官至侍中,封为济阴公。曾伯祖柳奭,曾任唐朝宰相,同褚遂良、韩瑗因得罪武后,高宗时被处死。父亲柳镇,为侍奉母亲,辞去太常博士职位,请为江南县令。其后又因不肯谄媚权贵,失去御史官职;直至该权贵死后,才被任命为侍御史,以刚毅正直号称当世,与之交往者皆为当代名人。

子厚小时便聪明过人,通达事理。父亲在世时,他虽年少,却已成才,待到进士及第,崭露头角,众人皆赞誉柳氏后继有人。柳子厚又通过博学宏词科考试,被授为集贤殿正字。他精明强悍、才智过人;精通经史百家,发表议论,则古往今来,旁征博引,口若悬河,意气风发,常令座上客为之倾倒。因此,其名声轰动一时,人人敬慕,皆渴望与之交往;公卿政要则争相欲将其收为门生,对之交口赞誉。贞元十九年,子厚由蓝田县尉升任监察御史,顺宗即位,又升为礼部员外郎。遇当权者获罪,他被牵连贬为刺史出京,尚未到任,又依例被贬为永州司马。

子厚既身为闲散之官,则发愤为学,刻苦钻研,且纵情于山水之间,写作诗文;文笔汪洋恣肆,风格雄厚凝练,学识造诣博大精深,如海水之无边无涯、深广莫测。元和年间,他曾与一同被贬官者奉命召回京师，又一道被遣出为刺史，子厚派为柳州。到任后，他慨叹道："难道此地就做不出政绩吗？"于是依据当地风俗，为柳州制订教谕与禁令，百姓皆顺从并信赖他。当地人有以子女做抵押向人借贷的陋习，约定若不能按时还贷赎取，只要利息与本金相等时，则债主就将人质收为奴婢。子厚则想方设法，让借贷人赎回子女，遇特别穷困无力赎回者，即责令债主记下人质劳动应得的报酬，待足够抵偿债务时，就命债主归还人质。观察使将此办法推广其他各州县，仅一年，免除奴婢身份回家者近千人。衡山、湘水以南地区考进士的读书人，皆拜子厚为老师，凡受过子厚指教之人所写的文章，皆有章法，合乎规范。

当年子厚被召回京师又再次被遣出为刺史时，中山人刘梦得也在被遣之列，应去播州。子厚流泪说道："播州非人所能居之处，况且梦得老母在堂，我不忍梦得无法向母亲开口，以致走投无路；况且也绝无母子同去那蛮荒之地的道理。"于是准备呈递奏章向朝廷请求，情愿以自己的柳州换播州，即使因此再度获罪，死而无憾。有人将梦得的情况禀告皇上，梦得因得改任连州刺史。呜呼！士至穷途之境，方显出品格与节操！现在，某些人平日邻里相处，互相仰慕交好，优游宴乐相往来，言谈笑语相取悦，乃至掏肝挖肺、指天誓心、生死不相背弃，简直真若可信。而一旦利害冲突，哪怕其细小仅如毛发，便反目成仇、落井下石，无所不至。这种人几乎随处皆是，连禽兽与夷狄蛮族皆不忍为，而他们却自以为得计，听到子厚之高风峻节，大概也应感觉于心有愧了吧！

子厚当初年轻，易于冲动，不知道珍重爱惜自己，以为功名业绩唾手可得，因此受人牵连而遭贬斥。贬谪后，又得不到有权势地位的知己帮助，结果最终死于边远荒僻之地，才干不得施展，抱负不能实现。如果子厚当时在御史台、尚书省任职时，能够像在做司马、刺史时那样，谨慎约束自己，自然不会被贬官；即使被贬官后，如果有人能够予以推荐与引进，一定会再次被任用而不至于潦倒一生。然而，子厚如果仅被短期贬斥，困窘之处境亦未达于极点，虽然他能够在官场出人头地，但他必不能全身心致力于文学，以致取得如今这种可以流芳百世的巨大成就，这一点是毋庸置疑的。假使子厚的心愿能够得到满足，出将入相于一时，两者相互比较，其得失优劣，有识之士必能予以判别。

柳子厚于元和十四年十一月初八去世，终年四十七岁。十五年七月初十葬于万年县其祖先墓地。子厚有儿子二人：长子周六，方四岁；次子周七，子厚去世后才出生；两个女儿，都还幼小。他的灵柩能够回乡安葬，费用皆出于观察使裴行立君。行立先生为人有气节，重信用，与子厚交好，子厚对他也尽心竭诚，而子厚最终得以仰赖裴君之力。为子厚办理后事者，是其表弟卢遵。卢遵是涿州人，性情谨慎，好学不倦；自子厚被贬斥后，卢遵便随其家同行同居，直至子厚去世未曾离开；卢遵既送子厚归葬，又负责照料子厚眷属，可谓有始有终之人。

铭文是："此为子厚之幽室，牢固而安适，且利其后世子孙。"

【原文】

子厚讳宗元，七世祖庆，为拓跋魏侍中，封济阴公②。曾伯祖奭，为唐宰相，与褚遂良、韩瑗，俱得罪武后，死高宗朝③。皇考讳镇，以事母弃太常博士，求为县令江南。其后以不能媚权贵，失御史④。权贵人死，乃复拜侍御史，号为刚直，所与游皆当世名人。

子厚少精敏，无不通达。逮其父时，虽少年，已自成人，能取进士第，崭然见头角，众谓柳氏有子矣。其后以博学宏词，授集贤殿正字⑤。俊杰廉悍，议论证据今古，出入经史百子，踔厉风发，率常屈其座人，名声大振，一时皆慕与之交。诸公要人争欲令出我门下，交口荐誉之。贞元十九年，由蓝田尉拜监察御史。顺宗即位，拜礼部员外郎。遇用事者得罪，例出为刺史。未至，又例贬永州司马⑥。

居闲，益自刻苦，务记览，为词章，泛滥停蓄，为深博无涯涘，而自肆于山水间。元和中，尝例召至京师，又偕出为刺史，而子厚得柳州⑦。既至，叹曰："是岂不足为政耶！"因其土俗，为设教禁，州人顺赖。其俗以男女质钱，约：不时赎，子本相侔，则没为奴婢。子厚与设方计，悉令赎归。其尤贫力不能者，令书其佣，足相当，则使归其质。观察使下其法于他州，比一岁，免而归者且千人。衡湘以南为进士者，皆以子厚为师，其经承子厚口讲指画为文词者，悉有法度可观。

其召至京师而复为刺史也，中山刘梦得禹锡亦在遣中，当诣播州⑧。子厚泣曰："播州非人所居，而梦得亲在堂，吾不忍梦得之穷，无辞以白其大人，且万无母子俱往理。"请于朝，将拜疏，愿以柳易播，虽重得罪死不恨。遇有以梦得事白上者，梦得于是改刺连州⑨。呜呼！士穷乃见节义，今夫平居里巷相慕悦，酒食游戏相征逐，诩诩强笑语以相取下，握手出肺肝相示，指天日涕泣，誓生死不相背负，真若可信；一旦临小利害，仅如毛发比，反眼若不相识；落陷阱，不一引手救，反挤之又下石焉者，皆是也。此宜禽兽夷狄所不忍为，而其人自视以为得计。闻子厚之风，亦可以少愧矣。

子厚前时少年，勇于为人，不自贵重顾藉，谓功业可立就，故坐废退；既退，又无相知有气力得位者推挽，故卒死于穷裔，材不为世用，道不行于时也！使子厚在台省时，自持其身，已能如司马、刺史时，亦自不斥；斥时，有人力能举之，且必复用不穷。然子厚斥不久，穷不极，虽有出于人，其文学辞章必不能自力，以致必传于后如今，无疑也。虽使子厚得所愿，为将相于一时，以彼易此，孰得孰失，必有能辨之者。

子厚以元和十四年十一月八日卒，年四十七。以十五年七月十日归葬万年先人墓侧。子厚有子男二人：长曰周六，始四岁；季曰周七，子厚卒乃生。女子二人，皆幼。其得归葬也，费皆出观察使河东裴君行立⑩。行立有节概，重然诺，与子厚结交，子厚亦为之尽，竟赖其力。葬子厚于万年之墓者，舅弟卢遵⑪。遵，涿人，性谨慎，学问不厌。自子厚之斥，遵从而家焉，逮其死不去。既往葬子厚，又将经纪其家，庶几有始终者。

铭曰："是惟子厚之室，既固既安，以利其嗣人。"

【注释】

①墓志铭：是记叙死者传记的一种文体，分志与铭两部分，志是传记，散文体；铭是文末赞辞，韵文。子厚：柳宗元的字。②七世祖庆：据史书记载，柳宗元七世祖柳庆，于南北朝时期在北朝北魏任侍中，入北周封为平齐公。其子柳旦，任北周中书侍郎，封济阴公。韩愈所记有误。北魏时侍中位同宰相。拓跋魏：北魏国君姓拓跋，故称。③曾伯祖奭（shì）：柳奭是柳宗元高祖子夏之兄。当为高伯祖，此误作曾伯祖。唐高宗欲废王皇后立武则天为皇后，柳奭与韩瑗及褚遂良等人力争，武则天党人诬说柳要和韩、褚等人谋反，柳奭与韩瑗及褚遂良等人被杀。褚（chǔ）遂良、韩瑗（yuàn）：皆唐高宗时的朝臣。④皇考：对亡父的尊称。太常博士：掌宗庙礼仪的太常寺属官。权贵：这里指窦参。柳镇曾迁殿中侍御史，因不肯与御史中丞卢佋，宰相窦参一同诬陷侍御史穆赞，后又为穆赞平反冤狱，得罪窦参，被窦参以他事陷害贬官。⑤博学宏词：科考科目。柳宗元二十一岁进士及第，二十四岁中博学宏词科。集贤殿正字：集贤殿书院属官，掌刊刻经籍、校正文字等职。⑥用事者：掌权者，指王叔文。唐顺宗做太子时，王叔文任太子属官，顺宗即位后，王叔文任户部侍郎，深得顺宗信任，于是引用新进，力图改革政治。但顺宗在位不足一年，旧派世族和藩镇及宦官俱文珍等迫使顺宗禅位给其子李纯，即宪宗；将王叔文、王伾杀戮，柳宗元、刘禹锡等八人贬做司马，是为"二王八司马"事件。例出：按规定遣出。例贬：依照"条例"贬官。永州：今湖南零陵县。司马：本是州刺史属下掌管军事的副职，唐时已成为有职无权的冗员。⑦偕出：元和十年，柳宗元等"八司

马"同时被召回长安,官职升为刺史,但又同时被迁往更远的地方。柳州:今广西柳州市。⑧播州:今贵州绥阳县。⑨连州:今广东连县。⑩裴(péi)行立:时任桂管观察使,是柳宗元的上司。⑪卢遵:柳宗元舅父之子。涿(zhuō):今河北涿州市。

徐文长传①

[明] 袁宏道

【文意】

我年轻时在街市书铺里,看到过北人杂剧《四声猿》,气概豪迈、神思飞扬,与当代书生所写的传奇文风迥异,署名"天池生",我当时以为是元代人的作品。后至越地,见有人家悬挂的书法字幅上署款"田水月"的,笔力遒劲雄强,一股郁结于胸的不平之气,透露于铁画银钩之间,宛然如见,心中十分震撼,但却不知田水月为何人。

一天晚上,坐陶编修石篑家楼上,随意抽阅架上陈列书籍,发现名为《阙编》的诗集一卷册。纸张印刷都非常低劣,墨渍模糊,字迹不清。凑近灯前略加翻阅,刚读几首,不由得惊喜欢跃,连忙呼叫石篑,问:"《阙编》谁人所作?今人,古人?"石篑说:"是我同乡徐天池先生所著。先生名渭,字文长,嘉靖、隆庆间人,五六年前才去世。现在卷轴、匾额有题款为田水月的,便是他。"这时,我方才醒悟,先后所遇令我惊异莫测者,全是徐文长一人。如今正当诗坛荒芜之际,遇此诗如得异宝奇珍,如梦魇之惊醒。我俩跃起,在灯影之下,读了惊叫,叫了又读,睡熟的僮仆都被惊醒。

从此以后,我对人或口述或笔谈,皆首先称道文长先生。有人前来探望,我就拿文长的诗给他读。一时之间文学界之名人雅士,渐渐倾慕而向往之。

文长是山阴秀才,乡试屡次落榜。他为人豪放不羁,总督胡宗宪欣赏他的才华,聘为幕宾。文长与胡公约定:"我做幕宾,当依照宾客礼节待遇,不得规定时间,随时可得自由进出。"胡公皆尽应允。

文长于是葛衣布袍，戴黑色方巾，一副平常读书人打扮，拱手行礼入座，放言畅谈天下事，旁若无人，而胡总督却非常喜欢。当时胡总督统率数省军队，威震东南，盔甲戎装之将士，晋见胡公，无不膝行而前，跪地言事，不敢举头；唯独徐文长以其部下一介书生却能高傲自得，行事随心所欲，议论玩笑，无所顾忌。适逢胡公猎获白鹿，奉献皇帝，文长代作贺表。表章上达，世宗皇帝读表，喜之不胜。因此胡公更加敬重文长，从此一切奏疏、公文等，皆出文长之手。

　　文长对自己的文韬武略颇为自信，喜策划妙计奇谋，论及军事之成败得失，每每言中。凡是胡公所行军务，诸如诱降汪直、徐海等盗寇之计谋，都与他缜密商议，然后施行。文长曾于一酒楼饮酒，有军士数人饮于楼下，酒后不肯付钱。文长暗地写一字条派人迅速报告胡总督，胡总督立刻下令将这批军士绑赴军门，全部斩首，全军为之战栗。有一和尚依仗有钱而行为不轨，文长在酒桌上与胡公偶然提起，胡总督借别事将和尚击毙杖下。此类事比比皆是，可见胡总督对徐文长之宠信达到何种地步。

　　胡总督既怜爱文长的才华，又怜悯他屡试不能中举，恰逢省里举行乡试，凡做考官的，胡总督全都私下嘱托，道："徐文长乃天下奇才，如其考卷落在你房中，万望不要遗漏。"考官们皆表示遵命。只一位做知县的考官因事晚到，开考之日方来拜见胡总督。胡总督偶然忘记嘱托，试卷竟偏巧落到他房中，因此最终徐文长还是没有被取中。

　　文长既科场不能得志，功名仕途无望，于是以饮酒放纵自己，尽情游山玩水。其踪迹遍于齐、鲁、燕、赵各地，历经北方荒漠。他所见之山崩海啸，沙暴云飞，狂风骤雨，树倒屋塌，幽静之深谷，繁华之都市，人物鱼鸟，万事万物，一切可惊可愕之景况，皆一一表达于诗中。文长胸中又有勃然雄发、不可磨灭之气概，以及英雄失路、投身无地之悲愤，以故其所作之诗，似怒似笑，似江水之鸣峡，似新苗之破土，似寡妇之夜哭、游子之登程。当他放纵心意，其诗犹如平畴千里，无际无涯；有时却幽深峭拔，若鬼语秋坟。文长眼空千古，独步一时。当时所谓达官贵人、骚人墨客，在文长眼中皆视之为奴仆下人，耻于结交，因此禁锢了他在文坛活动的范围，其名声未能超出越地,得以远播。悲夫!

一日,文长在乡大夫家饮酒,乡大夫指筵席上的一个小物件要求他题咏辞赋,暗地里令僮仆将纸张接续一丈多长,想以此难倒他。文长提笔在手,长篇累牍写满全纸,而且一挥而就。其韵味、意境,刚健飘逸,物件之神貌表达得淋漓尽致,在场之人皆大为惊叹。

文长喜欢书法,笔意奔放绝类其诗,于苍凉劲节之中流露出婉约妩媚之情态。我虽不善书法,但依我之谬见:徐文长之书法水平绝对在王宠、文征明之上。不谈书写技法,而论字之神韵,文长先生确实不愧为运用"八法"之圣手、书界字林中之侠士。闲暇之时,他还随笔勾勒花草竹石,皆画得超凡脱俗、俊逸雅致。

后来,他终因猜疑而误杀续弦之妻,以死刑罪入狱。太史张阳和极力斡旋,才获释放。出狱后,他的倔强脾气一如既往。晚年,其愤懑情绪愈益加深,故作疯癫。高官显贵登门拜访,概不接纳,本地官员来求,亦一字也不可得,相反,他常出入酒店与仆隶同桌共饮。有一次他竟手持利斧击破自己的头颅,血流满面,头骨折断,揉之有声。还有一次他以钢锥锥其两耳,深入寸余,竟不得死。

石篑言:文长晚年之诗文更具奇光异彩,惜无刻本、文集藏在家中。我所见到的,仅《徐文长集》、《阙编》二种而已。文长生不逢时,志与愿违,心怀怨愤而死。

作者石公言:先生之运乖时蹇,异乎寻常,因得狂疾,始终不痊,以致身陷囹圄。古今文人,其命运之颠仆蹶跌,其心情之伤痛激愤,与先生皆不可同日而语。虽然如此,从另一角度看,胡宗宪乃稀世豪杰,世宗皇帝亦英明君主,文长身为幕客所受特殊礼遇,是胡公知赏识先生;献白鹿之表,皇帝嘉悦,是皇帝知赏识先生。只先生未身享仕途之荣华而已,然先生之诗文崛地而起,一扫近代荒秽污浊之诗风,千百年后,自有定论,又岂能说世无知遇之人呢?

梅客生曾给我写信说:"文长是我老友,他的病比他本人更奇怪,他的人比他的诗更奇特,他的诗比他的书法更令人惊异,他的书法比他的文章更令人惊诧,他的文章比他的绘画更令人惊叹。"所以,我说文长是无处不奇之人,正因为他无处不奇,所以其一生也就无处不走背运。悲夫!

【原文】

余少时过里肆中，见北杂剧有《四声猿》，意气豪达，与近时书生所演传奇绝异，题曰"天池生"，疑为元人作②。后适越，见人家单幅上有署"田水月"者，强心铁骨，与夫一种磊块不平之气，字画之中，宛宛可见，意甚骇之，而不知田水月为何人③。

一夕，坐陶编修楼，随意抽架上书，得《阙（què）编》诗一帙④。恶楮毛书，烟煤败黑，微有字形，稍就灯间读之，读未数首，不觉惊跃，急呼石篑："《阙编》何人作者？今耶？古耶⑤？"石篑曰："此余乡先辈徐天池先生书也。先生名渭，字文长，嘉、隆间人，前五六年方卒。今卷轴题额上有田水月者，即其人也。"余始悟前后所疑，皆即文长一人。又当诗道荒秽（huì）之时，获此奇秘，如魇（yǎn）得醒。两人跃起，灯影下读复叫，叫复读，僮仆睡者皆惊起。

余自是或向人，或作书，皆首称文长先生。有来看余者，即出诗与之读。一时名公巨匠，浸浸知向慕云。

文长为山阴秀才，大试辄不利，豪荡不羁。总督胡梅林公知之，聘为幕客⑥。文长与胡公约："若欲客某者，当具宾礼，非时辄得出入。"胡公皆许之。文长乃葛衣乌巾，长揖就座，纵谈天下事，旁若无人，胡公大喜。是时，公督数边兵，威震东南，介胄（zhòu）之士，膝语蛇行，不敢举头；而文长以部下一诸生傲之，信心而行，恣臆谈谑（xuè），了无忌惮。会得白鹿，属文长代作表，表上，永陵喜甚⑦。公以是益重之，一切疏记，皆出其手。

文长自负才略，好奇计，谈兵多中。凡公所以饵汪、徐诸虏者，皆密相议，然后行⑧。尝饮一酒楼，有数健儿亦饮其下，不肯留钱。文长密以数字驰公，公立命缚健儿至麾下,皆斩之,一军股栗。有沙门负资而秽,酒间偶言于公,公后以他事杖杀之。其信任多此类。

胡公既怜文长之才,哀其数困,时方省试,凡入帘者,公密属曰:"徐子,天下才,若在本房,幸勿脱失。"皆曰:"如命。"一知县以他羁后至,至期方谒公,偶忘属,卷适在其房,遂不偶。

文长既已不得志于有司,遂乃放浪曲蘖(niè),恣情山水,走齐、鲁、燕、赵之地,穷览朔漠。其所见山奔海立,沙起云行,风鸣树偃,幽谷大都,人物鱼鸟,一切可惊可愕之状,一一皆达之于诗。其胸中又有一段不可磨灭之气,英雄失路、托足无门之悲,故其为诗,如嗔如笑,如水鸣峡,如种出土,如寡妇之夜哭,羁人之寒起。当其放意,平畴千里,偶尔幽峭,鬼语秋坟。文长眼空千古,独立一时。当时所谓达官贵人、骚士墨客,文长皆叱而奴之,耻不与交,故其名不出于越。悲夫!

一日,饮其乡大夫家⑨。乡大夫指筵上一小物求赋,阴令僮仆续纸丈余进,欲以苦之。文长援笔立成,竟满其纸,气韵遒逸,物无遁情,一座大惊。

文长喜作书,笔意奔放如其诗,苍劲中姿媚跃出。余不能书,而谬谓文长书决当在王雅宜、文征仲之上⑩。不论书法,而论书神:先生者,诚八法之散圣,字林之侠客也⑪。间以其余,旁溢为花草竹石,皆超逸有致。

卒以疑杀其继室,下狱论死。张阳和力解,乃得出⑫。既出,倔强如初。晚年,愤益深,佯狂益甚⑬。显者至门,皆拒不纳。当道官至,求一字不可得。时携钱至酒肆,呼下隶与饮。或自持斧击破其头,血流被面,头骨皆折,揉之有声。或以利锥锥其两耳,深入寸余,竟不得死。

石篑言:晚岁,诗文益奇,无刻本,集藏于家。余所见者,《徐文长集》、《阙编》二种而已。然文长竟以不得志于时,抱愤而卒。

石公曰:先生数奇不已,遂为狂疾;狂疾不已,遂为囹圄[14]。古今文人,牢骚困苦,未有若先生者也。虽然,胡公间世豪杰,永陵英主;幕中礼数异等,是胡公知有先生矣;表上,人主悦,是人主知有先生矣。独身未贵耳。先生诗文崛起,一扫近代芜秽之习,百世而下,自有定论,胡为不遇哉!

梅客生尝寄余书曰:"文长,吾老友,病奇于人,人奇于诗,诗奇于字,字奇于文,文奇于画[15]。"余谓:文长无之而不奇(jī)者也。无之而不奇,斯无之而不奇也哉!悲夫!

【注释】

①徐渭,字文长,别号天池生,明代文人,他在诗文、戏曲、书法、绘画方面,都有相当成就;有《徐文长集》30卷、《逸稿》24卷、杂剧《四声猿》、戏曲理论著作《南词叙录》等。②北杂剧:元代北方杂剧的一种戏曲形式,每本以四折为主,明代也有杂剧,但每本不限四折。《四声猿》:徐渭著有《狂鼓史》、《雌木兰》、《玉禅师》、《女状元》四个杂剧,总称《四声猿》。传奇:指戏曲脚本。③越:旧称浙江东部绍兴一带。徐渭即山阴(绍兴)人。"田水月":三字合为"渭"字。④陶编修:即陶望龄,字周望,号石篑(kuì),作者友人;万历十七年进士,授翰林院编修,翰林在明清时代称为太史。帙(zhì):书套、书函、卷册。⑤恶楮(chǔ)毛书:楮树皮可制纸,故称纸为楮。毛书:毛边装订的书。烟煤败黑:明代多以煤烟代替墨汁,日久易脱落。⑥胡宗宪:字汝贞,号梅林,绩溪(今属安徽)人;嘉靖进士,嘉靖三十四年任浙江巡按御史,在嘉兴设计以毒酒杀倭寇数百,后升任总督;联络严嵩父子,得久于其任,严嵩父子获罪后,被弹劾为严党,下狱死。⑦会得白鹿:《徐文长自著畸谱》:"三十八岁,孟春之三日,幕再招,时获白鹿二,……令草两

表以献。"表：古代奏章的一种文体，致辞以颂贺。永陵：这里代指明世宗嘉靖皇帝本人。⑧此句谓：胡宗宪经多方面调查倭寇情况，诱杀暗中通倭的匪徒汪直、徐海、陈东等人，颇立平倭之功。饵（ěr）：引诱。⑨乡大夫：官名，春秋时置乡大夫，管理一乡政事，这里指县官。⑩王雅宜：即王宠，明代书法家，号雅宜山人。吴县人。文征仲：即文征明，明代书画家，字征仲。⑪八法：即永字八法，汉字楷书运笔的八种法则。⑫张阳和：徐渭的老同学张元汴，翰林修撰。⑬晚年愤益深：胡宗宪被处死后，徐渭更加愤激。佯狂：装疯。⑭石公：作者的号。数奇（jī）：指走背运。囹圄（líng yǔ）：监狱。⑮梅客生：梅国桢，字客生；万历进士，官兵部右侍郎，作者好友。

【述评】

"古者富贵而名磨灭，不可胜记，唯倜傥非常之人称焉。盖文王拘而演《周易》；仲尼厄而作《春秋》；屈原放逐，乃赋《离骚》；左丘失明，厥有《国语》；孙子膑脚，《兵法》修列；不韦迁蜀，世传《吕览》；韩非囚秦，《说难》、《孤愤》；《诗》三百篇，大抵贤圣发愤之所为作也。"（司马迁《报任少卿书》）

两位文人，皆风逸龙蟠之士，怀经邦纬国之才，而命运乖蹇，不合于时，不容于世；而他们的文学艺术成就，则是他们独特个性与其命运相互碰撞产生的火花。

前篇：韩愈为亡友柳宗元所写的墓志铭，充满深厚的朋友情谊。文章首先写其家世门风，突出柳奭的忠义，强调柳镇事母之孝行，为官之刚直。柳宗元少年得志，二十一岁中进士，同年其父去世，而"众谓柳氏有子矣"。刚刚步入政坛的柳宗元"惊才风逸，壮志烟高"，卷入激烈的政治斗争的旋涡之中。文章表明柳宗元之升迁并非自己的钻营，而遭贬谪斥逐亦非其本身之过失。作者在叙述柳宗元这一生的转折点时，情凝弦上，意注笔端，语似淡而实深。由此柳宗元一生"材不为世用，道不行于时也"。然而，他的为政才能，仅于柳州牛刀小试，则已令人瞩目。作者写刘禹锡遭播州时，柳宗元"不忍梦得之穷"要冒死上奏事，通过与"今人之交"鲜明的正反对比，慷慨激昂地颂赞柳宗元之薄云高义。然后，作者对柳宗元的一生得失予以总评，指出"为将相于一时"，死与草木同腐者多矣，而柳"一斥不复"之遗憾，正是成就他文学不朽业绩的动因，文章情真语洽，充满情谊，似叹似慰，悠然不尽。最后是柳子厚归葬事宜及一往情深的铭文。

　　后篇：袁宏道可谓徐文长的生死异域之知己，偶读其诗集，顿生相识恨晚之情，为之立传，使这位匿迹埋声、已经默默无闻的人物，得以扬名后世。文章突出徐文长的才奇、人奇、"数奇"。才奇：其诗文书画无所不精，而且"好奇计，谈兵多中"。人奇：徐文长傲世轻物，目空一切。宁与"下隶"为伍，而对"所谓达官贵人、骚士墨客，皆叱而奴之，耻不与交"。而徐文长的这种愤世嫉俗，恰与他的"数奇"互为因果。他科场上屡试不中，"不得志于有司"，只是个潦倒终生的秀才。作者行文至此，则以一大段夹叙夹议的文字，说明其诗之狂放与悲愤，乃是徐文长以其傲岸不群之心与恶俗之世、与不公平的命运相抗衡的产物，其文字之精彩，如白云出岫，流水注坡，畅快淋漓。最后，以作者石公之言和梅客生的议论作结，睿智而隽永。

第十单元

记孙觌事

[宋] 朱熹

【文意】

靖康事变之时，钦宗身陷敌国金兵营中。金人要宋朝上降表以示臣服。钦宗被逼无奈下诏命身边近臣孙觌撰稿，心中暗自希望孙觌能秉大节而拒不奉诏，以此解脱金人之威逼。然而，孙觌并无二话，不假思索，提笔一挥而就。其文辱国媚敌之语极为过分，而且辞章华丽，文采飞扬，似乎早有腹稿在心。金人大喜，将金国皇族权贵俘获的妇女赏赐给他，孙觌不辞，欣然领赏。

此后，他经常对人说："人力不敌天命，古往今来一切祸乱，无不取决于天命，而当时人们却总想凭借人力来战胜它，所以失败者多而成功者少，以至于自身性命难保。孟子所说'顺天者存，逆天者亡'，正是此意。"有人讥讽他说："你孙觌身在敌营之中，顺应天命之事，做得无所不用其极，所以你现今活得如此滋润，而且必将长寿百年，也是理所应当的嘛！"孙觌则羞愧难言，而闻之者人人快意。

乙巳年八月二十三日，我和刘晦伯交谈，提及此事，于是记录之以便记忆。

【原文】

靖康之难，钦宗幸虏营①。虏人欲得某文，钦宗不得已，为诏从臣孙觌为之；阴冀觌不奉诏，得以为解②。而觌不复辞，一挥立就；过为贬损，以媚虏人；而词甚精丽，如宿成者。虏人大喜，至以大宗城卤获妇饷之，觌亦不辞③。

其后每语人曰："人不胜天久矣，古今祸乱，莫非天之所为。而一时之士欲以人力胜之，是以多败事而少成功，而身亦不免焉。孟子所谓'顺天者存,逆天者亡'者,盖谓此也④。"或戏之曰:"然则子之在虏营也,顺天为已甚矣!其寿而康也宜哉!"觌惭无以应。闻者快之。

乙巳八月二十三日,与刘晦伯语,录记此事,因书以识云⑤。

【注释】

①靖(jīng)康之难:靖康,宋钦宗年号。靖康元年,金人攻陷汴京,俘获徽宗、钦宗,北宋就此灭亡。幸:皇帝出行所至曰幸。②孙觌(dí):字仲益,生于神宗元丰四年,大观三年进士;宋钦宗时官翰林学士,一贯主张与金媾和,排挤打击主战派将领。③大宗城:指金统治者的同姓权贵。卤:同掳。饷(xiǎng):犒赏。④"顺天者存,逆天者亡":《孟子·离娄上》中的词句,这里孙觌断章取义。⑤乙巳:即宋孝宗淳熙十二年。刘晦伯:朱熹的学生。

蹇材望

[宋] 周密

【文意】

蹇材望是四川人,任湖州副知州职。元蒙大军南下日益逼近之时,他毅然决然指天发誓,要自杀殉国。为表明心迹,他特意做一面大锡牌,上刻"大宋忠臣蹇材望"。又把两块银子凿孔,用绳子系到牌子上,并附以文字说明:"凡找到我的尸首者,请代为埋葬,并请为树碑,上题'大宋忠臣蹇材望'。此银为埋葬、立碑之费用。"此后他便每天腰间悬挂此牌子和银子,声称只等元军兵临城下便投水自杀。不仅如此,他还不厌其烦地一一遍告乡亲和相识的人们,听者无不感动而心生悲悯之情。

丙子年正月初一,元朝军队果然破城而入,混乱之中,没人看到蹇材望,众人皆以为他已溺水而死;然而,蹇材望此时竟然一身蒙古装束兴冲冲骑马而归。原来，他于前一天便先行出城投降，迎接参拜元军首领，因此被任命为湖州同知。这桩怪异的丑闻连湖州的穷乡僻壤皆已传遍。

【原文】

蹇材望，蜀人，为湖州倅①。北兵之将至也，蹇材望毅然自誓必死。乃作大锡牌，镌（juān）其上曰："大宋忠臣蹇材望。"且以银二笏凿窍，并书其上曰："有人获吾尸者，望为埋葬，仍见祀，题云'大宋忠臣蹇材望'②。此银所以为埋瘗（yì）之费也。"日系牌与银于腰间，只伺北军临城，则自投水中，且遍祝乡人及常所往来者，人皆怜之。

丙子正月旦日，北军入城。蹇已莫知所之，人皆谓之溺死。既而北装乘骑而归，则知先一日出城迎拜矣，遂得本州同知。乡曲之人皆能言之。

【注释】

①湖州：地名，今浙江境内，治所在今吴兴。倅（cuì）：副职，此处指副知州。②二笏（hù）：指两片。

【述评】

两个卖国贼，可谓无耻之尤！前者：宋钦宗是昏君瞎眼，竟不知身边的孙觌为何许人，还希望他能"不奉诏"。结果这个奸佞小人是媚骨天成，早已预作准备，"一挥立就"而且"词甚精丽"。卖国居然卖到这种程度，这样无耻的奴颜婢膝，连敌虏都深感意外。孙觌在领赏谢恩之余，还要引经据典用一套冠冕堂皇的言论把自己的形象修饰美化一番，不料被当头泼上一盆冷水，浇成个落汤鸡。后者：在国难当头、民族危亡的时刻，总免不了有贪生怕死、叛变投敌的软骨头。不过，像蹇材望这种不知羞耻为何物的人，做出如此戏剧性的表演，真可谓滑天下之大稽！

魏征直谏①

[宋] 司马光

【文意】

观魏征之相貌，不过一普通人，然而他却有超人之胆量与智谋。他特别善于逆转君主的心意，时常不顾冒犯皇威而极力劝谏。有时遇到皇上大发雷霆，而魏征却始终神色不变、态度从容，皇上也就随之平息了心中怒气。有一次，魏征告假回家乡去上坟，回朝后对皇上说："人们说陛下要到南山去，外边行装都已备齐，而最终却没出发，是何缘故？"皇上笑了，说："当初确实有心去玩，因你回来了，怕被你责怪，所以半途而罢。"皇上曾经得到一只上好的鹞鹰，正亲自架在手臂上，远远见魏征走来，就急忙藏匿于怀中，魏征禀奏公事故意拖延时间，结果鹞鹰被闷死在怀里。

皇帝有一次罢朝回宫，怒气冲冲地说："我总有一天要杀死这个乡巴佬！"皇后问是谁，皇帝说："魏征经常在朝廷上当众侮辱我。"皇后听后退下，然后身着朝服站立庭院当中，皇帝惊讶地询问缘故，皇后说："我听说，君主贤明才会有正直敢言之臣，现在有魏征这样如此直言之臣，正表明陛下真正是贤君明主，妾岂能不当面祝贺？"皇帝于是心悦诚服。

【原文】

魏征状貌不逾中人，而有胆略，善回人主意，每犯颜苦谏；或逢上怒甚，征神色不移，上亦为霁威。尝谒告上冢，还言于上曰："人言陛下欲幸南山，外皆严装已毕，而竟不行，何也？"上笑曰："初实有此心，畏卿嗔，故中辍耳。"上尝得佳鹞，自臂之，望见征来，匿怀中；征奏事固久不已，鹞竟死怀中②。

上罢朝，怒曰："会须杀此田舍翁③。"后问为谁，上曰："魏征每廷辱我。"后退，具朝服立于庭，上惊问其故。后曰："妾闻主明臣直；今魏征直，由陛下之明故也，妾敢不贺。"上乃悦。

【注释】
①魏征：字玄成，魏州曲城（今河北巨鹿）人。少时孤贫落拓，出家为道士；后参加隋末李密起义军，入唐后为太子洗马，唐太宗慧眼识英才，发现了这位杰出政治家，即位后将魏征擢升为谏议大夫，魏征先后陈谏二百余事，贞观三年任秘书监，参与朝政，被封为郑国公。②鹞（yào）：鸟名，属鹰科，经驯化可助猎人捕猎。③会须：该当。

岳飞其人

[清] 毕沅

【文意】
　　岳飞对待父母极为孝敬。他的家境清寒，无姬妾上下侍奉。将军吴玠一向敬重岳飞，愿与之深相交往，于是将一著名美女打扮好，赠予岳飞。岳飞坚辞不受，回复道："皇帝勤劳国事，宵衣旰食，难道此时身为大将者倒可以寻欢作乐吗？"吴玠由此更为叹服钦佩。有人曾问岳飞："何时天下才能太平？"岳飞答道："文官不爱钱，武将不怕死，天下就太平了。"部队每次休整，岳飞都亲自考核，令将士身着重铠跳壕爬坡，从难从严反复演习。严禁士卒侵扰百姓：士兵有取百姓一绺麻捆扎马草者，立即斩首示众。部队露营，百姓开门甘愿接纳时，而士兵却无人敢进。军队的口号是"冻死不拆屋，饿死不掳掠"。岳飞治军虽严而实则爱兵如子：士兵有病，岳飞亲自为之调药；部将远地驻防、征战，岳飞的妻子到家中慰劳其眷属；战死的殉难者，岳飞亲临哭丧并抚养其遗孤。凡有颁赏犒劳之财物，全部分发给将士，自己分毫不取。岳飞作战，擅长以少胜多。凡军队有所行动，必召集部下将领谋划商定之后，才出兵作战，因此所向披靡。突然遭遇敌人时，绝不轻举妄动。因此敌人说："撼山易，撼岳家军难。"张俊曾向岳飞请教用兵之法，岳飞说："仁爱、诚信、智慧、勇敢、严格，缺一不可。"每次调集军饷，岳飞都皱眉而痛心地说："东南地区之民力已经枯竭殆尽了啊！"岳飞平日为人，礼贤下士，珍视人才。娱乐游戏之时，他忠厚和善，喜好雅歌及投壶之戏，规矩得像个书生。每次升迁，他总辞谢不迭，说："都是将士们出力效命，我岳飞有何功劳！"

【原文】

飞事亲至孝，家无姬侍。吴玠素服飞，愿与交欢，饰名姝遗之，飞曰："主上宵旰，宁大将乐时耶！"却不受①。玠大叹服。或问："天下何时太平？"飞曰："文臣不爱钱，武臣不惜死，天下太平矣！"师每休舍，课将士注坡跳壕，皆重铠以习之②。卒有取民麻一缕以束刍者，立斩以徇③。卒夜宿，民开门愿纳，无敢入者。军号"冻死不拆屋，饿死不掳掠"。卒有疾，亲为调药。诸将远戍，飞妻问劳其家；死事者，哭之而育其孤。有颁犒，均给军吏，秋毫无犯。善以少击众。凡有所举，尽召诸统制，谋定而后战，故所向克捷。猝（cù）遇敌不动。故敌为之语曰："撼山易，撼岳家军难。"张俊尝问用兵之术，飞曰："仁、信、智、勇、严，阙一不可④。"每调军食，必蹙额曰："东南民力竭矣！"好贤礼士，雅歌投壶，恂恂（xún）如儒生。每辞官，必曰："将士效力，飞何功之有！"

【注释】

①吴玠（jiè）：字晋卿，德顺军陇干（今甘肃静宁县）人，南宋名将；官至四川宣抚使。宵旰（gàn）：即成语宵衣旰食。宵衣：天不亮就穿衣起身。旰食：天很晚才吃饭。②注坡：军事训练项目，骑马从山坡上冲下。③徇（xùn）：这里指示众。④张俊：南宋将军，

字伯英,成纪(甘肃天水)人;任江淮路招讨使。他与岳飞、韩世忠并称三大将。绍兴十一年他附和秦桧,助秦桧制造伪证,陷害岳飞;晚年封为清河郡王,拜太师,极受高宗礼遇。

【述评】

所谓"文死谏,武死战",是古代社会评判忠臣良将的最高标准,魏征与岳飞,虽然他们都不是死于犯颜直谏和喋血沙场,但他们确实不愧为忠臣良将的楷模。

前篇:唐太宗在隋末随父转战南北,艰苦创业,是位英明的君主。但太平日久,渐生骄纵之心,追求享乐。魏征对此十分忧虑,提醒唐太宗以隋亡为鉴,要"居安思危,戒奢以俭";他认为:君为舟,民为水;"水能载舟,亦能覆舟"。本文写他们君臣之间的关系,故事生动,细节感人。唐太宗曾说:"以铜为镜,可以正衣冠;以古为镜,可以知兴替;以人为镜,可以明得失。"魏征就是太宗一面银光闪闪的明镜。

后篇:岳飞二十年军旅生涯,以非凡才干,立下赫赫战功,这样的社稷忠臣却蒙罪含冤,死于昏君奸贼之手,然而对这一切,人民不会忘记,历史不会忘记。文章开头写岳飞拒受"名姝"和对"天下太平"的认识,是对岳飞一生精忠报国精神的总括。接下,文章多方面、多角度表现岳飞卓越的军事才能:注重军事训练、严肃军纪、爱护部下、精通兵法、谦虚民主、体恤百姓等等,甚至用敌军、奸臣之言反面衬托,使一代良将的光辉形象高大丰满、气足神完。最后,文章又补充岳飞性格中的另一侧面:儒雅仁厚之风度,因而使岳飞音容笑貌之神态,立体地呈现于读者面前。

子陵垂钓

[南北朝] 范晔

【文意】

严光,字子陵,又名遵,是会稽郡余姚县人。他年轻时便有很高的名望，曾与光武帝刘秀结伴一同游学。后来，刘秀登基即皇帝位，严光不肯见昔日之故人光武帝，则更名换姓，隐居而深藏不露。光武帝非常赏识其人品之贤德，命地方各级官吏认真查找寻访之。

后来，诸侯中有齐国向皇帝上报，称："有一男子穿羊皮大衣，日日在湖边独自垂钓。"皇帝揣测此人必是严光，于是备齐高车驷马、币帛礼品，派遣使臣隆重聘请。严光坚辞，使臣往返多次方至，居于京师北军营地馆舍。皇帝钦赐被褥，并专派太官侍奉饮食。司徒侯霸与严光往年曾有深交，严光至京师时，即派仆人送一信，并传话说："司徒大人得知先生到来，心中虽然欲立刻前来与先生会面，但迫于主管事务繁杂，因此白天不得空，未能亲自拜访。希望于天黑入夜之际，委曲先生见面叙谈。"严光并不答话，给那仆人扔一书札，命其记录他口授的回信内容："君房足下：先生官至司徒，位列三公，实为幸事！先生若以仁义辅佐帝王，则天下万民欢悦；若阿谀逢迎以承颜顺旨，则终归难免杀身之祸。"侯霸得此书信，重新封好奏闻陛下，光武帝笑道："这疯子向来如此狂傲。"皇帝车驾当天就来到严光住所，严光故意卧床不起，皇帝走进其卧室，拍拍严光的肚子，说："好个子陵，你难道就不肯帮我打理天下吗？"严光装睡不做声。过了很久，才睁开眼仔细端详光武帝后，说道："古时唐尧圣德昭著，欲让天下给巢父，而巢父闻此则以为恶语，于是临河洗耳。读书之人原本有自己的志趣，何至于以爵禄强加逼迫？"光武帝说："子陵，我真的是劝不动你吗？"于是摇头叹息，乘车而去。

其后，光武帝又令严光入宫，两人整日一起闲聊，谈论旧日的交情。光武帝随口问道："朕与往昔之时相比，有什么变化吗？"严光回答："陛下现在的身材略微高了一点。"两人同榻共寝，熟睡中严光的脚搭到了皇帝的肚子上。第二天，太史官向皇帝启奏：夜观天象，有客星冲犯帝座，甚为危急。光武帝笑道："朕的老友严子陵，昨夜睡觉与朕同床而卧。"皇帝最后还想委任他为谏议大夫，严光还是不肯屈就。

于是，严光终于回富春山以耕田为生。后人将严光垂钓处称为"严陵濑"。建武十七年，皇帝又一次对严光特别征召，严光仍没有去。八十岁时，严光老死家中。皇帝为之伤痛惋惜，下诏命郡县赠予严光家钱百万，谷千斛。

【原文】

严光字子陵，一名遵，会稽余姚人也①。少有高名，与光武同游学②。及光武即位，乃变名姓，隐身不见。帝思其贤，乃令以物色访之。

后齐国上言："有一男子披羊裘钓泽中③。"帝疑其光，乃备安车玄𬘓，遣使聘之④。三反而后至。舍于北军，给床褥，太官朝夕进膳⑤。司徒侯霸与光素旧，遣使奉书。使人因谓光曰："公闻先生至，区区欲即诣造，迫于典司，是以不获。愿因日暮自屈语言。"光不答，乃投札与之，口授曰："君房足下：位至鼎足，甚善⑥。怀仁辅义天下悦，阿谀顺旨要领绝⑦。"霸得书，封奏之。帝笑曰："狂奴故态也！"车驾即日幸其馆。光卧不起，帝即其卧所，抚光腹曰："咄咄子陵！不可相助为理耶？"光又眠不应。良久，乃张目熟视，曰："昔唐尧著德，巢父洗耳⑧。士故有志，何至相迫乎！"帝曰："子陵，我竟不能下汝耶？"于是升舆叹息而去。

复引光入，论道旧故，相对累日。帝从容问光曰："朕何如昔时？"对曰："陛下差增于往。"因共偃卧，光以足加帝腹上。明日，太史奏客星犯御座甚急。帝笑曰："朕故人严子陵共卧耳。"除为谏议大夫，不屈。

乃耕于富春山，后人名其钓处为"严陵濑"焉⑨。建武十七年，复特征，不至。年八十，终于家。帝伤惜之，诏下郡县赐钱百万、谷千斛⑩。

【注释】

①会稽：指会稽郡，以今绍兴市为治所。余姚：今浙江省余姚县。②光武帝：刘秀，汉高祖九世孙，少长于民间。西汉末王莽篡政三年，刘秀从其兄起兵，受命于更始帝刘玄，大破王莽军，定河北。

更始三年，刘秀即皇帝位，是为东汉，在位三十三年。③齐国：指东汉时的一个诸侯国，其辖区相当于春秋时代的齐国地区。④玄纁(xūn)："玄纁者，天地之色，以为祭服。"引申为币帛（礼仪物品）。⑤北军：即汉代守卫京师的屯卫军队的名称，东汉时称北军五校，规模较大。太官：官名。秦汉时有太官令、丞，掌管皇帝的饮食、宴会，属少府衙门。⑥鼎足：东汉时以太尉、司徒、司空合称三公（皇帝之下的最高官员），成鼎足之势。⑦要：指腰。领：指脖颈。要领绝：指被处死。⑧巢父：传说为唐尧时的一个隐士，在树上筑巢而居，时人号曰巢父。尧以天下让之，不受。⑨富春山：浙江省中部。严陵濑(lài)：即严陵之钓鱼台。濑：水深水急之处。⑩钱百万、谷千斛(hú)：这里实为虚数，表示赏赐了大量钱粮。

严先生祠堂记

[宋] 范仲淹

【文意】

严光先生是汉光武帝的故交挚友，二人相互尊崇。当光武帝得到《赤符》，手握兵权，乘六龙以控驭天地四方，扫平乱世，登基称帝，成为万民众生之主时，天下谁人能与之相比？而唯有先生能以品格之高洁而超越之。而先生与光武帝叙旧交欢、同榻而卧，惊动上天之星象；之后归隐江湖，以圣贤之清风峻节，视爵禄为泥土，天下又有谁人能与之相比？只有刘秀以帝王之尊而能礼贤下士，平等相待，表现其至诚高节之过人。

《蛊》卦的"上九"爻显示：当人们都认为正是应该大有作为之时机，而独有一人偏偏"不事王侯，高尚其事"。先生正是这样做的。《屯》卦的"初九"爻显示：当阳气正开始亨通之际，却能甘居下位，谦卑自处，即"以贵下贱，大得民也"。光武帝正是这样做的。由此可见：先生之品格，可与日月争光；光武帝之气量，包蕴天地之外。假如没有先生，则不能成就光武帝气度之宏大；假如不是光武帝，又怎能显示先生人格精神之崇高？先生之高风亮节，令人寸心千折，使贪夫崇尚清廉，使懦夫增添勇气，对于礼仪教化之维护，则功若丘山。

我到本州任职以来，开始建造祠堂祭奠先生，并免除先生四家后裔的徭役，令其专管祭祀事宜。其后又作歌一首以表仰慕之情："云山苍苍，江水泱泱。先生之风，山高水长。"

【原文】

先生，光武之故人也，相尚以道①。及帝握《赤符》，乘六龙，得圣人之时，臣妾亿兆，天下孰加焉②？惟先生以节高之。既而动星象，归江湖，得圣人之清，泥涂轩冕，天下孰加焉③？惟光武以礼下之。

在《蛊》之上九，众方有为，而独"不事王侯，高尚其事"，先生以之④。在《屯》之初九，阳德方亨，而能"以贵下贱，大得民也"，光武以之⑤。盖先生之心，出乎日月之上；光武之量，包乎天地之外。微先生不能成光武之大，微光武岂能遂先生之高哉？而使贪夫廉，懦夫立，是大有功于名教也。

仲淹来守是邦，始构堂而奠焉。乃复为其后者四家，以奉祠事。又从而歌曰："云山苍苍，江水泱泱。先生之风，山高水长。"⑥

【注释】

①严光少年时即博学多才，性情耿直。他曾与南阳人刘秀同往汝南郑敬处求学，两人白天探讨学问，夜间抵足而眠，结下深厚友谊。当时因朝廷腐败，王莽篡位，赤眉、绿林纷纷起义，严子陵见天下大乱，便回到余姚，隐居不出。后来刘秀统一天下，即皇帝位，即为东汉开国皇帝光武帝。②《赤符》：是用隐语记录征兆的谶文。《后汉书·光武纪》载：更始三年，刘秀兵至鄗池，儒生强华自关中前来奉赤伏符献上，其文大意是：刘秀起兵讨伐王莽，符合天意，当为皇帝。刘秀以为天降祥瑞，于是称帝。乘六龙：六龙指《周易》乾卦

的六爻，六爻显示龙的六种形态，意思是国君凭借龙的六种变化，控御天下万物，借此象征皇帝君临天下、统治万民的威仪。③动星象：按古人当时的观念，皇帝与名人都是天上星宿下凡，他们的一举一动，往往反映到天象上。光武帝与严光同床寝，严光把脚踏在皇帝的肚子上，天上出现客星犯帝座的现象，被太史官发现。轩冕（xuān miǎn）：古代卿大夫的车马服装，这里代指高官厚禄。④《蛊（gǔ）》之上九："蛊"是《周易》的卦名，"上九"是该卦的第六爻。"不事王侯，高尚其事"：此句是该爻的象辞，意思是：不侍奉王侯，保持自己品德的高尚。⑤《屯》之初九："屯"是《周易》的卦名，"初九"是该卦的第一爻。"以贵下贱，大得民也"：此句是该爻的象辞，意思是：高贵者降纡屈尊礼遇地位低贱之人，会大得民心。⑥"云山苍苍，江水泱泱。先生之风，山高水长。"：诗的大意是：云雾缭绕的高山，郁郁苍苍，大江之水，浩浩荡荡，先生之品德，比山高比水长。泱（yāng）：深广、宏大。

【述评】

与当今皇帝在少年时有莫逆于心的贫贱之交，而坚拒高官显爵、荣华富贵于千里之外，严光先生可谓千古一人。让真诚的友谊超越礼法，忘却帝王之尊，与旧日之至交契友促膝而谈、抵足而眠，尊重朋友的选择，将彼此的友爱维护终生，光武于帝王之中亦可谓千古一人。

当然，严光生逢贤君明主、太平盛世，施展才华，为国建功立业，惠泽黎民苍生，也不失为一种明智的选择。或许严光深知自己耿直坦白之性情不宜于官场生涯，他对故友侯霸的警告中似乎透露出某种担忧的信息。然而无论如何，严光清心寡欲，甘当隐居高士，守冰雪之节操，委实难得。他与皇帝同榻，"以足加帝腹上"之情节，格外动人。德国作家海塞说："没有什么比男人之间真诚、美好的友谊更为珍贵。"

两篇文章，前者叙述其事，后者评价兼讴歌二人及二人关系，皆恰到好处。

与韩荆州书[①]

[唐] 李白

【文意】

　　据我所知，天下谈客论士之间，有一言风传海内："生不用封万户侯，但愿一识韩荆州。"君侯之人格魅力为世人所倾慕景仰，何以竟至如此程度！莫非躬行吐哺握发之事，身具周公风范，故此四方豪俊之士，竞相投奔于君侯门下。文人学士一旦经君侯举荐延誉，则如鲤跃龙门，声名大振。所以超世绝尘、怀才不遇之英杰，无不欲得君侯之品评与赞誉。正因君侯不以自身地位之高贵而傲视他们，也不因他们之寒微低贱而予轻视，由此可知君侯门下众多宾客中，必有旷世奇才之毛遂在，假令我得获脱颖而出之机，则李白我便是当今之毛遂！

　　我本陇西一平民，流落于楚汉之地。十五岁喜好剑术，曾身为剑客拜访各路诸侯；三十岁成就文章，又作为文士晋见高官显贵。李白虽身长不满七尺，然而有心雄万夫之勇、气冲霄汉之志，且气节与道义深得王公大臣的欣赏与赞许。以上所述皆我往昔之志向与经历，非得其人，不肯轻易倾吐；今于君侯之前，敢布腹心。

　　君侯之德行功业感动天地神明，文章学识通达物理人情。希望君侯以恢宏气度，诚恳相待，允我长揖不拜而不见拒。若更加之以盛宴款待，任凭放言高论；那么，当日即请以万言长文相试，我将笔不停挥，君侯则倚马可待。如今天下以君侯为品评文章、权衡人物之崇高权威，一旦得到阁下称颂，便立即成为人物中之精金良玉。阁下何必吝惜阶前尺寸之地，使李白不得面见君侯，施礼一拜，从而扬眉吐气，奋发昂扬于青云之上呢？

　　古者，汉代之王允做豫州刺史，尚未到任即征聘荀慈明，到任后又征聘孔文举；晋代山涛任冀州刺史，选拔三十余人，其中有升任侍中、尚书等朝廷重臣者，皆为前人传为美谈。而今阁下先前曾推荐严协律，入朝任秘书郎；继而有崔宗之、房习祖、黎昕、许莹等人，他们或以才干卓越称意,或以品行清白知名。我每见他们追思自省、感恩怀德之情态,则忠义之心立时被激励奋发,君侯对贤德之士推心置腹,赤诚相待,令我深切感动,故而我决计不投奔他人,甘愿托足寄身于国士之门,君侯但有紧急危难之需,李白自当效命。

况且,人非尧舜、世无完人,我在计谋策略方面,不敢自负。至于撰写文章,我已累积成卷,愿请阁下过目,只恐雕虫小技,不合阁下之意。若蒙君侯垂青,欲浏览拙著,请赐纸墨与抄手,然后我打扫静室一间,写毕缮清呈上。希望青萍之宝剑、结绿之美玉,将在薛烛、卞和门下增值无限,大放光辉。身居下位之人,希望能够得到推崇,敲开奖誉之门。请君侯予以考虑为盼。

【原文】

白闻天下谈士相聚而言曰:"生不用封万户侯,但愿一识韩荆州[②]。"何令人之景慕,一至于此耶!岂不以有周公之风,躬吐握之事,使海内豪俊,奔走而归之,一登龙门,则声誉十倍[③]!所以龙蟠凤逸之士,皆欲收名定价于君侯。君侯不以富贵而骄之,寒贱而忽之,则三千宾中有毛遂,使白得颖脱而出,即其人焉[④]。

白,陇西布衣,流落楚汉[⑤]。十五好剑术,遍干诸侯;三十成文章,历抵卿相[⑥]。虽长不满七尺,而心雄万丈。王公大人,许与气义。此畴曩(chóu nǎng)心迹,安敢不尽于君侯哉!

君侯制作侔(móu)神明,德行动天地,笔参造化,学究天人。幸愿开张心颜,不以长揖见拒。必若接之以高宴,纵之以清谈,请日试万言,倚马可待。今天下以君侯为文章之司命,人物之权衡,一经品题,便作佳士;而君侯何惜阶前盈尺之地,不使白扬眉吐气,激昂青云耶[⑦]?

昔王子师为豫州,未下车即辟荀慈明,既下车又辟孔文举;山涛作冀州,甄拔三十余人,或为侍中、尚书,先代所美⑧。而君侯亦一荐严协律，入为秘书郎；中间崔宗之、房习祖、黎昕、许莹之徒，或以才名见知，或以清白见赏⑨。白每观其衔恩抚躬，忠义奋发，以此感激，知君侯推赤心于诸贤腹中，所以不归他人，而愿委身国士⑩。倘急难有用，敢效微躯。

且人非尧舜，谁能尽善？白谟猷（mó yóu）筹划，安能自矜？至于制作，积成卷轴，则欲尘秽视听，恐雕虫小技，不合大人。若赐观刍荛，请给纸墨，兼之书人⑪。然后退扫闲轩，缮写呈上。庶青萍、结绿，长价于薛、卞之门⑫。幸推下流，大开奖饰，惟君侯图之！

【注释】

①韩荆州：即韩朝宗，开元年间任荆州大都督府长史兼襄州刺史、山南东道采访处置使，是荆襄地区的高级行政长官，他因乐于识拔奖掖后进之士，为时人推重，所以李白写这封自荐书给他，希望得到援引。②此句意思：今生在世，但愿得与韩朝宗结一面之交，便甘愿放弃万户侯之富贵。万户侯：食邑万户的侯爵，此处借指显贵。③周公：即姬旦，周文王子，周武王弟，因采邑在周（今陕西岐山县北），故称周公。吐握：吐哺（口中所含食物）握发（头发）。意指周公为接待来访者，多次中止吃饭、洗浴，所谓"一沐（洗头）三握发，一饭三吐哺"。后世因以"吐握"形容礼贤下士。龙门：在今山西河津西北黄河两岸，峭壁对峙，形如阙门。传说江海大鱼能过此门者即化为龙。东汉李膺有高名，当时士人有受其接待者，名为登龙门。④毛遂：战国时赵国平原君的食客。秦兵围邯郸，赵王使平原君求楚救赵，毛遂自荐前往，说："臣乃今日请处囊中耳。使遂早得处囊中，乃颖脱而出。"随从至楚，他果然说服楚王发兵。平原君于是奉之为上客。颖（yǐng）：指锥芒。颖脱而出：喻才士获得机会充分显示其才能。⑤陇西：古郡名，治所在狄道（今甘肃临洮）。李白自称西凉武昭王李暠之后，李暠为陇西人。楚汉：当时李白安家于安陆（今属湖北），往来于襄阳、江夏等地。⑥诸侯：指当时的地方军

政长官。干：干谒，对人有所求而请见。⑦司命：即文昌星，旧说主管文运。⑧王子师：东汉王允，字子师，灵帝时为豫州刺史（治所即今安徽亳县），征召荀爽（字慈明，汉末硕儒）、孔融（字文举，汉末名士）等人为从事。山涛：字巨源，西晋名士，竹林七贤之一；为翼州（今河北高邑西南）刺史时，搜访推荐贤才。甄（zhēn）：审查。侍中：官名，侍从皇帝左右，后来成为实际宰相。尚书：官名，六部长官为尚书。⑨严协律：人名不详。协律：协律郎，掌管音乐的官。秘书郎：属秘书省，掌管朝廷藏书。崔宗之、房习祖、黎昕、许莹：皆当时人名。⑩国士：国中杰出的人，指韩朝宗。⑪刍荛（chú ráo）：割草为刍，打柴为荛，刍荛指草野之人，这里作者用以谦称自己的作品。⑫青萍：宝剑名。结绿：美玉名。这里用宝剑和美玉比喻自己的文章。薛：薛烛，古代善相剑者。卞：卞和，古代善识玉者。这里用薛烛、卞和比喻擅长识别文章的高人，即恭维韩朝宗。

上枢密韩太尉书①

[宋] 苏辙

【文意】

太尉阁下：我平生爱好写作，曾对此进行过深入研究思考。我认为文章是作者人格气质的外在体现，因而文章不是单纯靠辞章训练便能写得好，而人格气质却可以通过培养而得以提升。孟子说："我善养吾浩然之气。"阅读孟子的文章，其宽广浑厚、宏伟博大之气，充塞于天地之间，与他所谓浩然之气恰好相称。太史公司马迁周游天下，遍览名山大川，与燕、赵之豪士英杰，交游往来，所以其文章疏朗奔放，颇有奇伟之气。二人如此之文章，难道是他们通过专门学习而写出的吗？显然不是，这是由于他们的个性气质充满于心胸，而流露于外表，反映在言谈而表现于文章之中，他们自己却反而意识不到。

我现年十九岁，在家乡所交往的，无非邻里同乡；所见到的，不过数百里之山川景物，无高山阔野可登临观览，以开阔心胸；诸子百家之书，虽无所不读，然皆尽古之陈言，不足以令人激发志气。自己诚恐终生就此湮没无闻，所以断然离家，寻求天下之伟观奇闻，探究世界的广阔与博大。我游历秦、汉之故都，纵览终南山、嵩山、华山之高峻，眺望黄河急流之奔腾，想见古代之英雄豪杰，逸兴遄飞，昂扬振奋。来到京城，仰观天子宫阙之飞阁入云，粮仓、府库、城池、苑囿之富足豪华而且高耸宏大，然后方知高天阔地之雄伟，国家气象之巨丽。见到翰林学士欧阳公，聆听他雄辩之议论，看到他容貌之秀伟，同他门下之贤士名人交游，然后方知天下文学之精华全部荟萃于此。

太尉以文韬武略雄视天下，国家依凭太尉而无所忧虑，四方蛮夷畏惧太尉而不敢犯境，入朝执政则如周公、召公，辅君有方；领兵出征则如方叔、召虎，立功边陲。可是，至今我还未曾有幸一见。况且，对于事物的认识与学习，若不着眼于其大者，虽多而无益。苏辙此来，游山则见到了终南山、嵩山、华山之高峻；观水则见到了黄河之深广；求贤则见到了欧阳公；但仍以没有得见太尉引以为憾。所以希望能够一睹您贤达君子之风采，愿闻君一言以自壮其雄心，然后才可谓已阅遍天下之大观而再无遗憾。

苏辙年轻，尚未通晓官府事务。此次来京应试，非为求取一官半职之俸禄，偶然得中进士，并非以为乐事。幸而朝廷恩赐还乡，等待吏部选用，使我可以从容利用几年之闲暇，研习文章并学习从政之道。太尉如果认为孺子可教而予屈尊指教，我则万分荣幸。

【原文】

太尉执事：辙生好为文，思之至深，以为文者气之所形；然文不可以学而能，气可以养而致[②]。孟子曰："我善养吾浩然之气[③]。"今观其文章，宽厚宏博，充乎天地之间，称其气之小大。太史公行天下，周览四海名山大川，与燕、赵间豪俊交游，故其文疏荡，颇有奇气。此二子者，岂尝执笔学为如此之文哉？其气充乎其中而溢乎其貌，动乎其言而见乎其文，而不自知也。

辙生十有九年矣。其居家所与游者，不过其邻里乡党之人；所见不过数百里之间，无高山大野可登览以自广；百氏之书，虽无所不读，然皆古人之陈迹，不足以激发其志气。恐遂汩没，故决然舍去，求天下奇闻壮观，以知天地之广大④。过秦、汉之故都，恣观终南、嵩、华之高，北顾黄河之奔流，慨然想见古之豪杰。至京师，仰观天子宫阙之壮，与仓廪、府库、城池、苑囿之富且大也，而后知天下之巨丽⑤。见翰林欧阳公，听其议论之宏辩，观其容貌之秀伟，与其门人贤士大夫游，而后知天下之文章聚乎此也。

太尉以才略冠天下，天下之所恃以无忧，四夷之所惮以不敢发；入则周公、召公，出则方叔、召虎，而辙也未之见焉⑥。且夫人之学也，不志其大，虽多而何为？辙之来也，于山见终南、嵩、华之高，于水见黄河之大且深，于人见欧阳公，而犹以为未见太尉也。故愿得观贤人之光耀，闻一言以自壮，然后可以尽天下之大观而无憾者矣。

辙年少，未能通习吏事。向之来，非有取于斗升之禄，偶然得之，非其所乐。然幸得赐归待选，使得优游数年之间，将归益治其文，且学为政。太尉苟以为可教而辱教之，又幸矣！

【注释】

①韩太尉：名琦，字稚圭。韩琦曾任枢密使，执掌全国兵权，职位相当于秦、汉时太尉。宋神宗时任宰相，封魏国公，勋望极高，为当时名臣。本文是一封自荐信，表达了年轻的苏辙渴望得到接见与提携的愿望。②执事：指太尉的办事人员，这里实际上是对太尉的敬称。③"我善养吾浩然之气"：我善于修养自己正大宏伟的心胸气魄。④汩没（gǔ mò）：沉沦、埋没。⑤宫阙（què）：即宫殿，阙：宫门外的望楼。仓廪（lǐn）：粮仓。苑囿（yuàn yòu）：指皇家园林。⑥四夷：指中原地区周边的少数民族。入则周公、召公，出则方叔、

召虎:这里作者借用周朝的四个名臣来称颂韩琦之出将入相、文武兼备的才能。周公旦、召公奭:都是周武王的弟弟,武王死后辅佐幼主成王,政绩卓著。方叔、召虎都是周宣王时的名将,方叔征伐荆蛮、玁狁有功,召虎讨平淮夷有功。

【述评】

两封自荐信,文心锦绣,姿态横生;面誉而不为谄,自述而不为夸,推诚布心,自明志向。前者豪气逼人,后者委婉巧妙。

前篇:李白写此信时三十二岁,他长期各地漫游,渴求仕进,向往建功立业。文章开头借谈士之口:"生不用封万户侯,但愿一识韩荆州。"一句奇警之赞语,使自己的仰慕推尊之意凌空而起。立足点高而自处亦高,在称颂韩荆州如周公之礼贤下士的同时,则自比毛遂欲脱颖而出,表达出非同凡俗的情怀与抱负。接下:简介自己以武艺文才遍干诸侯、历抵卿相的经历,其壮志豪情与上文一气蝉联。其次:进一步颂扬韩朝宗的政治才能和道德文章,这种颂扬名主实宾,为自我张扬予作铺垫,随后愿对方能"接之以高宴"、"纵之以清谈"、"请日试万言,倚马可待",将其"平交王侯"之气概,写得直率大胆、壮气宏声。再次:以古之佳话美谈为引,再度颂扬韩朝宗之推心置腹以举贤任能,借以暗示自己必能衔恩图报。最后,愿呈献文章求得赏识。以"青萍"、"结绿"自比其诗文。全文如长江大河,势不可挡,将李白傲岸、豪迈的个性表现得酣畅淋漓;其文颂扬对方与称述自己,两条线索交叉进行,文笔摇曳生姿,气势雄奇奔放,言辞绚丽多彩,"语多奇气,惝恍傲睨,有不可一世之意"。

后篇:这封信的作者仅十九岁,小小年纪,高怀雅论,足以大破俗肠。文章本意为求见,而构思精妙,首先理论"为文"与"养气"之间的关系,作者认为文章是人的气质修养的体现,人的气质可以通过后天的阅历见识得以提升。于是引出自己僻处一隅,闻见不广之憾,由此欲博览天下之奇闻壮观,交结一代贤达名士,文意步步向前推进,最后折入正题:表达对韩琦的尊崇敬慕之意,及希冀谒见的迫切心情,自然而得体,表现出作者高尚的志趣和磊落的襟怀。

泷冈阡表

[宋] 欧阳修

【文意】

呜呼！我父崇国公于泷冈择吉安葬已六十年之后，其子欧阳修方能立碑墓道，非敢拖延其事，实为有所期待也。

我自幼不幸，四岁丧父。家境贫寒，而母亲立志守节，仅凭自身一己之力维持生计，对我抚养教育，直至长大成人。母亲告诉我："你父为官，交游广阔，廉洁而好施。薪俸虽微薄，却不使之有余，他说：'我不可以为钱财所累！'所以他去世后，家中上无片瓦，下无立锥之地，是什么使我能为之守节不移呢？唯一的精神支持，那就是你！因为我对你父亲的为人略知一二，所以我明白：我可把一切希望寄托于你。你父亲奉亲至孝，你将来必为孝子；你父亲居官仁厚，你定能长成，为其后继之人。自我嫁入欧阳家，未来及侍奉婆母，但是我知道你父亲必能赡养老人。我出嫁之时，他服完母丧刚一年，每逢年节祭祀时，必流泪道：'再丰盛的祭祀，也难比生前菲薄之奉养。'家中偶尔酒食可口，他也必流泪道：'原先贫困，常患无力孝敬，现今富足有余，却又无法孝敬！'起初我见几次，以为服丧期刚过，乃自然之情。而后才知他一贯如此，直至去世。我虽未及服侍婆母，然由此得知你父亲孝心之诚。你父亲为官，曾秉烛批阅公文至深夜，且时而停笔叹息。我询其原因，他说：'此乃死罪案卷，我欲为之谋一生路而不得。'我问：'可为死囚寻生路吗？'他说：'为其求生已尽力而不可得，则死者与我皆无遗憾，何况有时确有求而能得之者。正因如此，方知不肯为之谋活而被处死者，其心中必有遗恨。常为死囚求生，尚不免错杀；而况世人皆欲置犯人于死地呢？'他回头见乳母抱你立于身旁，于是指你叹道：'算命先生说，我将死于岁行在戌之年，此话如应验，我恐怕见不到儿子长大成人，你将来要把我的话转告他。'他平日也常用此类言语教育其他晚辈，以致对此我已经耳熟能详。他在外办事，我不能知；我只知在家里，他从不骄矜作势，其所作所为，凡行事皆发自于诚心。呜呼！其心之仁厚，非比寻常！这就是我知道你父亲必有后代的原因。你一定要遵照他的话努力去做！奉养父母不必丰厚，重在孝心；施惠虽不能遍于众人，重在有仁爱之心。我不能教你什么，这是你父亲的意愿。"我流泪而铭记之，不敢忘记。

先父欧阳观幼年丧父，努力读书。咸平三年进士及第，曾任道州判官，泗、绵二州推官，后任泰州判官，享年五十九岁，葬于沙溪之泷岗。母亲姓郑，其父名德仪，世代为江南望族。母亲为人，谦恭俭朴、仁爱而知礼；起初诰封为福昌县太君，又晋封为乐安、安康、彭城三郡太君。自家道中落时始，她便开始节俭持家，其后治家一直保持简朴之风，不许过奢。她说："我儿不善阿附取媚于世俗，平日节俭以备遭遇患难之时。"后来我被贬官为夷陵县令，母亲谈笑自如，说："欧阳家本来贫贱，此种境况我久已习惯。你能心安，我自然也能安乐。"

先父死后二十年，我才取得俸禄供养母亲。十二年之后，在京为官，才使双亲得以加封。又过十年，我任龙图阁直学士、尚书吏部郎中，留守南京，母亲因病逝世于官邸，享年七十二岁。八年后，朝廷不以我之不才而委任为副枢密使，随即参知政事，连任七年方才解职。自进入军、政二府为官，天子施恩，褒奖三代宗亲。从仁宗嘉祐年间以来，每逢国家庆典，必对我先祖加封晋爵，以示荣耀。曾祖父累赠为金紫光禄大夫、太师、中书令，曾祖母累赠为楚国太夫人。祖父累赠为金紫光禄大夫、太师、中书令兼尚书令，祖母累赠为吴国太夫人。先父崇国公累赠为金紫光禄大夫、太师、中书令兼尚书令，先母累赠为越国太夫人。当今皇上初次举行祭天大典，先父赐爵为崇国公，先母晋爵为魏国太夫人。

当此之时，我流泪感言道："呜呼！行善者必得善报，只时间之迟速有别而已，此乃人世之常理。我先祖先父积善积德，理应享此隆盛之尊崇。虽其生前未能亲历亲享，然而赐爵受封，褒奖显荣，历经三朝之恩赐，足以传扬后世，庇荫子孙。"于是排列家族谱系，刻于墓碑，同时将先父崇国公之遗训，及母亲用以教导、期待我的原话，一并刻录于阡表之上，使众人皆知我虽德薄才疏，所以能生逢其时，得窃高位，侥幸保全大节，不曾辱没祖先，皆因上述之缘由。

熙宁三年，岁次庚戌，四月初一至四月十五，儿子推诚、保德、崇仁、翊戴功臣，观文殿学士，特进，兼兵部尚书，权知青州军州事兼管内劝农使，充任京东路安抚使，上柱国，乐安郡开国公，食邑四千三百户，食实封一千二百户，欧阳修谨撰墓表。

【原文】

呜呼！惟我皇考崇公卜吉于泷冈之六十年，其子修始克表于其阡①。非敢缓也，盖有待也。

修不幸，生四岁而孤。太夫人守节自誓，居穷，自力于衣食，以长以教，俾至于成人②。太夫人告之曰："汝父为吏廉，而好施与，喜宾客。其俸禄虽薄，常不使有余，曰：'毋以是为我累。'故其亡也，无一瓦之覆、一垄之植，以庇而为生。吾何恃而能自守耶？吾于汝父，知其一二，以有待于汝也。自吾为汝家妇，不及事吾姑，然知汝父之能养也③。汝孤而幼，吾不能知汝之必有立，然知汝父之必将有后也。吾之始归也，汝父免于母丧方逾年。岁时祭祀，则必涕泣曰：'祭而丰，不如养之薄也。'间御酒食，则又涕泣曰：'昔常不足，而今有余，其何及也！'吾始一二见之，以为新免于丧适然耳。既而其后常然，至其终身未尝不然。吾虽不及事姑，而以此知汝父之能养也。汝父为吏，尝夜烛治官书，屡废而叹。吾问之，则曰：'此死狱也，我求其生不得尔。'吾曰：'生可求乎？'曰：'求其生而不得，则死者与我皆无恨也；矧（shěn）求而有得耶！以其有得，则知不求而死者有恨也。夫常求其生，犹失之死，而世常求其死也。'回顾乳者抱汝而立于旁，因指而叹曰：'术者谓我岁行在戌将死，使其言然，吾不及见儿之立也，后当以我语告之④。'其平居教他子弟，常用此语，吾耳熟焉，故能详也。其施于外事，吾不能知；其居于家，无所矜饰，而所为如此,是真发于中者耶!呜呼!其心厚于仁者耶,此吾知汝父之必将有后也。汝其勉之!夫养不必丰,要于孝;利虽不得博于物,要其心之厚于仁。吾不能教汝,此汝父之志也。"修泣而志之,不敢忘。

先公少孤力学,咸平三年进士及第,为道州判官,泗、绵二州推官,又为泰州判官⑤。享年五十有九,葬沙溪之泷冈⑥。太夫人姓郑氏,考讳德仪,世为江南名族。太夫人恭俭仁爱而有礼,初封福昌县太君,进封乐安、安康、彭城三郡太君⑦。自其家少微时,治其家以俭约,其后常不使过之,曰:"吾儿不能苟合于世,俭薄所以居患难也。"其后修贬夷陵,太夫人言笑自若,曰:"汝家故贫贱也,吾处之有素矣;汝能安之,吾亦安矣⑧。"

自先公之亡二十年,修始得禄而养。又十有二年,列官于朝,始得赠封其亲。又十年,修为龙图阁直学士、尚书吏部郎中,留守南京⑨。太夫人以疾终于官舍,享年七十有二。又八年,修以非才,入副枢密,遂参政事⑩。又七年而罢。自登二府,天子推恩,褒其三世,故自嘉祐以来,逢国大庆,必加宠锡⑪。皇曾祖府君累赠金紫光禄大夫、太师、中书令;曾祖妣累封楚国太夫人。皇祖府君累赠金紫光禄大夫、太师、中书令兼尚书令;祖妣累封吴国太夫人。皇考崇公累赠金紫光禄大夫、太师、中书令兼尚书令;皇妣累封越国太夫人。今上初郊,皇考赐爵为崇国公,太夫人进号魏国⑫。

于是小子修泣而言曰:"呜呼!为善无不报,而迟速有时,此理之常也。惟我祖考,积善成德,宜享其隆,虽不克有于其躬,而赐爵受封,显荣褒大,实有三朝之锡命,是足以表见于后世,而庇赖其子孙矣。"乃列其世谱,具刻于碑。既又载我皇考崇公之遗训,太夫人之所以教而有待于修者,并揭于阡。俾知夫小子修之德薄能鲜,遭时窃位,而幸全大节,不辱其先者,其来有自。

熙宁三年岁次庚戌四月辛酉朔十有五日乙亥,男推诚保德崇仁翊戴功臣、观文殿学士、特进、行兵部尚书、知青州军州事兼管内劝农使、充京东东路安抚使、上柱国、乐安郡开国公,食邑四千三百户,食实封一千二百户,修表⑬。

【注释】

①皇考:旧时对亡父的敬称。崇公:崇国公,欧阳修之父欧阳观的封号。卜吉:选择吉祥之时日、地点。泷(lóng)冈:地名,位于今江西永丰县凤凰山。克:能。表:标识,指建立墓碑。阡(qiān):墓道。②太夫人:即欧阳修母亲郑氏。俾(bǐ):使。③姑:古时称婆母为姑。④岁行在戌(xū):古代天文学有岁星纪年法,岁星即木星,每十二年一周天,岁行在戌即是戌年。⑤咸平:宋真宗年号。道州:州治所在今湖南道县。泗:州治所在今安徽泗县。绵:州治所在今四川绵阳县。判官与推官:皆为州属官,掌管司法。泰州:州治所在今江苏泰县。⑥沙溪:地名,在今江西永丰县南。⑦宋代按官员的官阶对其曾祖母、祖母和母亲分别授予国太夫人、郡太君、县太君等封号。参政事:参知政事,即为副宰相。⑧仁宗景祐三年,欧阳修为范仲淹被黜鸣不平,被贬官为夷陵(今河南宜阳县)县令。⑨龙图阁直学士:侍从皇帝的文官。尚书吏部郎中:掌管官员任免、赠封事务的官员。留守南京:官名,即知应天府兼南京留守司事。⑩副枢密:即枢密副使,是中央军事机关的副长官。⑪登二府:北宋掌管军事的枢密院和掌管政务的中书省,并称二府。⑫金紫光禄大夫、太师、中书令、尚书令:皆褒赠之官,皆表恩宠的虚衔。⑬辛酉(yǒu)朔:辛酉为四月初一。十有五日乙亥:乙亥为四月十五。推诚、保德、崇仁、翊(yì)戴:均为宋代赐予皇亲及臣僚的褒奖之辞。特进:宋代文散官,正二品。行:兼。食邑(yì):享用封地和租税。食实封:是实际封给的食邑。

鸣机夜课图记①

〔清〕蒋士铨

【文意】

　　我母亲姓钟，名令嘉，字守箴，出身于南昌府名门望族，排行第九。她幼年时与几位兄长一同跟我外祖父滋生公读书，十八岁出嫁。当时我父亲四十余岁，任侠豪爽，喜结交宾客，且乐善好施。长此以往，则千金家财散尽，囊匣如洗，然而堂上依旧高朋满座，为置办酒席，母亲私下变卖自己的首饰，尽可能使菜肴丰盛，毫无悭吝之意。其婚后二年我出生，家境则更加窘困。母亲千辛万苦历尽人所不堪的岁月，但她却总是一副无忧无虑、心情愉悦的样子，亲友乡邻人人赞其贤惠。父亲则于此时离家再度游宦北方，将我母子二人寄托于外祖父家。

　　我四岁时，母亲便每天教我几句《四书》。因我年纪太小，不能执笔，她便将竹枝削成细丝，制成形似撇、捺、点等文字笔画，然后组合成字。她将我抱在膝上学认字，每识一字便将其拆除，每天教十个字。第二天，让我用竹丝拼合前一天所识的字，直至正确无误为止。我六岁时，母亲开始教我用笔写字。

　　外祖父家本不富裕，加之连年歉收，遇到荒年则生活格外窘迫。那时我同我幼仆的衣服鞋帽，皆由母亲亲手缝制。母亲精于纺织刺绣，所做织物、绣品等女子手工，让幼仆带到市场，人们皆争先购买，因此我和幼仆能够一直保持衣冠整齐。

　　外祖父身材高大，白胡须，喜欢饮酒，酒酣之时，便高声吟咏其诗作，然后，让母亲指其诗句之弊病，母亲每指出一字之不妥，外祖父便满饮一大杯；指出数字后，则捋须大笑，陶然自得，举杯大呼道："岂料老夫竟有此才女！"然后抚摩我头顶，说道："好孩子，将来你该如何报答你的母亲啊？"当时的我稚气未脱，不知如何回答，便投入母亲怀抱，泪流不止，母亲抱着我也不由得伤心起来。屋檐之轻风，吹拂几案上的蜡烛，微微抖动，似有助人伤感之意。

记得当年母亲教我读书的情景:她将纺织工具等放置身边,膝头放书,让我坐于膝下诵读。母亲手中操作而口授句读,读书声、织布声,交互应和。我困倦时,则挨戒尺责罚,母亲随即又搂我哭泣,说:"铨儿此时不肯学习,将来教我如何面对你父亲!"半夜时分,天气寒冷,母亲坐在床上,被子盖住双脚,解衣拥我于怀,以胸口体温暖我的背,与我一起诵读。困倦时,我睡母亲怀中,稍后又被母亲摇醒,她说:"该醒了!"我睁开眼,见母亲泪流满面,我也随之哭泣。稍事休息,则又继续读书至鸡鸣,方才睡觉。几位姨母曾对母亲说:"妹妹仅此一子,何必刻苦至此?"她回答道:"儿子多倒还好办;只此一个,若不长进,我将无所倚托!"

庚戌年,外祖母病势沉重,母亲于床前服侍,凡汤药饮食,母亲必先尝而后奉上,连续四十昼夜,毫无倦息。外祖母临终前,流着泪说:"你自来身体弱,如今劳累过于长兄,真是累坏了!待女婿回来时,替我说:'我死无遗憾,只恨看不到外孙成人立业。'要好生劝导他!"说完便去世了。母亲悲痛万分,七日七夜不进饮食,哀毁骨立。邻里乡亲,人人称之为孝女,且延说至今。

我九岁时,母亲教我《礼记》、《周易》、《毛诗》,都能背诵。她还抽空抄录唐宋诗人的诗,教我学习朗诵。我母子二人皆体弱多病。每当我病了,母亲就抱着我在室内来回走动,彻夜不眠;我的病情稍好,她就指着贴在墙上的诗歌,教我低声念诵作为游戏。母亲生病,我总在她枕边不离左右。母亲看着我,无言而悲切,我也凄楚地依恋于她。我曾问她:"您心中是否很忧愁?"她说:"是的。""怎样能使您快乐呢?"她说:"你把读过的书背诵给我听,我就高兴。"于是我就背书,琅琅书声,盖过药壶的煎药声。母亲微笑说:"我的病好些了!"从此,母亲生病的时候,我就在她床边读书,这样做每次都能奏效。

我十岁时,父亲回家。一年后,父亲带母亲和我一起出门,到过河北、陕西、山西、河南、山东、江苏、湖南、湖北等地。父亲倘若有过失,母亲认真委婉规劝;遇父亲发怒不听时,她便耐心等待,待父亲消气后,再反复劝说力争,直到父亲听从为止。每当父亲审理重大案件时,母亲总是带我立身于他桌前,说:"希望你以儿子为念,公正办案!"父亲则频频点头。在外地客店里,父亲亲自督导我读书,但脾气急躁,我稍有懈怠,他便怒气大发,数日对我不予理睬,母亲就流泪打我,命我跪地读书,至读熟乃止,而她自己却从不知疲倦。因此我从不因贪玩而荒废学业,母亲对我的教育也更加严格。

十年之后,我们回乡,在鄱阳县定居。我已年近二十,第二年娶张氏为妻。母亲待她如亲生女儿,教她纺纱织布、刺绣缝纫,如同教我小时读书一样。我因为要应童子试,必须离家回原籍铅山,而我自出生二十二年,从未离开过母亲,当我向母亲告别时,她却毫无难舍之意。我当年考中秀才,第二年即以优异成绩定为廪膳生,领到生活补贴;秋考,乡试中举。我回家拜见母亲,母亲面露喜色,但我只在父母身边住二十天,便又起身北上赴京会试。每当母亲想念我时,便即情赋诗,却从未寄出过。第二年我考试落榜,九月返乡。十二月,父亲去世,母亲悲恸欲绝,昏死十余次,她自己亲自撰文祭奠父亲,全文百余言,文辞诚朴而沉痛,闻者不论亲疏老幼,皆哽咽流涕、泣不成声。此时,母亲四十三岁。

己巳年,有南昌老画师到鄱阳,八十余岁,白发垂耳,擅长画人物肖像。我聘请他为我母亲画像,我向母亲请示有关肖像背景、陪衬等事宜,又问:"母亲喜欢什么,可为母亲画行乐欢娱之场面。"母亲伤感地说:"唉!自从嫁为蒋氏媳妇,常以不及亲自侍奉公婆为终身遗憾。至今,于忧患悲苦之中经历几十年:哭父亲、哭母亲,哭儿子、哭女儿之夭折,现在又为丈夫而哭泣。未亡人今生唯欠一死,又何乐之有?"我跪下坚持请求,道:"虽说如此,您总还有希望得到而未能得到的赏心乐事,不如寄托于此图,如何?"母亲回答:"只要儿子与媳妇做事都能勤勤恳恳,不就可以了?其实,鸣机夜课,便是老妇最大的愿望和快乐。"我从母亲屋里退出后,便把她的要求告诉画师。于是,画师画出一幅秋夜之景:堂屋四下空敞,中间灯光闪烁;屋外高梧萧疏,影落檐际;堂中一台织机,画我母亲坐于机前织布,我妻坐母亲身旁手摇纺车;屋檐之下横一书桌,身倚栏杆,背光剪烛的读书之人,便是我;台阶下有一假山,台阶花草与盆中之兰,婀娜相依,摇动于微风凉月之中。那蹲守树根之下捕捉蟋蟀的男孩,及短发垂肩、手持羽扇在石上煮茶的女孩,便是书童阿童与丫环阿昭。画成之后，母亲看了，非常喜欢。

所以，我借此机缘简略记叙母亲纯朴辛劳的一生，希望以此能为著书立说之大家，提供一篇鼓励善德懿行的素材。

【原文】

吾母姓钟氏，名令嘉，字守箴（zhēn），出南昌名族，行九。幼与诸兄从先外祖滋生公读书，十八归先府君②。时府君年四十余，任侠好客，乐施与，散数千金，囊箧（qiè）萧然，宾从辄满座。吾母脱簪珥，治酒浆，盘罍间未尝有俭色③。越二载，生铨，家益落，历困苦穷乏，人所不能堪者，吾母怡然无愁蹙（cù）状，戚党人争贤之。府君由是得复游燕、赵间，而归吾母及铨寄食外祖家。

铨四龄，母日授"四子书"数句；苦儿幼不能执笔，乃镂竹枝为丝，断之，诘屈作波磔点画，合而成字，抱铨坐膝上教之④。既识，即拆去。日训十字，明日令铨持竹丝合所识字，无误乃已。至六龄，始令执笔学书。

先外祖家素不润，历年饥，大凶，益窘乏。时铨及小奴衣服冠履，皆出于母。母工纂绣组织，凡所为女红，令小奴携于市，人辄争购之；以是铨及小奴无褴褛状⑤。

先外祖长身白髯，喜饮酒。酒酣，辄大声吟所作诗，令吾母指其疵。母每指一字，先外祖则满引一觥（gōng）；数指之后，乃陶然捋（lǚ）须大笑，举觞（shāng）自呼曰："不意阿丈乃有此女！"既而摩铨顶曰："好儿子，尔他日何以报尔母？"铨稚，不能答，投母怀，泪涔涔（cén）下，母亦抱儿而悲；檐风几烛，若愀（qiǎo）然助入以哀者。

记母教铨时，组紃纺绩之具，毕陈左右，膝置书，令铨坐膝下读之。母手任操作，口授句读，咿唔（yī wú）之声，与轧轧相间⑥。儿怠，则少加夏楚，旋复持儿而泣曰："儿及此不学，我何以见汝父！"至夜分寒甚，母坐于床，拥被覆双足，解衣以胸温儿背，共铨朗诵之；读倦，睡母怀。俄而母摇铨曰："可以醒矣！"铨张目视母面，泪方纵横落，铨亦泣。少间，复令读；鸡鸣，卧焉。诸姨尝谓母曰："妹一儿也，何苦乃尔？"对曰："子众可矣！儿一，不肖，妹何托焉！"

庚戌，外祖母病且笃，母侍之，凡汤药饮食，必亲尝之而后进，历四十昼夜，无倦容⑦。外祖母濒（bīn）危，泣曰："女本弱，今劳瘁（cuì）过诸兄，惫（bèi）矣。他日婿归，为我言：'我死无恨，恨不见女子成立。'其善诱之！"语讫（qì）而卒。母哀毁骨立，水浆不入口者七日。间觉姻娅，一时咸以孝女称，至今弗衰也。

铨九龄，母授以《礼记》、《周易》、《毛诗》，皆成诵⑨。暇更录唐、宋人诗，教之为吟哦（é）声。母与铨皆弱而多病，铨每病，母即抱铨行一室中，未尝寝；少痊，辄指壁间诗歌，教儿低吟之以为戏。母有病，铨则坐枕侧不去。母视铨，辄无言而悲，铨亦凄楚依恋之。尝问曰："母有忧乎？"曰："然。""然则何以解忧？"曰："儿能背诵所读书，斯解也。"铨诵声琅琅然，争药鼎沸，母微笑曰："病少差矣。"由是母有病，铨即持书诵于侧，而病辄能愈。

十岁，父归。越一载，复携母及铨，偕游燕、赵、秦、魏、齐、梁、吴、楚间。先府君苟有过，母必正色婉言规。或怒不听，则必屏息，俟怒少解，复力争之，听而后止。先府君每决大狱，母辄携儿立席前，曰："幸以此儿为念。"府君数颔之。先府君在客邸，督铨学甚急，稍息，即怒而弃之，数日不及一言；吾母垂涕扑之，令跪读至熟乃已，未尝倦也。铨故不能荒于嬉，而母教由是益以严。

又十载归，卜居于鄱阳，铨年且二十⑩。明年娶妇张氏，母女视之，训以纺绩织纴事，一如教儿时。铨年二十有二，未尝去母前；以应童子试，归铅山，母略无离别可怜之色⑪。旋补弟子员。明年丁卯，食廪饩；秋，荐于乡，归拜母，母色喜⑫。依膝下廿（niàn）日，遂北行。母念儿辄有诗，未一寄也。明年落第，九月归⑬。十二月，先府君即世，母哭濒死者十余次。自为文祭之，凡百余言，朴婉沉痛，闻者无亲疏老幼，皆呜咽失声。时行年四十有三也。

己巳，有南昌老画师游鄱阳，八十余，白发垂耳，能图人状貌⑭。铨延之为母写小像，因以位置景物请于母，且问："母何以行乐？当图之以为娱。"母愀然曰："呜呼！自为蒋氏妇，尝以不及奉舅姑盘匜为恨；而处忧患哀恸（tòng）间数十年，凡哭父、哭母、哭儿、哭女夭折，今且哭夫矣，未亡人欠一死耳，何乐为⑮！"铨跪曰："虽然，母志有乐得未致者，请寄斯图也，可乎？"母曰："苟吾儿及新妇能习于勤，不亦可乎？鸣机夜课，老妇之愿足矣，乐何有焉！"铨于是退而语画士。乃图秋夜之景：虚堂四敞，一灯荧荧（yíng）；高梧萧疏，影落檐际。堂中列一机，画吾母坐而织之，妇执纺车坐母侧；檐底横列一几，剪烛自照，凭画栏而读者，则铨也。阶下假山一，砌花盆兰，婀娜（ē nuó）相倚，动摇于微风凉月中。其童子蹲树根捕促织为戏，及垂短发持羽扇煮茶石上者，则奴子阿童、小婢阿昭。图成，母视之而欢。

铨谨按吾母生平勤劳，为之略，以进求诸大人先生之立言而与人为善者。

【注释】

①鸣机夜课：夜间在织机声中教儿读书。②先：指已故之人。先府君：指作者已去世的父亲，名坚，字适园。囊箧萧然：指把钱物都用光了。囊：钱袋。箧：箱子。萧然：这里是空无所有的意思。③簪（zān）珥（ěr）：妇女头上戴的针形首饰及耳饰之类的饰物。盘匜

(léi)间未尝有俭色：在待客的酒饭上从未露出小气的样子。罍：酒樽。④"四子书"：即《四书》(《论语》、《孟子》、《大学》、《中庸》的合称），因为内容多记载孔子、孟子、曾子、子思等人的言行，故称"四子书"。镂（lòu）：这里指剖削。诘（jié）屈：使弯曲。作波磔（zhé）点画：撇、捺、点等笔画的形状。波：书写中的撇。磔：书写中的捺。⑤纂（zuǎn）绣组织：泛指刺绣编织等事。褴褛（lán lǚ）：衣服破烂。⑥组䌷（xún）纺绩：泛指女子手工。组：织带；䌷：搓绳；纺：纺纱；绩：绩麻线。口授句读（dòu）：古文无标点，文辞语意尽处为句，语意未尽而须停顿处为读。此处用来泛指书本文字。⑦庚戌（xū）：指清世宗雍正八年。病且笃（dǔ）：病势垂危。⑧女：同汝，你。⑨《礼记》：选录秦汉以前各种有关礼仪的论著。《周易》：即《易经》，古代具有哲学思想的占卜书。《毛诗》：即《诗经》，汉代毛亨作传最为通行，故称。⑩卜居：择居。鄱（pó）阳：今江西波阳县。⑪铅山：县名，今属江西，是蒋士铨的原籍（考秀才必须要在原籍）。⑫丁卯：清乾隆十二年。食廪饩（lǐn xì）：秀才参加岁考，成绩优良者发给膳食津贴，称为"廪膳生"。荐于乡：即在省城举行的乡试中被录取为举人。⑬落第：指作者第一次进京会试未考取，九年后，即乾隆二十二年才考中进士。⑭己巳（sì）：即乾隆十四年。⑮舅姑：古时称公婆为舅姑。盘匜（yí）：盥洗的器具，泛指日常生活用具。未亡人：古代寡妇的自称。

【述评】

"世界上有一种最美丽的声音，那便是母亲的呼唤。"（意大利诗人但丁）

两位母亲含辛茹苦、呕心沥血，抚养教育自己的孩子，虽然不同历史时代的妇女的精神面貌各不相同，然而伟大的母爱在她们生命中都闪耀出绚烂的光辉。

前篇：近代著名文学家林琴南评论此文，曾说："文为表其父阡，实则表其母节，此不待言而知。"这是欧阳修苦心孤诣撰写的一篇追悼文章，它避实就虚，用笔殊为精巧，以太夫人的口述作为叙事主体，描述其亡父的生平行状，在缅怀追念其父孝思不匮、仁心惠政的同时,颂扬其母之母德妇节,更觉动人真情,增人悲感。写其母"守节自誓,居穷,自力于衣食,以长以教,俾至于成人","自先公之亡二十年,修始得禄而养"。可以想见在"无一瓦之覆,一垄之植"的贫困之中,孤儿寡母二十年度过了怎样的艰辛,其中埋藏着多少痛苦和悲哀,文字质朴简约而又点染一层悲凉色彩。而太夫人之言,对此只字未提,仅以其父之孝与仁,作为对儿子的教诲,"吾不能教汝,此汝父之志也"。其谦卑退让乃至于此!而她治家之俭约已习以为常,欧阳修贬官夷陵,太夫人言笑自若,终其一生安贫若素。掩卷细思,其人品之清风高节,尽在不言中。整篇文章因父显母,以父扬母,极烘云托月之效。

后篇:本文名为"图记",实为人物传记。蒋士铨之母是位卓绝超群的优秀女性,作者多侧面多角度地对母亲的形象做精细刻画。文章以时间先后为顺序,记叙了母亲四十余年艰难而感人的经历。写母亲初嫁之时,对丈夫"任侠好客"的顺从和宽容,而家境衰败,至"困苦穷乏,人所不能堪"时,仍无忧无虑,以保持家庭的安乐与和谐。不仅如此,其作为妻子之贤,还表现在同丈夫游宦期间,对丈夫的过错能做柔性的约制,"每决大狱"之时督责丈夫公正办案。她作为母亲对儿子的呵护与慈爱,集中表现在文化教育方面,儿子四岁时便对他进行早期教育,特别是对其刻苦学习精神的培养,这种培养是在母子的同甘共苦之中自然形成的。寒夜时分,母"解衣以胸温儿背,共铨朗诵"之情景;母子俩生病期间,仍苦学不辍的细节,特别感人。再者,她又是才女、孝女。她作为儿子的老师,从教学内容可知其知识的渊博;从她为父亲指点作诗的破绽,则显露其文学的才华,而作者同时又随手勾勒了其"先外祖",这位白首老翁豪爽乐观的形象,亦十分可爱。此外,她的才华还表现在女红手工方面的出类拔萃。外祖母病危时母亲竭尽孝心而为人称道,母亲集诸多才能与美德于一身,是那个时代的完美女性。文章的内容多而不乱,杂而不散,作者的笔底犹如纱随梭走,经纬成匹;语语真朴,处处可感母子情深。最后,以"鸣机夜课图"作结,使人物、景物变成平面图画,将母爱、亲情凝结于其中,形成可视的可感的真挚与温馨,于是,一种永恒的感觉便由衷地从我们的心底涌起……

附录

古代散文名家名言集锦

一、修　身

【文意】

孔子说:"不断学习新知识,而且时常复习巩固之,是多么令人愉快的事情啊!"

子曰:"学而时习之,不亦说(yuè)乎?"

《论语·学而》

【文意】

学生子贡问孔子:"孔圉为何谥号为'文'呢?"孔子回答:"聪明而又好学,向地位、学问等低于自己的人求教,不以为耻,这就应该称之为'文'。"

子贡问曰:"孔文子何以谓之文也①?"子曰:"敏而好学,不耻下问,是以谓之文也。"

《论语·公冶长》

【注释】

子贡:姓端木,名赐,字子贡,孔子的弟子。孔文子:孔圉,卫国大夫。

【文意】

孔子说:"温习旧的知识而能从中悟出新的见解,取得新的收获,这样便可以去做别人的老师了。"

子曰:"温故而知新,可以为师矣。"

《论语·为政》

【文意】

孔子说:"子路,让我来告诉你什么是学习的智慧吧。知道就是知道,不知道就承认不知道,这就是最聪明的学习态度。"

子曰:"由①!诲女(rǔ)知之乎?知之为知之,不知为不知，是知也。"

《论语·为政》

【注释】

①由：仲由，字子路，孔子的弟子。

【文意】

孔子说："见到别人的贤德，就应该向人家学习；反之，看到悖德悖理的思想行为，就应该反省自己是否有同样的错误。"

子曰："见贤思齐焉，见不贤而内自省（xǐng）也。"

《论语·里仁》

【文意】

孔子说："三人同行时，其中必定有可以令我效法学习之人。我学习他们的长处，对于他们的缺点，我要加以避免，并改正自己类似的不足之处。"

子曰："三人行，必有我师焉。择其善者而从之，其不善者而改之。"

《论语·述而》

【文意】

虽然面前有佳肴美馔，然而不去品尝，就不能知其滋味究竟如何；虽然有至深至透的学问道理，然而不去学习，就不能了解其中真谛之所在。因此，学习之后，才能知道自己知识之不足；施教之后，才能知道自己身处困境。明白自己有不足，才会自我反省；懂得自己有难处，才会继续钻研以自强。所以说：教与学相辅相成，互相促进，共同提高。

虽有嘉肴，弗食不知其旨也；虽有至道，弗学不知其善也。是故学然后知不足，教然后知困。知不足，然后能自反也；知困，然后能自强也。故曰：教学相长也。

《礼记·学记》

【文意】

　　土，积累至高山峻岭，才能成为风雨兴盛之地；水，积聚为深渊神潭，才能成为蛟龙的生长之乡；人，善举善行日积月累，自然提升精神，具备了圣贤之品格。所以不从一步一个脚印的累积，不能达到千里之遥；不从小溪小河的累积，不能成就大江大海。骐骥一跃之远，达不到十步的距离；驽马十天可跑相当远的路程，就在于马不停蹄的努力。雕刻物品，刻几刀就放弃，朽木也难以折断，用刻刀雕不停，金属石器皆可镂刻成器物。蚯蚓没有锋利的爪牙、强壮的筋骨，上能从土地中取得食物，下能从地底里获取水源，这种超常的生存能力，在于它用心之专一。螃蟹生就八足，外加一对钳形螯，如果找不到水蛇、鳝鱼废弃的洞穴，自己则连住所也没有，这就是用心浮躁的结果。所以，没有专一精诚的志向，就不会有明智的认识；没有埋头苦干的精神，就不可能建立显赫的功绩。

　　积土成山，风雨兴焉；积水成渊，蛟龙生焉；积善成德，而神明自得，圣心备焉。故不积跬（kuǐ）步，无以至千里；不积小流，无以成江海。骐骥一跃，不能十步；驽（nú）马十驾，功在不舍①**。锲（qiè）而舍之，朽木不折；锲而不舍，金石可镂（lòu）。蚓无爪牙之利、筋骨之强，上食埃土，下饮黄泉，用心一也；蟹八跪而二螯（áo），非蛇鳝（shàn）之穴无可寄托者，用心躁也。是故无冥冥之志者，无昭昭之明；无惛惛（hūn）之事者，无赫赫之功。**

　　　　　　　　　　　　　　　［战国］荀子《劝学》

【注释】

　　①骐骥：良马、名马。驽马：劣马。

【文意】

　　大凡读书首先须阅读多遍至于熟练，使书中语句好似出于自己之口。继而则精心思考，使其中道理仿佛出自于自己内心，如此之后才能有所收获。至于文中疑点、难点之处，各家解说纷纭时，需要静心独立思索，不应急于在各家意见中盲目取舍。可先假定一种观点作为自家观点，然后随此思路在原文文意中探索，查验其是否顺情顺理。如果其本身义理不通，则无须与其他的学说相比较，即可否定之。此后，再用各家言论如此反复考查其异同，在比较中互相批驳以求证，从而寻求出较为妥善的观点，用以考查不同观点的是非。似是而非的观点貌似公允，实际上是无法立足的。在大多数情况下，在平心静气研究各家观点发展变化的基础上，一点一滴确立自己的观点，如断伐硬木，须先从容易处下手，最后再去破解其死硬关节；又如理清乱绳，要耐心地顺势整理，有不可解处就暂且放置，以求最终理顺。这便是读书的方法。

　　大抵观书先须熟读，使其言皆若出于吾之口。继以精思，使其意皆若出于吾之心，然后可以有得尔。至于文义有疑，众说纷错，则亦虚心静虑，勿遽（jù）取舍于其间。先使一说自为一说，而随其意之所之，以验其通塞，则其尤无义理者，不待观于他说而先自屈矣。复以众说互相诘难，而求其理之所安，以考其是非，则似是而非者，亦将夺于公论而无以立矣。大率徐行却立，处静观动，如攻坚木，先其易者而后其节目；如解乱绳，有所不通则姑置而徐理之。此观书之法也。

［宋］朱熹《朱子家训》

【文意】

　　天下之事有困难与容易的区别吗？从某种角度来说，是没有的。只要肯去做，那么困难之事也变容易了；如果不肯去做，那么容易之事也变困难了。同样的道理，人们求学有困难与容易的区别吗？肯下功夫学习，困难的也会变得容易；不肯下功夫学习，容易的也会变得困难。

　　我的天资愚钝，远不及人；我的才能平庸，远不及人。然而，我每天不停地学习，长久坚持从不懈怠，待到学成之后，也就不再觉得自己愚笨和平庸了。我的天资聪慧，超越常人；我的才思敏捷，超越常人，但是，如果弃置聪明才智而不用，那就与愚钝、平庸的人没有什么区别。孔子的学问最终是靠并不聪明的曾参得以流传下来的。既然如此,那么一个人的所谓愚钝平庸或者聪明伶俐,难道是永远不变的吗?

天下事有难易乎?为之,则难者亦易矣;不为,则易者亦难矣。人之为学有难易乎?学之,则难者亦易矣;不学,则易者亦难矣。

吾资之昏不逮(dài)人也,吾材之庸不逮人也,旦旦而学之,久而不怠焉,迄(qì)乎成,而亦不知其昏与庸也。吾资之聪倍人也,吾材之敏倍人也;屏弃而不用,其与昏与庸无以异也。圣人之道,卒于鲁也传之[1]。然则昏庸聪敏之用,岂有常哉?

[清] 彭端淑《为学一首示子侄》

【注释】

[1]圣人之道:指孔子的思想。鲁:愚钝,此处代指孔子的学生曾参。

【文意】

君子在学习过程中,一定善于发现问题,提出问题。"问"与"学"是相辅相成进行的,不学习就不能提出疑难,不提问求教就不能增广见识。爱好学习而不勤问多问,就不是真正的爱好学习。道理懂得了,但还不能应用于实际;认识了事物的总体,但还不了解其中细节,如果不是提出问题,这一切怎么能够解决呢?

对于德才皆高于自己的人,向他们提问求教,破解疑难,这便是孔子所说的"到有道德有学问的人那里去判定是非,匡正自己"。对于不如自己的人,向他们请教,借以求得哪怕一点一滴的正确见解,这就是曾子所谓的"以有才德向没有才德的人求教,以学识丰富向学识浅薄者求教"。对于与自己水平相当的人,向他们提问题,借以共同研究、切磋,所谓互相诘问、详细讨论以取得清楚明确的认识。《尚书》里说:"爱问问题的人,学识便自然丰富。"孟子论述"找回放纵散漫之心"的问题时,指出"学问之道":"学"之后紧跟着就要"问"。子思谈"重视品德修养"时,归结到应该好问勤学,在他的心目中,"问"甚至提到了"学"的前面。

君子之学必好问。问与学,相辅而行者也,非学无以致疑,非问无以广识。好学而不勤问,非真能好学者也。理明矣,而或不达于事,识其大矣,而或不知其细,舍问,其奚决焉?

贤于己者,问焉以破其疑,所谓"就有道而正①"也。不如己者,"问焉以求一得②",所谓"以能问于不能,以多问于寡③"也。等于己者,问焉以资切磋,所谓交相问难,"审问而明辨之④"也。《书》不云乎:"好问则裕。"孟子论"求放心",而并称曰"学问之道",学即继以问也。子思言"尊德性",而归于"道问学",问且先于学也⑤。

[清] 刘开《问说》

【注释】

①"就有道而正":语出《论语·学而》。②"问焉以求一得":语出《史记·淮阴侯列传》。③"以能问于不能,以多问于寡":语出《论语·泰伯》。④"审问而明辨之":语出《中庸》。⑤"求放心":语出《孟子·告子上》。子思:孔子之孙孔伋。"尊德性"、"道问学":语出《中庸》。

【文意】

苏洵我年少时不曾学习,二十五岁时才开始读书,与文化界的君子们交往。本来自己读书的年纪已晚,又不能峻立意志,磨砺德行,以古人的标准要求自己;但是见到自己的同学之辈,各方面还都不及自己,便自以为可以满足了。在以后的学习中感到愈来愈陷于困窘之境,然后,当我再次认真地阅读古人的文章时,开始发觉古文的遣词造句、表情达意,与自己的文章大有区别。于是,我时时自我反省,考量自己的文才,觉得自己的才能还似乎不至于停止在这一水平上。此后我将以前所作的数百篇文章全部烧毁,取《论语》、《孟子》、《韩子》及其他圣人、贤人的文章,端庄肃穆而坐,终日研读七八年。刚开始时,心神深入其中而感到惶然迷惑,当再广博涉猎除此以外的书籍时,骇然感受到经典著作的深刻性令人惊叹。久而久之,研读则更加精益求精,而胸中豁然开朗,仿佛感觉到圣贤们所说的应该是理所当然的道理,然而还是不敢将这些道理出自自己之口。时间愈久,胸中积累的言论日益增多,不能自制,于是尝试把它们写出来,之后再三品读,觉得思绪有浑如泉涌之感,写来得心应手,毫无困难了。然而,如今已知学海无涯,不敢自以为是。

洵少年不学,生二十五岁始知读书,从士君子游。年既已晚,而又不遂刻意厉行,以古人自期,而视与己同列者,皆不胜己,则遂以为可矣。其后困益甚,然后取古人之文而读之,始觉其出言用意,与己大异。时复内顾,自思其才,则又似夫不遂止于是而已者。由是尽烧曩时所为文数百篇,取《论语》、《孟子》、韩子及其他圣人、贤人之文,而兀然端坐,终日以读之者,七八年矣。方其始也,入其中而惶然,博观于其外而骇然以惊;及其久也,读之益精,而其胸中豁然以明,若人之言固当然者,然犹未敢自出其言也。时既久,胸中之言日益多,不能自制,试出而书之,已而再三读之,浑浑乎觉其来之易矣,然犹未敢以为是也。

[宋] 苏洵《上欧阳内翰第一书》

【文意】

君子有三件事应该警惕:年轻之时,血气尚未稳定,要警惕不可沉溺于女色;壮年之时,血气方刚,要警惕不可逞强好斗;老年之时,血气衰退,要警惕不可贪求名利,有损一世的人格完美。

君子有三戒:少之时,血气未定,戒之在色;及其壮也,血气方刚,戒之在斗;及其老也,血气既衰,戒之在得。

《论语·季氏》

【文意】

浮躁的人，对于事物一定没有深刻的认识；胆怯的人，对于事物一定没有卓越的见解；欲望过多者，定无襟怀开阔之气度；话多嘴贫者，定无忠厚坦诚之心；好勇斗狠者，定无深厚之文学修养。

多躁者，必无沉潜之识；多畏者，必无卓越之见；多欲者，必无慷慨之节；多言者，必无笃实之心；多勇者，必无文学之雅。

[明] 陈继儒《小窗幽记》

【文意】

谋生之道理，最重要的就是勤奋。因此北宋文人邵雍说："一日之计在于晨，一岁之计在于春，一生之计在于勤。"语言浅显，却意义深远，强调了人生规划的最佳时机和途径。

然而常人的习性，却往往是好逸恶劳、贪图享乐、荒废时日。做农夫，不能深耕细作、除尽荒草；做工人，不能保质保量、按期完工；做商人，不能把握时机，求得最大利润；做读书人，不能志向专一、发奋努力。毫无作为地生存于天地之间，简直就是一只蛀虫而已！

大自然的变化规律则是：世界万物必须日日更新才不致陈旧破败。因此，时常转动的门轴不会被蛀蚀，流动着的活水不会腐臭，其实是上天不让万物常享安逸啊！人的心思和力量，不是也一样吗？劳动则会用心思考，安逸就会迷惑昏乱，这是合乎情理的。大禹那样的圣人，尚且珍惜每一分光阴；陶侃那样贤明的人，尚且珍惜每一寸光阴；何况才能、品德远在其下的普通人呢！

治生之道，莫尚乎勤。故邵子云："一日之计在于晨，一岁之计在于春，一生之计在于勤。"言虽近，而旨则远矣！

无如人之常情，恶劳而好逸：甘食媮衣，玩日愒岁①。以之为农，则不能深耕而易耨（nào）；以之为工，则不能计日而效功；以之为商，则不能乘时而趋利；以之为士，则不能笃志而立行；徒然食息于天地间，是一蠹耳！

夫天地之化，日新则不敝，故户枢不蠹，流水不腐，诚不欲其常安也。人之心与力，何独不然？劳则思，逸则忘，物之情也。大禹之圣，且惜寸阴；陶侃（kǎn）之贤，且惜分阴；又况贤圣不若彼者乎②？

[清] 李文炤《恒斋文集》

【注释】

①褕（yú）衣：华丽的衣服。愒（kài）：这里为荒废的意思。②陶侃：东晋浔阳（今九江市）人，为人勤勉，官至大将军，封长沙郡公。

【文意】

孔子说："刚强坚毅、朴实寡言的人一般是正人君子。"孔子还说："善于讨好、花言巧语的人，很少是良善君子。"孔子喜欢刚强者，主要是因其刚正仁义；讨厌谄媚者，主要是因其缺乏仁者之心。我平生多难，对此有不止一次的切身体验。凡是在我遇难之时使我能免遭厄运者，都是平时与之难以相处、对其心怀畏怯之意的人。在我处境艰险之时，乘势排挤打击我的，竟然都是先前设法讨我喜欢的人。我由此懂得刚直之士必有仁者之心，而谄媚者必怀不仁之意。

孔子在世之时，天下君子众多，而孔子仍说"未见刚者"，由此说明刚直之士十分难得。而现在世上却流传一种"太刚则折"的说法！士人难得的就是刚毅的品格，长期培养、修炼，犹恐不足以得之，怎么反倒担忧其过于刚强，至于损毁折寿？折与不折，此乃天意，与其刚直品格无关！持此论调者，无非是患得患失之小人罢了。

孔子曰："刚毅木讷（nè），近仁。"又曰："巧言令色，鲜矣仁。"所好夫刚者，非好其刚也，好其仁也。所恶夫佞（nìng）也，非恶其佞也，恶其不仁也。吾平生多难，常以身试之，凡免吾于厄者，皆平日可畏人也；挤我于崄（xiǎn）者，皆异时可喜人也。吾是以知刚者之必仁，佞者之必不仁也。

方孔子时，可谓多君子，而曰"未见刚者"，以明其难得如此。而世乃曰"太刚则折"！士患不刚耳，长养成就，犹恐不足，当忧其太刚而惧之以折耶！折不折，天也，非刚之罪。为此论者，鄙夫患失者也。

　　　　　　　　　　　　　　　　　　　　［宋］苏轼《刚说》

【文意】
　　上天将要把人世间重大的责任交付于此人之时，一定先要磨炼他的意志，锻炼他的筋骨，使他忍受贫困饥饿的考验，忍受事事遭受挫折的考验，以此种种来成就其坚忍不拔的性格，增加他非同常人的才干。

　天将降大任于斯人也，必先苦其心志，劳其筋骨，饿其体肤，空乏其身，行拂乱其所为，所以动心忍性，曾益其所不能。①

　　　　　　　　　　　　　　　　　　　　［战国］孟子《告子下》

【注释】①曾：同增。

【文意】
　　古代所谓英雄豪杰之士，必有超凡出众之品格节操，能承受一般人难以承受的度量。普通人一旦受到侮辱，则拔剑而起，挺身而斗，这其实不能算是勇敢，真正大勇之人，意外惊险猝发而镇定自若，无缘无故的侮辱加之于身而不发怒，这是由于他的抱负宏伟，而其志向高远的缘故。

　古之所谓豪杰之士者，必有过人之节，人情有所不能忍者。匹夫见辱，拔剑而起，挺身而斗，此不足为勇也。天下有大勇者，猝然临之而不惊，无故加之而不怒，此其所挟持者甚大，而志甚远也。

　　　　　　　　　　　　　　　　　　　　［宋］苏轼《留侯论》

【文意】
　　古今凡是有大作为的人，必须经过三种境界：一是"昨夜西风凋碧树，独上西楼，望尽天涯路"；二是："衣带渐宽终不悔，为伊消得人憔悴";三是:"众里寻他千百度,蓦然回首,那人却在灯火阑珊处"。

古今之成大事业、大学问者,必经三种之境界:"昨夜西风凋碧树,独上西楼,望尽天涯路①",此第一境也;"衣带渐宽终不悔,为伊消得人憔悴②",此第二境也;"众里寻他千百度,蓦然回首,那人却在灯火阑珊处③",此第三境也。

[清] 王国维《人间词话》

【注释】

①"昨夜西风凋碧树,独上西楼,望尽天涯路":宋朝晏殊《蝶恋花》中的词句,比喻人在逆境之中,非但心志不衰,反而激发出高瞻远瞩、积极探索的勇敢精神。②"衣带渐宽终不悔,为伊消得人憔悴":宋朝柳永《蝶恋花》中的词句,比喻以一种痴迷精神,为自己的远大理想艰苦奋斗,历经磨难。③"众里寻他千百度,蓦然回首,那人却在灯火阑珊处":宋朝辛弃疾《青玉案》中的词句,比喻经过无数次的探查求索,终于在偶然的机会里,豁然醒悟,突破关键,取得事业的成功。

【文意】

古人观察天地、山川、草木、虫鱼、鸟兽时,往往能取得深刻的见识,因为他们思考得深入而广博。道路平坦而距离又近的地方,便游人众多;艰险而遥远之处,则去者稀少。然而,世上奇伟瑰丽的非凡之景,往往在艰险遥远、人迹罕至之地。所以,无坚定意志者,则不能到达;有意志力且不随人轻易停止但体力不足者,也不能到达;有意志与力量,也不轻易放弃,但到幽深昏暗处而又迷离恍惚之时,得不到外物辅助,还是不能到达。在气力足够而努力不够没能到达时,被别人讥笑,自己也感到懊悔。如果自己已经尽了力了,还是不能到达,则无可讥笑,也不必后悔。这便是我的心得。

古人之观于天地、山川、草木、虫鱼、鸟兽,往往有得,以其求思之深而无不在也。夫夷以近,则游者众;险以远，则至者少。而世之奇伟、瑰怪、非常之观，常在于险远，而人之所罕至焉。故非有志者不能至也。有志矣，不随以止也，然力不足者，亦不能至也。有志与力，而又不随以怠，至于幽暗昏惑而无物以相之，亦不能至也。然力足以至焉，于人为可讥，而在己为有悔；尽吾志也而不能至者，可以无悔矣，其孰能讥之乎？此予之所得也。

［宋］王安石《游褒禅山记》

【文意】

乐与苦，是互相依托转化的关系；人们以为乐只是乐，却不懂得苦也是一种乐，人们只知道享受自己所得之乐趣，却不知道痛苦将会从欢乐中产生，其实乐与苦之间，相距只有一步之遥！如今的纨绔子弟，安闲地坐在华丽的厅堂之上，从没亲口尝过苦菜蓼辣的滋味，从没亲身参加过农田劳动，睡觉要铺多重垫褥，用餐要吃精美的食品，外出要乘车并跟随仆役，这些就是人们所认为的享乐，岂不知有一天时乖运舛，福去灾生，颠沛流离、穷困潦倒的生活，在意外中降临，此时方知惯饮美酒、饱食佳肴之肚肠，不能承受粗劣的饭食，睡惯柔软的寝垫、温暖的被褥之身躯，不能穿麻编草结之牛衣，此时即使想同山野农夫、卑贱的仆役一道逃窜奔波，藏身于草木丛中欲保全性命，而不可得，这难道不是往日的享乐造成今天的痛苦吗？

乐与苦，相为倚伏者也。人知乐之为乐，而不知苦之为乐，人知乐其乐，而不知苦生于乐，则乐与苦相去能几何哉！今夫膏粱之子，燕坐于华堂之上，口不尝荼蓼之味，身不历农亩之劳，寝必重褥，食必珍美，出入必舆隶，是人之所谓乐也①。一旦运穷福艾，颠沛生于不测，而不知醉醇饫肥之肠，不可以实疏粝；籍柔覆温之躯，不可以御蓬藋，虽欲效野夫贱隶，跼跳窜伏，偷性命于榛莽而不可得，庸非昔日之乐，为今日之苦也耶②？

［明］刘基《苦斋记》

【注释】

①荼：一种苦菜。蓼（liǎo）：一年生草本植物，茎叶有辣味，俗名蓼辣。②御：使用。蓬藋：均为野草，指恶劣的衣物。

【文意】

众人之中被尊为圣贤的人，同草木、鸟兽、众人一样无法逃避由生到死的自然过程。然则圣贤的人与草木、鸟兽、众人不同的是：圣贤之人虽死，肉体消亡，但其精神不死，不仅得以存在下去，而且随着时间的流逝，愈加久远流传。他们之所以成为圣贤，是因为他们修身养性、努力施为、建树思想，即所谓：立德、立功、立言，正是这三者使他们能够永垂不朽。

众人之中，有圣贤者，固亦生且死于其间，而独异于草木鸟兽众人者，虽死而不朽，逾远而弥存也。其所以为圣贤者，修之于身，施之于事，见之于言，是三者所以能不朽而存也。

[宋] 欧阳修《送徐无党南归序》

【文意】

自从东汉以来，道德沦丧，文风败坏，各种邪说一齐出现。虽经历了唐代贞观、开元之盛世，又相继得到房玄龄、杜如晦、姚崇、宋璟等忠良贤相的辅佐，仍未能得以挽救，只有韩文公韩愈先生崛起普通百姓之中，成为文坛领袖，在挥手于谈笑之间，于是天下之人云合而响应，使社会思潮与文化文风回归正道，至现在已三百余年，他的文章力挽八代以来衰败之文风，他将儒道重又宏扬天下，拯救人心之沦丧，他的忠谏触发君王的愤怒，他的智能可折服三军之主帅，这难道不是化育万物、关乎国之盛衰，而出自他胸中的浩然正气吗？

自东汉以来，道丧文敝，异端并起。历唐贞观、开元之盛，辅以房、杜、姚、宋而不能救。独韩文公起布衣，谈笑而麾（huī）之，天下靡（mí）然从公，复归于正，盖三百年于此矣。文起八代之衰，而道济天下之溺，忠犯人主之

怒，而勇夺三军之帅。此岂非参天地、关盛衰，浩然而独存者乎①！

[宋] 苏轼《潮州韩文公庙碑》

【注释】

苏轼在《潮州韩文公庙碑》一文中反映韩愈一生的勋业，从他严格的自我修养到恢复和继承"文统"、"道统"在思想文化方面所作出的历史贡献，给予高度评价，对于其忠心耿耿、无所畏惧的高尚品格表示由衷的钦佩。①忠犯人主之怒，而勇夺三军之帅：元和十四年，法门寺开塔唐宪宗将佛骨舍利迎入宫内，规模盛大，劳民伤财，韩愈上《论佛骨表》谏阻，宪宗大怒，遂将韩愈贬为潮州刺史。三军之帅：指皇帝。

二、齐　家

【文意】

通常风俗教化的实现，皆为上行而下效之；自己率先带头，而后引导他人施行。所以为父者不慈爱，则导致儿子的不仁孝；为兄长者不友爱，则导致弟弟的不恭敬；做丈夫者无道义，则导致妻子的不温顺。然而，如果父亲慈爱而儿子忤逆不孝，兄长友爱而弟弟桀骜不驯，丈夫仁德而妻子骄横霸道，那么，这类人乃是天生的恶人，只能以刑罚制服，训诫诱导对其不起作用。

家庭中废除惩罚，那么孩子的过错就立刻显现，国家的刑罚不公平，百姓则会不知所措。治理一个家庭要宽严相济，与治理国家相似。

夫风化者，自上而行于下者也，自先而施于后者也，是以父不慈则子不孝，兄不友则弟不恭，夫不义则妇不顺矣。父慈而子逆，兄友而弟傲，夫义而妇陵，则天之凶民，乃刑戮之所摄，非训导之所移也。

笞怒废于家，则竖子之过立见，刑罚不中，则民无所措手足。治家之宽猛，亦犹国焉。

[南北朝] 颜之推《颜氏家训·治家》

【文意】

当孩子懂得看人脸色、识别喜怒之时，就应当对他进行教育，让他做什么，就得做什么；不允许他做什么，就不得做什么。这样管理孩子直到他十几岁时，即可免除体罚。父母恩威并施，又威严又慈爱。如此，子女才会规矩谨慎，从而产生孝顺之心。我看到社会上有些父母对子女不加管教，一味溺爱，缺乏基本的教育观念。对孩子的饮食起居、言行举止，任其为所欲为，甚至本该训诫的行为，反加褒奖；本该斥责的行为，竟做笑谈。当孩子渐长，见识已多，便认为如此做法理所当然。待孩子的傲慢骄横的习性已经养成，这时方知管教，则为时已晚。即使将其捶打至死，父母的威信也难以树立，父母愈愤怒，孩子对父母的怨恨就愈深。这种孩子长大成人，必为家庭之祸根。孔子说："少成若天性，习惯如自然。"非常深刻！俗谚："教育媳妇要从过门之初，教育孩子要从婴儿开始。"此话言之有理！

当及婴稚，识人颜色，知人喜怒，便加教诲，使为则为，使止则止。比及数岁，可省笞罚。父母威严而有慈，则子女畏慎而生孝矣。吾见世间，无教而有爱，每不能然；饮食运为，恣其所欲，宜诫翻奖，应呵反笑，至有识知，谓法当尔。骄慢已习，方复制之，捶挞至死而无威，忿怒日隆而增怨，逮于成长，终为败德。孔子云："少成若天性，习惯如自然。"是也。俗谚曰："教妇初来，教儿婴孩。"诚哉斯语！

[南北朝] 颜之推《颜氏家训·教子》

【文意】

虽然你们不是一母所生，但应当懂得四海之内皆兄弟的道理。鲍叔、管仲经商共事，分割钱财，绝无猜忌；伍举患难逃亡之中道遇归生，二人野地荒郊席地而坐，心中毫无芥蒂，畅叙旧情。正因为如此,鲍叔、归生使管仲、伍举,变失败为成功,各为其国创立伟业奇勋。他人异姓尚能如此,何况你们是同父之兄弟!颍川人韩元长,汉末名士,官为卿佐,终年八十。其兄弟同居,和睦相处,直至终生。济北人氾稚春,为晋国品行超群者,其家七世不曾分家,财产共之,而全家人相互之间,没有矛盾纠纷。《诗经》言:"高山仰止,景行行止。"即使你们做不到那样,但至少也应诚心诚意地崇尚他们。这些言语,望你们慎重思考啊!除此我便无话可说了。

然汝等虽不同生,当思四海皆兄弟之义。鲍叔、管仲①,分财无猜;归生、伍举,班荆道旧②。遂能以败为成,因丧立功。他人尚尔,况同父之人哉!颍川韩元长,汉末名士,身处卿佐,八十而终。兄弟同居,至于没齿。济北氾(fán)稚春,晋时操行人也,七世同财,家人无怨色。《诗》曰:"高山仰止,景行行止。"虽不能尔,至心尚之。汝其慎哉!吾复何言。

[晋] 陶渊明《与子俨等疏》

【注释】

①管仲曰:"吾始困时,尝与鲍叔贾,分财利多自与,鲍叔不以我为贪,知我贫也。吾尝为鲍叔谋事而更穷困,鲍叔不以我为愚,知时有利不利也。"②归生、伍举都是春秋时楚国人,二人交情很好,后来伍举因罪逃往晋国,归生与他不期而遇。《左传》:二人"遇之于郑郊,班荆相与食,而言复故。声子曰:'子行也,吾必复子。'"归生即声子。班荆:指将黄荆的枝叶铺在地上。

【文意】

我在外没有寄钱回家,实在是因为离家之初曾暗自立下誓言,又在发给州县的公文中,以"不要钱,不怕死"六个字,表明自己的志向,不肯自食其言。因而使得老父在家手中无钱而万端窘迫,千方百计设法度日,作为儿子不能尽孝,令我至今想起来都深为痛心。

余在外未付银至家,实因初出之时,默立此誓,又于发州县信中,以"不要钱,不怕死"六字自明,不欲自欺其志，而令老父在家受尽窘迫，百计经营，至今以为深痛。

[清] 曾国藩《曾国藩家书·致九弟》

【文意】
　　兄弟之间，虽各有自己的身体，实则气血相通相连。孩童之时，父母左边牵一个，右边抱一个；走路时，一个拉着父母衣服的前襟，一个拽着父母衣裾的后摆。吃饭同桌，衣履相传，读书相互接续，游玩同在一处，兄弟之中即便出现愚顽乖戾的事或人，相互之间也不能不相亲相爱。弟兄们长大之后，各自爱恋自己的妻子儿女，即便笃实忠厚之人，兄弟之情也不能不为之冲淡而有所减弱。妯娌之情与兄弟之情相比，则更又淡薄疏远一层，因此现在让感情淡薄疏远之人掌控节制兄弟之间的浓厚亲情，就如同做一容器，方底配了个圆盖，当然不能使之密合无间了。惟有兄弟情谊至深至厚者，方能不受旁人影响，才可避免上述情况。

　　兄弟者，分形连气之人也，方其幼也，父母左提右挈，前襟后裾，食则同案，衣则传服，学则连业，游则共方，虽有悖乱之人，不能不相爱也。及其壮也，各妻其妻，各子其子，虽有笃厚之人，不能不少衰也。娣姒之比兄弟，则疏薄矣；今使疏薄之人，而节量亲厚之恩，犹方底而圆盖，必不合矣。惟友悌深至，不为旁人之所移者，免夫！

[南北朝] 颜之推《颜氏家训·兄弟》

【文意】
　　臣闻：人身处艰危绝困之中则呼吁苍天，遭遇疾痛惨怛之时则呼唤父母，此乃人之感情最为强烈、最为无助的表现。苏辙虽为草芥卑微之臣，然仍欲将自己心中急迫危难之请求，表达于天地父母之前，恳请其悲悯与哀怜。臣之父母早已亡故，惟有兄长苏轼，赖以骨肉相依。现今得知其犯罪，逮捕赴狱，全家惊惧哀号，惶恐不可终日。
　　臣愿以臣之官职为兄长赎罪，虽不敢奢望减免其罪过，但愿吾兄能免死于牢中。吾兄苏轼所犯，罪在其诗文，而且有文字在案，他必不敢抗拒否认，以加重其罪。若蒙陛下生哀怜之心，赦其不死，使他得以出牢狱，则吾兄等于死而复生，皇上之无上恩德，则不知如何报答！臣愿与吾兄从此洗心改过，任由陛下差遣，粉身碎骨，在所不辞！臣此刻孤苦无告，不胜慌乱迫切，只能向陛下倾吐肺腑，愿陛下宽容我的狂妄，恩准我的请求，臣僭越祈请天恩，其激切与恐惧之情已达于极点。

臣闻困急而呼天，疾痛而呼父母者，人之至情也。臣虽草芥之微，而有危迫之恳，惟天地父母哀而怜之。臣早失怙恃，惟兄轼一人，相须为命。今者窃闻其得罪逮捕赴狱，举家惊号，忧在不测。

臣欲乞纳在身官，以赎兄轼，非敢望未减其罪，但得免下狱死为幸。兄轼所犯，若显有文字，必不敢抗拒不承，以重得罪。若蒙陛下哀怜，赦其万死，使得出于牢狱，则死而复生，宜何以报！臣愿与兄轼，洗心改过，粉骨报效，惟陛下所使，死而后已。臣不胜孤危迫切，无所告诉，归诚陛下，惟宽其狂妄，特许所乞，臣无任祈天请命激切陨越之至。

〔宋〕苏辙《为兄轼下狱上书》

【文意】

十一日，武汉收复的奏折，得皇帝御笔朱批。此外，廷寄、谕旨等上方文件，皆一一收到。为兄荣任湖北巡抚，并赏顶戴花翎。

为兄之心意：母丧守制还未到期，绝不敢接受官职，否则，两年来苦心孤诣所谋取的战功，似乎皆为博取高官厚禄而为之，何面目以对九泉下之母亲，何面目以对宗族乡亲，且自己内心亦不能自安。所以决定上书向皇帝辞谢，想必各位弟弟也绝无异议。

自古以来，人们博取功名的官场是争权夺利的是非之地，实难立足存身。为兄作为在籍的官员，招募乡勇、修造战船，成就如此一番功业，名震一时。人们的追求功名之心，谁人不是与我一样？我有盛名之时，必有遭受冷落责难之人，相形之下，心中委实难以为情。为兄只能谨慎谦虚，时刻警省自己。如果不是仰仗皇上圣主之威名与福泽,能够迅速肃清江面,铲平贼寇,那时为兄决意奏请皇上,辞官还乡,回家侍奉父亲,将母亲迁坟改葬,居家尽孝之日,久则三年,快则一年,这样可以略微使我的心得到宽慰,但不知皇上能否应允?

弟弟们在家,必须教导子侄们勤谨守礼。我在外既有权势,则家中子侄最易染上骄奢淫逸、放佚不羁的毛病,"骄"与"佚"二字乃败家之道。希望各位弟弟时刻留意,万万不可让子侄们与此二字有染,此事至关重要!

十一日,武汉克复之折奉朱批,廷寄、谕旨等件,兄署湖北巡抚,并赏戴花翎。

兄意母丧未除,断不敢受官职,若一经受职,则二年来之苦心孤诣,似全力博取高官美职,何以对吾母于地下?何以对宗族乡党?方寸之地,何以自安?是以决计具折辞谢,想诸弟亦必以为然也。①

功名之地,自古难居。兄以在籍之官,募勇造船,成此一番事业,名震一时。人之好名,谁不如我?我有美名,则人必有受不美之名者,相形之际,盖难为情。兄惟谨慎谦虚,时时省惕而已,若仗圣主之威福,能速将江面肃清,荡平此贼,兄决意奏请回籍,事奉吾父,改葬吾母。久或三年,暂或一年,亦足稍慰区区之心,但未知圣意果能俯从否?

诸弟在家,总宜教子侄守勤敬。吾在外既有权势,则家中子侄最易流于骄,流于佚,二字皆败家之道也。万望诸弟刻刻留心,勿使后辈近于此二字,至要至要!

[清] 曾国藩《曾国藩家书·致诸弟》

【注释】

①古时值父母祖父母之丧,子与承重孙(长房长孙),须谢绝人事往来,辞去官职,居家守孝二十七个月,称守制。

【文意】

天下女子的多情,难道还有能超出杜丽娘的吗?梦见心目中的情人就害上相思病，一病则从此不起，最后亲手描绘自己的肖像，传之于世而后死。死去三年了，又能在冥冥之中寻求到所梦之人而复生。像杜丽娘这样对爱的执著追求，才不愧称得起是多情之人。她的爱情，在不知不觉中激发起来，一往而情深，活着可以为情而死，死后又可以为情而生。活着不愿为情而死，死而不能复生者，都不能算是达到感情之极点啊。梦中产生的情，为什么一定不是真的呢，难道普天之下有自己的梦中情人者还少吗？认为男女之间必须同床共枕，才算是成亲；必须到挂冠辞官后，才感到二人世界的甜蜜，这都只是对事情浅薄的表面认识而已。

　　天下女子有情，宁有如杜丽娘者乎！梦其人即病，病即弥连，至手画形容，传于世而后死。死三年矣，复能溟莫中求得其所梦者而生。如丽娘者，乃可谓之有情人耳。情不知所起，一往而深，生者可以死，死可以生。生而不可与死，死而不可复生者，皆非情之至也。梦中之情，何必非真，天下岂少梦中之人耶？必因荐枕而成亲，待挂冠而为密者，皆形骸之论也。

［明］汤显祖《牡丹亭记题词》

【文意】

　　三月与你结为夫妻，便遭此巨变，而连累你这位淑女依附于娘家度日。你未曾因家道之盛衰，态度上表现出丝毫变化，虽以梁鸿妻孟光的举案齐眉，亦不足以赞美你的贤德，"贤淑和孝"四字，对妇女的要求，可谓千古所难；而你却真正做到了。不幸的是：我如今不得不为国而死；而我死之后，夫人你又不得不活下去，因为上有父母双亲，下有一小女儿，上须奉养父母，下须抚育幼女，如此双重之重责，除了你，我又能托付给谁呢？

　　呜呼！说到这里，我已肝肠寸断，执笔心酸，面对信纸泪如雨下。想写则一字也写不出，欲说则万语千言亦不知从何说起。我要死了，要死了！此刻我的内心极为紊乱，往常为他人出谋划策，清楚明了；今日为夫人欲一思该究竟如何，竟然思绪纷乱，如乱丝乱麻，不知所言。我身后之事，完全由夫人决断，我一句话也说不出！就此停笔诀别。去年江东太子出生，官职及封典仪式俱全，但我已得不到了。夫人，夫人！你其实早已是先朝之命妇，是我连累了你，是我害苦了你，我还有什么话可说！呜呼，见此信如见我面！外子完淳写给细君秦篆。

　　三月结缡^①，便遭大变，而累淑女相依外家^①。未尝以家门盛衰，微见颜色。虽德曜齐眉，未可相喻，贤淑和孝，千古所难。不幸至今吾又不得不死；吾死之后，夫人又不得不生。上有双慈，下有一女，则上养下育，托之谁乎？

　　呜呼，言至此，肝肠寸寸断。执笔心酸，对纸泪滴，欲书则一字俱无，欲言则万般难吐。吾死矣！吾死矣！方寸已乱，平生为他人指画了了，今日为夫人一思究竟，便如乱丝积麻。身后之事，一听裁断，我不能道一语也，停笔欲绝。去年江东储贰诞生，名官封典俱有，我不曾得^②。夫人夫人，汝亦先朝命妇也^③。吾累汝，吾误汝，复何言哉。呜呼！见此纸如见吾也。外书奉秦篆细君^④。

［明］夏完淳《遗夫人书》

【注释】

　　①结缡（lí）：结婚。当指去年三月。②江东储贰：指南明流亡政府，皇帝生太子。名官封典：指朝廷给臣子封官位名号或给其祖先以爵位名号的典礼。③命妇：有朝廷封号的妇女。④外：作者自称。古时夫妻相称曰内外，夫为外子，妻称内子。秦篆：作者妻子名钱秦篆。细君：这里是对其妻的敬称。

三、治国、平天下

【文意】

　　一个国家的强弱贫富，从几个方面的特征可以显示出来：国君不遵礼法，则军力衰弱；国君不爱护百姓，则军力衰弱；国君言而无信,则军力衰弱;国君不实施论功行赏,则军力衰弱;将帅无能,则军事力量薄弱。国君好大喜功,则国家贫穷;国君好利忘义,则国家贫穷;士大夫人数众多,则国家贫穷;工商业者过多,则国家贫穷;没有政法、财经等规章制度,则国家贫穷。下层百姓贫穷则国家上层社会亦贫穷,下层百姓富裕则国家上层社会亦富裕。

观国之强弱贫富有征:上不隆礼则兵弱,上不爱民则兵弱,已诺不信则兵弱,庆赏不渐则兵弱,将帅不能则兵弱。上好功则国贫,上好利则国贫,士大夫众则国贫,工商众则国贫,无制数度量则国贫。下贫则上贫,下富则上富。

[战国] 荀子《富国》

【文意】

选择培养将军的首要条件,是考量其胆略心胸,即使泰山轰然崩塌于眼前,也能做到面不改色;麋鹿之群从身边突兀奔腾,也能做到目不转睛,这样的人才能掌控时势之利害变化,可以从容对敌。

用兵之道在于崇尚正义,若不合于正义,无论出战多么有利,亦不可轻举妄动。因为一旦动兵,并非关乎此一战之成败利害,而是将由此造成今后无法带兵、手足无措的尴尬局面。其实,唯有正义才能激励士气,一旦激发出战士的正义感,军队可以百战而不殆。

一般战争进程的正确用兵方法是:战前首先做好充分的物质准备,临战之时,战士须养精蓄锐,在战斗过程中要始终鼓舞士气,战胜之后要保持军队的斗志。谨慎设置报警烽火,严格实行侦察巡逻,保护农民耕田种地不受干扰,以积蓄财力支持战争;犒赏士兵,使之得到充分休整,使战斗力得到保养;取得小的胜利,要控制浮躁的情绪,遭受小的挫折,要设法振作精神,使军队经常保持旺盛的斗志;用兵时不可满足其全部欲望,以保留其战斗意志,所以战士常怀战斗欲望,树立起战斗不息的精神。因此,即使吞并天下,士兵亦无厌战情绪,这就是黄帝的军队历经七十余战,其士卒毫不懈怠的原因。如果不培养修炼军队的心理素质,即使打了一次胜仗,这支军队从此便不可再用了。

为将之道，当先治心。泰山崩于前而色不变，麋鹿兴于左而目不瞬，然后可以制利害，可以待敌。

凡兵上义，不义，虽利勿动，非一动之为利害，而他日将有所不可措手足也。夫惟义可以怒士，士以义怒，可与百战。

凡战之道，未战养其财，将战养其力，既战养其气，既胜养其心。谨烽燧，严斥堠，使耕者无所顾忌，所以养其财；丰犒而优游之，所以养其力；小胜益急，小挫益伤，所以养其气；用人不尽其所欲为，所以养其心。故士常蓄其怒，怀其欲而不尽。怒不尽则有余勇，欲不尽则有余贪。故虽并天下，而士不厌兵，此黄帝之所以七十战而兵不殆也。不养其心，一战而胜，不可用矣！

[宋] 苏洵《心术》

【文意】

臣所见自古以来的开国之君，收受版图、定国安邦之际，皆欲为其子孙谋划，希望将其帝国传之后世而不绝。所以，他们端坐于朝堂皇位宝座之上，向天下颁布政令时，他们谈论道理，必然看重淳朴之言，而避免虚辞浮语；他们衡量臣属，必然重用贤良正直之忠臣，而鄙视谄媚奸邪之佞臣；制定国家的法规制度，必然杜绝奢靡浪费，崇尚勤俭节约；评估国家之财经物产，必然重视谷物布匹，而轻视奇珍异宝。但是，帝王只是在即位之初，皆能遵循上述原则，以使国家达到长治久安，待国家稍微稳定之后，其中大多数人却违反那些原则，败坏原先的制度，这是什么原因呢？难道不都是因为自己身为至高无上的国家元首，拥有九州四海境内之财富，出语则无人敢逆旨犯颜，行动则为所欲为而无敢不从，长此以往，公道为私情所干扰，理法被贪婪和欲望所损害，这便是倒行逆施之缘故。论语有言："非知之难，行之惟难；非行之难，终之斯难。"此话确实非常正确！

臣观自古帝王受图定鼎，皆欲传之万代，贻厥孙谋。故其垂拱岩廊，布政天下，其语道也，必先淳朴而抑浮华；其论人也，必贵忠良而鄙邪佞；言制度也，则绝奢靡而崇俭约；谈物产也，则重谷帛而贱珍奇。然受命之初，皆遵之以成治；稍安之后，多反之而败俗，其故何哉①？岂不以居万乘之尊，有四海之富，出言而莫己逆，所为而人必从，公道溺于私情，礼节亏于嗜欲故也！语曰："非知之难，行之惟难；非行之难，终之斯难②。"所言信矣。

[唐] 魏征《十渐不克终疏》

【注释】
①岩廊：高峻的廊庑，借指朝廷。②"非知之难，行之惟难；非行之难，终之斯难。"意思是：明白道理不难，难的是依理而实行之，依理实行也并非最难，始终坚持实行到底才是最难的。

【文意】
臣听说：要想使树木生长得高大繁茂，必须培植加固它的根本；要想使河水丰沛而流长，必须疏浚其源头；要想使国家长治久安，必须积蓄仁义道德。源泉不深而求河水之流长，树根不牢而求树木之繁茂，德义不厚而求国家之安定，臣虽愚笨，也知此实为不可能之事，何况明智之人？国君承担守护国家政权之重任，身居于国家之最高地位，不能居安思危，力戒奢侈，厉行节俭，这等于是砍伐树根却要求树木茂盛，堵塞泉源却要使水远流长，岂非适得其反？

臣闻求木之长者，必固其根本；欲流之远者，必浚其泉源；思国之安者，必积其德义。源不深而望流之远，根不固而求木之长，德不厚而思国之安，臣虽下愚，知其不可，而况于明哲乎！人君当神器之重，居域中之大，不念居安思危，戒奢以俭，斯亦伐根以求木茂，塞源而欲流长也。①

[唐] 魏征《谏太宗十思疏》

【注释】
①神器：指国家政权。

【文意】

能够收拢天下众生的是财物，能够管理天下财物的是法律，能够行使天下法律的是官吏。官吏不良，便有法律也得不到贯彻执行；法律不完善，便有财物也得不到计划管理。财政管理不善，则田头街巷之卑鄙小人都可能私自谋得财物取舍之大权，并利用大量财物利益之诱惑，与皇帝争夺百姓的拥戴，而使他们无尽之贪欲得以放纵，因而并非一定是出身高贵、残暴有力的人物才能称雄天下。如此一来，天子虽未失去其子民，但已经完全是一个徒有空名的傀儡而已。即使天子节衣缩食，憔神悴力，费尽心思，希望天下财物供给充足，而使国家之政权得以安定，我认为其实也是根本不可能的。然而，如果完善我们的法律，选择贤官良吏确保法律的实施，这样才能真正掌管好天下之财物，便是上古的尧、舜之世，也不能不以此作为国家首要之政务，更何况后世之理财变得愈益纷繁而复杂呢？

夫合天下之众者财，理天下之财者法，守天下之法者吏也。吏不良，则有法而莫守；法不善，则有财而莫理。有财而莫理，则阡陌闾巷之贱人皆能私取予之势，擅万物之利，以与人主争黔首，而放其无穷之欲，非必贵强桀大而后能，如是而天子犹为不失其民者，盖特号而已耳。虽欲食蔬衣敝，憔悴其身，愁思其心，以幸天下之给足而安吾政，吾知其犹不行也。然则善吾法而择吏以守之，以理天下之财，虽上古尧、舜，犹不能毋以此为先急，而况于后世之纷纷乎？

[宋] 王安石《度支副使厅壁题名记》

【文意】

（汉高祖刘邦颇有自知之明，他总结战胜项羽、夺得天下的原因时说）："我没有运筹帷幄、决胜千里的本领；也没有镇国安邦、供给军粮的才能；率军征战，屡战屡胜，则更非所长。但张良、萧何、韩信三者，是这三方面的专家，我能博采众长，知人善任，所以战胜强敌而夺取天下。"

高祖曰："夫运筹策帷帐之中，决胜于千里之外，吾不如子房；镇国家，抚百姓，给馈饷，不绝粮道，吾不如萧何；连百万之军，战必胜，攻必取，吾不如韩信。此三者，皆人杰也，吾能用之，此吾所以取下天下也。"

《史记·高祖本记》

【文意】

  国家任用贤能之人，方能兴盛；弃置贤才、君主一己专制便导致国家衰败。任贤与弃贤，二者关乎国之盛衰，乃是必然之规律，是古今认同、人所共知的道理。国家能够安定和平且兴盛发达，因有贤能之士在治理；国家混乱而动荡，即使有贤能之士，为什么也不能安邦定国使之兴盛呢？其原因就在对于贤能之士是否能够任用。发现贤能之人并及时任用，乃是国家之福祉；有贤能之人却不肯任用，便等同于没有。

  现今之天下，如同古代之天下。现今的士人民众，也如同古代的士人民众。古时骚动不安的时代，还有如上所说的诸多贤能之人，何况现今太平天下，岂能说没有贤人呢？就在于君主能否用之而已。若能博采众议，没有忌讳，广开言路，人们敢于直言进谏，则才能之士就能进用了；不亲近小人，谄媚阿谀之人自然被疏远了；不计较文牍细节，受制于世俗之见，则主管部门官员就能明辨是非，高效处理政务了；不责人之细过，不拘一格使用人才，则能臣干吏之才智便能得到有效发挥。果真做到这样，何愁大宋之江山不能超两汉，越三代，而达到五帝三皇之盛世？

  国以任贤使能而兴，弃贤专己而衰。此二者必然之势，古今之通义，流俗所共知耳。何治安之世有之而能兴，昏乱之世虽有之亦不兴？盖用之与不用之谓矣。有贤而用，国之福也；有之而不用，犹无有也。

  今犹古也，今之天下亦古之天下，今之士民亦古之士民。古虽扰攘之际，犹有贤能若是之众，况今太宁，岂曰无之？在君上用之而已。博询众庶，则才能者进矣；不有忌讳，则谠直之路开矣①；不迩小人，则谗谀者自远矣；不拘文牵俗，则守职者辨治矣；不责人以细过，则能吏之志得以尽其效矣。苟行此道，则何虑不跨两汉，轶三代，然后践五帝、三皇之涂哉②！

[宋] 王安石《兴贤》

【注释】

①谠（dǎng）直：正直。②五帝：指上古五个贤君：黄帝、颛顼、帝喾、唐尧、虞舜。三代：指夏、商、周。

【文意】

国家祸患的发生往往出人意料。愚昧之人只顾眼下四方无事，则以为天下太平，这是不对的。如今国家每年以百万财物，向西夏与辽国进贡，苟且求安。然而，国之财富资源有限，而强暴者之贪欲无厌，这种情势最终必将导致战事发生，不过是谁先动手或与谁先动手的问题而已。战争的时间、地点不能确定，无法提前预知，而最重要的是战争之不可避免。既然战争不可避免，而又不于战前早作用兵作战的准备，使百姓处于安乐无事之中；一旦打仗，使其身处生死存亡之地，如此造成的灾祸惨剧，将是无法估量的。所以，贪图安逸而无忧患意识，习惯享乐而不知艰危苦难，臣认为此乃国家当前最大之危机。

臣希望士大夫之间提倡尚武精神，使讲论兵法蔚为成风。在官府中服役的平民，要让他们练习列阵战法，民间辑捕盗贼的差役，要训练他们捕杀格斗技术。每年年末令百姓乡民聚集于郡之首府，组织其演兵习武，如古代都城操练武事的规程，不但要进行胜负较量，还要实行赏罚措施。这种方法推行的时间久了，就自然可以诸事按照军队的法规办事。有人会认为这是无故劳民、扰民，且又以军法管理百姓，使百姓的生活不得安宁，但臣以为这种做法恰恰是让百姓得到安宁生活的保障。如果不能避免战争，那么一旦发生战事，就是将毫无战斗力的百姓投入战场任人屠戮。所以上述做法，虽小有劳民、扰民之害，两者相比，哪一个对百姓的害处更大呢？

且夫天下固有意外之患也。愚者见四方之无事，则以为

变故无自而有，此亦不然矣。今国家所以奉西北之虏者，岁以百万计①。奉之者有限，而求之者无厌，此其势必至于战。战者，必然之势也。不先于我，则先于彼；不出于西，则出于北。所不可知者，有迟速远近，而要以不能免也。天下苟不免于用兵，而用之不以渐，使民于安乐无事之中，一旦出身而蹈死地，则其为患必有所不测。故曰：天下之民知安而不知危，能逸而不能劳，此臣所谓大患也。

臣欲使士大夫尊尚武勇，讲习兵法。庶人之在官者，教以行阵之节；役民之司盗者，授以击刺之术。每岁终则聚于郡府，如古都试之法，有胜负，有赏罚，而行之既久，则又以军法从事②。然议者必以为无故而动民，又挠以军法，则民将不安，而臣以为此所以安民也。天下果未能去兵，则其一旦将以不教之民而驱之战。夫无故而动民，虽有小恐，然孰与夫一旦之危哉？

〔宋〕苏轼《教战守策》

【注释】

①宋仁宗庆历年间，每年向辽国贡献银二十万两，绢三十万匹；向西夏贡献银十万两，绢十万匹。百万：虚数，指数量之多。西：指西夏；北：指辽国。②古都试之法：汉代定期集合官兵于都城演习武事的一种制度。《汉书》："及都试讲武，设斧钺旌旗，习射御之事。"

【文意】

自从中原发生战乱，夷狄之兵马交相入侵，我于河朔就已下定与敌决死之志，自相台少年从军，身历二百余战，虽然尚未能踏破夷狄所居之塞外荒原，一举扫平其匪巢贼穴，但也洗雪国耻于万一。当前我又率领一支军队发动了宜兴、建康战役，一鼓作气大败金兵，收复建康，但恨未能杀得敌人片甲不留、匹马无归。现暂时休整军队，养精蓄锐，以待战机。此后当激励士气、训练军力，准备再度迎敌。誓将攻入北方沙漠，喋血于敌虏之都城宫室，将其彻底消灭。迎接钦宗、徽宗二帝回归京师，夺回被侵占的全部国土，使朝廷无外患之虑，君主能高枕而无忧，此乃为岳飞之志愿。

自中原板荡，夷狄交侵①。余发愤河朔，起自相台，总发从军，历二百余战，虽未能远入夷荒，洗荡巢穴，亦且快国仇之万一②。今又提一旅孤军，振起宜兴、建康之役，一鼓败虏，恨未能使匹马不回耳③。故且养兵休卒，蓄锐待敌。嗣当激励士卒，功期再战，北逾沙漠，蹀血虏廷，尽屠夷种。迎二圣归京阙，取故地上版图，朝廷无虞，主上奠枕，余之愿也。

[宋] 岳飞《五岳祠盟记》

【注释】

①板荡：意指丧乱，语出自《诗经》。②河朔：地区名，泛指黄河以北。岳飞出生于河南汤阴县，在黄河以北。相台：河南安阳。③宜兴：今江苏宜兴县。建康：今南京。

【文意】

宋朝对培育人才的重视达三百余年，远远超过汉唐之世。国势强盛之时，其忠贞贤良之士，数不胜数。及大势已去，天地翻覆，人心业已离散，而正在此时，有人挺然而独出，超然于亿万人之上，挽狂澜之既倒，兴废继绝，捍卫流亡之朝廷，拯救已经陷入绝境之皇室。一时之间，向天下之民及后世百代之人，表明君臣之大义不可废弃，证明天理人心不会泯灭，其所作所为，对于天下名教的发扬又有何等莫大之功？这便是丞相文天祥的作为，他少年时便目光远大，有经世济民之志，最初为官之时，便遭奸相贾似道诬陷，辗转外官下僚，待文公奉命组织军队入援京师之时，南宋王朝则大势已去岌岌可危了。文公被任命为右丞相兼枢密使前往元军议和时，朝廷于此期间暗自递交了降书。文公为保住国家主权，与敌议和，寄希望于万一。尽心竭力，万变不离其宗。"父母有病，虽已不可救，然岂有断药不救之理！"这是文公之语，也是文公之心！所以，文公能自杀时不自杀，为的是有更大的作为。至京口，他逃脱元军的拘押，欲举大事而出没于长淮间，入四明，走北海，希望重振旗鼓。直到实在无能为力之时，唯有一死而已。多次面临死亡，而又没能得死，其实没有别的原因，同是一死，先前是自己不愿死，现在则只能听由天命而已。文公一旦临刑就义，视死如归。文公光明伟岸，居高临下，俯视世间，看到那些猥琐的降将伪官而不知其为何物！若论文公之志向气节，可以与嵩山、华山之高峰而一争高下！

宋养士三百年，得人之盛，轶汉唐而过之远矣。盛时忠贤杂沓，人有余力。及天命已去，人心已离，有挺然独出于百万亿生民之上，而欲举其已坠，续其已绝，使一时天下之人，后乎百世之下，洞知君臣大义之不可废，人心天理之未尝泯，其有功于名教为何如哉①！丞相文公，少年趯（chào）厉，有经济之志；中为贾沮，徊翔外僚。其以兵入援也，大事去矣；其付以钧轴也，降表具矣；其往而议和也，冀万一有济耳②。平生定力，万变不渝。"父母有疾，虽不可为，无不用药之理。"公之语，公之心也。是以当死不死，可为即为，逸于淮，振于海。真不可为矣，则惟有死尔。可死矣，而又不死，非有他也。等一死尔，昔则在己，今则在天，一旦就义，视如归焉。光明俊伟，俯视一世，顾肤敏裸将之士不知为何物也③。推此志也，虽与嵩、华争高可也。

[元] 许有壬《文丞相传序》

【注释】

①名教：以正名定分为主的礼教思想体系。②钧轴：指政务要职。③肤敏裸将：指言行敏捷投靠元军、接受敌方官职的人物。

图书在版编目（CIP）数据

古代散文佳偶/傅德生著．—北京：华夏出版社，2013.1
ISBN 978-7-5080-7223-4

Ⅰ．①古… Ⅱ．①傅… Ⅲ．①古典散文—文学欣赏—中国 Ⅳ．①I207.62

中国版本图书馆 CIP 数据核字（2012）第 245914 号

古代散文佳偶

作　　者	傅德生　著
责任编辑	许　婷
装帧设计	郭　艳
出版发行	华夏出版社
经　　销	新华书店
印　　刷	北京建筑工业印刷厂南厂
装　　订	三河市杨庄双欣装订厂
版　　次	2013 年 1 月北京第 1 版 2013 年 1 月北京第 1 次印刷
开　　本	880×1230　1/32 开
印　　张	10.875
字　　数	324 千字
定　　价	25.00 元

华夏出版社　地址：北京市东直门外香河园北里 4 号　　邮编：100028
网址：www.hxph.com.cn　　电话：（010）64663331（转）
若发现本版图书有印装质量问题，请与我社营销中心联系调换。